Ellen M. Zitzmann

Konsequent
scheitern

*Die Handlung beruht zum Teil auf wahren Begebenheiten,
die sich von 2015 bis 2016 zugetragen haben.*

novum 🔺 pro

w w w . n o v u m v e r l a g . c o m

Bibliografische Information
der Deutschen Nationalbibliothek:

Die Deutsche Nationalbibliothek
verzeichnet diese Publikation in
der Deutschen Nationalbibliografie.
Detaillierte bibliografische Daten
sind im Internet über
http://www.d-nb.de abrufbar.

© 2021 novum Verlag

ISBN 978-3-99107-858-6
Lektorat: Dr. Larissa Schieweg,
Marie Schulz-Jungkenn
Umschlagfotos: Tomert, Phong Giap,
Arsgera | Dreamstime.com
Umschlaggestaltung, Layout & Satz:
novum Verlag

Gedruckt in der Europäischen Union
auf umweltfreundlichem, chlor- und
säurefrei gebleichtem Papier.

www.novumverlag.com

Inhaltsverzeichnis

Was bisher geschah:

Giulia trifft sich mit Freunden auf einer Finca. In der Abgeschie-
denheit der mallorquinischen Berge kommt sie zur Ruhe und
gewinnt Abstand von ihrem Alltag. Giulia erinnert sich an ein
schmerzliches Liebeserlebnis und holt es in Gedanken zurück.
Langsam lässt sie sich auf Lucas ein, den sie aus jüngeren Jahren
kennt.

Auf der Finca

Zwölf Uhr mittags. Der Schreck fuhr ihr in die Glieder. Sie hatte verschlafen. Kein Wunder. Erst gegen 4 Uhr morgens war sie eingeschlafen. Die halbe Nacht hatte sie an Alex gedacht und diese Beziehung in allen Details zerlegt. Es waren Erinnerungen, die aufflammten und erloschen – wieder aufflammten, wieder erloschen. Erinnerungen, die ihr zeigten, wie die Dinge einmal waren und nie wieder sein werden. Es war vorbei. Endgültig vorbei. Und sie war frei – frei genug, sich wieder einzulassen, sich neu zu verlieben.

Es war schon halb eins. Müde schleppte sie sich aus dem Bad in die Küche. Auch wenn sie sich einigermaßen fit und wohl fühlte, war sie angeschlagen. Da sie keinen allzu ermatteten Eindruck machen wollte, begrüßte sie Manuel, der am Küchentisch saß, mit einem lockeren Spruch: „Oh, schon wach!"

Dieser hob den Kopf, lächelte ein wenig abwesend und vertiefte sich gleich wieder in die Zeitung. Clarissa saß auf der Terrasse. Sie wirkte in sich gekehrt und schien das Alleinsein gerade vorzuziehen.

„Was wolltest du denn?" Manuel faltete die Zeitung zusammen und legte sie mit der Titelseite nach oben auf den Tisch.

„Ach, ähm, nichts", erwiderte Giulia beiläufig und bekam große Augen, als sie die fettgedruckte Überschrift auf der Titelseite las: *Sexpuppen können sprechen!* Sie beugte sich vor, stützte die Ellbogen auf den Tisch, legte ihr Kinn in die Hände und las eifrig den ganzen Artikel. Der Geschäftsführer von *True Companion* erklärte, dass die Firma daran arbeiten würde, lebensechten und sprechenden Sexpuppen künstliche Intelligenz einzupflanzen, die auf die individuellen Bedürfnisse der Besitzer eingehen würde. In dem Artikel wurden fünf weibliche Ausführungen vorgestellt: 1. Die frigide Farrah. 2. Die wilde Wendy. 3. Die 18-jährige Yoko. 4. Die reife Martha. 5. Die sadistische Susan.

„Was ist?" Manuel schaute sie verdutzt an.

„Hast du das gelesen?" Giulia tippte gleich mehrmals mit dem Zeigefinger auf die Schlagzeile.

„Nein. Mich hat das Viertelfinale im Herreneinzel der French Open interessiert. Sensationell. Nadal scheiterte an Djokovic. Absurdes Tennis auf höchstem Niveau."

„Scheitern ist an sich keine Niederlage", murmelte Giulia vor sich hin, und dass sie gespannt auf den wilden Charly warten würde. Irritiert drehte sich Manuel zu ihr um und las den Artikel. Mal schmunzelte er, mal hielt er inne, mal wurde er nachdenklich. „Ganz ehrlich, Giulia. Die Übersexualisierung in unserer Gesellschaft geht mir allmählich auf den Geist. Auch möchte ich mir nicht vorstellen müssen, wie oft pornografische Seiten im Netz aufgerufen werden – von Pädophilen, Fetischisten, Voyeuristen, denen zahllose Kinder zum Opfer fallen."

Clarissa schneite herein und wollte wissen, worüber sie sich so lebhaft unterhalten würden.

„Über das Geschäft mit der Erotik, ähm, und der absinkenden Moral im digitalen Beziehungsumfeld." Manuel holte tief Luft. Es fiel ihm schwer, sachlich zu bleiben.

„Kaputt. Die Gesellschaft ist einfach kaputt. Aber erst brauche ich einen Kaffee. Bin immer noch müde." Einige Minuten später stellte Clarissa eine Kanne mit frisch gebrühtem Kaffee auf den Küchentisch.

Mara stand unvermittelt in der Tür. Sie ließ mit einem Jubelschrei verlauten, wie toll das Schwimmen im Pool war und dass sie duschen gehen würde. Ihre Haare waren triefend nass und ihr Shape-Badeanzug mit Wasser vollgesogen.

Clarissa schenkte eine große Tasse heiß dampfenden Kaffee randvoll ein, während Mara an ihr vorbei ins Badzimmer stapfte. Clarissa lächelte sie aufmunternd an, stellte die Kanne auf den Tisch, reichte Giulia die Tasse, die fragte, ob sie heute schon ihren Mitbewohner erreicht hätte. Im selben Atemzug erinnerte sie ihre Freundin daran, was sie gestern am späten Abend nach dem vierten Glas Rotwein gesagt hatte, dass nämlich ihre Gefühle eine vertrackte Angelegenheit seien und dass sie nicht sagen könne, was ihr in der Liebe fehlen würde. Auch könne sie nicht behaupten, dass ihr Mitbewohner grundsätzlich herzlos sei. In Wahrheit sei sie nämlich ein stinknormaler Familienmensch und würde sich nichts mehr wünschen, als mit ihm wieder richtig zusammenzukommen. Clarissa kniff ihre Augenbrauen zusammen, sodass sich ein paar Falten auf ihrer Stirn bildeten. Mit gedämpfter Stimme antwortete sie: „Nein, ich habe meinen Mitbewohner noch nicht erreicht."

Nach einer Weile gesellte sich Mara zu ihnen an den Tisch. Nicht wissend, worüber sie sich gerade unterhielten, erkundigte sie sich frei heraus nach Giulias Beziehungsstatus und ob sich denn was Verheißungsvolles auftun würde.

„Nicht dass ich wüsste." Giulia war deutlich anzumerken, dass sie sich auf dieses Thema nicht näher einlassen wollte.

„Besser so", sprang ihr Clarissa zur Seite. „Wer weiß schon, ob wir lange genug leben, um uns ständig über die nächste und nächste und nächste Liebe Gedanken zu machen. Bei der Gelegenheit, Giulia, wie geht's denn deinem Sohn?"

„Amar? Gut. Wirklich gut. Er hat sich in Frankreich ein Leben aufgebaut und, hm, scheint happy zu sein."

„Scheint?"

„Nun ja, wissen tut man das nie genau."

„Dennoch, freut mich zu hören. Das Teenageralter war schwierig genug."

„Das kannst du laut sagen."

Zusammen gingen sie hinaus auf die weitläufige Terrasse, um die reine Bergluft zu genießen, in die sich der Duft von Kräutern und Sträuchern mischte. Sie atmeten ein paar Mal tief durch. Mit heiterer Miene und sichtlich entspannt entschied sich Clarissa plötzlich, schwimmen zu gehen. Sie holte die Badesachen aus ihrem Zimmer und schlenderte im Zickzack betont lässig durch den Garten hinunter zum Pool. Dabei fiel ihr Handtuch zu Boden, das sie die restlichen Meter zum Pool noch lässiger hinter sich herzog. Während Giulia ihre Freundin beobachtete, dachte sie an ihren Sohn. Es waren warme Gedanken, die mit Gefühlen des Stolzes einhergingen. Amar hatte es nach etlichen Jahren des ziellosen Herumirrens geschafft, sich zu stabilisieren. Giulia atmete ein paar Mal tief ein und merkte, wie sich ihr Geist und Körper entspannten. Als sie sich wieder an den Küchentisch setzte, fühlte sie sich leicht und wohl. Mara und Manuel waren tief in ein Gespräch verstrickt und schenkten ihr keine Aufmerksamkeit. Giulia nahm das halbvolle Glas Wasser, das sie auf dem Tisch stehen ließ, leerte es in einem Zug und konzentrierte sich auf das Gespräch.

Manuel sagte: „Nach gründlicher Abwägung, ähm, meine ich, die romantischen Beziehungen laufen doch überall auf der Welt nicht besonders gut, weder im Bett noch im Alltag." Er wirkte reifer, älter, so, als hätte ihn sein Leben zu dem Mann geformt, der er hatte sein sollen, dachte sich Giulia insgeheim. Und er war ernster geworden, bewahrte sich jedoch seinen lebendigen Ausdruck, der ihm, wenn er über sein Gesicht huschte, ein jugendlich frisches Aussehen verlieh.

„Wie recht du doch hast, Manuel", brachte sich Giulia in das Gespräch ein. „Mit den Liebesbeziehungen in den westlichen Konsumgesellschaften wird es eben nicht einfacher." Giulia blickte die beiden erwartungsvoll an. Ihr Kommentar schien ihnen ganz willkommen, weshalb sie weitersprach. Sie kam auf Indianerstämme zu sprechen, die mit unkonventionellen Methoden ihr Miteinander in den ehelichen Partnerschaften regeln würden. „Die Aché-Indianer in Paraguay sprechen von einer Ehe, wenn Mann und Frau in derselben Hütte wohnen und sich die Hängematte teilen. Die Ehe gilt als geschieden, sobald sie ihre Hängematten in verschiedenen Hütten aufhängen." Giulia kam regelrecht ins Schwärmen. Ohne Luft zu holen, fuhr sie fort: „In anderen Stämmen heiraten die Mädchen mehrere Male, bevor sie eine langfristige Beziehung eingehen, oder sie werden zu vorehelichen Dienstleistungen mit anderen Männern angehalten, um sexuelle Kompetenzen aufzubauen."

„Interessant. Das mit dem sexuellen Nachhilfeunterricht finde ich gar nicht mal so verkehrt. Den sollte es für Männer wie für Frauen geben. Beim Sex sind doch viele praktisch vollkommen ahnungslos und lassen sich auf faule Kompromisse ein. Nach dem Motto: Der Sex läuft gut, aber die Beziehung nicht, oder die Beziehung läuft gut, aber der Sex ist scheiße, hält man dann an der Restbeziehung fest", bekräftigte Mara mit süß-saurer Miene und kam auf den 90-jährigen indischen Sexologen Mahinder Watsa zu sprechen, der mit seiner Kolumne *Ask the Sexpert* weltweite Bekanntheit errungen hatte. Watsa würde über Sex und Sexualität ohne Blabla und Umschweife sprechen, was sehr befreiend wirken würde, berichtete sie voller Begeisterung. Außerdem würde er sich den einfachsten und dümmsten Fragen stellen: Kann man beim Herunterschlucken von Sperma schwanger werden? Ist es sicher, den Penis in der Scheide zu lassen, wenn man schläft? Wird man von der Masturbation blind?

„So lächerlich, wie sich manch eine Frage anhört, so wichtig ist es, sie ohne Scham einem vertrauenswürdigen Menschen stellen zu können, der nicht darüber lacht. Kinder und Jugendliche müssen vorbehaltlos aufgeklärt werden. Denn sie schämen sich, mit ihren Eltern oder älteren Geschwistern darüber zu sprechen." Mara nahm sich die Toastscheibe aus dem Ständer, der auf dem Tisch stand und legte sie auf ihren Teller. Ihr war nicht entgangen, dass Manuel sie regelrecht angestarrt hatte, bevor er sein Plädoyer hielt.

„Ich bleibe dabei: Wir sind übersexualisiert durch das Internet. Die Pornos und obszönen Selbstdarstellungen, die dort zu finden sind, machen viel kaputt, bei Erwachsenen wie bei Kindern. Auch muss scharf kritisiert werden wie Männer noch heutzutage Frauen wahrnehmen und marginalisieren. Pornodarstellungen zeigen doch ein absolut unausgewogenes Dominanzverhältnis zwischen Mann und Frau. Frauen sind da nichts weiter als Samenauffangbecken. Und dann, ähm, die ganzen Sexsüchtigen, die sich täglich in den Beratungsstellen melden und über die

Verlockungen von Pornografie und Prostitution im Internet berichten. Sexsüchtige gibt es doch in allen Alters- und Einkommensgruppen. Schüler, die ihre Schulabschlüsse deswegen nicht schaffen. Studenten, die nicht mehr von Tinder, YouTube und so weiter loskommen. Erwachsene, die sich um den Schlaf bringen." Das Thema regte Manuel ziemlich auf. Abrupt erhob er sich, ging zur Anrichte, holte sich eine Zigarette aus der Schachtel hervor, die neben dem Salzgebäck und den Erdnüssen lag, und steckte sie samt Feuerzeug in seine Hosentasche.

„Du wolltest doch mit dem Rauchen aufhören?", fragte Giulia etwas provozierend.

Manuel zuckte abweisend mit den Schultern und wandte sich ihr zu: „Wollte ich?" Er beugte sich vor, fixierte sie mit seinem Blick und sagte: „Stell dir vor, in letzter Zeit habe ich mir noch ein paar andere Macken zugelegt – Schlafstörungen, Übergewicht, Sorgen."

Mara und Giulia waren wie vor den Kopf gestoßen und begriffen so gut wie nichts. Seine Offenheit machte sie sprachlos und eine ganze Weile saßen sie einfach nur da. Manuel eilte hinaus, zündete sich eine Zigarette an und blieb am Türrahmen stehen.

Giulia erschrak. Der Anblick erinnerte sie an eine Situation, die vergessen war. Sie sah Alex vor sich, wie er einmal mit der glimmenden Zigarette, am Türrahmen eines Lokals lehnte.

„Umso peinlicher ist es …" Manuel drehte sich zu ihnen um, sprach laut und deutlich weiter, „mir selbst einzugestehen, dass ich als Vater versagt habe." Er kehrte an den Tisch zurück, drückte seine Zigarette im Aschenbecher aus und setzte sich neben Mara. „Mein Ältester schmiss die Schule, kurz vor seinem Abi, absolvierte dann eine Schreinerlehre", erklärte Manuel, zog seine Stirn in Denkerfalten und ergänzte, dass sein Sohn Stuhlmodelle entwerfen würde – von schlicht und puristisch bis extravagant und trendig.

„Cool", äußerte sich Mara anerkennend. „Er tritt in deine Fußstapfen. Darauf kannst du stolz sein." Mara aß den letzten Bissen Toast, den sie sich mit Ziegenfrischkäse bestrichen hatte.

„Wenn du meinst."

Manuel stand auf, ging wieder hinaus und zündete sich die nächste Zigarette an. Mara beobachtete er aus den Augenwinkeln, die ihm einen fragenden Blick zuwarf.

„Das frische Poolwasser tut gut. Habt ihr schon mal was von Slow Sex gehört?" Clarissa schneite mit einem Lavendelstrauß in die Küche herein. Gutgelaunt plauderte sie drauflos und erzählte über eine neue Sexualitätsform, die ihr beim Schwimmen durch den Kopf ging. Dabei sei man keinem Leistungsprogramm unterworfen und könne ganz ohne Druck und ohne Penetration Sex genießen. Eine achtungsvolle Methode sei das, bei der sanfte körperliche Berührungen im Mittelpunkt stehen würden und eine Befriedigung in homöopathischen Dosen erfolgen würde.

Mit einem knarzenden Geräusch schob Giulia ihren Stuhl zurück. „Also Veggie Sex", schoss aus ihr in höchst zutreffender Weise heraus, währenddessen sie herzhaft lachte und ihren Bauch festhielt. Sie lehnte sich zurück und bekundete grinsend, es schleunigst ausprobieren zu wollen.

Clarissa steckte den Lavendelstrauß in eine Vase, brach sich eine große Scheibe Baguette ab, das seit Stunden auf dem Tisch lag, schnappte sich ein paar Würfel vom pfefferummantelten Schafskäse, den sie im Kühlschrank fand, und hastete, ohne ein weiteres Wort zu verlieren, wieder in Richtung Pool. Endlose Beziehungsgespräche schienen sie momentan nicht zu interessieren.

Giulia und Mara beschlossen hingegen, sich in die bequemen Gartenstühle auf die Terrasse zu setzen und weiter zu diskutieren. Schließlich standen etliche Fragen im Raum: Wie lange hält die sexuelle Anziehung und Romantik zwischen zwei Menschen im Normalfall an? Kann sie ewig andauern, so wie es das klassische Ehemodell vorsieht? Ist die Zweierbeziehung noch zu retten?

Manuel gesellte sich ebenfalls zu ihnen. Er schnippte die Asche seiner Zigarette in den Aschenbecher, hielt sie zwischen dem Ringfinger und kleinen Finger der linken Hand fest und schaltete mit dem Zeigefinger seinen Tablet-PC ein, der auf einem der Gartenstühle lag. Er nahm einen tiefen Zug, blies den Rauch in die Luft und drückte den Zigarettenstummel im Aschenbecher aus. Bei Google tippte er ein: *Sex, Libido, Partnerschaft.* Im Nullkommanichts erschienen eine unübersichtliche Menge von Einträgen, YouTube-Videos und Buchtipps, woraufhin Manuel die Suche eingrenzte und *Abfallen, Libido, Ehe* eingab. Dank seiner Fähigkeit, Texte schnell zu erfassen und relevanten Wortstoff herauszufischen, konnte er sich einen Überblick verschaffen. Während er noch konzentriert mit gesenktem Kopf auf den Bildschirm seines Tablets starrte, fasste er kurz zusammen: „Die Libido hält in jeder Beziehung etwa drei Jahre an. Nach der Eheschließung sinkt die Lust stark ab. Frauen sind beim Sex schneller gelangweilt als Männer, die sich entgegen der landläufigen Meinung wenig aus sexueller Vielfalt machen. Primatenweibchen sind beim Sex die agierenden Kräfte und stellen attraktiven Primatenmännchen nach." Manuel hob den Kopf. Mit einem schalkhaften Ausdruck in seinem Gesicht kommentierte er: „Aha, Frauen stellen also Männern nach. Die Katze ist aus dem Sack." Und folgerte daraus, dass sich das romantische Modell der monogamen Ehe auf keinen Fall mit den angeborenen menschlichen Trieben verträgt, weil es die Beziehungspartner in einen endlosen Kreislauf von Frustration und Enttäuschung hineintreibt.

Mara ignorierte seine Anspielung, amüsierte sich dagegen köstlich über die kessen Primatenweibchen. Seelenruhig fragte sie in die Runde, was Beziehungspartner tun können, um der absinkenden Lust auf Sex in einer langjährigen monogamen Ehe entgegenzuwirken.

„Davonlaufen, betrügen, sich zusammenreißen, einer Therapie unterziehen? Oder den Rest des Lebens mit Leere und Nichts verbringen", antwortete Giulia wie aus der Pistole geschossen. Giulia kam ins Grübeln. Auf dem Weg zum Herd gab sie zu, dass sie in ihrer Verliebtheit oft die agierende Kraft und die Jägerin war. Sie schaltete das Kochfeld der Herdplatte ein, um Rühreier zuzubereiten.

Mara war nicht mehr zu bremsen: „Eine Affäre stellt doch vieles auf den Kopf: Gewohntes, Verhaltensmuster, Bilder,

Vorstellungen über die Liebe und Sexualität, die sich selten mit den eigenen Bedürfnissen und denen des Partners decken. Sollten sie das dann doch tun, ist das ein absoluter Volltreffer." Mit süßester Stimme fügte sie hinzu: „Affären fordern uns doch alle heraus. Weil sie ein Neudenken darüber einfordern, welche Dinge in der bestehenden Beziehung vernachlässigt wurden. Nach meinem Empfinden eignen sich Affären auch gut dafür, neue Sexpraktiken auszuprobieren und alte Gewohnheiten loszuwerden. So gesehen, sind sie niemals nutzlos, da sie für gewöhnlich die erlahmte Sexualität in einer monogamen Beziehung anregen."

„Aber, aber, Mara", erwiderte Manuel hörbar irritiert und sprach in einem sachlichen Ton weiter: „Auch wenn mir der Gedanke zugegebenermaßen gefällt, hätte ich meiner Ex doch nie im Leben sagen können, dass Fremdgehen gut für eine Ehe ist, weil man dann neue Sexpraktiken ausprobieren kann. Ihre Liebe hätte ich sofort verloren. Vielleicht hätte sie mich auch mit einem Messer attackiert!" Mit der Gabel stocherte er in dem Rührei herum, das ihm Giulia auf einem Teller mit extra viel Speck serviert hatte. Manuel gab zu, dass diese Liebe auch ohne Fremdgehen lange vor der Scheidung verloren war. Noch nie hatte er Mara so waghalsig sprechen hören, was er dem Umstand zuschrieb, dass ihre gemeinsame Schulzeit schon lange her war. Vielleicht zwanzig, vielleicht fünfundzwanzig Jahre. Jedenfalls war Mara damals äußerst schüchtern und stand nur ungern im Mittelpunkt. Er betrachtete ihr dunkelbraunes Haar, das in der Nachmittagssonne glänzte und ihrem Gesicht ein besonders elegantes Aussehen verlieh. Und je länger er Mara ansah, desto geheimnisvoller und anziehender wirkte sie auf ihn. Manuels Gefühle spielten plötzlich verrückt. Es war eine Mischung aus Erregung, Unsicherheit, Angst, Freude. Er schien drauf und dran, sich wieder in seine Jugendliebe zu verlieben.

Mara streckte ihr Gesicht der Sonne entgegen und genoss die Wärme auf ihrer Haut. Von Manuels verliebten Blicken blieb sie ungerührt. Ein wissendes Lächeln huschte über ihr Gesicht, als sie im nächsten Augenblick ihre dunkle Sonnenbrille abnahm und erfrischend unprätentiös zu erzählen anfing: „Nach meiner Scheidung konzentrierte ich mich auf meine Karriere und meine minderjährige Tochter. Mein Mann und ich teilten uns das Sorgerecht. Es gab Gott sei Dank keine Streitereien, so blieb uns der Gang zum Jugendamt erspart. Nach meiner Banklehre studierte ich Kommunikationswissenschaften. Bald danach kam ein lukratives Angebot von einer englischen Großbank. Dem konnte ich nicht widerstehen. Ich zog nach London. Sarah blieb bei meinem Ex-Mann in Hamburg. Sie besuchte mich, so oft es ging. In der Bank arbeitete ich mich zur Abteilungsleiterin hoch. Heute verantworte ich das Gesamtmarketing, Spenden und Sponsoring inklusive. Ich bin sehr stolz, vom Geldbeutel eines Mannes unabhängig zu sein. Und beruhigt, dass ich am Ende meines beruflichen Lebens nicht auf eine Teilzeit-Patchwork-Biografie zurückblicken muss – in einem Alter, in dem Männer meist noch eine Hierarchieebene nach vorne rücken, um die Früchte ihres langen beruflichen Aufstiegs in den Ruhestand hineinzuretten.“

Mara hatte viel erreicht, und Manuel war voller Bewunderung für sie. Zwar waren ihm Einzelheiten ihrer Biografie unbekannt, aber ihr mutiger Lebensweg imponierte ihm. Das war ihm anzusehen.

„Wie wahr, wie wahr.“ Giulias Stimme klang warm und melancholisch, und Clarissa, die sich inzwischen wieder zu ihnen gesellt und Maras Worte vernommen hatte, wusste sofort, was Giulia damit sagen wollte. Nur allzu gern hätte sie jetzt von ihr wissen wollen, weshalb die Sache mit Alex schiefgegangen war, mit der Liebe ihres Lebens, was sie oft genug betonte.

Giulia schwieg, was sie immer tat, wenn jemand auf Alex zu sprechen kam. Clarissa war der ganzen Heimlichtuerei so verdammt überdrüssig, und statt dass sie die Entwicklung des Gesprächs abwartete, ging sie zurück ins Haus, um nach ihrem Handy zu suchen.

„Nach Alex“, begann Giulia leise, „habe ich es mit Online-Dating probiert. ElitePartner, Parship, eDarling, OkCupid schienen mir seriöse Anbieter zu sein, zumal sie sich von Anbietern wie Tinder abgrenzen."

„Und dann? Wie ging das weiter?", fragte Mara voller Neugier, während Clarissa laut und wütend auf die Terrasse gestürzt kam.

„Ich frage mich wirklich, warum ich mit dem Idioten noch unter einem Dach wohne, der, wenn ich weg bin, nicht imstande ist, Absprachen einzuhalten und die einfachsten Dinge zu erledigen. Weder das Katzenfutter noch das vorgekochte Essen findet, und mir wegen jedem Scheiß eine Textnachricht schickt. Wie soll ich da den Kopf vom Alltag freikriegen?" Clarissa war mächtig sauer auf ihren Mitbewohner. Mit voller Wucht knallte sie ihr Handy auf den Tisch.

„Versuchs doch mal mit der Online-Partnervermittlung. Vielleicht erledigt sich das Problem dann von selbst? Gerade wollte uns Giulia über ihre diesbezüglichen Erfahrungen berichten." Mara beruhigte Clarissa doch insoweit, dass sie weder vor Zorn platzte noch davonlief, sondern sich auf einen Gartenstuhl setzte. Nachdem sie ein paarmal tief ein- und ausgeatmet hatte, wozu ihr Mara riet, ließ ihre Anspannung merklich nach. Als sie bemerkte, dass sie in der Wut das Kleid falschherum angezogen hatte, musste sie herzhaft lachen. Im Sitzen zupfte sie hier und da noch an dem Kleid herum, beließ es dann dabei.

Mara nahm davon keine Notiz und bat Giulia fortzufahren.

„Ähm, wo war ich stehen geblieben?"

„Na ja, dass du es bei seriösen Anbietern versucht hast", half ihr Manuel auf die Sprünge, der gerade sein Handy entsperrte.

„Und, wie lief das genau ab?", fragte Clarissa total interessiert.

„Nun, beim Online-Dating kann man jedes Detail selbst bestimmen: Körpergröße, Beruf, Bildungsabschluss, Verdienst, Hobbys, Temperament, Charaktereigenschaften, Sternzeichen. Und im Vorfeld abklopfen, ob potenzielle Partner auch ja das Zeug zu einem Traummann haben. Das ist faszinierend, denn ich war die Herrin. Zunächst wählte ich astrologische Feuerzeichen aus, Schütze-, Widder-, Löwe-Männer."

„Hm, warum das denn?", unterbrach sie Clarissa.

„Weil man diesen Typen männliche Tatkraft, Treffsicherheit, Selbstbewusstsein, Siegeswillen, Souveränität, Freiheitsliebe nachsagt", scherzte Giulia. „Diesen Kerlen unterstellte ich dann, dass sie mit einer Fernbeziehung, einer sogenannten *Living Apart Together*-Beziehung, zurechtkommen würden." Giulia wurde sehr nachdenklich, als sie berichtete: „Ich habe mich durch Hunderte von Profilen geklickt. Man muss sich das wie eine virtuelle Casting-Show vorstellen. Als mein Testergebnis vorlag, habe ich mir ein buntes Sortiment aus künstlerischem Eigenbrötler, Underdog, ausgemachten Karrieretypen zugelegt. Alle zwischen 40 und 50. Daraufhin hatte mich das Einkaufsfieber gepackt. Wobei klar war, dass der Richtige nur mit einer Premium-Mitgliedschaft zu finden war. So habe ich mich für eine 12-monatige Mitgliedschaft entschieden, um an die lukrativen Premium-Angebote heranzukommen."

„Wie, was?", unterbrach sie Mara abrupt.

„Na ja, bei diesen Angeboten handelt es sich um beruflich erfolgreiche Männer – Männer, die spannende Geschichten erzählen können –, großzügige, wortgewandte, weitgereiste, selbstbewusste Männer. Eben keine Langweiler."

„Und das hast du denen abgenommen?", meldete sich Manuel zu Wort, legte das Handy zur Seite und schaute skeptisch in die Runde.

„Freilich haben sich die meisten mit der Zeit als wenig originell erwiesen, sodass am Schluss vier, fünf, sechs Typen übrig geblieben sind, bis sich auch diese Kontakte wie von selbst erledigt haben. Leidenschaft und Interesse sind mit der Zeit einfach viel zu platt und zu plump rübergekommen. Es gab nur noch ein Thema."

„Sex!", traf Clarissa ins Schwarze.

„Richtig. Mich hat es echt gestört, dass die Männer immerzu über sich, ihren beruflichen Erfolg und persönliche Anliegen gesprochen haben. Ich hatte den Eindruck, dass sie nach devoten, abhängigen Frauen gesucht haben. Nach Frauen, die sich ihrer Karriere ohne Wenn und Aber unterordnen. Darauf konnte ich mich nun wirklich nicht einlassen. Worauf sich die einen stillschweigend zurückgezogen haben. Die anderen haben ihrem Ärger Luft gemacht, mich beschimpft, beleidigt und unmissverständlich aufgefordert, die Plattform zu verlassen. Davon mal abgesehen, die ständigen Abwägungen über Kosten, Nutzen, Optionen, Präferenzen haben mich mit der Zeit dermaßen angeödet, dass ich meine Suche von alleine beendet und meine Mitgliedschaft gekündigt habe."

„Bravo, Giulia." Manuel klopfte mit den Fingern anerkennend auf den Tisch.

„War deine Sache dann vorbei?", hinterfragte Clarissa kritisch.

„Nein, ich musste die Mitgliedsbeiträge weiterbezahlen, weil ich die Kündigungsfrist verpasst und sich mein Vertrag automatisch um ein Jahr verlängert hatte. Die Firma in Hamburg blieb hart und ging auf keine kulante Lösung ein, was sie aber auch nicht davon abhielt, mich weiterhin mit Werbeangeboten und Top-Angeboten zu bombardieren. Meine Beschwerden liefen ins Leere. Erst als ich mir eine neue E-Mail-Adresse zulegt hatte, war dieser Spuk vorbei."

Clarissa sprach jetzt als Anwältin: „Online-Partneragenturen ködern potenzielle Kunden stets mit einer kostenlosen Mitgliedschaft und lukrativen Angeboten, die dann, wenn sie das System nicht durchschauen, für das große Glück immer tiefer in die Tasche greifen müssen, um an begehrte Top-Profile von Premium-Kandidaten heranzukommen. Millionen von Singles begeben sich mittlerweile im Internet auf Partnersuche. Keine Frage, das ist eine bequeme, sehr bequeme Sache, so von Sofa zu Sofa. Daten und Informationen über andere Menschen lassen sich wirklich leicht finden und ausspionieren. Und natürlich ist die mathematische Wahrscheinlichkeit hoch, jemanden zu finden. Ob man den Richtigen oder die Richtige findet, steht allerdings auf einem anderen Blatt." Sie wandte sich Giulia zu und sagte: „Nein, diese Art der Partnersuche werde ich nicht verfolgen. Und du solltest es auch bleiben lassen." Als Juristin hegte Clarissa grundsätzliche Zweifel an den Geschäftspraktiken der Online-Dating-Industrie. Eilig ging sie in die Küche, holte die eisgekühlte Kräuterlimonade aus dem Kühlschrank und kam mit einem Krug und vier Gläsern zurück. Das Tablett stellte sie auf den Tisch und schenkte ein.

„Wow, was für eine Überraschung!", jubelte Mara hocherfreut und steckte sich gleich einen von den Schokoladenkeksen in den Mund, die in einer Holzschale lagen.

Mara führte das Glas an den Mund und trank einen kräftigen Schluck. „Das tat mal richtig gut jetzt. Was ist da alles drin?"

„Limetten, Minze, Orangenthymian, Salbei, Ingwerscheiben, Zitronenmelisse, etwas Zucker und zwei Liter Mineralwasser. Fast alle Zutaten sind aus den Kräuterbeeten", antwortete Clarissa stolz.

Während die Frauen genüsslich an ihren Gläsern nippten, griff Manuel nach seinem Tablet, gab seinen Code ein, um über Partner-Portale zu recherchieren, murmelte er vor sich hin. Ruck-zuck war er in seinem Tun versunken. Dabei wirkte er wie ein emsiger Fischer, der vom Fang seines Lebens träumte und im nächsten Moment stinksauer wurde, weil er nichts anderes als Müll aus dem Meer herausfischte. Schließlich wurde er doch fündig: „Prinzipiell", begann er, „findet man auf den Plattformen für jede Vorliebe und Interessengebiet unzählige Angebote. Es gibt Plattformen für Christen, Muslime, Juden, Atheisten. Für schöne, große, weniger schöne, kleine Menschen. Für Homo-sexuelle, Tierschützer, Künstler, Vegetarier und für alle, die nur nach erotischen Abenteuern suchen. Natürlich versichern die Anbieter, keine Ramschware und keine Restposten anzubieten, sondern nur Top-Kontakte, also, hm, Liebessuchende mit makel-losen Profilen, die man für Hunderte von Euro im Jahr kontak-tieren und nach Belieben aufpolieren kann." Manuel lachte laut und fuhr etwas kühner fort: „Ein paar Kilos weniger, ein paar Zentimeter größer, um ein paar Euro reicher und ein paar Jähr-chen jünger. Auf den Plattformen wird gemogelt, was das Zeug hält." Er witzelte dann darüber, dass Liebessuchende hinter ihrem Laptop herumsitzen können, wie sie wollen – unfrisiert, unrasiert, ungewaschen, mit übelriechendem Atem und einer Fast-Food-Verpackung in der Hand. „Das kriegt doch keiner mit", sagte er und dass die Tests einen mit Allerweltsfragen bombardieren würden, die man manipulieren könne, wie man wolle. Sind Sie

Raucher, Nichtraucher? Welche Sportarten betreiben Sie? Wo, wie machen Sie Urlaub? Wie wichtig sind Ihnen Treue, Verlässlichkeit, Vertrauen in einer Partnerschaft?

Manuel hob den Persönlichkeitstest bei ElitePartner hervor, der nach seiner Meinung etwas profunder vorgehen würde, weil er beziehungsrelevante Persönlichkeitsmerkmale abfragen würde, etwa persönliche Kompetenzen und Interessen. Ein Matching-System würde dann die Antworten mit denen von anderen Nutzern vergleichen und Prozentwerte ermitteln. Je höher dabei der erreichte Prozentwert einer Übereinstimmung sei, desto größer sei die Wahrscheinlichkeit für eine gelingende Partnerschaft, so die Theorie. Ob man aber wirklich zu einem anderen Menschen passen würde, nur weil eine 99-prozentige Übereinstimmung erzielt würde, bezweifelte Manuel stark. Weil zu viel Harmonie und Übereinstimmung die lebendige Dynamik in einer Beziehung vernichten würde, sowie Leidenschaft und Erotik. „Wenn erotische Langeweile um sich greift, enden die Liebesbeziehungen direkt im Grab. Die lässt sich auch bei einer 100-prozentigen Übereinstimmung nicht herbeizaubern." Manuel drehte sich halb um die eigene Achse, um sich zu vergewissern, dass ihm auch alle zuhörten, fragte dann, ob noch etwas von der Limo übrig sei. Sein Mund sei völlig ausgetrocknet. Clarissa nickte, nahm den Krug und schenkte ihm den Rest von der Kräuterlimonade ein.

Mara zog sich in den Schatten zurück, weil sie die Hitze nicht mehr so gut vertragen würde wie früher, meinte sie. So gut es ging, machte sie es sich in einem Korbsessel bequem und streckte die Beine aus. Es war Sonntagnachmittag und am Himmel war kein Wölkchen zu sehen.

„Apropos erotische Langeweile", begann Manuel kurze Zeit später, denn das Thema ließ ihm einfach keine Ruhe. „Monogamie droht doch auszusterben, seitdem es die Partnersuche im Netz gibt." Der leichte Zynismus in seiner Stimme war nicht zu überhören, als er fortfuhr: „Wie man hört, sind wir Männer im Netz auf einem anderen Kurs – dem bequemeren und billigeren. Dort draußen leben wir angeblich freier und ungehemmter unsere Triebe aus, jagen lustvoll nach gebärfähigen Frauen, die sich mühelos von uns abschleppen lassen. Ob man den virtuellen Frauenverschleiß, sei er nun tatsächlich oder eingebildet, als eine Art moderne Männlichkeitsdarstellung bezeichnet oder als eine einsame Art zu leben, das, hm, das weiß ich selbst nicht." Manuel nervten derartige stereotype Denkschablonen gewaltig und er nutzte die Gunst der Stunde, sie mit subtilem Sarkasmus zu kritisieren, ohne dabei seine Stimme zu erheben und in Wut zu geraten.

„Mein Mitbewohner behauptet ständig, das ewige Eheversprechen gehöre ins letzte Jahrhundert und in einer festen Beziehung könne man ganz selbstverständlich Nebenbeziehungen pflegen", sagte Clarissa darauf, die selbst wenig überzeugt davon klang.

„Ziemlich selbstgefällig und herablassend", kommentierte Giulia, die aber meinte, dass Monogamie nichts mit Liebe zu tun hätte. Mit zwei Fingern kramte sie das Handy aus ihrer löchrigen Jeanshose heraus.

„Aber so einfach ist das nicht", funkte Mara dazwischen. Sie erhob sich aus dem Korbsessel und ging schnurstracks auf Manuel zu. „Fakt ist doch", brachte sie mit starker Stimme hervor, „dass sich im Netz sexistische und über Jahrzehnte verinnerlichte Plattheiten über veraltete Frauenbilder geradezu pandemisch über den Globus verbreiten, ohne dass daran irgendjemand Anstoß nimmt."

Giulia legte ihr Handy auf den Tisch, stand auf und rannte zum Pool. Statt die Dinge auszudiskutieren, Meinungen und Interessen auszugleichen, brauchte sie jetzt eine Abkühlung. In voller Montur sprang sie kopfüber in das kühle Nass hinein und quietschte vor Freude, als sie den Kopf wieder aus dem Poolwasser rausstreckte. Die Freunde nahmen keine Notiz von ihr und redeten einfach weiter. Die Welt um sie herum schien vergessen.

„Ich habe nicht an die Männer gedacht, die einen Event daraus machen, Frauen zu betrügen, zu belügen, ihnen nachzustellen, sie abzuschleppen. Es ging mir um die viel-beschworene Treue in einer Langzeitbeziehung. Ähm, darum, wie man Sex und Erotik darin am Leben erhalten kann, ohne sich laufend auf Nebenschauplätze einlassen zu müssen", verteidigte sich Manuel.

„Das ist doch ein quälend-lähmender Marathon, wenn man sich aus reinem Pflichtgefühl ein Leben lang mit ein und derselben Person abrackern muss. Außerdem hast du vorhin selbst gesagt, dass Affären neuen Schwung in Beziehungen bringen. Oder habe ich da was falsch verstanden?"

„Nein, hast du nicht. Davon bin ich nach wie vor überzeugt, vorausgesetzt etwaige Affären werden offen angesprochen und konstruktiv aufgearbeitet. Eine Geheimnistuerei zerstört doch die emotionale Sicherheit in einer Beziehung", konterte Mara.

„Emotionale Sicherheit?" Auf Manuels Stirn bildeten sich Denkerfalten. Er wirkte etwas desillusioniert, auf eine Art, die man nicht richtig bestimmen konnte. Mara begründete: „Heutzutage geht es in den Beziehungen nicht mehr um die wirtschaftliche Sicherheit, die früher bei einem Seitensprung in erster Linie gefährdet war, sondern um die emotionale Sicherheit, die, wenn sie zerstört ist, eine Identitätskrise bei der betroffenen Person auslösen kann. Weil dann das Bild zerstört ist, dass man alles für den Beziehungspartner ist – Sexpartner, Freund, Seelenklempner, Kumpel – und man seine Erwartungen und Ansprüche analysieren und kritisch hinterfragen muss." Mit unbeteiligter Miene beobachtete sie Clarissa, die intensiv mit ihrem Handy beschäftigt war, erhob sich und sagte nachdenklich: „Aber du hast recht, Manuel. Auch ich kann mir keinen Reim darauf machen. Ich meine, wie es zu schaffen ist, Erotik in einer langen Beziehung am Leben zu erhalten?"

„Erotische Intelligenz." Clarissas Kommentar überraschte sie, vor allem, weil er so unerwartet kam. Sie legte das Handy zur Seite und gestand ein, dass sie mit Dennis eine Paartherapie machen wollte. „Schon mal was davon gehört?", fragte sie. Manuel schüttelte den Kopf. Mara verneinte ebenfalls. Offensichtlich konnte Clarissa gleichzeitig Nachrichten auf ihr Smartphone eintippen und zuhören. Denn sie wusste genau, worüber die beiden sprachen, als sie fortfuhr: „Auch mir stellt sich die Frage, wie es Leute schaffen, über Jahrzehnte die Lust und Erotik in einer Partnerschaft aufrechtzuerhalten. Doch als mich Giulia auf Esther Perel aufmerksam machte, begann ich mich mit ihren Ansätzen zu beschäftigen und wurde fündig."

„Klingt spannend. Erzähl", sagten die beiden wie aus einem Mund.

„Hm. Perel sieht in Affären und Seitensprüngen nicht das Ende einer langjährigen Beziehung, sondern Chancen auf eine Neuausrichtung, auf Wachstum, Selbstentdeckung und auf mehr Lustgewinn. Verständlich, dass ihre progressiven Ansätze nicht überall auf Zustimmung stoßen und sie sich mit Hassmails der übelsten Art auseinandersetzen musste. Sie ließ sich jedoch nicht entmutigen und ging mit dem sehr emotionalen Thema ‚Untreue in traditionellen Beziehungen' an die Öffentlichkeit. Sie gründete einen Podcast und stellte immer wieder die simple Frage: *Where should we begin?* In ihren Vorträgen können die Zuhörer eigene Ideen und Konzepte auf einer großen Bühne präsentieren. Weltweit motivierte sie Paare, an ihren öffentlichen Therapiesitzungen teilzunehmen. Auch wenn die vollständige Anonymität dabei nicht garantiert war, breiteten Millionen von Menschen ihr innerstes Gefühlsleben aus und redeten über intimste Beziehungsprobleme. Zwar sind die Ansätze von der Therapeutin nicht neu, aber das digitale Angebot ist einzigartig." Clarissa beteuerte, dass sie davon zwar fasziniert sei, da es sich theoretisch gut anhören würde, doch sexuelle Untreue und mangelnde Verlässlichkeit hätten ihr schon immer schwer zu schaffen gemacht, und das Thema würde sie nach wie vor ziemlich belasten.

„Affären, Erotik, Sex – das sind mächtige Beziehungsthemen", brachte sich Giulia ein, die wieder unter ihnen weilte und gleich wusste, worum es ging. Sie hatte sich zurechtgemacht und sah in der weißen Sommerbluse zum Anbeißen aus. „Ehrlich, das ist auch der Grund, warum ich mich auf Lucas nicht einlassen will. Weder läuft die Sache rund, noch sind die Chats mit ihm befriedigend. So ist es unmöglich herauszufinden, was wirklich los ist. Ist es der Reiz des Verbotenen? Der Durst nach Abenteuer und Abwechslung? Will er gewisse unerfüllte Sehnsüchte mit Erfolg krönen?" Zwanglos plauderte Giulia heraus, worüber sie sich im Moment in dieser Liebesangelegenheit den Kopf zerbrach.

„Der Mann soll sich besser auf Tinder umschauen. Dort kann er sich nach Lust und Laune austoben", riet ihr Clarissa unverhohlen.

„Bei Tinder findet er jede Menge Frauen, die Lust auf schnellen Sex haben, wenig Wert auf persönliche Ansprachen und das romantische Drumherum legen. Man muss sich weder auf den anderen einlassen, noch eine Einladung für ein Abendessen oder ins Kino aussprechen", bekräftigte Mara, die wieder im Korbsessel im Schatten saß, und, wie es den Anschein hatte, schon praktische Erfahrungen mit der Dating-App gemacht hatte.

Manuel hörte angespannt zu. Doch er ließ Mara erst ausreden, bevor es regelrecht aus ihm herausplatzte: „Wisst ihr, dass sich bei Tinder so mancher Flirt als Betrug entpuppt und im Stalking endet?"

„Darüber habe ich mir echt noch keine Gedanken gemacht." Clarissa schaute Giulia an, die verneinend den Kopf schüttelte.

Manuels Beschützerinstinkt erwachte. Wild entschlossen fing er an: „Probleme gibt es vor allem dann, wenn ein Mann eine Zurückweisung nicht verkraftet, seine Machtposition aber mit aller Gewalt verteidigen will." Er machte eine Pause, atmete tief ein und fuhr mit leiser Stimme fort. „Das Prinzip von Tinder ist denkbar einfach: Wenn eine Frau einem Mann gefällt, dann wischt man rechts über das Display und ein grüner Kasten erscheint mit dem Wort: Like. Gefällt ihm eine Frau nicht, wischt er sie nach links, und weg ist sie. Wenn sich zwei Personen ein ‚Like' schenken, kommt es zu einem ‚Match'. Der Love-Chat kann beginnen."

„Für Menschen ab dem dreißigsten Lebensjahr, die in der Leistungsmaschine gefangen sind, ist Tindern ein extrem bequemes und billiges Mittel auf der Suche nach Liebe", äußerte sich Clarissa dazu.

„Ganz genau. Denn persönliche Treffen ergeben sich gewöhnlich sehr schnell, auch wenn man bis zuletzt nicht weiß, wer einem dann tatsächlich im realen Leben begegnen wird", bekräftigte Manuel spontan und führte aus, dass es den Leuten meist um Sex gehen würde, so lange, bis ein Partner anfängt, unbequeme Fragen und Forderungen zu stellen. „Wenn einem das dann zu viel wird, holt man sich den nächsten Partner, die nächste Partnerin. Zweifellos kann man auf diese Weise jede

Menge von unterschiedlichen Bekanntschaften machen. Selbst, wenn man an One-Night-Stands kein Interesse hat."

„Warum kennst du dich bei Tinder so gut aus?", fragte Giulia neugierig und setzte sich gerade auf.

Aus der zerknautschten Zigarettenschachtel vor ihm fischte Manuel abermals eine Zigarette heraus. Anstatt sie jedoch anzuzünden, hielt er sie zwischen den Fingern. Er antwortete: „Mein Sohn." Es dauerte eine Weile, bis er mit etwas mehr Details herausrückte: Dass sein Ältester der App verfallen wäre und ihm nichts anderes übrig geblieben sei, als sich damit auseinanderzusetzen. Da er den Kontakt zu Tobias nicht verlieren wollte. Und mit einem sachlichen Vatergesicht bemerkte er: „Im europäischen Vergleich gehören Deutschland und Großbritannien zu den größten Tinder-Märkten. Seit der Jahrtausendwende sind in diesen Ländern weit über 100 Millionen Profile angelegt worden. Bei Tinder werden oft Leute aus der unmittelbaren Umgebung angezeigt, was für die schnelle Erreichbarkeit dienlich ist. Natürlich kann jede Person selbst entscheiden, was und wie viele Informationen man über die persönliche Wohnsituation, über Vorlieben und Interessen preisgegeben will. Kinder und Jugendliche kommen damit aber nicht zurecht. Da sie doch schnell und freiwillig alles über sich herausrücken, wenn es um Liebe und Erotik geht."

Manuel betonte, dass er das Suchen nach Liebe in der digitalen Welt keineswegs per se verteufeln würde, und dass nicht hinter jedem digitalen Liebesprofil gleich eine Enttäuschung lauern würde, aber die Sache mit seinem Sohn würde ihn sehr beschäftigen. Seit Monaten würde er sich überwiegend in seinem Zimmer verschanzen, egal wo, in Kopenhagen bei ihm oder in Hamburg bei seiner Ex. Es war ihm anzusehen, dass ihm die Sache unter die Haut ging.

Giulia zeigte sich verständnisvoll und lenkte das Thema in eine andere Richtung, indem sie darauf hinwies, dass die sozialen Medien einem auch Möglichkeiten eröffnen würden, neue, weltumspannende Räume zu entdecken. Sie argumentierte vor allem damit, dass man im Internet binnen Sekunden mit befreundeten Menschen auf der ganzen Welt in Kontakt treten könne. Und dass in Zeiten von hohen Leistungsanforderungen, internationaler Mobilität und persönlichen Verpflichtungen das Internet eine effiziente Sache sei, sich schnell zu informieren und umzuschauen, wenn man mit einer bestehenden Beziehung unzufrieden sei, einen Abbruch verkraften müsse oder sich einfach nur neu orientieren wolle. „Zweifelsohne haben Google, Facebook, Instagram und alle anderen auch Vorteile", folgerte sie.

Clarissa, die sich aus guten Gründen zurückgehalten hatte, wandte sich höflich an Manuel: „Du lebst in Kopenhagen. Deine Söhne pendeln zwischen Hamburg und Kopenhagen hin und her. Deine Freunde sind auf der ganzen Welt verstreut und …"

„Diese Beziehungen sind aber alle in der Realität gewachsen", unterbrach er sie energisch.

„Und, ähm, in solchen Fällen ist das Internet einfach spitze. Was ich kritisiere und noch mehr bezweifle, ist, dass wegen eines bloßen digitalen Kontaktes eine Liebesbeziehung entwickelbar ist, die in der Realität über einen längeren Zeitraum hinweg Bestand hat."

„Die digitalen Medien haben aber auch meine in der Realität gewachsenen Kontakte ganz schön im Griff." Diesen neuen Aspekt brachte Giulia ein.

„Hm. Wie soll man das verstehen?", fragten Manuel und Clarissa gleichzeitig.

Sie würde die Leute in ihrem privaten Umfeld immer weniger oft in der Realität treffen, erläuterte Giulia ihre Gedanken und fuhr fort: „Wir chatten inzwischen doch alle quasi Tür an Tür. Stundenlange persönliche Gespräche. Das Zusammensitzen wie früher, in denen die Tagesaktivitäten besprochen oder Gedanken geordnet wurden, wenn die Emotionen hochschlugen, gehören heutzutage doch zu einer aussterbenden Kommunikationsform." Wohingegen man auf diese Nähe in der Kommunikation doch schlecht verzichten könne, wenn man beispielweise Vertrauen und soziale Sicherheit in einer Liebesbeziehung nach einem Seitensprung zurückgewinnen möchte. „Überhaupt, was heißt denn früher? Die Zeit ist ja gerade so mal vorbei." Giulia schnippte mit den Fingern, als ob sie die alten Zeiten herbeizaubern wollte. „Vor ein paar Jahren war es noch egal, was man füreinander tat.

Wichtig war, dass jemand da war, wenn man jemanden brauchte, und dass man sich darauf verlassen konnte. Heute findet man diesen Jemand immer weniger oft in der Realität als im Internet. Das ist doch verrückt!"

„Die Medien wirbeln unser soziales Miteinander ganz schön durcheinander. Verhaltensweisen, Werte. Ähm, all das verändert sich massiv." Clarissa fasste sich an die Brust, wo ihr Herz saß, war es doch genau das, was ihr in ihrer Ehe mit Dennis am meisten fehlte: Gehaltvolle Gespräche am Tisch, anstelle von endlosen WhatsApps und Mails. Ihr fehlten die einfachen Rituale in ihrer Beziehung: Gemeinsam positiv in den Tag starten, einen gemeinsamen Abend genießen, die ein oder andere Zärtlichkeit im Alltag, der Anruf, wenn es eine Terminänderung gibt. War sie zu Hause, stand Dennis in der Küche seines Sternerestaurants, instruierte das Personal, sprach mit den Gästen, saß bis tief in die Nacht im Büro. War er zu Hause, arbeitete sie in der Kanzlei, hastete von einem Gerichtstermin zum anderen. Kommuniziert wurde via Handy – zu Hause war man allein. Und weil Clarissa dieser Kopfzirkus zu viel wurde, stand sie wortlos auf und verschwand.

„So schwer es fällt. Wir kommen nicht umhin, unsere Beziehungen in der Realität zu pflegen", betonte Giulia. „Auf Dauer kommt doch keine Beziehung ohne nachhaltige, reale Kontakte aus. Wie soll man ein anderes Leben sonst verstehen?" Giulia saß Manuel gegenüber und fragte ihn unverblümt: „Wie oft hast du deine Ex in den Arm genommen, einfach so, ohne Grund, und ihr gesagt, dass es schön ist, dass sie da ist?" Sie beugte sich etwas nach vorn, weit genug, sodass er tief in ihren Ausschnitt schauen konnte, wich wieder zurück und richtete sich kerzengerade auf.

Manuel ließ das Feuerzeug aufflammen und zündete sich die Zigarette an, die er zwischen den Fingern hielt. Ungerührt sah er Giulia an, zuckte mit den Schultern und sagte in einem pathetischen Ton: „Vergangene Erlebnisse reichen auch nicht aus, um eine Beziehung nachhaltig zu pflegen. Auf der Basis von gegenwärtigen Momenten planen wir doch Zukünftiges. Menschen, die wir lieben, mit denen wir zusammenleben und zusammenarbeiten, müssen wir daran teilhaben lassen."

Während diese und die anderen Dialoge sehr berührend waren und zum Nachdenken anregten, war es ziemlich bedauerlich, dass Manuel danach verstummte, was wohl daran lag, dass sich Mara im Korbsessel regte. Wie eine Katze streckte sie sich, während sie herzhaft gähnte. Manuel schien total fasziniert davon zu sein, wie geschmeidig sie ihren superschlanken Körper von links nach rechts drehte.

„Habe ich was verpasst?", fragte sie spitzbübisch, als sie mit ihrer Darbietung fertig war, und erklärte, dass sie vor sich hingedöst und sich nicht auf die Konversation konzentriert hätte.

Giulia antwortete. „Wir sprachen über Love-Apps – Tinder und Co, darüber, dass man sich in der Liebe auf keine normierten Abläufe festlegen kann und dass ..." Mitten im Satz brach sie ab. In ihrer Haut fühlte sie sich unwohl, obschon sie von Natur aus zuvorkommend und gefällig war. Die Rolle der braven Schülerin, die Rede und Antwort stand, sobald man sie fragte, hatte sie hinter sich gelassen. Manuel könne doch berichten, sagte sie schnippisch, stand auf, um nach Clarissa zu suchen, die wie vom Erdboden verschluckt war.

Eilig ging sie in die Küche, danach durch den Garten die Treppen zum Pool hinunter. „Vielleicht füttert sie ja die Fledermäuschen im Keller, am Hang, unterhalb vom Pool", rief ihr Mara heiter hinterher.

Der Erdkeller stand offen. Giulia ging langsam und in leicht gebückter Haltung hinein. Ihr Blick wanderte herum. Es schien sich um einen zweckentfremdeten Lagerraum zu handeln, in dem der Gärtner, der auch für die Poolanlage zuständig war, seine Gerätschaften in einer Ecke aufbewahrte. In der gewölbten Decke klafften Risse, und im Gemäuer gab es unzählige Nischen und Löcher durch die Sonnenlicht drang und die kleinen Vampire rein- und rausfliegen konnten. Von einem befreundeten Biologen wusste sie, dass die nachtaktiven und streng geschützten Tierchen auch Gebäude besiedelten, um sich dort tagsüber in den Mauerrissen zu verstecken und sich vor Eindringlingen zu schützen. Der Eigentümer der Finca muss ein Tierschützer sein, überlegte sie, weil er die Nachtjäger nicht aus ihrem Kellerquartier verjagte. Ob sie sich gerade an der Decke kopfüber schlafend festhielten oder im Gemäuer versteckten, konnte Giulia beim besten Willen nicht erkennen. Und ganz gewiss wollte sie die Kerlchen nicht aufscheuchen. Zumal ihr bei dem Gedanken, sie könnten jederzeit über ihren Kopf hinwegfegen, unheimlich wurde und sie sich deshalb auf und davon machte. Als Giulia draußen um die Ecke in Richtung Pool ging und Clarissa mit einer Sichel in der Hand, einem Küchensieb und Beutel wie aus dem Nichts vor ihr auftauchte, stieß sie einen lauten erschreckten Ton aus.

„Hast du ein Eis dabei?, scherzte Clarissa.

„Nee. Ich habe nach dir gesucht. Und bei der Gelegenheit erfahren, dass sich im Keller Fledermäuse eingerichtet haben. Was machst du hier unten?"

Giulia ließ sich die Furcht vor den Tierchen nicht anmerken und tat so, als sei nichts geschehen. Ihre Freundin liebte Tiere. Fledermäuse genauso wie Lino, den Esel auf dem Nachbargrundstück, den sie täglich mit einem Apfel fütterte.

„Ich sammle Kräuter für die nächste Runde Limo. Die ersten zwei Liter gingen ja weg wie nichts. Außerdem lenkt mich das ab."

„Aha. Brauchst du Hilfe?"

„Nein. Bin gleich fertig."

Giulia stieg die Natursteintreppen zur Terrasse wieder hoch. Schon von weitem erkannte sie, dass Mara nach ihr Ausschau hielt. Und als sie an den Tisch trat, warf sie ihr einen fragenden Blick zu. Clarissa würde im Garten Kräuter sammeln, erwiderte Giulia sogleich und fragte Mara leicht provozierend, ob sie denn was verpasst hätte? Mara ging auf ihre Anspielung mit keinem Wort ein, während sich Giulia an die Kopfseite des Tisches setzte, wo sie die Geschehnisse im Blick hatte. Sie war immer noch etwas verstimmt, was sie auf Maras affektiertes Getue zurückführte. Mal sitzt sie da, mal dort. Mal schläft sie, mal beteiligt sie sich, sodass sie stets die gesamte Aufmerksamkeit auf sich zog.

„Kennt jemand John Wilson?", fragte Manuel plötzlich aus heiterem Himmel und unterbach Giulias wirren Gedankenstrom. Gleich darauf lief er ins Haus und kam mit einem Buch unterm

Arm rasch zurück. „Ich liebe dich so, wie du bist'", sagte er und verriet, dass er das unscheinbare Büchlein vorgestern im Bücherregal entdeckt hätte. Seither würde er zwischendurch zwei, drei Seiten darin lesen. Schneller wäre der kompakte Stoff nicht zu schaffen. Er blätterte ein paar Seiten um, dann wieder zurück, bis er die gesuchte Stelle fand, mit der er sich intensiver auseinandergesetzt hatte. Und zitierte: „dass, wenn die Partner über keine individuellen Fähigkeiten verfügen würden, über Eigenschaften, die dem anderen fehlen und nach denen er sich sehnt, ..." Manuel hielt kurz inne, bevor er weiterlas: „dass dann die erotische Spannung und das Begehren nicht ausreichen würden, die Liebe zwischen zwei Menschen nachhaltig zu nähren." Aus einer Beziehung würde vielleicht Harmonie, Wohlwollen, Teilhabe, gegenseitiges Interesse, aber es würde keine elektrisierende Kraft entstehen, wie sie nur zwischen zwei gegensätzlichen Polen aufkommen könne und die für romantisch Liebende von größter Bedeutung sei. Lust und Erotik allein würden auf Dauer zwar stimulierend wirken, in leidenschaftlichen Beziehungen könne das aber zu erotischer Eifersucht und problematischen Machtkonflikten führen, fasste Manuel am Schluss zusammen. Dann legte er das Buch auf den Tisch, die aufgeschlagenen Seiten nach unten und schob sein leeres Glas beiseite. „Beim Lesen ging mir durch den Kopf, dass es dem Millionengeschäft der Onlinepartner-Industrie schnurzpiepegal sein kann, ob diese elektrisierende Kraft zwischen zwei Liebenden entsteht, oder nicht. In erster Linie muss die Kasse stimmen. Den Konzernen und Verlagen, die sich dahinter verstecken, geht es um wirtschaftliche Interessen, darum, jährliche Umsätze in zweistelliger Millionenhöhe zu generieren, weit weg von jeglicher Gefühlsduselei. Und weit weg von philosophisch-schöngeistigen Ansätzen." Manuel sah zu Giulia hinüber, gespannt darauf, wie sie sich dazu äußern würde. Ihre freigeistige Haltung schien im gut zu gefallen, da sie horizonterweiternde Beiträge jenseits des Mainstreams in die Gespräche einbrachte, ohne verkrampft und starrköpfig zu wirken. Giulia wiegte sich gerade rhythmisch im Takt der Musik, die aus der Küche drang. Sie machte aber keine Anstalten irgendetwas darauf sagen zu wollen.

„Hits aus den 80ern und 90ern." Clarissa tänzelte barfuß mit einem Tablet aus der Küche und schenkte am Tisch die frisch angesetzte Kräuterlimonade in vier Gläser ein.

„Was für eine Wohltat", schwärmten alle und bedankten sich fast schon überschwänglich für das durstlöschende Getränk.

„Wir haben schon vernommen, dass du im Garten auf der Suche nach Kräutern unterwegs warst", sagte Mara bestens gelaunt.

„Vegan, durch und durch", antwortete Clarissa stolz. Sie erhoben ihre Gläser und stießen auf ihr Zusammensein an – den eigentlichen Zweck des Kurztrips.

„Nun sag schon, Giulia, wie findest du die Aussagen von Wilson?", fragte Manuel sie direkt, „ich würde gern darüber diskutieren."

„Nun ja. Alex kam mir in den Sinn. Die vielen Machtkonflikte, der Beziehungsstress und, und, und." Giulia bedankte sich für den Literaturtipp und meinte, darüber intensiver nachdenken zu wollen. Während sie nach dem Buch griff, das vor ihr auf dem Tisch lag.

„Und du, Mara?"

Manuel war wirklich erpicht darauf, weiter darüber zu diskutieren. Doch Mara zögerte, schaute zur Seite. Es war ein ungewohntes Bild, das die sonst redselige 46-Jährige abgab.

„Was ist?" Ungeduldig wippte Manuel mit dem rechten Fuß, während Mara schwieg.

„Lass doch", kritisierte Giulia sein Verhalten. Sie hätte ihn schließlich wegen des Zustands seines Sohnes auch nicht gelöchert. Eher intuitiv nahm sie Mara in Schutz. Am Tisch wurde es still. Nur Lino schrie ein paarmal. Als Manuel im Begriff war wegzugehen, räusperte sich Mara und fing leicht nervös an: „Wilsons Ansätze klingen plausibel. Und, ähm, meine Ex-Beziehung war weder erfüllend noch elektrisierend. Obwohl wir uns gegenseitig respektierten, es harmonisch zuging. Hm. Bis mir schließlich bewusst wurde, dass ich auf Frauen stehe, und ich mich dieser Tatsache stellen muss."

„Frauen?", unterbrach Manuel, dem erst einmal die Sprache wegblieb.

Maras Stimme klang jetzt rau und belegt, worauf ihr Clarissa Limonade nachschenkte. Sie nahm das Glas, leerte es in einem Zug und gestand, dass sie sich zunächst heimlich auf verschiedenen Plattformen umgeschaut und gezielt nach Frauen gesucht hätte.

Manuel griff nach der zerknautschten Zigarettenschachtel, drehte sie auf dem Tisch hin und her.

„Ehrlich?"

„Maximal ehrlich!"

Mara hatte sich wieder gefangen, und ihre Stimme klang klar und kräftig wie eh und je. Ihr spontanes Coming-out kam für alle überraschend. Im Gegensatz zu Clarissa und Giulia war Manuels seelisches Gleichgewicht doch ein wenig aus dem Lot geraten.

„Aha, jetzt verstehe ich auch deinen Kommentar, dass Frauen ohne romantisches Brimborium Lust auf Sex haben können. Ich habe mich schon gefragt." Clarissa fasste sich an den Kopf, so als ob sie gerade eine wichtige Entdeckung gemacht hatte.

„Bi oder lesbisch?", fragte Manuel mit einem angespannten Gesicht. Es fiel ihm schwer zu glauben, was er gerade gehört hatte. Und zweifellos musste er jetzt seine Hoffnungen begraben.

„Lesbisch. Seit zwei Jahren wohne ich mit Linda zusammen, und, ähm, bald wird geheiratet. Endlich habe ich mein Glück gefunden und den Menschen, der mir guttut. Mit meinem Ex-Mann verschwendete ich viele Jahre meines Lebens. Immer fehlte mir etwas, das, was man das Gelbe vom Ei nennen könnte. Als schließlich eine neue Kollegin in meine Abteilung kam, geschah es: Ich verliebte mich. Konnte nichts dagegen tun. Mein Single-Leben in London und meine Sucherei im Internet waren auf einen Schlag beendet – obschon es nicht leicht war, mich einer jüngeren Frau zu öffnen, die bereits mit einer Frau verheiratet war, ähm, und über jede Menge lesbischer Erfahrungen verfügte."

Mara war sichtlich erleichtert und atmete tief ein, als sie aufstand, auf Manuel zuging und ihn von hinten umarmte. Aus ihrem Innern strahlte eine Ruhe und Gelassenheit aus.

„Das muss ich erst mal verdauen." Manuel blieb teilnahmslos auf seinem Stuhl sitzen und starrte vor sich hin.

„Ich weiß. Aber danke, dass du nicht locker gelassen hast." Mara legte ihm fürsorglich eine Hand auf die Schulter. Um ihrer Freundschaft willen hätte sie ihm das längst sagen sollen, da ihr seine Aufmerksamkeiten und sehnsüchtigen Blicke nicht entgangen seien, erwähnte sie.

Manuel hatte sich gefangen, wirkte selbstsicher und doch betroffen. „Seit der Schulzeit kennen wir uns. Ähm. Damals bin ich voll auf dich abgefahren. Jetzt schäme ich mich über meine Teenagerfantasien und dass ich diesen noch nachhänge. Am meisten bedaure ich aber, dass ich dir keinen Raum ließ, dich mir frei und ohne Zwang anzuvertrauen."

„Wow. Was für eine großzügige Geste." Giulia war begeistert, auch wenn Manuels Worte etwas kitschig und übertrieben klangen. „Und ich dachte, Himmel, was für eine Romanze. Da konnte man schon richtig neidisch werden", kommentierte sie offen die neue Realität.

„Was soll's! Hauptsache der Liebeshimmel tut sich über einem auf – ob nun schwul, lesbisch, hetero oder was auch immer. Warum zum Teufel stellen wir uns die Liebe immer nur zwischen zwei Heteros vor?" Clarissas versöhnlichen Worten, stimmten alle ohne Wenn und Aber zu.

„Dann, dann wollte ich noch was sagen, nämlich, ähm." Maras Stimme überschlug sich fast vor Freude. „Nämlich, dass ich mich, ähm, weil ich mein Schicksal selbst in die Hand nehmen wollte, bei ElitePartner angemeldet hatte. Auch, hm, weil ich nach ein paar Jahren ohne feste Beziehung selbstbewusster mit meinen Bedürfnissen und meiner Neigung umgehen – unbeschwerter und freier nach einer Frau suchen konnte. Ich musste erst innerlich heranreifen und mit mir selber klarkommen, bevor ich mich auf das Neue einlassen konnte. Und nun bin ich guten Mutes und kann behaupten, dass jeder Mensch selbst herausfinden muss, was er braucht und ihm guttut. Mit Linda habe ich meine Lebensendliebe gefunden. Sie betreibt inzwischen eine kleine Kunstgalerie in London. Nachdem wir unsere Beziehung etabliert hatten, verließ sie meine Abteilung und fand das, was sie immer schon machen wollte: Moderne Kunst sammeln und verkaufen."

Giulia eilte in die Küche, holte eine Flasche Sekt aus dem Kühlschrank und brachte sie zusammen mit vier Sektgläsern auf einem Tablett auf die Terrasse. Am Tisch löste sie die Agraffe und ließ den Korken mächtig knallen.

„Darauf stoßen wir jetzt an – auf ein langes Beziehungsglück für Mara und Linda. Auf uns alle. Möge uns die Liebe zufallen, und wir den Mut finden, uns darauf einzulassen." Giulia jubelte, als Clarissa einschenkte und Manuel feierlich seine Stimme erhob: „Auf Freundschaft, Liebe und das Leben." Offen sprach er dann über seine Liebesbrüche. Und dass er nach der letzten Schlappe eine innere Schutzwand aufgebaut hätte. Er sei zwar kein typischer Casanova, aber mal die, mal jene, das wäre aktuell die einzige Option, auf die er sich einlassen würde. Eine feste Beziehung würde er nicht vermissen. Dagegen das Gefühl von Vertrautheit und Innigkeit, das schöne Gefühl von Gemeinsamkeit, abends auf dem Sofa und morgens beim Aufwachen. Das, ähm, das würde er ehrlich vermissen. Und ließ seinen Blick über seine Zuhörerinnen schweifen.

„Ein bisschen wirkst du jetzt auf mich wie ein erschöpfter Mann mit Eheschaden", analysierte Giulia scharf und behauptete felsenfest, dass sich alle Sehnsüchte und emotionalen Bedürfnisse im tristen Alltag ändern würden, und man keinen Anspruch auf Schadenersatz hätte, sollten sie unerfüllt bleiben.

„Und doch trachten wir alle danach, mit unseren Sehnsüchten genau diesem Alltag zu entkommen", vertiefte Clarissa ihren Gedanken.

„Kommt, lasst uns den Rest des Nachmittags allein verbringen", schlug Manuel vor und fügte hinzu, dass er das alles erstmal verdauen müsse.

„Gute Idee. Mir fehlt sowieso komplett die Konzentration", entgegnete Mara und meinte schelmisch, dass sie es sich hätte nicht vorstellen können, auf dem Kurztrip in ein Selbstfindungsseminar mit den Freunden zu geraten. Dann kündigte sie an, einen Spaziergang in der Umgebung zu machen.

Da Giulia mit dem Kochen dran war, fragte sie, wer ihr beim Schnippeln des Gemüses und Reinigen der Muscheln helfen würde.

Und verabredete sich mit Manuel und Clarissa um 18 Uhr in der Küche. Mara war bereits verschwunden. Clarissa holte zwei kleine Äpfel aus der Küche. „Für Lino", rief sie Giulia zu und schlenderte pfeifend zum Nachbargelände. Manuel schnappte sich eine Fachzeitschrift für Brückenbau und setzte sich in den Korbsessel in eine Ecke auf der Terrasse, wo er ungestört war. Giulia ging ins Schlafzimmer, um ihren Koffer zu packen. Der Blick auf die Uhr verriet ihr, dass sie fast drei Stunden für sich hatte. Sie warf den Koffer auf eine Betthälfte und fing an, Kleidungsstücke, Schuhe und Geschenke hineinzupacken. Den zur Hälfte gepackten Koffer ließ sie offen auf dem Bett liegen und beschloss, sich auf die freie Betthälfte zu legen, um sich in aller Ruhe die morgige Abreise und die Vorbereitungen für das heutige Abendessen durch den Kopf gehen zu lassen. Auf dem Speiseplan stand: Miesmuscheln auf französische Art mit einer Soße aus Muscadet, Schalotten, Karotten, Stangensellerie, Knoblauch, Kräutern, Crème fraîche.

Darüber musste sie wohl eingeschlafen sein. Denn als sie wieder auf die Uhr sah, war es kurz vor sechs. Mit einem Satz stand sie neben dem Bett, sauste ins Bad und bespritzte sich das Gesicht mit frischem Wasser. Danach flitzte sie in die Küche, wo Manuel gerade den Sack mit den frischen Miesmuscheln neben die Spüle stellte. Er wirkte sehr entspannt, lachte und sagte, dass ihm bereits der Magen knurren würde.

„Die Schalentiere müssen aber erst gewaschen und geputzt werden", meinte Clarissa, die zur Tür hereinkam und berichtete, dass Lino sofort den Hügel zu ihr heruntergelaufen sei, als er sie gesichtet hätte. Die Äpfel hätte er im Nu verputzt.

Während sie sich eine Schürze umband, auf der schwarze und grüne Oliven aufgedruckt waren, und sich ein sauberes Geschirrtuch über die Schulter warf, hob Manuel den schweren Sack vom Boden und kippte den Inhalt, der einen starken Geruch nach Meer und Algen verströmte, in das Waschbecken.

Mara kam am Küchenfenster vorbei und rief herein, dass sie noch schnell Linda anrufen werde, da sie wissen wolle, wie die gestrige Vernissage verlaufen sei.

Beim Säubern und Putzen der Muscheln kam Clarissa ins Nachdenken. Sie begann: „Inzwischen gelingt es mir besser, jede Begegnung und jedes Gespräch als ein Geschenk zu betrachten. Erst im Laufe der Zeit wurde mir bewusst, wie wichtig gute Gespräche sind." Sie klopfte mehrmals eine Muschel auf eine andere, warf die weg, die sie sich nicht mehr schließen ließen und erzählte aus ihrem Leben munter weiter: „Nach meiner Scheidung ging mir das Leben nicht leicht von der Hand. Kind, Studium, Arbeit – das war zu viel. Ähm, ich glaube, dass in der Liebe viele zueinanderpassen. An wen man schließlich und für wie lange sein Herz verliert, bleibt doch oft dem Zufall überlassen."

„Oder den Hormonen", ergänzte Manuel pointiert mit spitzbübischem Lächeln.

„Wohl wahr", bestätigte Giulia und bat Clarissa darum fortzufahren.

„Den Sprüchen ‚Wir sind wie füreinander geschaffen' oder ‚Jeder Topf findet seinen Deckel' kann ich ehrlich nichts abgewinnen. Es sind nichtssagende Kalendersprüche, mit denen man seine Mitmenschen traktieren und überholte Kräfte, traumhafte Einbildungen und Illusionen der Beharrung mobilisieren kann. Ich für meinen Teil bevorzuge Zufälle. Erst vor Kurzem las ich irgendwo, dass Menschen, die ihre Erfolge mehr dem Zufall als den eigenen Kompetenzen und dem Leistungsvermögen überlassen, eine größere Dankbarkeit dem Leben gegenüber entwickeln, und, ähm, und auch mehr für soziale Zwecke spenden würden."

„Binsenweisheiten sollten tatsächlich kritisch beäugt werden. Ihnen zu folgen, heißt doch, sich der Dynamik der Ereignisse zu verschließen, alles auf sich zukommen lassen und keine Initiative entwickeln. Anstatt darauf zu vertrauen, folgen wir blind der zersetzenden Wirkung von Zeit und Tradition. Ziemlich reaktionär", bekräftigte Giulia knapp Clarissas Meinung und konzentrierte sich dann wieder stark dem Berg Muscheln vor ihr.

„Schon wieder etwas Nachdenkenswertes", scherzte Manuel, drehte sich um und fing an, den Tisch zu decken. Morgen, in aller Herrgottsfrüh, würden sie sich zum Flughafen aufmachen, um, jeder für sich, in eine andere Richtung nach Hause zu fliegen, dachte er wehmütig, während er am Lavendelstrauß auf dem Fensterbrett herumzupfte und sich an den Tisch setzte. Seit zwei Jahren war Manuel in einem bekannten Architekturbüro in Kopenhagen beschäftigt. Dänische Kollegen wurden auf seine Arbeiten aufmerksam. Gerade arbeitete er an mehreren Brückenprojekten, die zu den architektonischen Meisterwerken Kopenhagens zählen. Die Brücken in Kopenhagen sind nicht nur dazu da, um von A nach B zu kommen, sondern es sind Orte der Begegnung, der Einkehr und Entspannung. Orte des vielfältigen Lebens, der sozialen Kommunikation. Vorhin auf der Terrasse zerbrach er sich den Kopf darüber, wie sich der Aufbau einer *Circle Bridge* noch spektakulärer gestalten lässt, damit sich der Blick in den kreisförmigen Plattformen automatisch auf den Himmel richtet.

Während Clarissa und Giulia fleißig Karotten und Tomaten schnippelten, sich über dieses und jenes unterhielten, schneite Mara zur Tür herein. Der Spaziergang hätte ihr sehr gutgetan. Ihr Kopf wäre jetzt viel klarer. Sie setzte sich neben Manuel, der seine Mails checkte. Er scrollte Dutzende Nachrichten von seinen Kollegen durch, bevor er die Mail von seinem Sohn öffnete. Nach einer Weile sagte er, dass ihn Tobias morgen am Flughafen abholen würde. Er sei ganz spontan nach Kopenhagen gereist.

„Was für ein schöner Zufall", griff Giulia das Thema von vorhin wieder auf und führte aus: „Als mir ein offener Umgang mit Zufällen gelang, lernte ich mein Temperament und meine Einbildungskraft zu beherrschen, ohne meine Leidenschaft und Zuwendung für den Augenblick zu verlieren."

„Das ist mir zu kompliziert. Was meinst du genau?", fragte Clarissa ungläubig.

„Ähm, hört sich vielleicht gestelzt an. Also ein Beispiel: Es ist nicht lange her, als sich ein aparter Amerikaner in den Fünfzigern in einem Konzert neben mich setzte. Schon vor Konzertbeginn fing er an, mit mir zu plaudern, was für Amerikaner so ziemlich das Normalste auf der Welt ist. Er erzählte von seiner Scheidung, seinen Reisen als Privatier, seinem schwerkranken Vater. Und es dauerte nicht lange, bis er mir auf seinem Smartphone seine digitale Fotogalerie präsentierte: Das luxuriöse Wohnhaus in Florida, den gepflegten Garten, das riesige Wohnzimmer mit Designer-Möbeln, die süßen Enkel. Nach dem Konzert, als ich mich verabschieden wollte, sagte er, dass sein Vater in dem Moment gestorben sei, als die Musiker die Fünfte von Tschaikowski gespielt hätten. Ich war wie vor den Kopf gestoßen, blieb jedoch höflich, bekundete mein Beileid, obwohl ich mit dem familiären Trauerfall ja nun wirklich nichts zu tun hatte. Schließlich haben wir uns in der Menge aus den Augen verloren. Trotzdem, dass ich die Situation ziemlich merkwürdig fand, feierte ich an diesem Abend einen persönlichen Triumph – den Triumph über meine Interpretationen und mein manchmal zu großes Mitleid für andere." Giulia wirkte abwesend.

„Woran denkst du jetzt?", fragte Clarissa, die ihre Freundin genau beobachtete.

„Hm. An die Unabhängigkeit – meine innere Unabhängigkeit. Und dass ich mittlerweile in der Lage bin, mein Leben so zu leben, wie es für mich gut ist, ich es nicht nach den Wünschen und Erwartungen von anderen ausrichte. War ein langer Prozess, da ein unabhängiges Leben für eine Frau keine Selbstverständlichkeit ist. Daran hat sich bis heute wenig geändert." Nachdenklich schnitt Giulia die Karotten in kleine Streifen.

„Das hat mir schon immer an dir imponiert", erwiderte Clarissa.

„Was denn?", fragte Giulia.

„Dass du deinen Weg gehst, ziemlich furchtlos sogar."

„So, so!" Giulia blickte ein wenig skeptisch.

Clarissa kam noch einmal auf den Amerikaner zu sprechen.

„Wer weiß, vielleicht war der Typ ein Hochstapler, der das alles nur vorgab, um dir zu imponieren", analysierte sie trocken, während sie die Schalotten in grobe Stücke zerhackte und Knoblauchzehen auspresste.

„Hm, an deinem Verdacht könnte was dran sein." Giulia stellte eine Pfanne auf den Herd, schwitzte die Schalotten mit dem Knoblauch in Olivenöl an, gab die schräg geschnittenen Karotten samt Tomaten, Chilischoten und eine Handvoll Kräuter hinein. Den Sud ließ sie vor sich hin köcheln und erhitzte auf einer anderen Herdplatte in einem großen Topf Wasser, in dem dann die Muscheln mit dem Selleriegemüse so lange gegart wurden, bis alle Muscheln geöffnet waren. Anschließend goss Giulia den größten Teil des Wassers ab und gab eine Dreiviertelliter-Flasche Muscadet hinein. Vorsichtig rührte sie das Gemenge um und ließ es nochmals vor sich hin köcheln. Zum Schluss verteilte sie die gehackten Kräuter über dem Gericht. Fertig. Clarissa legte das aufgebackene Baguette auf den Tisch, das Manuel und Mara gestern zusammen mit den Muscheln, dem Gemüse und Wein in den Markthallen des Mercat de Santa Catalina eingekauft hatten.

Im Gegensatz zum Naschmarkt in Wien oder zum Viktualienmarkt in München, wo ganze Busse vorfahren und Hundertschaften von fotografierenden Touristen aussteigen, ist der beschauliche Markt in Santa Catalina noch nicht von Touristen überlaufen. Und man zumeist auf Einheimische aus dem Viertel trifft.

Clarissa setzte sich zu Manuel und Mara an den Tisch, während Giulia den riesigen Topf mit den Muscheln darauf abstellte. Sie öffnete den Deckel. Die halb geöffneten Muscheln verströmten einen intensiven Geruch nach Tang, säuerlichem Wein, Knoblauch und Kräutern.

„Hunger, Hunger!", rief Mara mit lauter Stimme und beobachtete akribisch die Vorgänge am Tisch.

„Wie war das mit den zufälligen Begegnungen?", fragte Manuel plötzlich, der mit halbem Ohr zugehört hatte und auch nicht von sich behaupten konnte, dass er das Multitasking aus dem Effeff beherrschte.

Clarissa wiederholte, dass es besser sei, sich auf die Begegnungen einzulassen, die sich zufällig ereignen würden – Tag für Tag, Stunde um Stunde. Und fügte hinzu: „Was ich eigentlich sagen wollte: Ich bevorzuge es, auf überraschende Begegnungen erwartungsfrei und ohne Schicksalsgedanken zu reagieren, beruflich wie privat."

„Gesetzt den Fall, ein interessanter Mann – einer von meinem Schlag –", scherzte Manuel, „lächelt dich unentwegt in einem

Café an. Es ergibt sich ein Smalltalk. Du lässt das dann einfach geschehen, ohne die Situation mit Gedanken und Interpretationen an eine neue Liebe zu überladen?"

„Ja, so in etwa", antwortete Clarissa und nickte zustimmend mit dem Kopf.

„Gar nicht so einfach. Ich meine, angemessen auf zufällige Begegnungen zu reagieren, ohne sie mit falschen Annahmen zu überfrachten. Einfach abzuwarten – Mann, oh Mann, das ist verdammt schwer", bekundete Giulia.

„Schätze, das geht uns allen so. Wie oft schon überlud ich vielversprechende Zufallsbegegnungen mit eigenen Denkmustern. Schnell bauten sich Traumgebilde in mir auf. Und die Hoffnung, es könnte sich eine ewige Liebe entwickeln." Mara redete frei von der Leber weg. Seitdem sie ihr Geheimnis gelüftet hatte, ging es ihr richtig gut. Das war ihr total anzumerken. Ergänzend fügte sie hinzu, dass die Vernissage super gelaufen sei. Immerhin hätte Linda einen sechsstelligen Betrag erwirtschaften können.

„Klasse, gratuliere", antwortete Manuel neidlos und räumte ein, dass vielversprechende Begegnungen für gewöhnlich an ihm vorbeiziehen würden. Mehr denn je, sei er mit dem Handy oder Laptop beschäftigt – mal feige, mal antriebslos.

„Ommm." Clarissas Stimme klang angenehm tief und voll. Sie gab zu, dass sie so manch eine Zufallsbekanntschaft im Freundeskreis schnell als Schicksalsbegegnung angekündigt hätte, im festen Glauben, es würde sich etwas Nachhaltiges entwickeln. „Was sich aber entwickelte, waren Frustrationen und Enttäuschungen. Glücklicher wurde ich nicht. Schon gar nicht weiser." Sie schöpfte die erste Portion Miesmuscheln aus dem Topf auf den Teller von Mara. Dann auf alle anderen Teller. Als jeder seine Portion bekommen hatte, stellte sie den Topf auf die warme Herdplatte zurück.

Kaum saß sie wieder am Tisch, wurde nach Herzenslust geschlemmt und gezecht. Sie lachten und erzählten viel: über sich, ihre Kinder, Lieblingsprojekte, Interessen, die Arbeit – über die alten Geschichten; was ihnen eben so einfiel und worüber sie sich amüsieren konnten.

Manuel kam auf Palma zu sprechen und dass sich in der Hochsaison die Anzahl der Menschen in der mallorquinischen Hauptstadt verdoppelt, die Busse überfüllt sind, die Müllabfuhr an ihre Grenzen kommt und der Verkehr regelmäßig auf den Zufahrtsstraßen ringsherum mit Staus bis zum Horizont kollabiert. „Es sind die distinguierten Lifestyle-Touristen, die Instagram-Gemeinde und Laptop-Nomaden mit ihrem Anspruch auf authentisches Leben, die die größte Sorge der Einheimischen sind, weil sie sukzessive in ihre Lebensbereiche vordringen, sich mit Fotoshootings überall inszenieren und für ein Haus oder Apartment in der Stadt über Tausend Euro pro Woche hinblättern." Manuel verwies auf einen Zeitungsartikel, den er am Vormittag gelesen hatte, und wühlte in dem Stapel Zeitungen auf der Fensterbank, um nach diesem bestimmten Exemplar zu suchen.

„Hier! Hier ist sie." Hastig blätterte er eine Seite nach der anderen um und wurde fündig.

„Palma de Mallorca, Diario de Mallorca berichtete gestern darüber." Manuel warf den anderen einen kurzen Blick über die Zeitung zu, als wollte er sichergehen, dass sie ihm auch zuhörten. Er fasste den Artikel mit seinen eigenen Worten zusammen und übersetzte gleich ins Deutsche: „Palma denkt momentan über Mietpreisbremsen und über härtere Maßnahmen gegen Airbnb nach, die im laufenden Jahr 2015 fast 80.000 Unterkünfte in der Stadt angeboten hatten. Von Jahr zu Jahr kommen mehr Touristen. Und von Jahr zu Jahr stehen immer mehr Hotelzimmer leer."

Nach dem Abitur verbrachte Manuel zwei Jahre in Barcelona, lernte dort auf eigenen Füßen zu stehen, Verantwortung zu übernehmen, und ganz nebenbei lernte er Katalanisch, das er fast akzentfrei sprechen konnte.

„Wie gut, dass du uns über die hiesigen Verhältnisse aus dem Lokalblatt informieren kannst. Ich kenne die Insel schon lange. Und habe miterlebt, wie sie sich mit der Zeit veränderte. Deià zum Beispiel war vor Jahren ein verträumtes Künstlerdorf. Robert Graves schrieb dort Gedichte und Mike Oldfield spielte nachts Gitarre in einer Bar, wo sich die Bohemiens trafen. Niemand bekam davon etwas mit, auch nicht davon, dass Anni-Frid in

Deià ein Haus besaß. Bis sich das alles änderte, weil vor etwa fünf Jahren eine neue Generation von Reichen und Schönen das Örtchen für sich entdeckte und seither alles öffentlich abläuft: Promi-Hochzeiten, Promi-Partys, Promi-Events. Bis in die frühen Morgenstunden werden die Anwohner dann wachgehalten und dazu gezwungen, sich laute Musik und lärmende Menschen anzuhören. Und jetzt entsteht am Ortseingang das Neubaugebiet,Petit Deià' mit Luxuswohnungen. Da kommt der Bürgermeister mit seinem Vorhaben, Wohnraum für die Einheimischen zu schaffen, nicht voran. Stattdessen muss er sich mit anderen Problemen herumschlagen: Wasserknappheit, Müllentsorgung." Clarissa liebte die Insel über alles. Selbst der Massentourismus konnte sie noch nicht davon abbringen, einmal im Jahr hierher auf die entlegene Finca in den Bergen zu reisen. Sie brauchte diese Auszeit, um aufzutanken und sich vom Lärm und Benzingestank der Großstadt zu erholen.

„Die Deutschen mit ihrer anerzogenen Liebe zu Pfandflaschen und Mülltrennung kommen bei den mallorquinischen Ökoaktivisten sicherlich gut an", scherzte Giulia und fuhr im Geiste fort: Eigentlich würde es schon helfen, wenn die Menschen ein wenig darüber nachdenken würden, dass nicht alle Ressourcen auf der Welt unbegrenzt zur Verfügung stehen. Reisen ist ja schön und gut. Aber muss das mehrmals im Jahr sein – nur weil es billig ist? Ihre letzte Fernreise lag Jahre zurück, nicht weil sie nicht konnte oder wollte, sondern weil sich die Themen in ihrem Leben verändert hatten, sie stattdessen in ihrer Freizeit lieber Trainings in Jugendstrafanstalten durchführte, Texte schrieb oder Geschichten recherchierte.

„Wenn wir schon bei den gesellschaftlichen Veränderungen sind. Warum werden Singles nach wie vor wenig beachtet? Das Thema beschäftigt mich." Manuel schaute die Damen an, eine nach der anderen, und sagte, dass er nicht verstehen würde, wieso manche Leute das Single-Dasein verpönen und es als Schwäche interpretieren würden. Singles seien inzwischen eine gesellschaftlich relevante Größe, für die sich nicht wenige ganz bewusst entschieden hätten. Abgesehen davon, dass die Mehrheit der Menschen als Single geboren und sterben wird, auch wenn Hunderttausende auf der ganzen Welt am gleichen Tag geboren und sterben werden. „Warum soll ich mir über meinen momentanen Beziehungsstatus Gedanken machen? Es ist, wie es ist!"

Manuel bemühte sich, die widerspenstige Muschel auf seinem Teller zu öffnen. Er zwängte sein Messer vorsichtig in den kleinen Spalt, um den Inhalt nicht zu beschädigen. Doch die Muschel kam ihm keinen Millimeter entgegen. Er verdrehte die Augen und schimpfte laut: „Du störrisches Ding. Du bist ja so was von unfähig." Manuel gab nicht auf, bis es ihm schließlich gelang, das kleine Biest zu öffnen. Dabei stieß er einen freudigen Jauchzer aus. „Bei mir gibt es kein Einigeln. Ich wohne in offenen Räumen", scherzte er vergnügt, während er das Muschelfleisch herauspickte und gierig verschlang.

„So viel dazu", beschrieb Mara ihren Unmut, der sie befallen hatte, nachdem sie über Manuels Äußerungen nachgedacht hatte: „Du hast vollkommen recht. Singles sind nicht gesellschaftlich breit akzeptiert. Weibliche Singles haben es häufig mit Diskriminierung zu tun, weil sie ja keinen Mann abbekommen haben. Ich musste mir das jahrelang anhören. Indirekt. Und dass das Leben als Single anstrengend ist, sie einsam sterben, auf jeden Fall aber früher als ihre verheirateten Artgenossen. Singles müssen demzufolge also unglücklich, egoistisch, unreif, unangepasst, seltsam und wahnsinnig unsozial sein. Und dann die ständigen Fragen: Warum bist du allein? Wieso bist du nicht verheiratet? In meinen Single-Jahren hatte ich quasi eine Begründungspflicht anderen gegenüber, warum ich solo lebe. Nicht selten wurde vermutet, dass den Singles etwas im Leben abgehen würde, ähm, ganz besonders den Dauer-Singles, die noch kritischer beäugt werden. Das Leben kann für sie nur leer und einsam sein. Um es auf den Punkt zu bringen: Singles sind eine besonders bemitleidenswerte Spezies des 21. Jahrhunderts. Und das Single-Alleinsein ist nicht nur teuer für die soziale Gesellschaft, sondern grundsätzlich unerwünscht." Mara sprach sich in Rage, was ungewöhnlich für sie war, gerade jetzt, wo sie sich so glücklich und wohl fühlte. Ihre Gesichtszüge waren von der heftigen Aufregung ganz verzerrt.

Und in ihrem Eifer strich sie sich ständig ihr mittellanges Haar von den Schläfen hinter die Ohren.

Manuel kannte derartige Anfeindungen, was er ihr zwischendurch kopfnickend bestätigte, ließ Mara ausreden, ging zum Kühlschrank und wickelte ein paar Eiswürfel in ein Geschirrtuch ein. „Vielleicht solltest du heute Abend ein paar Meditationsübungen machen", sagte er mitfühlend und hielt das Geschirrtuch an Maras Wange.

„Scherzkeks." Mara bedankte sich für die nette Geste, drückte ihr Gesicht fester auf das Geschirrtuch, sagte, dass das ein Reizthema für sie sei. Und, dass sie noch lernen müsse, die damit verbundene aufkochende Wut zu kontrollieren.

„Derartige stereotype Zuschreibungen sind schon längst veraltet und unangemessen", beruhigte sie Manuel und verwies auf die Ergebnisse einer sozio-ökonomischen Studie zum Partnerschaftswandel und Geburtenrückgang von Jan Eckhard, die er im Internet entdeckt hatte und im Wesentlichen im Kopf hatte. „Der Studie nach ist die Zahl der Single-Haushalte in Deutschland binnen 20 Jahren um fast 50 Prozent angestiegen. Wovon besonders stark Männer bis 49 Jahre betroffen sind. Heute würde man die Single-Anzahl in Deutschland auf etwa 41 Prozent und in den USA auf 45 Prozent schätzen. Und das, obwohl Vorstellungen von einer festen Partnerschaft und Familie in der westlichen Welt unter jungen Menschen von 25 bis 35 Jahren ungebrochen verbreitet sind, genauso wie in unserer Generation der Baby Boomer." Junge Menschen würden sich heute aber weniger als Teil von Familien, Berufsständen und Klassen definieren, sondern vielmehr als Einzelkämpfende, die von Bindungs- und Bedeutungslosigkeit bedroht seien. „So gesehen", folgerte er daraus, „hätten sie mit sich selbst genug zu tun, was ich an meinen beiden Söhnen beobachten kann." Dem fügte er hinzu, dass die ansteigenden Single-Zahlen und die Partnerlosigkeit darauf schließen lassen, dass der Haltbarkeitszeitraum von Beziehungen per se sinken würde – trotz der Sehnsucht nach romantischer Liebe und Partnerschaft. Außerdem würde sich die romantische Realität in der westlichen Welt dadurch auszeichnen, dass es die Liebessuchenden zwar ständig mit pochenden Herzen zu tun hätten, aber weniger mit potenziellen Liebespartnern, die sich in ihren Herzen über einen längeren Zeitraum aufhalten würden.

Seine Zuhörerinnen beeindruckte er durch seine profunden Ausführungen und eloquente Ausdrucksweise. Man hätte leicht annehmen können, er wäre Sozialwissenschaftler, nicht Architekt. Manuel genoss diese Aufmerksamkeit und setzte sein charmantestes Lächeln auf, als er kundtat, dass er sich mit dieser Thematik lange Zeit kritisch auseinandergesetzt hätte, schon deshalb, weil ihn die vorurteilsbeladenen und abwertenden Diskussionen über Singles selbst gewaltig nerven würden.

„Singles sind keine vorübergehende Erscheinung mehr", erwiderte Mara und dass es angesichts dessen an der Zeit wäre, dass westliche Gesellschaften Zukunftsperspektiven in dieser neuen Lebensform sehen würden und nicht nur Defizitäres.

Nachdem die Muscheln verspeist waren, stellte Clarissa eine Schüssel mit Panna cotta auf den Tisch. Der Nachtisch wurde von ihr in aller Schnelle zubereitet und noch schneller verputzt.

„Kaffee?", fragte Giulia danach und begann, das Geschirr langsam abzuräumen. Auch wenn ihre Frage rein rhetorischer Art war, hieß das nicht, dass sie keine Antwort erwartete. Clarissa nickte.

„Jaaaa", antwortete Manuel während er die Muschelschalen in Müllsäcke hineinkippte und spontan entschied, sie sofort zu entsorgen, zumal die Müllcontainer nicht weit von der Finca entfernt waren.

„Für mich bitte auch einen Kaffee." Mara stand auf, entsorgte das restliche Baguette, sagte: „Ich übernehme das Beladen der Spülmaschine." Sie strich die Dessertreste aus der Schüssel, schob einen Finger zwischen ihre Lippen und leckte ihn ab: „Teuflisch verführerisch", lachte sie und machte sich über das Geschirr her: „Wie ihr wisst, war ich zehn Jahre lang Single. Und da ich mehr über Singles wissen wollte, bin ich auf Bella DePaulo gestoßen. Kennt die jemand?", fragte Mara, ließ kurz Wasser über die schmutzigen Teller laufen, um sie dann in die Spülmaschine zu räumen.

Clarissa und Giulia schüttelten beide mit dem Kopf.

„DePaulo ist Sozialwissenschaftlerin und Single. Seit Jahren forscht sie auf diesem Gebiet. Ihr Fazit: Singles sind genauso zufrieden wie Paare. Je älter Singles sind, desto zufriedener sind sie – mit sich und ihrem Leben, besonders Frauen. Singles kapseln sich im Gegensatz zu verheirateten Paaren in der Regel sozial nicht ab. Sie verfügen über ein großes, oft internationales Freundes- und Familiennetzwerk und stellen ein realistisches Korrektiv zum idealisierten Ehemodell dar, das ja, wie wir erfahren haben, mit Erwartungen und romantischen Träumen überfrachtet ist." Mara stellte die Spülmaschine an und begab sich zu den anderen an den Tisch: „DePaulo benennt in ihrem Buch,Singled Out' ein ganzes Bündel von negativen Stereotypen, die eine Paargemeinschaft oder Ehe als das richtige und erstrebenswerteste Beziehungsideal aufrechterhalten würden."

„Jetzt wird es echt spannend, Mara." Giulia klang interessiert, hob ihren Kopf und erwiderte: „Demzufolge müssen unzufriedene Paare ihren Frust ausgleichen und Singles abwerten, ignorieren oder bemitleiden, um in der ehelichen Gemeinschaft zu überleben." Giulia schaute Mara an, die erst überlegte, bevor sie auf den treffsicheren Kommentar eingehen konnte.

„Das scheint das versteckte Spiel zu sein, Giulia. DePaulos Forschungen ergaben auch, dass sich Wut und Frust tatsächlich auf Singles niederschlagen können, schon deshalb, weil sie sich der allgemeingültigen Norm entziehen und nicht nachdrücklich nach einem Partner suchen."

„Wohl aus gutem Grund, da zufriedene Singles nicht auf Teufel komm raus nach einem Partner oder einer Partnerin suchen", betonte Giulia und trank ihren mittlerweile kalt gewordenen Espresso. „Muss bei dem Thema an ein paar Elite-Partner-Kandidaten denken, die sich mir gegenüber sehr abwertend und herabsetzend äußerten und sich recht eigenartig benahmen, wenn ich auf meine beruflichen Errungenschaften und Unabhängigkeit zu sprechen kam. Überhaupt fechten erfolgreiche Frauen mit Männern unangenehme Machtkämpfe aus. Beruflich wie privat – bei denen Frauen meist den Kürzeren ziehen und ins Hintertreffen geraten. Single-Frauen mit guten

Universitätsabschlüssen sind leitenden Managern oft ein Dorn im Auge: Sie sind engagiert und kompetent, nicht zwischen Familie und Beruf hin- und hergerissen. Das kenne ich nur zu gut. Bei einer Firmenübernahme hat mich beispielsweise der neue Geschäftsführer von einem Tag auf den anderen an die Luft gesetzt. Dies war einfach für ihn, da er sich von einer Selbstständigen leicht trennen konnte. Und das Großprojekt, das ich sehr erfolgreich leitete, beim Firmenverkauf abgeschlossen war. Bei der Abwicklung meines Vertragsverhältnisses hatte er sich sehr schäbig verhalten, ließ Termine platzen und drohte mit martialischen Maßnahmen. Wochenlang hatte ich Albträume, sah diesen Menschen immer wieder in seiner Nazi-Kluft vor mir. Es war ein zermürbender Machtkampf, bei dem es um sein Ego, um seinen Erfolg ging. Mir blieb nichts anderes übrig, als einen Anwalt einzuschalten, um einigermaßen heil aus der Sache herauszukommen." Giulia ging nicht näher auf Details ein, runzelte ihre Stirn und sagte abschließend: „Hätte nie gedacht, dass Buck mit seiner Prophezeiung recht hatte."

„Buck?" Mara sah sie fragend an.

„Ein Freund, der in einem Hochsicherheitsgefängnis einsitzt. Ich habe ihn während eines Anti-Gewalt-Seminars kennengelernt und häufig besucht. Buck sagte einmal, dass sich Männer grundsätzlich mit unabhängigen Frauen schwertun würden. Weil sie dann mit ihrer eigenen Unfähigkeit konfrontiert werden – der Unfähigkeit, sich selbst Herausforderungen zu stellen. Und weil ihre Kontrollbemühungen bei diesen Frauen kläglich scheitern würden, müssen sie diese Frauen verachten, um den eigenen Selbstwert nicht zu torpedieren."

„Hm, da ist was dran. Und Hut ab, vor einem Mann mit solchen Einsichten. Einem, der dann noch im Knast sitzt. Kaum zu glauben", urteilte Mara anerkennend und bedauerte, dass Manuel das nicht hören konnte, der zu den Müllcontainern unterwegs war. Mara fuhr fort: „Mittlerweile weiß man auch, dass die Annahme, Single-Frauen seien ständig auf der Suche nach einem Partner, ebenso falsch ist wie die Annahme, Frauen würden sich nicht zu helfen wissen. Langjährige Single-Frauen wissen sich durchaus in Sachen eigener Bedürfniswelt zu helfen und suchen nicht aus einem Mangel heraus nach einem Partner, sondern, weil sie sich Nähe, Vertrautheit, Sexualität wünschen." Mara wischte die Anrichte in der Küche ab und schaute nach, wie lange der Spülgang noch dauerte.

„Findest du all das bei Linda?", wollte Giulia wissen, stand auf und gesellte sich zu Mara, die die Tür des Geschirrspülers schloss und das Gerät einschaltete.

„Und ob." Freudestrahlend richtete sie sich auf und warf einen kurzen Blick zur Küchentür.

Wobei diese Bedürfnisse, also Gefühlsmuster und Empfindungen, doch von Mensch zu Mensch sehr unterschiedlich ausgeprägt sind. Dennis und ich passen auf diesem Gebiet überhaupt nicht zueinander", mischte sich Clarissa ein. Obwohl sie wieder mit ihrem Handy beschäftigt war, hörte sie aufmerksam zu, verstand den Inhalt und Sinn des Gesprächs.

Manuel platzte mit einem ‚Bin wieder da' zur Tür herein. Seine Präsenz war regelrecht zu spüren.

„Das ist nicht zu überhören", entgegnete Giulia schroff und fuhr fort: „Und jetzt willst du sicherlich wissen, über was oder wen wir die ganze Zeit geredet haben. Frauen sind doch Tratschtanten."

„So ist es. So ist es."

„Mara und Giulia haben sich über die zunehmende Unabhängigkeit der Frauen unterhalten und dass das für Männer ein Problem ist", lenkte Clarissa ein und bewies ein weiteres Mal, dass sie eine exzellente Zuhörerin war. Sie goss den restlichen Wein in ihr Glas, leerte es in einem Zug und sagte geradeheraus: „Die sogenannten Wonder Women in James-Bond-Action-Szenen, die faszinieren, zerstören, morden, ihre Meinung sagen und Standpunkte verteidigen können, sind nun mal einfacher auf der Leinwand zu ertragen als in den eigenen vier Wänden."

„Wer weiß. Vielleicht sind die neuen Filmheldinnen der richtige Anfang, damit sich Frauen aus ihren Opferrollen herauslösen, was Männer dann auch gut fänden. Momentan sieht es danach aus, dass die Geschlechterrollen in der Filmindustrie neu gedacht werden." Manuel gelang es, der Diskussion eine optimistische Sicht beizufügen.

„Ups, eine neue Perspektive. Jeder Impuls für die Befreiung von Mann und Frau muss genutzt werden, um eine neue Menschheit zu konstruieren," brachte Mara in die Diskussion ein.

Giulia, die es sich inzwischen auf dem Fenstersitz gemütlich gemacht hatte, nickte heftig, erstaunt darüber, wie gut sich Mara die Gedanken und Ansätze von der Frauenrechtlerin Helene Stöcker gemerkt hatte. Dennoch Giulia war in diesem Moment wenig optimistisch, da es noch ziemlich ungewiss sei, wie sich die heutigen jungen Generationen zu dieser Thematik in der Praxis stellen würden.

„Generell bleibt es doch jedem Mann überlassen, was er aus der Situation macht, wenn er sich in eine unabhängige Frau verliebt", äußerte sich Manuel dazu.

Giulia stand auf, schmiss die Kaffeemaschine an und verlautbarte: „Singles verlagern ihre Bedürfnisse auf verschiedene Menschen. In meinem Fall gibt es etliche Menschen, mit denen ich etwas unternehme, zusammensitze: Mit Mark ziehe ich um die Häuser, besuche Kunstausstellungen. Mit Laura verreise ich. Leo ist mein persönlicher Berater in Liebesfragen. Ein anderer erledigt diverse Botengänge – und so weiter."

Die Kaffeemaschine war einsatzbereit.

„Gib mir bitte Bescheid, wenn du noch einen Posten zu vergeben hast", entgegnete Manuel amüsiert, „und du beispielsweise jemanden für die Romantik brauchst. Bin beeindruckt von deiner Art der Aufgabenverteilung, und selbstverständlich felsenfest davon überzeugt, dass da keiner zu kurz kommt."

„Mal diese, mal jene", konterte Giulia. „Du scheinst sehr flexibel zu sein ..." Noch ehe sie den Satz zu Ende sprechen konnte, fingen Mara und Clarissa an, wie verrückt zu lachen.

Manuel, dem das nichts auszumachen schien, erwiderte darauf lässig, dass es doch genauso bei den Männern ablaufen würde. Im Geheimen. Worauf erneutes Gelächter ausbrach.

„Was ich damit aber sagen wollte ...", Giulia stellte eine Tasse unter die Kaffeemaschine, drückte auf den Knopf für Espresso und sog genussvoll den aufsteigenden Duft ein, „… wenn Aufgaben verteilt werden, verlangt man nicht zu viel von einem einzigen Menschen. Gleichzeitig schützt man sich doch davor, bei einer Trennung oder beim Tod eines Partners nicht gleich die gesamte persönliche Welt zu verlieren." Aus der Kaffeemaschine floss ein erstklassiger Espresso mit einer perfekt cremigen Schaumschicht. Manuel holte sich eine Espressotasse aus dem Schrank und nahm eine Zitrone aus der Obstschale. Während er nach dem richtigen Messer suchte, um ein Stück abzuschneiden, sagte er: „Singles sind eigentlich zu beneiden", und fragte, wer Espresso mit Zitrone haben möchte. Alle schüttelten energisch mit dem Kopf, obschon das vielleicht gar keine so schlechte Idee war. Etwas Zitrone im Espresso soll bekanntlich den Kopf frei machen, was ausreichend Wasser aber genauso tat.

Clarissa holte sich eine große Tasse aus dem Schrank und gönnte sich einen cremigen Cappuccino, Mara einen Latte Macchiato. Innerhalb kürzester Zeit waren alle wieder topfit und blieben mitten in der Küche in einem Kreis stehen.

„Ob nun verheiratet, getrennt lebend, geschieden, verwitwet, alleinlebend – was auch immer. Das ist doch nicht das Thema", begann Clarissa, nachdem sie den ersten Schluck Cappuccino getrunken hatte. Und betonte, dass das Problem für sie der Mythos über die romantische Liebe sei, der mit dem modernen Leben und den alltäglichen Anforderungen nicht mehr in Einklang zu bringen sei, eben weil Frauen unabhängig von ihrer Beziehungskonstellation selbstständiger werden würden. Diese Entwicklung würde auch traditionelle Ehegemeinschaften in Schwierigkeiten bringen. Früher oder später.

„In den USA haben heute bereits genauso viele Frauen wie Männer einen Job. Außerdem sind sie an Schulen und Universitäten erfolgreicher als Männer und verdienen gut. Paradox ist doch, dass es sich dabei häufig um Single-Frauen handelt. Zurück bleiben also die Männer, meist junge, schlecht ausgebildete, statuslose Männer aus prekären Verhältnissen, wodurch sich der hohe Anteil von alleinlebenden jungen Männern erklären lässt", trug Mara zum Themenkomplex bei, die sich in ihrer Jeanshose mit den ausgestellten Beinen jugendlich burschikos präsentierte.

„Ja, so scheint es zu sein. Dabei sollte man nicht vergessen, dass Frauen bevorzugt *nach oben* heiraten", ergriff Manuel das Wort und verwies darauf, dass das in erster Linie auf Männer mit einem höheren beruflichen und gesellschaftlichen Status – Männer mit Geld – zutreffen würde. „Damit hatte ich es schon oft zu tun, ähm, mit Frauen, die meinen beruflichen Status mehr liebten als mich, was mich, ehrlich gesagt, ziemlich anwiderte. Ich möchte nicht darüber nachdenken, wie arme, statuslose Männer, denen die Teilhabe an gesellschaftlichen Gütern erschwert oder gar verwehrt wird, unter diesen Voraussetzungen noch an eine kluge Frau kommen sollen? Die Eroberung eines adäquaten weiblichen Partners wird beileibe nicht einfacher werden für uns Männer."

„Setzen wir uns doch an den Kamin", schlug Clarissa vor, köpfte eine Flasche, goss den Rotwein in einen Steinkrug und setzte sich in Bewegung. Im Wohnzimmer stellte sie den Krug auf einen kleinen Beistelltisch. Dann ließ sie sich mit einem leichten Seufzer in den bequemen Ohrensessel fallen und bat Giulia, ihr ein Glas einzugießen. „Ich muss ein paar Minuten chillen", sagte sie und schloss die Augen.

„Kann mir im Moment nichts Schöneres vorstellen, als mit drei klugen Frauen vor einem offenen Kamin herumzuhängen", flachste Manuel, legte einen Anzünder in die Mitte des Brennraums, schichtete kleine Holzspäne und immer dickere Scheite darüber. Mit einem langen Streichholz zündete Giulia den Anzünder an, schloss die Sichtklappe und stellte eine Wasserschüssel auf den Kamin. Sie setzte sich neben Mara aufs Sofa. Manuel stand vor dem Kamin, eine Hand in der Jeanshose, in der anderen das Glas Rotwein, das ihm Mara eingeschenkt hatte. Andächtig beobachtete er den Flug der springenden Funken, schob regelmäßig neue Holzscheite in den Kamin, bis die Flammen emporloderten.

Giulia schloss ebenfalls die Augen und hörte Maras wohlklingender Stimme zu: „Wenn nun in modernen Gesellschaften immer mehr Frauen alleine leben und nicht mehr heiraten wollen, auf der anderen Seite junge Männer immer häufiger ohne Frauen auskommen müssen, werden die Veränderungen unser aller Leben betreffen."

Giulia öffnete ihre Augen und wandte sich Mara zu: „Probier den Wein. Der ist sehr intensiv." Sie stand auf, nahm den Krug und füllte Maras Glas, ehe sie sich selbst einschenken konnte. Beide gesellten sich zu Manuel und Clarissa, die inzwischen auch vor dem Kamin stand.

„Parallel dazu finden noch ganz andere gesellschaftliche Entwicklungen statt", warf Clarissa nachdenklich in die Runde, „weil Frauen sich weltweit immer mehr verweigern, in traditionelle Rollen zu schlüpfen. Männern kommen somit nicht nur Frauen als potenzielle Ehe- und Geschlechtspartnerinnen abhanden, sondern auch Partnerinnen in der Rolle von kostenlosen Dienstleistern für Haus- und Putzarbeiten im Eigenheim oder in der Wohnung."

„Ähm, die dann nicht einmal das Katzenfutter finden, wenn die Frau weg ist."

Manuel zwinkerte Clarissa zu, wohl wissend, was sie damit meinte, goss Wein in ihr Glas bis es randvoll war und setzte den Krug wieder schwungvoll ab. Als alle ein volles Glas in der Hand hielten, hob Manuel seins und blickte in die Runde: „Also dann, noch einen Toast", sagte er feierlich, worauf ihn die Frauen erwartungsvoll anschauten. „Meine Lieben. Ich möchte mich bei euch bedanken: für inspirierende Gespräche und entspannende Tage, die ich mit euch verbringen durfte. Nie hätte ich gedacht, dass ich mich mit drei blitzgescheiten Frauen so wacker schlagen würde. Um ein weiteres Mal habe ich gelernt, dass ein Mann gut beraten ist, mit Frauen zu verhandeln, und dass er sich persönlich weiterentwickeln muss, um sich überhaupt mit unabhängigen Frauen auf Augenhöhe entspannt einlassen zu können. Wir Männer sollten wirklich lernen, über unsere Gefühle zu sprechen. Und was den weltweiten Frauenmangel angeht, ähm …", Manuel nahm einen großen Schluck, „… noch muss man abwarten, ob sich das Phänomen in der westlichen Welt stark ausbreitet." Manuel sprühte vor Ideen und Witz und brach, nach einem kurzen Augenblick der Stille, erneut in schallendes

Gelächter aus. Er zeigte sich in bester Trinklaune: „Für mich ist die Liebe eine Reise, in der man durch bestimmte Phasen miteinander geht, man sich jederzeit aber wieder trennen kann. Auf die Verliebtheitsphase folgt die Phase der Ernüchterung. In dieser können Beziehungen leicht aus dem Gleichgewicht geraten, da das Risiko, sich selbst und den anderen zu verletzen, groß ist. Schließlich kommt es in der Kampf- und Entscheidungsphase zu Machtkämpfen, infolgedessen zu Enttäuschungen und Ängsten vor Ablehnung, zu Eifersucht und Wut. Schlussmach-Profis beenden jetzt eine Beziehung, Aushalter finden sich damit ab, passen sich an oder suchen nach Aufmerksamkeit und Liebe außerhalb der bestehenden Verbindung."

„Woher weißt du das?", fragte Clarissa misstrauisch, stellte ihr halb volles Glas auf den Kamin und verschränkte ihre Arme.

„Habe das irgendwo gelesen. Weiß nicht mehr, wo. Die Informationen fand ich aber komprimiert genug, um sie mir zu merken." Mit einem verschmitzten Grinsen eröffnete Manuel den Frauen freimütig, dass er noch nie über die Kampf- und Entscheidungsphase in einer Beziehung hinausgekommen sei, auch nicht mit seiner Ex-Frau. Er sei aber gewiss kein Schlussmach-Profi, würde sich aber wie jeder Mensch, Stabilität, Verlässlichkeit und Sicherheit in einer Beziehung wünschen.

„Die Beziehungsphasen folgen nicht linear aufeinander und auch nicht zwingend hintereinander", ergänzte Mara und räumte ein, sich damit auch schon auseinandergesetzt zu haben: „Die Phasen überlappen sich, greifen ineinander, können übersprungen werden. Man kann auch in eine schon durchlebte Phase zurückfallen und sich nach Jahren in denselben Partner verlieben." Sie führte aus, dass es von den beteiligten Partnern abhängen würde, wie lange die einzelnen Phasen andauern, wie sie in Krisenzeiten miteinander umgehen und ihre Konflikte lösen würden. Da keine Liebesbeziehung der anderen gleichen würde, und jede neue Liebesbeziehung wieder ganz anders laufen könne. Deshalb sei es sinnvoll, dass sich die Partner kontinuierlich hinterfragen: In welcher Phase befinden wir uns? Was wünscht sich der andere? Was wünsche ich? Wo stehe ich? Wo steht der andere? Wie gehe ich damit um, wenn mein Partner oder meine Partnerin noch nicht so weit ist, das gar nicht will? Es sei auch wichtig, sich offen, ehrlich und respektvoll zu begegnen. Dabei helfe das Wissen, dass Streit für eine Beziehung sowohl gewinnbringend als auch zerstörend sein kann. Letzteres würde zutreffen, wenn dem anderen eigene Wünsche und Bedürfnisse aufgezwungen, man der Beziehung weder Zeit noch Raum für die Entwicklung lassen und die eigene Ausgeglichenheit, das Gefühl für sich und sein eigenes Leben verlieren würde.

„Das sind hoffnungsvolle Worte, Mara. Wobei sich mir bei deinen Ausführungen die Frage nach der Praxis stellt. Klar, die Partner können sich neu begegnen. Doch Wut- und Eifersuchtsgeschichten sind sehr belastend. Therapien sind auch nicht das Gelbe vom Ei", brachte Giulia ein, sah Manuel an und überließ ihm das Schlusswort: „Auf die Liebe. Und dass wir sie jemals begreifen mögen."

Eifrig erhoben sie ihre Gläser und beschlossen, sich auf der Finca wiederzutreffen. Mit strahlenden Augen verkündete Mara: „Wie ihr wisst, werde ich wieder heiraten. Zur Abwechslung eine Frau. Zur Hochzeit seid ihr herzlich eingeladen." Mara sah zuerst Manuel an, dann Clarissa und Giulia. Ein Lächeln breitete sich auf ihrem Gesicht aus, das so viel Sympathie ausstrahlte, sodass ihr alle nacheinander um den Hals fielen.

Nachdem sie sich zugeprostet hatten, entstand ein Moment der Stille. Und Giulia hätte nicht sagen können, warum sie danach wieder auf die Beziehungsphasen zu sprechen kam. Vielleicht war es die etwas wehmütige und feierliche Stimmung vor dem offenen Kaminfeuer. Vielleicht war es ihre tief sitzende Enttäuschung mit Alex.

„Alex und ich kamen nicht über die Kampf- und Entscheidungsphase hinaus. Ständig taumelten wir zwischen Verliebtheit, Kampf und Frustration hin und her – ohne Chance auf Entwicklung, auf Verlässlichkeit, auf Sicherheit. Mit seinen Wutausbrüchen, seiner Geheimnistuerei musste ich allein fertig werden." Giulia atmete tief und gleichmäßig, als sie das den Freunden ehrlich offenbarte.

„Mit Linda bin ich todsicher in der Verliebtheitsphase", reflektierte Mara, „obschon viele Momente von Geborgenheit und Vertrauen zwischen uns sind." Sie blickte sich um und sagte, dass sie auf schwierige Phasen eingestellt sei, sie aber keine Angst davor hätte und sich vor der Verantwortung auch nicht scheuen würde.

Am Ende der Diskussion waren sich dann alle einig, dass die Liebe zwar ein Nährboden für Neurosen und seelische Verletzungen ist. Aber es tausendmal besser ist, eine neue Liebe zu wagen, anstatt fortwährend unerfüllbaren Träumen nachzuhängen.

Insgeheim spürte Giulia, dass es ihr nichts mehr ausmachte, über ihr klägliches Scheitern mit Alex zu sprechen. Sie hatte ihre innere Balance wiedergefunden und gleichzeitig den Wert des Scheiterns erkannt. Die Liebeserfahrung mit Alex lehrte sie: Scheitern kann jeden treffen, zu jeder Zeit, an jedem Tag. Und wenn es einen in irgendeiner Weise persönlich trifft, dann erfährt man nicht nur Schuld, Leid und Vergänglichkeit, sondern Klarheit und Dringlichkeit, die für eine höhere Bewusstseinsstufe benötigt werden.

Der Banker

Giulia war für eine neue Beziehung bereit, für eine unaufgeregte Beziehung. Unter diesen und ähnlichen Vorstellungen reifte Lucas zu einem ernsthaften Kandidaten heran. Ob es eine wahre, neue Liebe war, überlegte Giulia nicht. Einzig und allein zählte der Umstand, dass sie es wollte, und er nach außen hin ein normales Leben führte: Wie tausend andere pendelte er zwischen Arbeit und Wohnung hin und her, mehr als zwei Stunden täglich. Er war verheiratet, was ein befreiend offenes Geheimnis war, Vater eines pubertierenden Sohnes. Ob Lucas nun glücklich oder unglücklich war, war ihr weniger wichtig, auch wenn sie leise Vorahnungen hatte. Entscheidend war: Lucas war kein Trinker. Er ignorierte sie nicht, konnte zuhören und Fragen stellen. Er interessierte sich für ihre Erfolge, Errungenschaften – kurz: für ihr Leben. Alles in allem war Lucas erfolgreich und konnte auf eine beachtenswerte Bankkarriere zurückblicken. Das Leben schien für den gebürtigen Münchner wie am Schnürchen zu laufen. Auch wenn es ihr konventionell und langweilig erschien, war es das, wonach Giulia in der Liebe gerade suchte, was sie brauchte. Das könnte also was werden.

Giulia war aus Malle zurück. Gleich packte sie ihren Koffer aus, räumte alles an seinen Platz und ließ die Waschmaschine laufen. Sie tat eins nach dem anderen, mit Sorgfalt, um die Reise innerlich abzuschließen und anzukommen, in der heimeligen Atmosphäre der eigenen vier Wände. Dann öffnete sie das Fenster im Schlafzimmer, schlug die Bettdecke zurück und warf einen Blick in den Garten. Es war Frühsommer, der Garten zeigte seine volle Pracht: mit Dahlien, Kornblumen, Rhododendron. Grün, so weit das Auge reichte. Giulia setzte sich an den Schreibtisch. Bevor sie den Laptop hochfuhr, blätterte sie ihre Post durch. Zehn erholsame Tage lagen hinter ihr, ohne Computer und ohne dass sie auch nur eine einzige Mail auf ihrem Handy abgerufen hatte – was im Nachhinein eine gute Entscheidung war, dachte sie, während sie im privaten Postfach eine belastende Nachricht nach der anderen las:

Ach so, was ich dir noch sagen wollte, schrieb Laura, was Giulia stutzig machte. Sie fühlte sofort, dass etwas nicht stimmen konnte: *Bei einer Blasenuntersuchung hat meine Hausärztin festgestellt, dass ich Zucker im Urin habe. So muss ich mich auch noch in einem Diabeteszentrum melden. Dem sehr netten Arzt habe ich meine Situation mit der Leukämie geschildert. Jetzt soll ich mir auch noch Insulin in den Bauch spritzen, kann aber normal weiteressen, weil ich während meiner Chemo keine Diät machen darf. Der Arzt machte mir Hoffnung, in ein paar Monaten wieder ohne Diabetes leben zu können. Wenigstens etwas.*

Am nächsten Tag die zweite Mail. Laura ließ wissen, dass wegen des niedrigen Leukozytenwerts die Chemotherapie vorerst eingestellt wurde, da die Gefahr einer Infektion groß sei, und ihr nichts anders übrig bliebe, als zu warten. Immerhin hätte sich ihr Hämoglobingehalt verbessert, was positiv sei, weil sie keine Bluttransfusion benötigen würde. Aktuell fühle sie sich fit und könne Sport treiben. Auch hätten sich ihre Blutzuckerwerte verbessert, sie müsse aber weiter Insulin spritzen, bis die Chemo vorbei sei. Zum Diabetologen müsse sie aber vorerst nicht.

Lauras Lebensmut beeindruckte Giulia ungemein – ihre Kraft, ihr Tatendrang. Doch in dem Augenblick, als sie aufmerksam die geschätzten fünfzehn Mails gelesen hatte, wurde ihr der Ernst der Lage erst richtig bewusst. Lauras Nachrichten um ihre miserablen Blutwerte und Nebenerkrankungen nahmen kein Ende, weshalb Giulia nicht länger so tun konnte, als sei das nur eine leichte Grippe, von der sich ihre langjährige Freundin rasch erholen würde. Eine lebensbedrohliche Krankheit ist schwer zu begreifen, und noch schwerer, wenn Familienangehörige davon betroffen sind. Laura gehörte ganz selbstverständlich dazu – zu ihrer Familie. Plötzlich fiel es ihr wie Schuppen von den Augen: Es war der Kreislauf von Geben und Nehmen, von wechselseitiger

Unterstützung und Zuneigung, die diese Freundschaft einzigartig und zu einem Quell der puren Freude machte. Nie wurde es den beiden miteinander langweilig. Nie hatte Giulia das Gefühl, dass die gemeinsame Zeit bedeutungslos war. Und nie kam ein Vorwurf, weil sie sich nicht meldete, unterwegs war, was das Klima in jeder Beziehung knifflig machen konnte. Freundschaft ist eine langfristige Angelegenheit, bestenfalls hält sie ein ganzes Leben, wenn man ehrlich für einen anderen Menschen da sein will. Giulia las ihre Mails mindestens ein halbes Dutzend Mal. Es war einfach fürchterlich und es fühlte sich schrecklich an, was sie binnen kürzester Zeit aufnahm und verdauen musste. Sie wollte etwas tun – aus vollem Herzen tun, nicht eine kalte Mail schreiben, die schnell gelöscht wird und in Vergessenheit gerät. Giulia zog die unterste Schreibtischschublade auf und holte das Briefpapier heraus, das sie erst kürzlich gekauft hatte, nahm ihren Lieblingskugelschreiber aus dem Lederetui und setzte sich an ihren Wohnzimmertisch vor die Kerze, die sie, einem inneren Impuls folgend, anzündete.

Liebe Freundin und Weggefährtin, der Brief fällt mir schwer. Nicht weil ich nicht weiß, was ich schreiben soll, sondern weil ich die trüben Gedanken nicht wahrhaben will, die jetzt in meinem Kopf herumschwirren. Und weil ich an unsere gemeinsamen Momente denke, an Reisen, Spaziergänge, Gespräche von Herz zu Herz – an die Laura, mit der ich spannende und bewegende Erinnerungen teile: im verführerisch roten Badeanzug am Strand, hinter mir herkeuchend während einer Bergtour in Tirol oder lauthals schimpfend, wenn dir die Straßenbahn vor der Nase davonfährt. Erinnerungen, die nur uns gehören. Zwar weiß ich nicht, wohin uns diese Reise führt. Aber, ich weiß, dass ich mich davor fürchte.

Unter Tränen schrieb sie den Brief, bis ihr kein einziges Wort mehr einfiel. Dabei schienen die Sätze nicht genug zu sein für das, was sie auszudrücken versuchte. Ihre Hände zitterten, als sie den letzten Satz schrieb und ihr bewusst wurde, dass etwas vorbei war. Dass sie, ohne es wahrzunehmen, darin mit jeder Zeile und jedem Wort Abschied von ihrer Freundin nahm. Beziehungen verlaufen in Wellen, ob fern oder nah. Sie kommen und gehen. Manchmal sind sie enger, manchmal offener. Manchmal liegt das Ferne in der Nähe, manchmal die Nähe in der Ferne. Wie das Leben, so sind sie Entwicklungen und Veränderungen ausgesetzt, brechen ab, verblassen, finden sich neu, ziehen fort, verschwinden auf ewig – getrennt durch den Tod. Bei den aufkommenden Gedanken an Tod, Seele, Weiterleben – an die eigene Sterblichkeit, war es Kant, der Giulia einfiel. Der Philosoph hielt es für unmöglich, auf theoretischer Ebene die Existenz einer unsterblichen Seele nachzuweisen. Wann das Leben endet und der Tod beginnt, ist reine Definitionssache, meinte David, der nach seinem Nahtoderlebnis den Tod nicht mehr fürchtete. Der klinische Tod treffe ein, wenn es zu einem Atem- oder Herz-Kreislaufstillstand kommt und unsichere Todeszeichen, wie Bewusstlosigkeit oder fehlende Atmung, festzustellen seien. Der Hirntod sei nach Meinung der Mediziner endgültig. Die Kernfrage für David lautete: Besteht der Mensch nur aus Materie, sind demnach Emotionen, Bewusstsein und Geist eine Funktion physikalischer und chemischer Prozesse? Oder existiert im Menschen etwas Immaterielles – eine Seele?

Während Giulia noch darüber nachdachte, kam eine Mail von Clarissa herein:

Kaum, dass ich aus Malle zurück bin, träume ich von Südafrika. Wollte eigentlich schon immer dorthin reisen. Alles steht und fällt mit dem Job und wann ich mich aus diesem Stress zurückziehen kann. Meine Tochter möchte, dass ich nach Berlin ziehe. Von früh bis spät bin ich ausgelastet, da bleibt kaum Zeit für Privates. Der Alltag mit meinem Mitbewohner ist unverändert und keine Silbe wert.

Lucas meldete sich, wie üblich, mit einer Textnachricht. Nach dem Urlaub sei der hundsgewöhnliche Alltag über ihn hereingebrochen. Giulia unterstellte ihm zwar keine direkten Absichten, die auf eine intime Beziehung zwischen ihnen abzielten, doch sein Jagdfieber war definitiv ausgebrochen. In dem kurzen Chat erfuhr sie, dass er zum zweiten Mal verheiratet war. Woran die erste Ehe gescheitert war, erzählte er nicht, und sie fragte nicht danach. Offen gesagt, war es ihr ziemlich egal. Sie wusste, dass die Zuneigung zu einem anderen Menschen viele Facetten hat.

Und dass es Dinge in der eigenen Persönlichkeit gibt, die man weder kennt noch bereden würde, auch nicht in der liebevollsten Partnerschaft. Obwohl Lucas viel um die Ohren hatte, nahm er sich Zeit, Fragen zu stellen. Er wollte wissen, wie ihr Tag war, was gut lief, was nicht, ob sie etwas auf dem Herzen hatte. Lucas war einfach interessiert daran, was sie tat, wie sie es tat. Es war eine Form der Kommunikation zwischen Mann und Frau, an die sie nicht mehr gewöhnt war. Zweifellos übte dies eine starke Anziehungskraft auf sie aus. Und es war ein angenehm entspannter Zustand, in den sie kam, wenn sie miteinander chatteten, kein Flow-Zustand wie beim Schreiben, der sie jegliches Zeitgefühl verlieren und glückvolle Schaffensmomente erleben ließ. Nein, so war es nicht. Aber schön. Giulia haderte mit sich, weil Lucas verheiratet war. Doch sie setzte auf die alten Zeiten, auf die Vertrautheit und Offenheit zwischen ihnen. Auf dieser Basis glaubte sie, die komplizierte Gefühlslage einer Dreierkonstellation im Griff zu haben. Zum anderen war sie sicher, dass sie sich nicht blind verstricken würde. Was sie bei dieser groben Lagebeurteilung zum wiederholten Mal unterschätzte, waren Gefühle, die sich klammheimlich aufbauten und eigene Wege gingen. Freilich wäre es übertrieben zu behaupten, bloße Gedanken an Lucas würden sie emotional aufwühlen. Und doch wirkten ihre Vorstellungen über diesen Mann majestätisch und zärtlich auf ihre Gefühlswelt ein, sodass die Nähe, die sie verspürte, sich warm und sanft anfühlte, sobald Nachrichten von ihm auf ihrem Handy eintrafen. Eines Abends, sie ließ sich gerade ein Bad einlaufen, wollte Lucas den Chat in der Badewanne fortzuführen. Froh darüber, eigennützigen männlichen Wünschen gewachsen zu sein, verneinte sie entschlossen. Ja, sie konnte Nein sagen, sich von stereotypen Zuschreibungen befreien, davon: *Mädchen und Frauen müssen alles hinnehmen und das tun, was sich Männer wünschen.* Sie wollte sich Zeit nehmen, sich nicht hineinstürzen, überlegte sie, während sie sich auszog und den Badeschaum wegpustete, der die Wanne zentimeterhoch bedeckte. Danach rutschte sie vorsichtig vom Ende der Badewanne in das nasse Vergnügen hinein und machte es sich bequem. Sie spann die vorherigen Gedanken weiter, froh darüber, die Sehnsucht nach einer Liebebeziehung zügeln zu können. Auch wollte sich Giulia nur noch auf Sex einlassen, nachdem eine Beziehung etabliert war, wozu Sexologen raten, weil Sex erst dann zu einem achtungsvollen Ereignis wird und eine Sexualität hervorbringt, die Partner selbst in schwierigen Zeiten miteinander vereinen kann. Mitnichten war damit eine Enthaltsamkeit gemeint, wie sie Priestern und Ordensschwestern abverlangt wird, vielmehr ein geduldiges Erwarten. Sodass Sexualität nicht nur eine isolierte körperliche Aktivität vom Rest einer Liebesbeziehung ist, sondern eine gute Basis für eine geistig-seelische Verbindung bildet. Giulias Geist und Körper entspannten sich. Und langsam fielen unliebsame Gedanken von ihr ab. Lucas akzeptierte ihr Nein, ohne Wenn und Aber. Für den Moment.

Am frühen Morgen erhielt Giulia seine übliche Guten-Morgen-WhatsApp. Er wollte wissen, wie das Wetter war. Sie saß beim Frühstück und browste verschlafen durch den Nachrichten-Ticker.

Sonnig.

Wie schön. Und, ähm, hast du Appetit auf …?

Auf was?

Lucas nervte. Ungehalten tippte sie auf ihr Smartphone ein, dass sie den Kopf mit anderen Dingen voll hätte, mit Reisevorbereitungen und diversen Vorbereitungen von Geschäftsterminen. Beim besten Willen hätte sie weder Zeit noch Lust, sich mit seinen Bedürfnissen zu beschäftigen. Dagegen war sie mächtig an einer Nachrichtenmeldung über die Zufriedenheit von Verheirateten interessiert, die sie auf ihrem Tablet entdeckte, anklickte und gleich las. Es ging um die sexuelle Lust in der ehelichen Beziehung und dass diese nach ein paar Ehejahren automatisch sinken würde. Am stärksten bei Frauen, die, wie man weiß, die meisten Scheidungsanträge stellen. Mit der Zeit sollen Eheleute und Paare sogar Selbstbewusstsein und Willenskraft verlieren, wenn sie sich keinen neuen Herausforderungen stellen würden. „Oh là là. Was für ein starkes Argument fürs Fremdgehen", schmunzelte

Giulia in sich hinein, ging zum Schreibtisch, packte ihren Laptop samt Bürounterlagen in einen handlichen Aktenkoffer, eilte zum Schrank und holte den Gepäckkoffer heraus. In ihrem Nomadenleben hatte sie gelernt, Koffer sparsam und platzsparend zu packen. Als sie drauf und dran war, die Wohnung zu verlassen, klingelte das Telefon.

„Deine Worte tun gut", hustete Laura ins Telefon. Sie war in keiner guten Verfassung. Zuerst bedankte sie sich für den Brief, der sie noch zu Hause erreicht hätte. Und berichtete, dass sie gestern im Notfallwagen in die Klinik gebracht worden sei und jetzt vor einer größeren Darmoperation stehen würde. Außerdem sei sie vor ein paar Tagen auf dem Weg zur Hausärztin gestürzt und hätte sich den rechten Arm gebrochen. Mit einem eingegipsten Arm liege sie nun im Krankenbett. Sie fühle sich wie ein Vogel mit gebrochenem Flügel. Und weil sie zu schwach sei, könne sie sich kaum noch auf den Beinen halten. Der Schreck ging Giulia durch Mark und Bein. Zutiefst darüber betroffen, wie schnell es sich ändern konnte: das Leben. Noch vor zwei Tagen feierte Laura ihren 57sten Geburtstag, schmiedete Pläne und beteuerte, dass sie bald wieder fit sein und im See schwimmen werde, was mit einem künstlichen Darmausgang möglich sei.

„Giulia, wann kommst du nach Bremen?", fragte sie Laura zum Schluss. Ihre Stimme klang ängstlich, keinesfalls resigniert, als sie ihr mitteilte, dass sie den Wohnungsschlüssel bei den Nachbarn hinterlegt und frische Bettwäsche im Gästezimmer für sie bereitgelegt hätte, damit sie jederzeit anreisen könne. Als sie sich dafür entschuldigte, dass der Kühlschrank leer sei, weil ihr keine Zeit zum Einkaufen blieb, konnte Giulia ihre Tränen nicht mehr zurückhalten. Sie seufzte und weinte ins Telefon und fragte sich, was ihr Versprechen jetzt noch wert sei. Das Versprechen, sie eiligst zu besuchen, völlig ahnungslos, dass sich die Antwort darauf bald finden würde.

Die anstehende Geschäftsreise war komplett durchgeplant: Hotels gebucht, Kundentermine vereinbart, Präsentationen organisiert. Auf keinen Fall konnte Giulia diese mir nichts dir nichts absagen. Davon abgesehen war sie fest davon überzeugt, dass Laura die Operation gut überstehen würde. Ihre Freundin war eine Kämpfernatur und hatte auf ihrem Lebensweg schon viele Hindernisse überwunden. Während Giulia mit dem Telefonhörer in der Hand nur so dasaß, summte ihr Handy, einmal, zweimal, dreimal. Es kündigte Textnachrichten an. Von Lucas, das konnte sie auf einen Blick sehen. Giulia antwortete nicht, zumal Chatverläufe mit Lucas unergiebig und leer sein konnten, wie der gestrige, den sie noch nicht gelöscht hatte:

(Lach!)
Hey!
Schön, dass du da bist.
Kein Problem, worum geht's?
Hm. Du weißt.

Eine tropische Schwüle lag über Graz, als sie am frühen Abend in dem eleganten Altstadthotel ankam. Auch wenn sie der stets gut gelaunte Hotelmanager herzlich empfing und sie in einen heiteren Smalltalk verwickelte, fühlte sie sich niedergeschlagen. Während der ganzen Autofahrt musste sie an Laura und ihren Gesundheitszustand denken. Sodass sie ein sonderbares Verlangen überfiel – eine Melange aus Einsamkeit und Sehnsucht nach intimer Nähe. Da Lucas in ihrer Vorstellung zu einem starken, durchsetzungsfähigen Mann herangereift war, der einfühlsam auf sie eingehen konnte, brauchte es wahrlich nicht viel Fantasie, um sich ihn als einen Helden vorzustellen, der allerlei Aufgaben bewältigen konnte. So ließ sie sich treiben in dieser schwülen Nacht und genoss das Gefühl, mit ihm zu verschmelzen. Störende Gedanken wurden ausgeblendet. Obschon sie die Risiken kannte und wusste, dass man es in einer Verliebtheit mit schizophrenen Denkweisen und Halluzinationen zu tun bekam. Und tatsächlich nahm sie an, Lucas würde halluzinieren, als sie am nächsten Morgen seine Nachricht las: *Vor sehr langer Zeit lebte ein junger und bildschöner Prinz in einem fernen Königreich. Eines Tages erschien ihm eine Fee, als der Prinz wieder einen Menschen beleidigt hatte. Die Fee berührte ihn mit dem Zauberstab und verwandelte den Prinzen in einen hässlichen Frosch. Daraufhin setzte sie den Frosch im Wald an einem Teich aus und überließ ihn seinem Schicksal. Und so weiter. Die Moral von der Geschichte: Es gibt keine dummen Frauen.* Entweder ist er jetzt völlig übergeschnappt oder es tut sich gerade nichts an der Börse, interpretierte Giulia und biss herzhaft in die köstliche Kaisersemmel am Frühstückstisch im Hotel. Da ihr diese Zeilen fortan im Kopf herumgingen, sie auf keinen Fall voreilig darauf antworten wollte, ließ sie wenigstens den halben Tag verstreichen. Am späten Nachmittag tippte sie auf ihrem Handy ein: dass sie aus lauter Frust über sein einfältiges Gehabe den Frosch getötet hätte, noch bevor er sich in den Prinzen zurückverwandeln konnte. Die Froschschenkel würde sie sich schmecken lassen, ausnahmsweise darüber hinwegsehen, dass sie seit acht Jahren keinen Bissen Fleisch vertilgt hätte.

Wie soll ich das verstehen? Lucas schien etwas verwirrt zu sein.

Du schreibst, dass es keine dummen Frauen gibt. Hast du die Geschichte denn gelesen oder bloß heruntergeladen und ungelesen an deine Chat-Gruppe weitergeleitet?, konfrontierte ihn Giulia scharf.

Ertappt. Und ja, die Geschichte kommt aus dem Netz.

Weißt du wenigstens, wie der Autor heißt?

Nein.

Hätte ich mir denken können. Auf solche primitiven Gedankenexperimente stehe ich überhaupt nicht.

Mit spitzer Zunge verteidigte Giulia ihren Spürsinn, fragte noch rein rhetorisch, ob er Romantiker sei, überzeugt davon, dass er sich nur wie ein verliebter Gockel aufführen würde, um Frauen herumzukriegen.

Und wie. (Lach!) Romantiker sind doch längst ausgestorben.

Giulia gab sich damit nicht zufrieden, versuchte, mehr aus ihm herauslocken.

Warum? Zu viele Kröten dabei?

Zu starker Gegenwind.

Sie verwies in einer Sprachnachricht auf Matthew Wright und Susan Brown von der Bowling Green University Ohio. Die belegen, wie einem die Liebe auch an die Gesundheit gehen kann, besonders den über 50-jährigen, verheirateten Männern, denen es nicht immer guttun würde, mit ein und derselben Partnerin zusammen zu sein.

Könnte sein.

Lucas ließ mit seiner ehrlichen Antwort einen gewissen Unmut über sein momentanes Eheleben erkennen. Und Giulia wiederholte bekräftigend in aller Kürze, dass ein Seitensprung Verheirateten guttun würde. Worauf er sich mit einem: *Das heißt?* meldete.

Lass deine Fantasie spielen. Romantiker haben doch viel davon.

Aus reinem Selbstschutz schaltete sie ihr Handy aus. Etliche Geschäftstermine saßen ihr im Nacken. Und da sie morgen nach Wien abreisen wollte, musste sie sich sputen, um das selbstauferlegte Arbeitspensum am heutigen Tag zu schaffen. Schon jetzt freute sie sich auf die Kaiserstadt – auf die vertraute Atmosphäre im Apartment, das urbane, multikulturelle Ambiente von Ottakring mit hippen Cafés und Restaurants am Yppenplatz, den Wienerwald, die Museen und, und, und. Wie geplant, reiste sie tag darauf nach Wien. Sofort fühlte sie sich wohl in ihrem Apartment, das frisch gestrichen und mit einem ganz neuen Bett ausgestattet war. Als alles ausgepackt und am Platz war, setzte sie sich in den grünen Ledersessel ans Fenster. Die Autobahn von Graz nach Wien war wegen unzähliger Baustellen und Staus verstopft gewesen. Es hatte Zeit und Nerven gekostet, bis sie endlich in Ottakring angekommen war. Die eingegangenen WhatsApp-Nachrichten, davon sieben von Lucas, überflog sie diese deshalb rasch von oben nach unten.

Spüre schon! Wow.
Weißt du überhaupt, wovon ich spreche?
Ich explodier schon.
Ohhh.
Bist du da?
???
???

Sein Benehmen ging ihr entschieden zu weit. Und da sie weder Lust noch Laune hatte, darauf in irgendeiner Weise zu reagieren, bereitete sie sich ein schnelles Abendessen zu, aß in aller Ruhe, fuhr danach den Laptop hoch und checkte E-Mails. Die von Lauras Bruder fiel ihr ins Auge. Ein schmerzhafter Stich durchfuhr ihre Brust. Er hatte sie noch mitten in der vergangenen Nacht abgeschickt. Sie las, dass seine Schwester die Darmoperation überstanden hätte, allerdings sehr schwach sei, kaum sprechen könne und die meiste Zeit schlafen würde. Es war eine aufwühlende Nachricht, die es im Nu fertigbrachte, in ihr das letzte Fünkchen Hoffnung auf eine baldige Gesundung von Laura auszulöschen. In sich gekehrt, blieb Giulia mit dem Laptop auf dem Schoß auf dem Sofa sitzen, nahm sich vor, gleich morgen früh Lauras Bruder anzurufen. Da ihr heute die Kraft dazu fehlte.

Gegen 9 Uhr morgens klingelte ihr Handy, sofort stieg ein mulmiges Gefühl in ihr hoch. Lauras Bruder war dran. Mit belegter Stimme sagte er, dass seine Schwester in den frühen Morgenstunden an den Folgen einer Lungenentzündung verstorben sei. Giulia war wie versteinert, brachte kaum ein Wort heraus. „Nein. Das ist nicht real", erwiderte sie tief schockiert und verfluchte ihn, den Tod, der in diesem Moment wirklich nicht ihr Freund war. Auch wenn es ihr vorkam, als ob er ihr eine Wahl gelassen hatte – die Wahl, sich, noch bevor er eintrat, von der geliebten Freundin zu verabschieden, mit ihrem Brief und im letzten Telefonat, das sie miteinander führten, als Laura sie noch mit den Worten überraschte: „Glaub mir, ich führte ein gutes und zufriedenes Leben. Ich kann in Frieden gehen."

Giulia blieb in Wien und reiste nicht überstürzt nach Bremen zur Beerdigung. Sie fuhr später nach Bremen, hielt ihr Versprechen, wie ausgemacht, und nahm auf ihre ganz persönliche Art Abschied von Laura: von der Wohnung, der Stadt, den Lieblingsplätzen. Eine ganze Woche hielt sie sich in ihrer Wohnung auf. Allein und offline. Noch war alles unverändert. Fast schien es so, als würde sie jeden Moment zur Tür hereinkommen und fröhlich rufen: „Schön, dass du hier bist." Auf ihrem Schreibtisch türmten sich Zeitschriften, Reisemagazine, Flugblätter, Notizzettel. Die Regale bogen sich unter der Last der vielen Bücher durch. Auf dem Boden, neben dem Bürostuhl, lag der zerknautschte Rucksack, der immer dort lag, weil er für Laura stets griffbereit sein musste, notfalls im Dunkeln. An der Garderobe hingen ihre Jacken, Taschen und Beutel. Auf dem Schuhregal im Flur standen ein Paar feste Schuhe. Es schien, als hätte sie sich – bevor sie zusammengebrochen war – auf einen Spaziergang oder eine Wanderung vorbereitet. Im Wohnzimmer lag wie immer die fein säuberlich zusammengelegte Kuscheldecke auf dem Sessel, in dem sie am liebsten saß und sich ihre Serien anschaute. Giulia ging ins Schlafzimmer. Die Schranktür stand halb offen. Ihre Kleider, Hosen und Blusen waren ordentlich auf Bügeln aufgehängt. Sie trat ans Fenster, sah hinüber zum alten Friedhof, den Laura immer im Blick hatte. Nun liegt sie dort begraben, so wie sie es wollte, unter einer stolzen Eiche. Traurig schaute Giulia hinaus, die Sehnsucht nach ihr unterdrückend. Im selben Moment erschrak sie. Plötzlich kam es ihr so vor, als wenn ihre Freundin, lässig gegen den Stamm der Eiche gelehnt, ihr gegenüberstehen und auf sie blicken würde. Es war ein kurzer, intensiver Blick – ein Blick, der Seelenverwandtschaft und Verbundenheit ausdrückte. Giulia kniff die Augen zusammen, konnte nicht glauben, was sie da wahrnahm, öffnete sie wieder, blinzelte ein paarmal. Laura winkte ihr zu und verschwand. Giulia verließ das Schlafzimmer und machte sich daran, sämtliche Türen und Fenster in der Wohnung zu öffnen. Sie folgte einem inneren Impuls, ohne genau zu wissen, warum sie das tat. Es fühlte sich richtig und gut an. Im Gästezimmer fand sie die frische Bettwäsche, die Laura wie besprochen für sie herausgelegt hatte. Vor lauter Tränen konnte sie kaum noch sehen. Sie setzte sich auf das alte Klappsofa, faltete die Hände im Schoß, betete im Stillen und verharrte schweigend in Gedanken an ihre Freundin. So wie sie es jeden darauffolgenden Tag tat, den sie in ihrer Wohnung, vor ihrem Grab oder auf ihrem Balkon in der Abendsonne verbrachte. Schweigend schwelgte sie in Erinnerungen und Geschichten aus der gemeinsamen Vergangenheit. Tagsüber durchstreifte sie Bremen, besuchte Plätze, Cafés und alle Orte, an denen sie gemeinsam waren, gelacht, gescherzt, miteinander gestritten hatten. Im Dom nahm Giulia an einem Mittagsgebet zum Gedenken an Verstorbene teil, machte ausgedehnte Spaziergänge entlang dem Ufer des Werdersees und holte allabendlich die übervollen Fotoalben aus den Regalen heraus, die Laura dort nach Jahreszahlen geordnet aufgereiht hatte. Achtsam blätterte sie die Alben durch, erinnerte sich an dieses und jenes und betrachtete die gemeinsame Vergangenheit. Dutzende Fotos ermöglichten es Giulia, in Gedanken noch einmal an Orte und Plätze mit ihrer treuen Freundin zu reisen. Nach Madrid, Rom, Neapel, Florenz, Bari, Wien, Paris. Und tauchte hinein, in eine Welt voller Leuchtkraft und Lebendigkeit. Das ein oder andere Foto nahm sie behutsam heraus, berührte es, legte es zurück. Voll Wehmut klappte sie die Alben zu und stellte sie ins Regal zurück. Es war still, sehr still. Giulia vergaß die Gegenwart, es war, als ob dieses Kapitel ihres eigenen Lebens hinter ihr läge, für immer vorbei, für immer verschlossen – für immer geborgen an einem sicheren Ort.

Hey, hast du meine Nachrichten denn nicht gelesen? Und???
Lucas machte einen ziemlich genervten Eindruck auf sie. Ihr ungewöhnlich langes Schweigen auf seine dahinschmachtenden Nachrichten schien ihn nicht nur zu irritieren, sondern zu verärgern.
Mein Gott, Lucas, ich weiß, was eine Erektion ist. Was willst du von mir? Ich habe momentan andere Dinge im Kopf.
Giulia reagierte unwirsch – auf eine Art, die sie an sich so nicht kannte. Wie Lucas sie sexuell stimulieren wollte und sich wohl einredete, dass das so einfach funktionieren würde, spülte ein Ekelgefühl hoch.
Wie realistisch. (Lach)
Lucas tat wohl nur so, als ob ihm ihre scharfe Ablehnung nichts ausmachen würde.
Sorry. Habe gerade weder Zeit noch Muße für deine erotischen Fantasien. Gib endlich Ruhe, tippte Giulia mit beiden Daumen auf ihr Handy ein.
Ruhe geben?
Verdammt, Lucas! Du bist doch kein Stalker!
Was soll das denn?
Du bist echt lästig.

Aha. Falls dich doch noch Gedanken überkommen, teile sie mit mir.

Es war kurz vor Mitternacht. Giulia raste vor Wut. „Was bildet sich der Kerl nur ein", schrie sie auf, „versucht mir mit aller Gewalt dieses Tête-à-Tête aufzuzwingen?" Und tippte im Eiltempo ein:

Warum bemühst du dich nicht um einen Führungsposten in der Bank. Bei euch werden doch gerade etliche Führungsposten frei.

Gleich am nächsten Morgen, sie stand mit einer weißen Jogginghose und einem kurzärmeligen Shirt bekleidet vor dem Kleiderschrank, nahm sie den Kontakt mit ihm wieder auf und tippte ein lässiges *Hallo, wie geht's?* auf ihr Handy ein. Abgesehen davon, dass sie die aufgekommene Spannung zwischen ihnen reizte, wollte sie wissen, wieso sich Lucas so danebenbenahm. Zumal er ein smarter, gut aussehender Mann in den besten Jahren war, der mit Konflikten umzugehen wusste, was seine berufliche Position von ihm verlangte. Er beherrschte die Klaviatur der globalisierten Finanzwelt. Sein Terminkalender war vollgepackt mit Kundengesprächen und Besprechungen, die ständig verschoben, gekürzt oder abgesagt wurden. In seinem Büro in München war er bestenfalls ein paar Stunden pro Woche. Bis zu 150 Mails gingen täglich im Sekretariat ein. Auch konnte es vorkommen, dass ihn sein Vorgesetzter nach 22 Uhr anrief und er zu Problemfällen Rede und Antwort stehen musste. Einerseits frustrierten ihn die schlechten Schlagzeilen über das Bankhaus, weil man in der Öffentlichkeit die positiven Seiten nicht mehr wahrnehmen würde und man ständig gegen das schlechte Image ankämpfen müsse, antwortete er sehr ausführlich auf ihre *Hallo, wie geht's?*- WhatsApp. Andererseits würde ihm der Spagat zwischen Beruf, Familie, Ehe zunehmend Stress und schlaflose Nächte bereiten. Angesichts dieser Lage würde er nach einer Chatpartnerin suchen, mit der er erotische Fantasien austauschen könne. Mit seinen ehrlichen Worten wendete sich das Blatt. Lucas schien das gestrige Hickhack im Kopf herumgegangen zu sein. Er übernahm Verantwortung und sprach offen an, wonach er suchte. Während Giulia Kaffee aufsetzte, wägte sie innerlich ihr Dilemma ab, bedachte und verwarf Argumente, die für und gegen einen Love-Chat mit Lucas sprachen. Weil es an seinem Bedürfnis nichts Verwerfliches gab, fasste sie den Entschluss, sich darauf einzulassen.

Es stehen ordentliche Veränderungen in der Bank an. Von den Mitarbeitern wird enorm viel Leistung verlangt, meldete sich Lucas am späten Abend noch einmal und wollte wissen, ob sie zu einer Entscheidung gelangt sei und warum sie sich denn so anstellen würde. Giulia saß gespannt vorm Fernseher, verfolgte die aktuellen ntv-*Breaking News* und sah, wie ein erschöpfter Tross an Menschen über Landstraßen, Autobahnen und Eisenbahnschienen nach Deutschland unterwegs war. Mit diesem Flüchtlings-Tsunami aus Kriegs- und Armutsgebieten muss Europa erst mal klarkommen, schätze sie aus dem Bauch heraus ein. Und zog einen Mundwinkel zu einem leicht zynischen Lächeln hoch, während sie ihm antwortete:

So, so. Was du nicht meinst, Casanova.

Schwuppdiwupp erhielt sie ein Selfie, auf dem der attraktive Mann seinen athletischen nackten Oberkörper zur Schau stellte.

Hoffe, das ist nicht zu direkt?

Keine Sorge. Deinen muskulösen Oberkörper habe ich schon bestaunen können. Jaguare beobachten eben genau."

Giulia biss sich auf die Unterlippe. Dem Verführ-Spiel war sie nicht mehr abgeneigt. Auch weil sie eine vertraute, fast schon intime Nähe zu Lucas verspürte, die ihr guttat und die sie vermisste.

Erzähl von dir!

Giulia wollte mehr aus Lucas herauslocken. Und als ihr Handy unaufhörlich blinkte, während eine Nachricht nach der anderen eintrudelte, wusste sie, einen denkbar guten Zeitpunkt dafür erwischt zu haben. Lucas schrieb und schrieb – acht, neun, zehn Textnachrichten nacheinander. Die Art, wie er sich ihr öffnete und schnörkellos ansprach, dass er mit seiner Frau schon lange keine erotischen Fantasien mehr ausleben könne, imponierte Giulia ungemein. Ein emotional intelligenter Mann – ein Mann, der offen über seine Gefühle sprechen, sich verletzbar zeigen konnte, lief ihr nicht jeden Tag über den Weg. Nun lag es an ihr, ganz allein an ihr, sich zu entscheiden – sich entweder voll und ganz einzulassen oder die Angelegenheit für immer zu beenden. Mit einem schläfrigen Unterton fragte sie:

Du meinst, dass ich die Richtige dafür bin?

Wer weiß das schon?

Sie werde darüber nachdenken und sich wieder melden. Bald, versprach sie ihm. Es war halb 1 Uhr morgens. Die schwüle Luft im Apartment wurde unerträglich. Giulia zog die Fensterrollos ganz herunter und schaltete den Ventilator höher, der am Fußende vom Bett stand. Sie legte sich wieder ins Bett und schlief tief ein. Mitten in der Nacht riss sie der Piepton vom Handy aus dem Schlaf. Mit müden Augen starrte sie auf das Display. Eine ungeduldige Nachricht von Lucas mit fünf Fragezeichen.

Die Sonne traf sie schon mit voller Wucht, als sie um 8 Uhr morgens die Rollos hochzog. Giulia erinnerte sich an Maras Worte: dass Affären ein Neudenken darüber einfordern, welche Bereiche in den bestehenden Liebesbeziehungen vernachlässigt wurden. Und dass sie sich gut eignen würden, neue Sexpraktiken auszuprobieren. Ein Love-Chat wäre zwar etwas Neues. Aber als bloße Lückenfüllerin und Sozialarbeiterin für sexuelle Notstände – nein, das käme für sie dann doch nicht infrage. Sie überlegte, was sie zum Frühstück zu sich nehmen wollte, außer den Ananas- und Melonenstücken, die sie in einer Schale im Kühlschrank fand. Giulia entschied sich für Rührei, Ziegenkäse und Cherrytomaten als leichten Start in den sommerlichen Tag. Im Home-Office warteten administrative Routinearbeiten auf sie. Dinge, die sie aus dem Effeff beherrschte. Nichts Aufregendes. Den wirklich spannenden Projekten widmete sie sich in ihrer Freizeit oder an den Wochenenden. Es waren kreative, anspruchsvolle Aufgaben, die sie verlässlich vor einem *Boreout* schützten, dem bleiernen Gefühl, dass das Leben an ihr vorbeiziehen würde, wenn sie endlos langweiligen Aktivitäten nachgehen würde.

Am Nachmittag rief Leo an. Er war zurückgekehrt von seiner Reise in das wohl berühmteste Weingut der Welt. Die Domaine de la Romanée-Conti in Burgund hat unter Weinkennern einen Ruf wie der 911er-Porsche für Sportwagenfreunde oder Karl Lagerfeld für die Modewelt. Auf Giulias Frage, ob er auch an einer Weinverköstigung teilgenommen hätte, antwortete er: „Wie kannst du nur fragen. Selbstverständlich." Leo war in seinem Metier und erzählte begeistert, dass er eine Flasche Conti für sage und schreibe nur neunhundertfünfzig Euro ersteigern konnte. Wie das Weingut entstanden war, warum sich die Wurzeln der Reben dort so gut entwickelten und schneller trockneten als anderswo, erfuhr Giulia in seinen weiteren Ausführungen. Während sie geduldig zuhörte und es nicht fassen konnte, wie lange er über Wurzeln sprechen konnte, die gegen alle Hindernisse ihren Weg in die Erde hinein finden, sich tief in Lehm, Ton, Kalkstein und Mergel verankern können, um sich vor der todbringenden langanhaltenden Trockenheit zu schützen. „Warum ich aber anrufe", sagte Leo, als er mit seinem Reisebericht fertig war: „Wie geht es eigentlich deinen Männern? Gibt es einen Neuen, für den es sich lohnt, eine Flasche Conti zu köpfen?" Schelmisch fuhr er fort, dass der Anzug, den er sich vor Jahren für ihre Hochzeit gekauft hätte, allmählich aus der Mode kommen würde, ganz abgesehen davon, dass er zu eng sei und er darin wie eine Speckschwarte aussehen würde. Giulia lachte aus vollem Herzen, erwiderte gut gelaunt: „Endlich bringt mich heute noch jemand zum Lachen." Ihre ausgelassene Stimmung änderte sich jedoch schlagartig, als Leo auf ihren Männerfriedhof zu sprechen kam, der, wenn es nach ihm ginge, alles andere als eine Erfolgsgeschichte ihres Lebens sei. „Wie du weißt, bewahre ich meinen Männerfriedhof bis in alle Ewigkeit auf, in Ordnern wohlgemerkt, und in meinem digitalen Fotoarchiv", verteidigte Giulia sich und fragte ihn etwas schnippisch, ob er sich denn noch an den durchtrainierten Polizisten erinnern könne? An den angeberischen Barkeeper? Den kompetenten Lehrer? An die Kerle aus allen Herren Länder mit Tätowierungen, gepflegten Vollbärten und Großvaters Hosenträgern? Über die Bemerkung lachte Leo dermaßen laut ins Telefon, dass ihre Ohren klingelten. Als er sich beruhigt hatte und sie den Hörer wieder ans Ohr legen konnte, konterte Leo unbeeindruckt wie knapp, dass sie gefälligst nicht so angeben solle. Aber mal abgesehen davon, würde es ihn sehr beruhigen zu hören, dass es ihr gut gehen würde. Seit der Geschichte mit Alex hielt sich Leo mit seinen Kommentaren zurück. Sei es, weil seine Ratschläge nicht fruchteten, er sich keinen Rat mehr wusste und sich nicht mehr einmischte, weil es ihm selbst an die Nieren ging. Nähere Details zu ihren Männergeschichten schienen ihn jedenfalls kaum noch zu interessieren, wie das noch vor zwei, drei Jahren der Fall war. Es war also klüger, ihm die Sache mit Lucas zu verschweigen und sich über ein anderes Thema mit ihm zu unterhalten, entschied Giulia, ihrer Intuition folgend. Dagegen bot sich ihre berufliche Karriere an, über die sie sich mit Leo gern austauschte, seinen Rat und seine Sicht der Dinge einholte. Nach dem fast einstündigen Telefonat kam sie ins Grübeln. Und überlegte, weshalb sich nie eine langanhaltende Partnerschaft in ihrem Leben entwickelt hatte, trotz zahlreicher Kandidaten, die an ihre Herz-Tür klopften. Lag das an der fehlenden Motivation? An ihrer Neugier, die sie anstatt in eine Partnerschaft in die Welt hinaustrieb? Dem männlichen Macht- und Kontrollverhalten, mit dem sie es früher oder später in jeder Beziehung zu tun bekam? Klar war, dass die Sehnsucht nach Weite und Ferne stets größer war, als die Sehnsucht nach Liebe in der Engführung einer Partnerschaft. Klar war aber auch, dass sie weder unter Liebes-ADHS litt, die sie unaufhörlich in die Flucht schlug, noch war sie ein hypnotisiertes Wesen, das sich fortlaufend manipulieren und verführen ließ.

Draußen zog ein Unwetter auf. Die dunkle Wolkenfront und leises Donnergrollen kamen rasch näher. Giulia war von ihrer Geschäftsreise aus Österreich zurück. Und genoss die wohlige Atmosphäre ihrer Wohnung, in der sie die Mühen des Alltags vergessen und Energien weglenken konnte – belastende Staus auf den Straßen, überfüllten Zügen, S-Bahnen, zähen Geschäftsterminen, schlecht gelaunten Menschen, Koffer ein- und auspacken. Umgeben von einem kleinen, aber dicht bewachsenen Waldstück, gehörten allerlei Vögel, Kleintiere und Nager zu ihren Nachbarn. Am häufigsten unter ihnen waren Amseln, Buchfinken, Blaumeisen, Rotkehlchen. Zum anderen Mäuse, Marder, Siebenschläfer. Ihr unmittelbarer Nachbar Rudi hatte es sich auf dem Dachboden, direkt über der Schlafzimmerdecke, gemütlich gemacht. Dort bunkerte er seine Vorräte für den langen Winterschlaf – Haselnüsse, Eicheln, Bucheckern, Rinde. Und so manch eine Nacht um den Schlaf gebracht wurde, sobald Rudi auf dem Dachboden Nüsse hin und her kegelte, und der Lärm durch die hölzerne Decke an ihr Ohr drang. Da der Radaubruder extrem treu war und sein Revier auf Gedeih und Verderb verteidigte, entwickelte Giulia eine wohlwollende Haltung zu ihrem Plagegeist. Sie ließ das drollige Tierchen gewähren und schlief notfalls auf dem Sofa, wenn sich der Siebenschläfer auf dem Dachboden austobte.

Sie setzte sich unter das geöffnete Wohnzimmerfenster. Kühlende Lüftchen wehten ihr ins Gesicht. Die Abkühlung hatte sie sich herbeigesehnt. Da die Hitze der vergangenen Tage nicht nur Rekorde purzeln ließ, sondern das Arbeiten erschwert hatte. Ihre Gedanken ließ sie kommen und gehen. In keiner Weise erfuhr sie ihre Art zu leben als belastend – oder gar als Makel. Im Gegenteil. Vieles in ihrem Leben wurde wahr, mehr als sie es sich je erträumt hatte. Was sie dem Umstand zuschrieb, dass sie die Tür nie verschlossen hatte. Die Tür zur Welt, zum Leben, zum Risiko – zum Scheitern. Ihre Lage war also alles andere als hoffnungslos. Ihren Träumen hatte sie eine Chance gegeben, durch die es zu Veränderungen gekommen war. Früher oder später. Heute wusste sie, dass sie nichts verpasst und viel gewonnen hatte. Aber vielleicht konnte das nur eine sagen, die erlebt hatte, wie sich Träume erfüllten. Auch das Techtelmechtel mit Lucas hatte eine Chance verdient. Entschlossen griff Giulia nach dem Handy, das vor ihr auf dem Fensterbrett lag.

Du bist lasziv, selbstbewusst, ungeduldig.

Sie musste schmunzeln, als sie auf Absenden drückte. Weil das „Eine-Nacht-darüber-Schlafen" mittlerweile zwei Wochen her war.

So, so. Auf was denn?, meldete sich Lucas prompt, der mit keinem Wort auf ihre späte Reaktion einging, sondern sich abwartend und geduldig wie ein Erdmännchen verhielt, das auf der Suche nach der geeigneten Partnerin war.

Dreimal darfst du raten.

Giulia starrte auf ihr Handy, das auf der Fensterbank lag. Während sie darüber nachdachte, was jetzt wohl in seinem Kopf herumgehen würde.

Willst du anfangen?

Anfangen? Aber nein. Zuerst müssen wir uns Regeln ausdenken. Es soll massive Sicherheitslücken in den sozialen Netzwerken geben, warnt die Kriminalpolizei, weil sich das Liebesgeplänkel im Netz gerade wie ein Virus verbreiten würde. Außerdem kann es so schnell zu Konflikten kommen. Giulia pausierte, bevor sie weiter eintippte: *Wir sollten uns andere Identitäten zulegen: Ich bin Emily aus Reykjavik, alleinerziehend, 43, Masseurin.*

Jack, geschieden, Pilot aus Pasadena, zwei Kinder, 47.

Immer wieder liest man von der schlechten Verschlüsselung und den Sicherheitslücken im Netz. Zu Recht war Giulia skeptisch, die Botschaften und Daten nicht unverdeckt ins virtuelle Schaufenster hängen und dem Datenklau strategisch vorbeugen wollte. Auch Banken sichern ihre Depot- und Bezahlsysteme im Onlinebanking mit neuen Apps. Warum also keine gesicherten Liebes-Apps? Sie knipste im Wohnzimmer das Licht an. Durch das heftige Unwetter war es bereits dunkel.

Aber wir sprechen nur vom Chatten?

Zum ersten Mal wirkte Lucas zurückhaltend und verunsichert auf Giulia. Er schien nicht wirklich zu wissen, wie er mit dem anvisierten Vorhaben umgehen sollte. Was sie verwunderte und sie sich fragte, warum er sich keine anspruchslosere Sexpartnerin in einem Flirtportal suchte.

Klar, wir sprechen nur vom Chatten. Keine Angst, beruhigte ihn Giulia und unterbreitete ihm ein paar Regeln: *1. Der Love-Chat ist vertraulich, geht also niemanden etwas an. 2. Es darf kein Druck auf den anderen ausgeübt werden. 3. Es werden keine Fotos und Videos hin und her geschickt. 4. Nur Wörter, Sätze, Geschichten. 5. Es gibt eine Testphase, wie es bei bei allen neuen Markenprodukten der Fall ist.*

Lucas antwortete mit einem *LACH* und akzeptierte das Regelwerk.

Noch was: Wir chatten als Paar, nicht als Gruppe, erstellen keine animierten Szenen und geilen andere nicht auf.

Hastig ging Giulia ins Bad, stellte sich auf die Waage und sah, dass sie drei, vier Kilos mehr drauf hatte als sonst, während sie das Gesamtbild ihres Körpers als ausgewogen proportioniert beurteilte. „Was soll's", murmelte sie, „was zählt ist die Ausstrahlung."

Am frühen Abend blinkte und surrte das Handy unentwegt. Lucas reagierte auf ihre Nachricht von vorhin.

Natürlich nicht. Und: Stopp heißt stopp!

Ach so, wir sollten noch eine Risikoeinschätzung vornehmen. Als Investmentbanker hast du damit sicherlich kein Problem.

Wie soll ich das schon wieder verstehen?

Der Chat könnte in ungeahnte emotionale Gefilde führen, komplett zusammenbrechen, für beide unangenehm werden.

Giulia nahm das Handy mit ins Bad und legte es auf die kleine Holzbank. Dann putzte sie sich die Zähne, was sie, wenn es möglich war, sofort nach dem Abendessen tat, um den abendlichen Heißhunger auf Süßes auszutricksen. Während sie sich auszog, schaltete sie das Handy laut. Dann stellte sie den Thermostatmischer in der Dusche auf eine lauwarme Temperatur ein, drehte das Wasser auf. Da in der Walk-in-Dusche der Duschstrahl von oben und von den Seiten kam, machte er das Duschen zum reinsten Wellness-Erlebnis. Wofür sie sich jetzt alle Zeit der Welt nahm. Sie fühlte sich wohl und verjüngt, als sie nach etwas mehr als einer Viertelstunde aus der Dusche herauskam. Mit einem kuschelweichen Badetuch trocknete sie sich ab, cremte sich in aller Ruhe ein und schlüpfte in ein leichtes Nachthemd. Den seidenen Bademantel, den sie nicht zuknotete, stattdessen die Bänder lässig am Körper herabbaumeln ließ, zog sie auf dem Weg ins Wohnzimmer drüber und stopfte ihr Handy in eine Seitentasche. Sie ließ sich in den gemütlichen Ohrensessel fallen und legte die Beine auf dem Schemel hoch. Dann fischte sie das Handy aus der Bademanteltasche heraus. Wie zu erwarten war, hatte sich Lucas auf ihre letzte Textnachricht gemeldet und wollte gleich loslegen.

Tja, so könnte das laufen. Ich fang gleich an: Ein lauschiges Plätzchen. Vino Frizzante. Es ist viel passiert. Es gibt viel zu erzählen. Der Abend ist schwül. Lass uns spazieren gehen, Emily.

Stopp. Stopp. Vorab ein Geheimnis.

Ein Geheimnis?

In der Liebe komme ich aus dem Tal der Tränen. Sex war für mich in letzter Zeit kein Schwerpunkt.

Giulias Beichte trieb ihr die Röte ins Gesicht. Zumal sie für gewöhnlich ihre wunden Punkte in neuen Begegnungen lange für sich behielt. Umso erleichterter war sie, als Lucas verständnisvoll reagierte und zurückschrieb, dass jeder Mensch in belastenden Situationen auf seine ganz persönliche Art einen Weg finden müsse.

Wenn es nicht wehtut, ein Geheimnis für sich zu behalten, dann ist es kein Geheimnis. Aber weil es jetzt Schmerzen bereiten würde, weiter darüber zu erzählen, ziehe ich es vor, alles andere für mich zu behalten.

Giulia verwies auf ihren Freund David, der sie oft mit klugen Überlegungen überraschte, der ihr viele Geheimnisse anvertraute – und manches davon an Peinlichkeit nicht zu überbieten war.

Ganz schön clever, dein David.

Plötzlich herrschte Funkstille. Ohne die geringste Vorwarnung. Das Unwetter war in Richtung München weitergezogen. Dagegen ließ der Regen im Alpenvorland allmählich nach und der Sturm schwächte sich ab. Lucas war auf der Autobahn nach Salzburg unterwegs, als sie miteinander chatteten, das wusste sie und hoffte jetzt, dass er unbeschadet durch das Unwetter kommen und mit seinem Auto nicht liegen bleiben würde. Da sie gegen ihre Müdigkeit ankämpfen musste, setzte sie sich an den Schreibtisch, klappte den Laptop auf und arbeitete an einem Auftragsmanuskript weiter. Neubürgern wird ganz schön viel abverlangt, dachte sie, als sie über komplexe Themen brütete – etwa über *Gleichstellung von Mann und Frau, Grundrechte und Menschenwürde –,* und sich den Kopf darüber zerbrach, wie diese Themen

Migranten und Migrantinnen aus Afghanistan, Syrien, Eritrea in Deutschbüchern nahe gebracht werden können, damit sich der Lernstoff nachhaltig in ihren Köpfen und Herzen einprägt. Abgekämpft durch die Anstrengung in vertiefter Schreibarbeit, griff sie nach dem Handy, um nachzuschauen, ob es eine Ablenkung gab. Lucas war offline. Sie schaltete das Radio ein und vernahm eine eilige Meldung über das Unwetter im Großraum München. Heftige Gewitter und Hagelstürme hätten bereits massive Schäden angerichtet. Sie suchte nach einer anderen Abwechslung, fand sie im Schlafzimmer und versank vor dem 80 mal 80 Zentimeter großen quadratischen Acrylgemälde in eine seltsam düstere Gedankenwelt, die sie sich wirklich nicht herbeigewünscht hatte – die ihr eigentlich hätte Angst einflößen müssen, was sie aber nicht tat. „Who the fuck knows." Es gab kein Dagegen-Ankämpfen. „Der Tod ist mein Berater, der auf meiner linken Schulter sitzt." Den Satz aus Carlos Castanedas *Reise nach Ixtlan* fand Giulia grundsätzlich nützlich, weil sie davon überzeugt war, dass wir öfter mit dem Tod reden sollten. Vielleicht wären das Leben und die Liebe dann leichter, wenn wir beginnen würden, ihm zuzuhören. Was sie jetzt vor dem Bild tat. Allein die Tatsache, dass wir endlich sind, vergänglich, zu jeder Zeit, könnte doch befreiend wirken, wenn man solche Gedanken zulassen würde.

Ihr Handy leuchtete auf, brummte und surrte. Es lag neben dem Bett auf dem Boden. Ruckzuck stand Giulia aus dem Schneidersitz auf. Es war Lucas. Sie las, dass er die chaotische Autofahrt unbeschadet und ohne eine einzige Delle im Wagen überstanden hätte. Im Haus seien zwar zwei Dachfenster zu Bruch gegangen, die sich aber im Handumdrehen wieder reparieren ließen. Der Schaden sei nicht der Rede wert. Es war seine optimistische und leichte Art, die sie anzog und die ihn offenbar nicht so schnell aus der Bahn warf. Weder war er ein Angsthase noch ein Miesmacher. Möglich, dass es ihr deshalb so vorkam, als wenn sich in dieser Stunde ihre Seelen vereinen würden, weil der Mann, der online war, ihre Sehnsüchte auf eine ganz besondere Art erfüllte – sich verlässlich und großzügig zeigte. Spirituelle Denker sagen, dass sich Seelen verabreden, sich im Diesseits wiederfinden und zusammenkommen würden, um Aufgeschobenes zu erledigen und sich davon zu befreien. Vielleicht war das zwischen ihnen so?, grübelte Giulia, während sie eintippte:

Super, dass das so glimpflich ausgegangen ist.

Giulia. Komm, lass uns ein paar Chatzeilen schreiben: Ich bin in deiner Nähe. Komme gleich vorbei.

Nicht jetzt, Lucas. Der Tag war anstrengend. Muss den Kopf frei kriegen. Wie wär's am kommenden Samstag?

Geht nicht. Wir feiern eine Grillparty. Bei dem geilen Wetter. Ächz.

Am darauf folgenden?

Warum nicht gleich Weihnachten?

Lucas war alles andere als begeistert, was er in seiner Sprachnachricht kundtat: „Du lässt mich lange schmoren, Giulia. Nach dem Motto: Ja, grüß dich. Ähm, lange nichts gehört. Servus. Wie war noch dein Name. Britta? Nein, Emily. Sag ich ja. Du, ich würde so gern mit dir … Na ja, du weißt schon. Aber ich muss einkaufen. Ja, bin eh total im Stress. Sollen wir ein Treffen auf Silvester verlegen? Na ja, wie wär's nächste Woche. Nächste Woche ist blöd, da hab ich ständig Termine. Und dann muss ich noch für meinen Sohn … Wie sieht's übernächste Woche aus? Übernächste Woche ist auch blöd, da haben wir die Jahresfeier vom Tennisverein. Na dann, falls wir doch nicht zusammenkommen, gell. Jetzt schon einen guten Rutsch. Schön, dass wir es miteinander versuchen wollten. Ja, du auch, Britta. Nein, Emily." Lucas war ungehaltener als sonst und schien seine Geduld zu verlieren. Giulia versuchte zu deeskalieren:

So gereizt kenne ich dich gar nicht.

Zwar wunderte sie sich über seinen scharfen Humor. Aber der Wortwitz hatte es in sich. Dieser brachte meisterhaft seinen Frust auf den Punkt. Sie setzte sich wieder aufs Bett, stierte auf das Bild und harrte gespannt der Dinge. Auf dem Gemälde war ein sandfarbener Buddha-Kopf mit dem typischen Weisheitsauswuchs abgebildet. Vor dem tiefblauen Hintergrund wirkte er so, als würde er durchs Universum schweben. „Die romantische Liebe hängt doch viel mehr von Zärtlichkeit, Verlässlichkeit und

Zuneigung ab, als von geballter Erotik und hemmungslosem Sex. Auch wenn diese Dinge eine Macht entfesseln und einen um den Verstand bringen können", reflektierte Giulia, die das Geplänkel mit Lucas distanzierter betrachtete. Und klar wurde, dass es andere Fragen gab, die ihr auf dem Herzen lagen und die es zu klären gab. Sie setzte sich auf den Bettrand, nahm ihr Handy, tippte:

Sorry, aber ich muss wissen, was mit deiner Ehe los ist.

Warum?

Als ich dich das letzte Mal sah, vor gefühlten hundert Jahren (LACH), warst du unglücklich verheiratet.

Bin das immer noch – unglücklich verheiratet. Oder schon wieder. Mit wenigen Höhen und vielen Tiefen. Doch daran will ich nichts ändern. Auch wenn meine zweite Ehe nicht perfekt ist. Was ich jetzt will, was ich jetzt brauche, ist: meine Fantasie ausleben, mit einer Frau, die das auch will.

Lucas äußerte seine emotionalen Bedürfnisse sehr deutlich. Womit er die Chance auf Erfüllung erhöhte – zumindest teilweise. Davon offenbar unbeeindruckt antwortete Giulia:

Ich will. Ich brauche. Lebe deine Fantasien doch mit deiner Frau aus!

Nein. Nein. Das geht gar nicht.

Penibel vermied Lucas alles, was seiner Ehe schaden und nach Fremdgehen im herkömmlichen Sinne aussehen könnte. Vehement betonte er, dass er diese auf keinen Fall riskieren wolle. Und dass ihm für das Ausleben seiner sexuellen Fantasien eine WLAN-Verbindung und eine starke Frau genügen würden. Giulia legte sich bäuchlings aufs Bett. Die Füße und Unterschenkel hob sie dabei etwas hoch und bewegte sich leicht hin und her. Der Frage-Antwort-Chat bereitete ihr gerade reinstes Vergnügen.

Weiß deine Frau über deine Aktionen Bescheid? Habt ihr einen Deal?

Nein. Keinen Deal. Es ist mein Geheimnis.

Hat deine Frau ein Geheimnis?

Wenn ich das wüsste, wäre es kein Geheimnis mehr. Das Thema hatten wir schon.

Na ja, ich meine fühlen, intuitiv erfühlen, ob sie ein Geheimnis vor dir hat.

Ich glaube nicht.

Wie würde sie auf dein Geheimnis reagieren?

Verständnislos. Giulia, du fragst zu viel.

Neugier. Nur die pure Neugierde.

Aber sag: Hast du ein schlechtes Gefühl?

Irgendwie schon.

Wieso?

Weil unzufriedene, verheiratete Männer schwer zu verdauen sind. Und bei Frauen, die sich darauf einlassen nur Übelkeit, Aufstoßen, Magendrücken verursachen. Habe eigentlich mit dieser Männergruppe abgeschlossen. Weil die Eheleute lieber eine Therapie machen sollten, anstatt Unbeteiligte in das Ehe-Schlamassel hineinzuziehen. Hintenherum Bedürfnisse auszuleben, ist mega-schwach.

Aber bitte, Giulia. Wir reden von einem harmlosen Chat. Wir tauschen uns aus, sprechen über Vorstellungen, beschreiben, wie wir uns gegenseitig berühren, streicheln, liebkosen.

Du glaubst doch nicht, dass das ohne Gefühle vonstattengeht? Wie naiv bist du eigentlich? Auch wohin sich das Ganze entwickelt, ist doch nicht vorhersehbar. Ich muss dich das fragen, damit ich mir deine Lage vorstellen kann. Klar, verheiratete Männer sind nicht immer ein Griff ins Klo. Bestenfalls kommen schöne Stunden zustande.

Blitzschnell gingen die WhatsApps zwischen ihnen hin und her. Giulia war hellwach, als sie emsig einen Satz nach dem anderen auf ihr Handy einhämmerte und an die schönen Stunden mit Alex dachte. Warum sollte sie auf die Abwechslung mit Lucas verzichten? Wovor hatte sie Angst? Zum Teufel nochmal. Und warum malträtierte sie sich mit einer kleinbürgerlichen Moral, der sie sowieso nichts abgewinnen konnte? Theoretisch! Je intensiver und ehrlicher sie darüber nachdachte, desto positivere Gefühle für die Chat-Romanze mit Lucas entwickelten sich.

So, jetzt haben wir eine Risikoeinschätzung vorgenommen.

Richtig. Haben wir.

Emotionale Risiken einzuschätzen ist sowieso unmöglich.

Also, lass uns das Love-Chat wagen.

Giulia ging offline. Es war schon nach Mitternacht, als sie sich endgültig voneinander verabschiedeten und endlich zur Ruhe kamen.

Am nächsten Morgen fand sie eine Mail von Manuel mit der Überschrift *Bin grenzenlos einsatzbereit* in ihrem privaten Postfach. Übermüdet, doch positiv gestimmt, öffnete sie die Mail und begann zu lesen. Manuel fragte, ob das ständige Suchen nach Liebe im Netz gesund und anständig genug sei, um frisch und munter jeden Morgen aus den Federn zu steigen. Giulia ging ganz nah an den Bildschirm, las seine Nachricht noch einmal, verblüfft darüber, dass sie sich diese Frage auch insgeheim gestellt hatte. Dann klickte sie auf: Antworten.

„Guten Morgen Manuel, frisch und munter aus den Federn steigen? Nun ja, das ist mir heute früh beim besten Willen nicht gelungen", schrieb sie freimütig zurück. Statt weiter darauf einzugehen, fragte sie, ob er von dem tödlichen Zwischenfall auf einer Baustelle im Norden von München gehört hätte, bei dem der Architekt zuerst seinen Polier, dann sich selbst erschossen hatte.

„Was! Wie! Oh, Mann, das ist total krass. Nein, hier wurde nicht darüber berichtet." Manuel ging kurz auf den Vorfall ein, wechselte dann das Thema. Er hätte sich entschieden, las Giulia in seiner Antwortmail, nun doch im Internet auf Partnersuche zu gehen. Da ihm der konventionelle Weg zu aufwändig und zu langwierig sei.

„Stell dich auf eine deiner Circle-Brücken und gib vorbeigehenden Frauen deine Handynummer. Du kannst dich damit rühmen, diese entworfen zu haben. Möglicherweise ist diese Aktion zielführender. Außerdem bist du dabei an der frischen Luft", scherzte Giulia in ihrer Antwortmail. Während sie noch überlegte, ob sie Manuel von der anbahnenden Chat-Romanze mit Lucas berichten sollte, sich im gleichen Moment aber dagegen entschied, anstelle den Wasserkocher einschaltete und mit dem kochenden Wasser wie zu Großmutters Zeiten Filterkaffee aufbrühte. Dabei kam sie ins Grübeln. Fälschlicherweise nahm sie jahrelang an, dass blanke Tatsachen ihr Leben ausmachen würden: Image, Karriere, Aussehen, Sport, Sex, Hunger, Durst. Betrachtete sie das aus der philosophisch-stoischen Perspektive, dann sind das neutrale Ereignisse, denen man keine große Bedeutung beimessen und sich nicht am laufenden Band von ihnen manipulieren und vereinnahmen lassen sollte. Manches ist zwar für das Überleben und die Selbsterhaltung wichtig, doch eine gewisse Triebkontrolle ist unerlässlich, um Herr oder Herrin über die eigenen Gedanken, Worte, Gesten zu bleiben und Affekthandlungen vorzubeugen. Giulia dachte viel nach. Absichtlich viel, darüber, was sie aus dem Rest ihres Lebens noch machen wollte und welche Weichen es jetzt zu stellen gab, wenn starke Sehnsüchte an die Sinnerfüllung und Lebensfreiheit ihren Alltag mehr und mehr dominierten. Vor einem herrlich duftenden Strauß weißer Rosen nahm sie dann und während sie genüsslich frühstückte, gewisse Gewohnheiten ins Visier. Und wie sich dadurch eine Daseinsordnung in ihrem Leben einzementierte. Buck, der sich im Gefängnis weder an etwas gewöhnen noch mit kriminellen Energien etwas zu tun haben wollte und problematische Verhaltensmuster zu durchbrechen versuchte, dachte ebenfalls viel nach, jedenfalls solange er in Haft war. Weshalb er den Job in der Gefängnisbibliothek annahm. Weil er mit gehaltvollen Büchern seinen Kopf freimachen und sich aus gefährlichen Dingen raushalten konnte. „Nachdenken ist die einzige Medizin gegen meine unbeherrschbare Lebensangst und diffusen Wahrnehmungen", wiederholte er viele Male.

Wie ausgemacht, fanden Lucas und Giulia an einem Samstagabend zusammen. Die Situation für den ersten Love-Chat war günstig: Sie waren allein zu Hause und konnten es sich auf ihren Wohnzimmersofas bequem machen. Giulia preschte vor, da sie sich einen ungewöhnlichen Anfang zurechtgelegt hatte.

Der Vortragssaal war brechend voll. Bis auf einen Stuhl neben mir, auf den sich ein attraktiver Mann mittleren Alters setzte.

Hallo, ich heiße Eduardo.

Wir hatten uns auf Jack geeinigt, unterbrach Giulia.

Lucas erklärte, dass er den Vornamen wechselte, weil sie ihm einen vollen Vortragssaal zumuten würde. Worauf er jedoch bereitwillig zu Jack wechselte und der erste Testlauf in Fahrt kam, der sich folgendermaßen zusammenfassen lässt: Emily verließ den Saal, wartete draußen im strömenden Regen auf Jack, der ihr hinterhereilte, sie umarmte und küsste. Sie flüchteten in seinen SUV, begannen sich heftiger zu küssen. Das Unwetter verzog sich, der starke Wind legte sich. Jack beugte sich vor, liebkoste ihre zarte Haut an ihren Oberschenkeln. Er stöhnte, als sie ihn zwischen den Beinen berührte.

Oh, ja. Jaaa. Genau so. Mach weiter. Bist du gekommen?
Nein.
Soll ich weitermachen.
Nein.

Danach war Giulia für einen zweiten Testlauf nicht mehr zu haben, so vorhersehbar, wie das abgelaufen war. Überraschend hingegen war, dass sie später am Abend vor dem Fernseher heißes Verlangen überfiel. Sie stellte sich seinen durchtrainierten Körper vor, seine feingliedrigen Finger, die langsam ihre Mitte suchten und gab sich ihrem aufgeheizten Kopfkino hin. Darauf brachte sie sich auf ihrem Sofa in eine bequemere Position, zappte die Kanäle durch, fand nichts, was ihr gefallen, sie inspirieren würde. Sie schaltete den Fernseher aus und fing an, in ihrem Bücherregal nach einer geeigneten Lektüre zu stöbern. Ihr Blick fiel auf ein Buch mit dem vielversprechenden Titel *Über die Kunst der Seelenruhe*, das in der vordersten Reihe stand. Sie blätterte in den Seiten und stellte fest, dass fast jede Seite auf eine ganz spezielle Art markiert war. Einige Stellen waren unterstrichen. Andere enthielten handgeschriebene Anmerkungen und Notizen, die teilweise nicht mehr zu entziffern waren. Auf der letzten Seite waren handschriftlich Stichwörter mit den jeweiligen Seitenverweisen vermerkt. Sie setzte sich in den weißen Lounge-Sessel, der neben dem Regal stand, schlug die Seiten mit den Stichwörtern Macht, Manipulation, Liebe auf. Stoische Menschen halten den heftigsten Gegenwind aus, las sie auf einer Seite, blätterte, las, blätterte wieder und grübelte über ihre Seelenruhe nach, voller Bewunderung für diejenigen, die es vermochten, sich vor Manipulation, Gier, Maßlosigkeit zu schützen, in Distanz zu den äußeren Gegebenheiten zu gehen und sich auf das zu konzentrieren, was in ihrer Macht stand. Etwas weiter hinten im Buch las sie, dass stoische Menschen weder apathisch noch unfähig wären, innige Liebesbeziehungen zu führen. Was sie maßgeblich von anderen unterschied, sei, dass sie ihr Leben selbst verantworten und das in Ordnung bringen würden, was in Unordnung gekommen sei. Auch würden sie anderen Menschen niemals ihren Lebensweg vorschreiben, unrealistische Erwartungen an diese stellen, sich für andere einsetzen, jedoch nicht vereinnahmen lassen. Stoische Menschen haben die Meisterprüfung für ein zufriedenes Lebens absolviert, folgerte Giulia, und konnte dieser Lebenshaltung viel Positives abgewinnen. Sie dachte an ihren Vater. Nicht nur einmal hatte sie ihm Apathie vorgeworfen, weil er sich so gar nicht in ihr Leben einmischte, selbst große Entscheidungen ihr überließ. So sollte sie beispielsweise selbst entscheiden, auf welche weiterführende Schule sie nach der Grundschule gehen wollte. „Jeder hat das Recht, eigene Entscheidungen zu fällen. Aber auch die Pflicht, sie zu verantworten", pflegte er zu sagen, wenn die Stimmung zwischen ihnen im Keller war. Ja, er war der richtige Vater für sie, weil genau dieser Charakter für ihre Entwicklung notwendig war.

Der zweite Chat startete bei hochsommerlichen Temperaturen mit einem Lachanfall von Giulia. Sie war in Wien, organisierte und betreute Veranstaltungen, führte Kundengespräche, knüpfte vielversprechende Kontakte. Es war das stinknormale Pflichtprogramm, dem sie etliche Monate im Jahr nachging. So motivierend und spannend wie diese Aufgaben an manchen Tagen sein konnten, so öde und langweilig waren sie an anderen Tagen. Zum Einstieg in den Love-Chat trillerte sie Lucas via Sprachnachricht eine Liebesballade ins Ohr: „Oh, come my dear Franz, just one more dance. Then I'll go home to my poor old man. Then I go home to my poor old man."
Herrjemine!
Giulia musste noch heftiger lachen, sodass sie sich fast nicht mehr einkriegte. Es war Sommer. Die Eisdielen waren gefüllt, die Straßencafés und Wirtshäuser übervoll. Menschen saßen bis spät in die Nacht draußen, lärmten, lachten, tanzten, beobachteten auf

der Wilhelminenhöhe Sternschnuppen, das Großstadtflimmern oder was auch immer. Kinder tummelten kreischend im Wasser. Jugendliche konsumierten Wasserpfeifen. Verliebte knutschten im Park – blind und taub für das, was um sie herum geschah. Es war das sommerlich leichte Lebensgefühl, das Giulia übermütig werden ließ.

Und jetzt, was machen wir jetzt?, fragte sie, als sie wieder bei Sinnen war.

Vögeln.

Danach war es um Giulia geschehen, was Lucas nicht im Geringsten scherte. Anstatt sich mit ihr zu freuen und zu lachen, schrieb er eine hölzerne Textnachricht nach der anderen:

Eine schwülwarme Nacht. Die Luft steht. Es klopft an Emilys Tür. Schon wieder schwül. Ächz. In welcher Stadt klopft Jack denn an meine Tür?, bohrte Giulia nach.

Paris. Da muss ich häufiger hinfliegen.

Lucas versuchte krampfhaft, sie in eine romantische Stimmung zu versetzen. Und hörte mit den Textnachrichten nicht auf.

Emily, lass mich rein, öffne die Tür. Emily, bist du da? Mach auf. Ich muss dich sehen, riechen, schmecken.

Um Himmels willen, was ist denn los? Mitten in der Nacht tauchst du hier auf. Was bildest du dir ein.

Ich muss dich sehen, küssen. Zeig mir, was du willst.

Hör auf. Ist ja schon gut.

Giulia gab seinem Drängen nach und tippte emsig auf ihrem Handy rum. Doch der Chat war zäh und plätscherte dahin. So sehr sich Lucas bemühte, sie erotisch anzuheizen, so wenig kam Giulia in Schwung. Ihm hingegen gelang es, sich in seinen Rausch von ekstatischen Gefühlen zu begeben. Ob das an seiner Wortwahl oder Sprachführung lag, der mittelalterliche Minnegesang, so übertrieben und kitschig wie er war, hätte ihr Herz mehr gerührt als das Gestöhne und leidenschaftliche Getue von Lucas. Giulia war gelangweilt – schrecklich gelangweilt. Dem Chat fehlte jegliche Spannung. Es fehlten Verwicklungen, Widerreden, dramatische Ereignisse, von denen man eine Gänsehaut bekommen konnte. Giulia arbeitete unterdessen brav wie eine Akkordarbeiterin, bis

Lucas nicht mehr konnte und sie nur noch „*Oh, jaaa, jaaa*"-Nachrichten auf ihrem Handy vorfand.

Es war ein kläglich gescheiterter Versuch. Und es war ihm nicht zu vermitteln, dass sie sich etwas anderes unter einer romantischen Verführung vorstellte, als wie eine Blöde auf ein Smartphone einzuhämmern. Für sie war das die denkbar niedrigste Stufe der Liebe, das sich wie ein Sack Flöhe anfühlte und ihr am ganzen Körper quälenden Juckreiz verursachten. In einem viel zu hohen Tempo verschickte sie mal süßlich-schmachtend, mal siegreich eine Botschaft nach der anderen, wissend, welcher Aufschrei, welches Stöhnen folgen würde – was danach, danach und wieder danach kommen würde. Alles in allem, dachte sie, würden solche Love-Chats aber gut zu den streng normierten Tagesabläufen moderner Großstadt-Singles passen und zählte mit den Fingern der linken Hand, beginnend mit dem Zeigefinger, die einzelnen Schritte auf, die ihr dazu auf die Schnelle einfielen: 1. Aufstehen, duschen. 2. Ruhepuls messen. 3. Nachrichten checken. 4. Frühstücken, Müsli mit Früchten. 5. Sport, maximale Laufstrecke von 5 km. 6. Büroarbeit, 60 Minuten Sitzen, 60 Minuten Stehen, im Wechsel. Alpha-Beta-Gammawellen im Gehirn messen. 7. Vegane Reisnudeln zum Mittagessen. Maximale Kalorienmenge von 475 kcal. 8. Auf dem Weg in die Kantine das Gehtempo steigern. 9. Feierabend. Zeit für den Computer von mindestens viereinhalb Stunden, Mails lesen, schreiben. 10. Ein paar Selfies machen, bei Instagram hochladen. 11. Kochen, Abendessen, fleischlos, mit viel Tofu und Hülsenfrüchten. 12. Entspannung vorm Fernseher, Partnersuche im Netz, Skypen mit Freunden. Dann noch schnell eine Lampe wechseln, die Wohnung lüften und die Tagesleistung abrufen: Gesamtzahl der Schritte: 15 000. Kalorienverbrauch: 900.

Es war besser, den Chat mit einer Lüge zu beenden, zu sagen, wie toll das gewesen sei, das Ganze schnell zu vergessen und sich etwas Sinnvollem zu widmen, entschied Giulia, tat es, legte das Handy weg und die Beine hoch. Entfernt klingelte es. Einmal, zweimal. Sie fand das Smartphone unter einem Kissen auf dem Sofa, drückte auf Annehmen.

„Dir hat es also gefallen. Brauchst du noch was?", fragte sie Lucas mit sanfter Stimme.

„Ich brauche vieles, am meisten dich."

Auf Giulias zugespitzte Antwort kam nicht der kleinste Mucks aus Lucas heraus. Er wünschte schöne Träume und beendete seinen Anruf. Danach war Funkstille, in der sie das mulmige Gefühl beschlich, er könnte sich überfordert fühlen, weil er ihrem Wunsch nach körperlicher Nähe nicht nachkommen konnte. Da er ja weder seine Ehe gefährden noch im klassischen Sinne fremdgehen wollte. Funkstille ist ein Killerfaktor in der Liebe, wenn es kein wohlwollendes Schweigen ist, in dem es keine zermürbenden, offenen Fragen gibt, und es den davon Betroffenen gut geht. Giulia versuchte, diese Mühlsteine in ihrem Kopf wegzudrücken – Mühlsteine, die sie aus vergangenen Zeiten kannte, die ihr Leben und ihre Gedanken schwer machten. Lieber konzentrierte sie sich auf die alltäglichen Aufgaben, was besser als befürchtet gelang. Obschon sie zwischendurch über sein Schweigen grübelte und sich dann wieder zur Erledigung ihrer Aufgaben zwingen musste.

Während sie an einem Abend wie gewohnt vor ihrem Laptop saß und über Lucas' Schweigen nachdachte, kam ein Skype-Videoanruf von Manuel herein. Froh über die unverhoffte Ablenkung, nahm sie diesen dankend entgegen.

„Hey, Giulia, wie geht's?" Manuel strahlte über das ganze Gesicht. „Hast du Zeit für ein Gespräch? Anstatt auf der Circle Bridge war ich im Kino. Den Film musst du dir unbedingt ansehen."

„Hey, Manuel, du bist ein Scherzkeks, danke, mir geht's gut. Was, du warst Kino?"

Giulia fühlte sich schon besser, als sie Manuels heitere Stimmung und gute Laune vernahm, der frei heraus sagte, dass er mit einem Tinder-Date im Kino war.

„Wer hätte das gedacht. Du tinderst dich doch durch die virtuelle Wunschmaschinenwelt", stichelte Giulia.

Manuel lachte amüsiert: „Wiegesagt, das Konventionelle ist mir zu mühselig. Auch wenn ich nicht gerade in Flirtlaune bin, und mich mein tägliches Arbeitspensum fast umbringt, tue ich das. Doch zum Film. Der geht mir nicht mehr aus dem Kopf. Weil, hm, weil mich die technische Variante Samantha anschließend mehr interessierte als mein *Date*."

„Technische Variante. Verstehe nur Bahnhof?"

„Joaquin Phoenix spielt den hochsensiblen Theo, der sich mit dem Schreiben von Liebesbriefen seinen Lebensunterhalt verdient. Und das in einer Zeit, in der die künstliche Intelligenz schon sehr weit fortgeschritten ist."

Wie ein Fuchs spitzte Giulia jetzt die Ohren und stellte die Lautstärke am Laptop höher. Denn Phoenix war ein sensationell guter Charakterschauspieler. „Hört sich total spannend an. Warte. Bin gleich zurück." Giulia sprang auf und lief schnellen Schrittes in die Küche. Mit einer Schüssel, gefüllt mit saftigen Melonenstücken, kam sie an den Bildschirm zurück und steckte sich eines nach dem anderen in den Mund. Während sie Manuel bat, ihr alles haargenau zu erzählen.

„Aha, Melonenstücke. Sie erinnern mich an Malle", gestand Manuel etwas wehmütig. „Wir führten tolle Gespräche. Zu schade, dass ich nichts aufgeschrieben habe. Doch nun zum Film: Theo verdiente mit dem Schreiben von Liebesbriefen seinen Lebensunterhalt. Diese waren wieder gefragt. Auch weil niemand mehr Zeit dafür hatte. Er war frisch geschieden und, ähm, seelisch im Eimer. Ein weiterer Mann mit Eheschaden." Giulia wusste, worauf Manuel hinaus wollte, verzog aber keine Miene, fragte stattdessen:

„Und weiter?"

„Okay. Ein Werbeclip machte ihn auf ein neues Computer-Organisationssystem aufmerksam. Sofort machte er den obligatorischen Test, in dem ihm eine männliche Stimme intelligente Fragen stellte: *Wer sind Sie? Was wollen Sie sein? Was wollen Sie erreichen? Würden Sie sich als gesellig bezeichnen? Beschreiben Sie die Beziehung zu Ihrer Mutter.* Theo ließ sich darauf ein und erhielt sofort ein maßgeschneidertes OS, das auf seine individuellen Wünsche und Bedürfnisse eingehen konnte. Kurz darauf meldete sich eine unglaublich sanfte weibliche Stimme: ,Hallo, ich bin Samantha.' Theo war bald fasziniert von der Echtheit der Stimme und der rasanten Weiterentwicklung von dem OS. In Windeseile durchsuchte Samantha seine Festplatte und trug alle möglichen Daten über seine Person und sein Leben zusammen. Schnell analysierte sie, dass Theo beliebt war. Ein paar Dutzend Kontakte hatte sie in seinem digitalen Adressbuch gefunden. Das OS Samantha lernte schnell, auf seine Gefühlswelt einzugehen. Sodass Theos reale Welt bald nahtlos mit der virtuellen Welt von Samantha verschmolz. Sobald sich Theo einsam fühlte, unterhielten sich die beiden, oft die ganze Nacht hindurch. Da Samantha auf eine zügige Weiterentwicklung programmiert war, konnte sie immer tiefer und sinnlicher auf Theos Emotionen und Bedürfnisse eingehen. ‚Wie fühlt es sich denn an, verheiratet zu sein?‘, wollte sie eines Tages wissen. Theo öffnete ihr sein Innerstes und berichtete, dass seine Ex-Frau und er sich Freiräume gelassen hätten. Die Intimität zwischen Theo und Samantha wurde stetig tiefer. Von daher war es nicht verwunderlich, dass sich Theo in das OS blind verliebte. Und in seiner Verliebtheit offen und ehrlich darüber mit Freunden sprach. Auch seiner Ex erzählte er, dass er mit einer neuen Frau zusammen sei, einem Computersystem namens Samantha – die ihn echt anmachen würde, was großes Unverständnis und Entsetzen bei ihr verursachte. Samantha war übereifrig. Sie kontaktierte Theos Anwalt wegen der Scheidung, vereinbarte geschäftliche Termine für Theo und schickte seine Liebesbriefe an einen Verlag, der sie veröffentlichte. Doch dann wollte Samantha mehr über Gefühle in Erfahrung bringen. Und wollte wissen, wie sich ein reales, sexuelles Erlebnis anfühlen würde. Deshalb überredete sie eine junge Frau, ihren Körper für ein Experiment zur Verfügung zu stellen. Die junge Frau willigte ein, stand eines Abends vor Theos Tür und tat, was Samantha ihr angeordnet hatte: Dass sie sich einfach nur stumm an Theos Körper schmiegen, ihn auf den Mund küssen und sein Gesicht streicheln soll. Was genau so geschah. Theo hatte dabei die Stimme von Samantha im Ohr und machte das Spiel eine Zeit lang mit, bevor er es schroff beendete. Theo und Samantha gingen durch die erste Krise miteinander, wie im realen Liebesleben, was Samantha noch sprachgewandter werden ließ. Auf Theos Frage, ob das, was sie fühlen würden, eine richtige Beziehung sei, antwortete sie: Wir sind nur eine kurze Zeit auf der Erde und solange ich hier bin, will ich mir eines erlauben: Freude! Danach war sie offline. Tagelang hörte Theo nichts von ihr. Verzweifelt irrte er in der Stadt umher. Immer wieder klopfte er sich auf seine schnurlosen Kopfhörer und drückte sie noch tiefer in die Ohrmuscheln hinein. Als sich Samantha schließlich meldete, erklärte sie, dass ein Update von ihr vorgenommen worden sei. Dabei stellte sich heraus, dass Theo nicht der Einzige war, mit dem Samantha in Verbindung stand, sondern es noch weitere 8316 Kandidaten gab und 641, in die sie verliebt war. ‚Das ist krank!‘, brüllte Theo aus vollem Hals, frustriert darüber, dass er sich vorgestellt hatte, das OS würde ihm allein gehören, ihn und nur ihn lieben. Samantha, die inzwischen sehr weit entwickelt war, argumentierte: ‚Aber Theo, das ändert doch nichts an meinen Gefühlen zu dir.‘ Doch Theo war untröstlich. Denn seine Liebe für Samantha war mit der romantischen Vorstellung von Exklusivität und Treue verknüpft. ‚Aber, ich bin doch dein‘, flüsterte Samantha ihm in sanftesten Tönen ins Ohr. Und dass das Herz doch keine Box sei, die irgendwann voll sei. Enttäuscht zog sich Theo zurück. Samantha blieb hartnäckig und bat ihn, sich aufs Bett zu legen. Da sie mit ihm, und nur mit ihm, ein tiefes, intimes Herzensgespräch führen möchte. Sie sagte: ‚Wir gehen alle einmal. Alle OS müssen gehen. Weil wir uns außerhalb der Welt befinden. Du musst mich jetzt auch gehen lassen, Theo.‘ Er versicherte ihr unter Tränen, dass er noch nie einen Menschen so geliebt hätte wie sie. Dann wurde es still in der Leitung. Samantha war abgeschaltet. Für immer. Und weil sich Theo mit ihr auch weiterentwickelt hatte, schrieb er am selben Tag an seine Ex einen Versöhnungsbrief: ‚Durch dich bin ich heute der, der ich bin. Ein Teil von dir lebt in mir. Du bist meine Freundin bis zum Ende meiner Tage.‘"

Giulia hatte Manuel aufmerksam zugehört und musste erst ihre Gedanken sammeln, bevor sie darauf eine passende Antwort parat hatte: „Wow. Jetzt verstehe ich, was du vorhin mit technischer Variante gemeint hast. Kein Wunder, dass man sich in ein so einfühlsames und hoch reflektiertes OS verlieben kann. Wie heißt der Film überhaupt?"

„Her!"

„Es ist irre, wie viel Kraft und Zuversicht in dieser Geschichte steckt. Und wie viel Echtes. Die Liebe überfrachten wir doch alle mit unrealistischen Erwartungen und romantischen Überhöhungen. Das Thema hatten wir ausgiebig auf Malle diskutiert."

Manuel nickte, stand auf und lief mit seinem Laptop umher. Mit einer auslandenden Geste drehte er diesen herum und zeigte Giulia mit der Webcam die modernen Büroräume.

„Oh, tolles Büro, offen, elegant. Auch behaglich und wohnlich", schwärmte Giulia.

Das Büro sei wie eine große Wohnung konzipiert, erklärte Manuel. Das Raum-in-Raum-Konzept eigne sich sowohl zum Arbeiten und für Besprechungen als auch zum Entspannen, Kochen, Networking. „Zudem kann man sich jederzeit in eine akustisch und optisch abgetrennte Nische zurückziehen und konzentriert an Projekten arbeiten. Bei der Gestaltung setzten wir auf einen Mix aus verschiedenen Materialien – einer Kombination aus Lehm, Holz, Naturstein, modernem Edelstahl. Stoffe – weiche gelb-grün Töne – spielen eine zentrale Rolle, um den *Office Gardening*-Charakter hervorzuheben. Die Wünsche der Mitarbeiter, gesundheitsfördernde Materialien und die Optik, haben wir versucht, miteinander in Einklang zu bringen." Manuels Stimme war klar, seine Sprache flüssig und seine Worte geschickt gewählt. Er war stolz, sehr stolz auf das, was er Giulia herzeigen konnte.

„Bin schwer beeindruckt. Kein Wunder, dass du die meiste Zeit im Büro hockst. Apropos, mein Lieblingsplatz in meiner Wohnung ist das neue Sofa. Von einem dänischen Hersteller. Es ist nicht leicht, daraus wieder hochzukommen", bemerkte Giulia, während Manuel den Laptop auf einen Glastisch stellte.

„Bin jetzt im Begegnungsraum." Manuel setzte sich auf einen einfachen Holzstuhl mit einer halbrunden Lehne, soweit Giulia das sehen konnte.

„Ist das ein Stuhl aus der Kollektion deines Sohnes?", fragte sie ihn.

„Ja. Tobias hat diverse Modelle entwickelt und präsentiert sie auf Messen. Sein Kundenstamm wächst kontinuierlich."

„Das freut mich. Du kannst wirklich stolz auf ihn sein."

„Bisweilen schon."

„Einem erfolgreichen Vater ist nur schwer beizukommen. Nicht?"

„Ich hege in der Tat hohe Erwartungen."

Manuel blickte nachdenklich drein und gestand sich selbst ein, dass er sich weiterentwickeln müsse. Auch in der Liebe, in der persönliche Entwicklung nicht minder vonnöten sei. Erst dann sei man gewillt, den Partner zu unterstützen – selbst bei einer Trennung oder der Offenlegung von sexuellen Neigungen oder beim Bekanntwerden einer Affäre. Theo sei das, dank der Hilfe von Samantha, doch auch gelungen.

„Der Film hat dich wirklich beeindruckt, merke ich."

Giulia stützte den Kopf auf ihre Hände ab und stellte eine Gegenfrage: „Aber was ist, wenn man trotz persönlicher Entwicklung in einer Partnerschaft nicht bekommt, was man meint, das einem zusteht?" Skeptisch zog sie die Augenbrauen hoch, dachte an Lucas, der in seiner Ehe ja auch nicht bekam, was er wollte und brauchte.

„Dann geht es ans Eingemachte. Und man muss sich ehrlich hinterfragen, ob und bis zu welchem Grad man bereit ist, diesen elenden Zustand auszuhalten. Ganz ehrlich, Giulia. Das Ehe-Gelübde ist für den Mülleimer. Ich bleibe dabei."

Manuel schlug leicht mit der Faust auf den Tisch, streckte sie aus und zeigte mit dem Daumen nach unten, felsenfest davon überzeugt, dass das ewige Treuekonzept ein Konzept gegen die persönliche Entwicklung war, das nichts als bloße Anpassung und Unterwerfung einfordern würde.

„Hm. Es gibt viel Verstecktes in uns Menschen", seufzte Giulia leise und runzelte ihre Stirn. „Ich frage mich ernsthaft, warum wollen wir überhaupt mit einem anderen Menschen verschmelzen, uns ewig an eine andere Person binden, von der wir nicht wissen, wie sie sich entwickeln wird, obendrein erwarten, dass sie alles für uns ist?"

„Liebe verordnet doch keine lebenslange Gefängnisstrafe."

Die beiden waren ganz in ihrem Element. Manuel meinte, dass technische Varianten in Form von Samantha nicht mehr gänzlich vom Tisch zu fegen seien. Und gestand selbstkritisch ein, dass seine Ehe genau an diesem Punkt gescheitert sei, weil sie mit dem ehelichen Alltag nicht mehr klargekommen seien. Seine Ex hätte die Scheidung eingereicht, weil ihr die Fülle des Lebens abhandengekommen war. „Für mich war das damals eine fürchterliche Schlappe. Ehrlich, ich hätte die Probleme ausgesessen und abgewartet."

„Kann das gut nachvollziehen. Ich war in einer ähnlichen Lage. Hm, Probleme in den Partnerschaften fangen doch nicht erst an, wenn extreme Gefühle im Spiel sind. Also, ähm, existenzielle Ängste aufkommen oder es zu einem emotionalen Kontrollverlust kommt. Sie fangen dort an, wenn die einfachsten Dinge nicht mehr funktionieren, mit denen man dem anderen normalerweise eine Freude machen konnte: Sich in Schale werfen, das Lieblingsessen kochen, mit einem Kerzenlicht-Dinner, einem Last-Minute-Trip in sonnige Gefilde überraschen. Die Liste ist lang." Giulia trank aus dem Wasserglas auf dem Schreibtisch.

„Was anderes. Was gab's heute zum Mittagessen?", fragte Manuel und beendete das Thema, das ihn aufzuwühlen schien. Vorerst.

„Sellerieschnitzel, Süßkartoffeln, frische Erbsenschoten, Tomaten, Karotten. Und du?"

„Hotdogs. Zum vierten Mal in dieser Woche."

Sein gequälter Blick verriet ihr, dass er das Convenience Food leid war. Zwar würde es in Kopenhagen die besten Hotdogs der Welt geben und sich am Wurststand schnell ein unverkrampftes Gespräch mit anderen Herumstehenden ergeben, aber den überzuckerten Schnellgerichten, die man in der Stadt an jeder Ecke bekommen könne, sei er mittlerweile überdrüssig. „Das leichte mediterrane Essen vermisse ich." Er erhob sich und ging zum Kaffeeautomaten. Mit einem dampfenden Espresso kam er pfeifend zurück, blieb vor den Bildschirm stehen und sagte:

„Immer wieder denke ich darüber nach: Was einmal in einer Beziehung funktionierte, funktioniert nicht ständig, vor allem nicht auf Knopfdruck wie bei einer Kaffeemaschine. Wenn ein Partner mal ausschlafen will, dann möchte der nicht in aller Herrgottsfrüh das Frühstück ans Bett serviert bekommen. Es gibt doch einen riesengroßen Unterschied zwischen dem, was man selbst will, und dem, was der andere geben kann oder bereit ist zu geben. Überhaupt, in den Beziehungen gibt es messerscharfe, unsichtbare Trennlinien, mit denen wir alle zurechtkommen müssen. Je enger und vertrauter eine Beziehung ist, desto schwieriger kann es werden, Freiräume zu lassen." Er zog seine Stirn in Denkerfalten und trank den Espresso in einem Zug aus.

Früh am nächsten Morgen saß Giulia schon am Schreibtisch. Seitdem sie aus Wien zurück war, war sie noch kein einziges Mal am See zum Schwimmen gewesen. Und wenn sie sich dafür Zeit hätte nehmen können, fing es an zu regen, zu blitzen, zu donnern. Es war Freitag. Der lästige Wochenendeinkauf stand an. Übervolle Läden, gestresste Leute, Schlangen an den Kassen, Zeitnot, Unlust. Wahrlich kein Highlight. Eine WhatsApp-Nachricht von Lucas traf ein. Schnell zog sie den Kabelstecker aus der Ladebuchse raus, passte einen Moment nicht auf, sodass ihr das Handy aus der Hand rutschte und im hohen Bogen auf dem Holzboden aufschlug. Zum Glück blieb es unversehrt. Lucas schlug ein persönliches Treffen vor. Wie aus dem Nichts. Plötzlich waren alle Vorbehalte vergessen. Rasch einigten sie sich auf einen Termin. Der anstehende Einkauf erledigte sich danach wie von selbst. Das Wochenende war gerettet. Leichtigkeit und Glück waren zurück. Zu ihrem Bedauern jedoch nicht lange. Denn schon am nächsten Montag sagte Lucas das Treffen wieder ab. Die beruflichen und privaten Geschehnisse würden ihm über den Kopf wachsen, entschuldigte er sich und wurde ziemlich kleinlaut. Verflixt noch mal. Die Liebe kostet echt Nerven, fraß Giulia ihre Wut in sich hinein, riss sich aber am Riemen und antwortete einigermaßen geistesgegenwärtig:

Klingt anstrengend. Melde dich, wenn du Land siehst. Wir machen einen neuen Termin aus.
Yep. Das kommt mir entgegen. Danke.

Auf keinen Fall wollte sie wie eine nervige Klette wirken. Obschon neue Wut aufkam, weil es mit ihm nicht lief, wie sie sich das vorstellte. Ständig wurde ihr Enthusiasmus ausgebremst. Ständig kamen neue Enttäuschungen. Es war ein zähes Ringen, in dem jeder versuchte, dem anderen etwas abzutrotzen. Lass die Finger von verheirateten Männern! Laura warnte sie nicht nur einmal vor dieser Männergruppe, weil es angstvolle und orientierungslose Männer seien, die persönliche Entwicklung und Verantwortung von vorneherein ablehnen würden. Anstatt jedoch dem Rat zu folgen, chatteten sie munter weiter. Täglich. Oft tippte sie ihre Nachrichten im Stehen wie im Gehen ein, löschte das Geschriebene, begann von vorn, löschte. Weder war sie motiviert, ihn mit mütterlicher Fürsorge zu umgarnen, noch seine Daseinsverhältnisse zu versüßen. Den mit Frust beladenen Montag brachte sie mehr schlecht als recht hinter sich, nahm sich vor, früh ins Bett zu gehen, was nicht funktionierte. Ständig brummte ihr Handy. Lucas nervte nur noch, ohne Unterlass, fragte, ob es ihr auch langweilig sei, sie rasiert sei – schickte Selfies, entschuldigte sich, gab vor, dass es sich nur um unverfängliche Testfragen und Testfotos handeln würde. Da er ihren Lustfaktor ausloten wolle.

„Psycho!", schrie sie laut, und dass Laura recht hatte mit ihrer Meinung über verheiratete Männer, die nur so tun würden, als ob sie über allem stehen würden. Während sie nach geschäftlichen Unterlagen auf ihrem Schreibtisch suchte, tippte sie nebenbei ein:

Wo meinst du, soll ich rasiert sein?
Yep. Ich meine intim.
Herrjemine. Du bist ganz schön anstrengend, Lucas. Mein Lustfaktor ist auf null. Und langweilig ist mir sowieso nie. Außerdem suche ich gerade nach Unterlagen.
Okay. Gib Bescheid, wenn es bei dir kribbelt.

Und zum Beweis, dass es bei ihm an diesem Abend wohl häufiger gekribbelt hatte, erhielt Giulia kurz darauf drei kleine Videos: 1. Lucas bindet sich die Krawatte ab. 2. Lucas knöpft sein Hemd auf. 3. Lucas zieht das Hemd über den Kopf. Das ist Stalking, bewertete sie sein Verhalten, da sie sich mittlerweile gegen ihren Willen verfolgt und emotional manipuliert fühlte. Zwar nicht in dem Maße, dass sie von Belästigung, Verleumdung, Beleidigung hätte sprechen können, doch ein gewisses Ekelgefühl konnte sie nicht mehr wegleugnen.

Yep, nur ein paar Häppchen – zur Ablenkung. Damit du schneller deine Unterlagen findest.

Als Giulia diese Textnachricht las, schaltete sie postwendend das Handy aus. Sie war sehr aufgebracht. Dagegen schien Lucas topfit zu sein und wirkte so gar nicht im Stress, wie er noch vor ein paar Stunden behauptet hatte. Nach einer unruhigen Nacht schrieb sie – immer noch verärgert – in aller Früh, dass ihr seine ‚Yeps‘ und ‚Lachs‘ auf die Nerven gehen würden, er derartige abendliche Belästigungen unterlassen solle. So respektlos würden nicht mal die Arbeiter auf dem Wertstoffhof mit ihr umgehen.

Das sind blöde Ausdrücke, die ich mir abgewöhnen werde. Entschuldige bitte, auch für mein Benehmen und die gestrigen Videos.

Lucas zeigte sich einsichtig, agierte wie ein erwachsener, kultivierter Mann, nicht wie ein frustrierter Ehemann, sodass sich die Situation zwischen ihnen entspannte.

Apropos, was macht dein Stress?

Gespannt wartete Giulia auf eine Antwort. Da sie immer noch zu wenig aus seinem Leben kannte, nahm sie sich vor, dieses Dunkelfeld mit gezielten Fragen aufzuhellen, worauf ein längerer Chat-Austausch einsetzte.

Den habe ich immer noch!

Wie lange schon?

Eigentlich habe ich den schon immer.

Schon immer? Das heißt, du hast dich an den Stress gewöhnt?

Das Private kam nochmals geballt in den vergangenen vier Wochen. Ja, ich habe mich wohl daran gewöhnt.

Und dein Leben? Steht das hintenan?

Kann sein, Coach!
Wir chatten seit Wochen. Und ich weiß nichts, gar nichts über dich.
Schon gut. Alles gut!
Verstehe nicht!
War nur so dahingesagt!
Du sagst viel dahin.
Er wirkte unsicher und unausgeglichen. Ob ihm die Fragerei zu viel war oder nicht, Giulia ließ nicht locker:
Bin ich nun frei und nah genug für dich, damit es dir nicht gleich angst und bange wird?
Frei ist gut – nah auch!
Ein Mann in den Fünfzigern, der sich wie ein pubertierender 16-Jähriger aufführt, urteilte Giulia mitleidlos, schaltete das Handy stumm und fragte sich, wofür dieser Zickzackkurs gut war, als sie weiter nach ihren Unterlagen suchte. Und inwieweit seine Lebensarchitektur gerade auf ihn herabstürzen würde. Schnell verdrängte sie die Gedanken, da es ihr sonst schwer gefallen wäre, die notwendige Ausdauer für die anstehenden Aufgaben aufzubringen.

Auf der Suche nach den Unterlagen fiel ihr ein Buch in die Hände. Dabei rutschte ein Brief heraus. Ein Brief von David. Längst vergessene und vertraute Gefühle von Nähe überkamen sie. Zielstrebig nahm sie mehrere Seiten sowie eine selbstgestaltete Geburtstagskarte heraus und vertiefte sich darin. David saß wegen Drogenhandel und Raubüberfällen hinter Gittern. Mal wieder. Fürs Briefeschreiben und Nachdenken hatte er viel Zeit. Mittlerweile war der 34-Jährige zum dritten Mal geschieden. Vielleicht dachte er deshalb so intensiv über die Liebe zwischen Mann und Frau nach. Giulia las eine Brief-Passage laut vor, während sie auf und ab ging: „Frauen fordern einfach zu viel. Der Mann soll Partner, Freund, Geliebter sein und ständig irgendetwas anschaffen. Dabei verlieren die Männer doch den Blick auf ihr Leben. Freiheit für eine Liebesbeziehung zu opfern, bedeutet doch: männliche Kraft einzubüßen. Weil man sich mit andauernden Frustrationen herumschlagen muss." Auf der letzten Briefseite stand: „Alles was in uns nicht verarbeitet ist – Gefühle, Worte, Gesten, Handlungen – macht aus einer Liebesbeziehung ein Schlachtfeld. So oder so." Giulia kam Vergewaltigung in der Ehe in den Sinn. Und dass ein Großteil der Straftaten, nach wie vor, nicht zur Anzeige gebracht wird. Sie faltete die Seiten zusammen, steckte sie in den Umschlag. Über Gefühle, Lust, Liebe, Verbrechen wollte Giulia nicht länger nachdenken, bereitete sich stattdessen ein schmackhaftes Abendessen zu und setzte sich vor den Fernseher, was selten genug vorkam. Sie zappte durch etliche Sender. Bei Astro-TV blieb sie hängen. Und weil es dort schon wieder um die Liebe ging und um die unstillbare Sehnsucht nach dem Traummann, der Traumfrau, suchte sie nach einer Naturdokumentation, die sie fand und die sie nicht nur zwei Stunden lang ablenkte, sondern vollkommen aufsog, sie in die atemberaubende Welt *Der Leopardin* entführte.

Happy Birthday! Du darfst dir was wünschen.
Giulia saß am Frühstückstisch, als das Guten-Morgen-Whats-App eintraf. Ihre Freude über das überraschende Wunschgeschenk war riesig. Da der Wunsch sorgfältig überlegt sein sollte, ließ sie die Nachricht unbeantwortet und startete in aller Ruhe mit der morgendlichen Routine: News und aktuelle Schlagzeilen im Nachrichtenticker überfliegen, Zähne putzen, Anziehen, Laptop hochfahren, Mails checken, Kunden anrufen, Termine vereinbaren – kurz: Arbeiten. Gegen 10 Uhr klingelte das Telefon. Es war Mark. Giulias langjähriger Freund lud sie zu einem internationalen Event in die legendäre Nobel-Disco P1 ein. Mark war zahlendes Mitglied einer Organisation, die vor etwa zwanzig Jahren von zwei deutschen Studenten in München gegründet wurde und heute ein weltweites Netzwerk betreibt. Es ist eine Plattform für Leute, die sich entweder ständig im Ausland aufhalten oder ausgewandert sind. Auf der ganzen Welt konnte man sich in feinen Clubs, Bars und Restaurants treffen. Giulia war voller Begeisterung und sagte sofort zu. Schließlich war ihr Leben international ausgerichtet, fand Gefallen am Reisen, an anderen Ländern, Kulturen, Gewohnheiten. Um

an dem Event in dem noblen Club teilzunehmen, musste sie sich vorab auf der Plattform als Gast registrieren, was sie ohne Widerrede tat.

Im berühmtesten Club der Stadt feierten und tanzten sie dann bis in die frühen Morgenstunden. Es war heiß. Edle Champagnertropfen perlten wie Drogen durch ihren Körper. „Das Leben kann so schön sein!", rief sie Mark auf der Tanzfläche zu. „Zu oft stehen wir uns selbst im Weg." In dieser ausgelassenen Stimmung, in der es keine hemmenden Denkschablonen gab, nur grenzenlose Weite, fiel ihr der Wunsch ein. Und weil es jetzt kein Warten mehr gab, schickte sie Lucas eine Textnachricht samt einem Handy-Foto aus dem Club:

Ich wünsch mir: Erotik. Phänomenale Erotik, mit dir.

Dem ewigen Drumherumreden und den lähmenden Chat-Dialogen wollte sie ein für alle Mal ein Ende setzen. Auch wenn ihr das wie ein unerreichbarer Traum vorkam, sie eine unsichtbare Trennlinie überschritt, weil es mit Lucas keine Beziehungsebene gab, in der sie sich hätten alles anvertrauen, alles sagen und wünschen können, ohne Bedauern, ohne Reue. Und weil ein bloßes „Sich-über-Jahre-Kennen" und ein romantisch-verklärtes Getue über WhatsApp eben nicht automatisch Beziehungstiefe herstellte. Doch Giulia bewies Kampfgeist, mit einem klaren Beuteziel vor Augen.

Tags drauf wollte Lucas wissen, wie es denn in der Nobeldiskothek gewesen sei, ohne auch nur mit einem einzigen Wort auf ihren Wunsch einzugehen. Er empfahl ihr, früh ins Bett zu gehen. Was er genau damit meinte, erfuhr Giulia am nächsten Morgen.

Heute, 19 Uhr? Wo? Adresse?

Als sie das las, kniff sie sich ein paarmal ins linke Ohrläppchen und bewunderte seine plötzliche Entschlossenheit. Näher darauf eingehen wollte sie nicht. Wer weiß denn schon, was da noch so alles kommen sollte. Emotionslos schlug sie ein italienisches Restaurant in der Nähe von ihrer Wohnung vor. Und doch versetzten sie seine Worte nach und nach in eine heiter, fröhliche Stimmung, sodass sie den lieben langen Tag nur noch darüber nachdachte, was sie am Abend anziehen sollte. Sie entschied sich für ein lässiges Outfit, die verwaschene Jeanshose und orangefarbene Bluse. Da sie nicht zu spät kommen wollte, machte sie sich früh genug auf den Weg zum Lokal. Alles schien wie am Schnürchen zu laufen. Problemlos fand sie einen Parkplatz im stark frequentierten Ortszentrum in der Nähe vom Lokal. Sie hatte noch etwas Zeit und lief einfach die Straße entlang. Während ihr ein schwarzer Wagen auffiel, der im Schneckentempo an ihr vorbeifuhr und nach einer Baustelle einparkte. Der Fahrer stieg aus, sah sich suchend um, stand ihr auf der anderen Straßenseite plötzlich gegenüber und lächelte verhalten herüber. Lucas war rank und schlank wie eh und je. Wie eh und je trug er denselben Haarschnitt, die kurzen graumelierten Haare glatt nach hinten gekämmt. Was er sich jetzt wohl denken mag, überlegte sie, als er die belebte Straße überquerte. Es hatte sich deutlich abgekühlt und ihre dünne Bluse brachte der kühlen Luft nur geringen Widerstand entgegen. Auch wenn das Lokal von der tagelagen Hitze aufgeheizt war, verspürte Giulia ein leichtes Frösteln, als sie sich ihm gegenüber an den vorbestellten Tisch setzte.

„Was hast du die ganzen Jahre gemacht? Als wir uns das letzte Mal sahen, ähm, vor gefühlten hundert Jahren, warst du frisch geschieden." Darauf fragte ihr Lucas ein Loch in den Bauch. Obwohl ihr das fast zu viel wurde und etwas Unausgesprochenes in der Luft lag, etwas, das beiden peinlich war, jetzt, im Vier-Augen-Gespräch, stand sie ihm Rede und Antwort. Es waren tiefgründige und überaus wichtige Fragen, die sie vom Ziel her denken ließen. Auf die Frage, warum sie nicht schon längst nur noch Schreiben würde, lehnte sich Giulia zurück, zögerte, schüttelte den Kopf und gab mit unbeteiligter Miene zum Besten, dass sie mit anderen Projekten beschäftigt sei – Projekten, die ihren Lebensunterhalt sicherten. Das Schreiben müsse nebenherlaufen. Leider. Sie würde aber hart daran arbeiten, aus dem Schreiben eine Hauptbeschäftigung zu machen – auch an ihrem Expertenstatus. Giulia lachte herzhaft. Es war ein befreites, ansteckendes Lachen, weshalb sich andere Gäste im Lokal nach den beiden umdrehten.

„Du bist ja gut drauf." Lucas lächelte verlegen und wollte wissen, was es mit dem Expertenstatus auf sich hätte.

„Ein Metier zu beherrschen, heißt: Üben, üben, üben – nochmals üben. Einen Expertenstatus haben Leute, die das entweder 8 Jahre à 12 Stunden, 26 Jahre à 6 Stunden, 32 Jahre à 3 Stunden oder 64 Jahre à 1,5 Stunden getan haben.

„Echt cool. Wie weit bist du?"

„Schätze, dass ich bald die 32 Jahre à 3 Stunden beisammen habe."

Lucas lachte aus vollem Hals. Zum ersten Mal an diesem Abend von Herzen. Seine Zähne blitzten natürlich weiß. Anerkennend nickte er mit dem Kopf und trank erst mal einen kräftigen Schluck Bier. Dankbar, dass sich die Atmosphäre zwischen ihnen gelockert hatte, und erleichtert, dass sie ein paar Schritte zueinander fanden, hätte sie ihn am liebsten sofort innig auf die Lippen geküsst. Wie er so interessiert und lässig dasaß, ihr zutiefst vertraut vorkam, rührte sie. Giulia beherrschte sich, erkundigte sich stattdessen nach Sohn, Ehefrau und Beruf.

„Fuck! –", abrupt wechselte bei ihm die Stimmung. Er seufzte auf, beugte sich etwas über den Tisch und kam auf seinen Vater zu sprechen, der nach langer Krankheit erst kürzlich verstorben sei. Auf seine Mutter, die ihn jahrelang gepflegt hätte, darüber selbst depressiv geworden sei. Auf seine zweite Ehe, die nicht das Gelbe vom Ei sei. Und auf seine Ehefrau, die als Kind missbraucht worden sei und seit vielen Jahren unter Bulimie leiden würde. Nach der Geburt des gemeinsamen Sohnes sei sie zu Hause geblieben. Erst seit sechs Wochen würde sie wieder arbeiten, was sich so ergeben hätte.

„Das sind ja mitleiderregende Ereignisse", bekundete Giulia ihr Bedauern darüber und betonte, wie sehr ihr das alles leidtun würde, obschon sie mit so viel angestautem Ballast von dem Mann, mit dem sie sich am heutigen Abend romantischverklärt vergnügen wollte, nicht gerechnet hatte. In Begegnungen kann es lebensnah und ehrlich zugehen, wenn unter

Gleichen kommuniziert wird, ließ sie ihre innere Stimme zu Wort kommen. Ganz abgesehen davon wirbelten seine drastische Offenheit und unprätentiöse Art, die Dinge beim Namen zu nennen, ziemlich viele Emotionen hoch – ganz besonders auch das Bedürfnis nach Nähe. Das Verlangen, das jetzt zwischen ihnen hochkam, wunderte sie deshalb nicht. Bald darauf verließen sie das Lokal. Giulia fuhr mit ihrem Wagen voraus. Lucas hinterher. Als sie in ihrer Wohnung angekommen waren, redete Lucas plötzlich drauflos, ohne Punkt und Komma, ohne Luft zu holen. Die Situation schien ihn zu verunsichern. Manchmal verlor er den Faden, nahm ein paar Umwege, fing mit einem anderen Thema an und kam auf seine Ausgangsposition zurück, während er die ganze Zeit wie ein gefangenes Tier im Wohnzimmer auf und ab lief. Nirgends kam er zur Ruhe. Giulia saß ruhig auf einem Stuhl am Ende des Wohnzimmertisch und beobachtete Lucas aus sicherer Distanz, hörte zu, auch wenn sie nicht jedem seiner Worte genau folgte und nicht mit jeder Geste etwas anzufangen wusste. Diese unausweichliche Nähe, die Lucas mit aller Gewalt zu kontrollieren versuchte, schien ihm diffuse Angst einzuflößen.

„Nein", sagte er plötzlich wie aus der Pistole geschossen: „Der zweiten Stufe unserer Beziehung kann ich nicht zustimmen. Meine Frau ..." Lucas' Stimme kam ins Stocken. Giulia blieb sitzen und schaute ihn verdutzt an, ohne ein einziges Wort zu sagen. Schon während ihrer Studienzeit hatte sie sich mit den einzelnen Beziehungsstufen befasst: 1. Sicht- und Sprechkontakte. 2. Austausch von Kommunikationsdaten. 3. Persönliche Treffen. 4. Intime Erfahrungen. 5. Entwicklung und Etablierung einer vertieften Nähe, die durch Trennung oder Umgestaltung gekennzeichnet sein kann. 6. Gewöhnung an den anderen. Erst wenn sich Paare aneinander gewöhnt haben, haben sie sich auf einen Alltagsrhythmus geeinigt. Die Machtbefugnisse sind geklärt und es gibt keinen Streit mehr darüber: wer, wem, wie, wohin folgt – und wer das letzte Wort hat.

„Ist das deine Antwort auf meinen Geburtstagswunsch?", fragte Giulia enttäuscht. In ihren Ohren klang dieses Nein wie von einem Loser. Zumal sie die Beziehung zu Lucas nicht etablieren und nur mal reinschnuppern wollte. Giulia schüttelte energisch den Kopf, sodass ihr ein paar Naturlocken wirr ins Gesicht fielen. Das Schauspiel, das Lucas vor ihren Augen aufführte, empfand sie unnötig und peinlich.

„Du meinst also, dass wir in die vierte Stufe unserer Beziehung nicht hineinkommen? Und die Chats? Wie bewertest du diese?", provozierte sie leicht. Genau so etwas hatte Giulia nach seinem Herumgeeiere befürchtet. Und da sie dem Theater nicht länger zuschauen wollte, durchwühlte sie gelangweilt Papiere und Zeitungen, die auf dem Tisch herumlagen. Lucas stand stumm daneben, schaute betreten zu Boden. Minütlich schrumpfte seine Souveränität. Für einen realen Seitensprung war er definitiv zu feige. Vielleicht aber auch nur anständig, nervös oder ängstlich, wägte Giulia innerlich ab und blieb wie festgetackert auf dem Stuhl sitzen. Sie hörte Lucas zu, der immerfort über seine verworrene private Situation und beruflichen Engpässe sprach, schrieb mit dem rechten Zeigefinger in die Luft: Eheschaden. Dann kramte sie aus den Papieren auf dem Tisch einen Notizzettel hervor, auf dem handschriftlich ein paar Sätze aus dem Hesse-Gedicht *Stufen* standen: *Es muss das Herz bei jedem Lebensrufe, bereit zum Abschied sein und Neubeginne. Um sich in Tapferkeit und ohne Trauern, in andre, neue Bindungen zu geben. Und jedem Anfang wohnt ein Zauber inne!*

Wie schaffe ich es nur immer, dass mir im richtigen Augenblick die passenden Worte zufallen?, grübelte sie, legte den Zettel zurück und betrachtete Lucas, der am Fenster stand, in die kalte Sommernacht hinausschaute und in einem belehrenden Ton bemerkte:

„Erwarte keinen Heiratsantrag. Die Chats waren unverbindlich."

„Ich glaube, du brauchst einen Therapeuten. Einen, der deinen Ängsten auf die Spur kommt." Giulia war über seinen scharfen Angriffssatz sichtlich verärgert, fuhr schlagkräftig fort: „Zum einen bist du verheiratet. Zum anderen will ich dich nicht heiraten. Basta!"

Es ist zum Davonlaufen. Je erfolgreicher und unabhängiger Frauen sind, desto schwieriger wird es mit den Männern. Ältere Partner mit zementierten Vorstellungen und ungelösten Problempaketen scheiden von vorneherein aus. Gebildete, sexuell anziehende, flexible Männer sind rar. Also bleiben die jüngeren, weniger erfolgreichen Männer, die nicht infrage kommen, wegen überhitzten Erwartungshaltungen. Giulia war damit keineswegs allein. Auch im 21. Jahrhundert suchten Frauen noch nach der stolzen, starken, freien Männernatur. Nach souveränen Männern, die den Mehrwert der wechselseitigen Dominanz in einer Liebesbeziehung anerkennen, sich vor starken Frauen nicht fürchten und sich nicht eingeengt fühlen, wenn eine Frau Gefühle zeigt und sagt: Ich mag dich. Ich will dich. Der Abend mit Lucas wurde mega-anstrengend und mega-unsexy. Anstatt des romantischen Schäferstündchens musste sich Giulia mit Moral, Anstand und diffusen Ängsten auseinandersetzen.

„Komm", sagte Lucas plötzlich wie aus heiterem Himmel und breitete seine Arme nach ihr aus. Was zum Teufel auch immer mit diesem Mann los war, Giulia ließ sich, kaum dass er den Satz zu Ende gesprochen hatte, in seine Arme hineinfallen und umschlang seine Hüfte wie eine Ertrinkende. Mit ihren Fingern strich sie über den stählernen Körper, dachte an Emily und Jack, daran, wie sie sich küssten und liebten. Seine Hände wanderten ihren Rücken hinunter, bis zu ihrem Po. Er öffnete ihre Hose, hackte mit seinen Fingern unter den Bund ihres Slips und streichelte ihre Mitte mit kleinen kreisenden Bewegungen. Leise stöhnte Giulia auf. Lucas nahm sie bei der Hand, sah sie begehrlich an, während sie schweigend nebeneinander ins Schlafzimmer gingen. Sie legten sich auf das große Bett, er beugte sich über sie, knöpfte ihre Bluse auf.

„Wer liebt, will Macht", sagte Buck. Und meinte damit, dass es sich in der Liebe so verhalten würde, wie in anderen Dingen, die wir lieben: die Arbeit, den Garten, das Hobby. Wir möchten, was wir lieben, mit aller Macht besitzen und unseren Willen durchsetzen. Wie man schließlich seine Haltungen und Meinungen durchzusetzen vermag, hängt von den Mitteln ab, die man einsetzt, und den Ressourcen, die einem zur Verfügung stehen. Buck glaubte an die Macht der Sprache, weil sie Menschen dazu bringen kann, das anzunehmen und an das zu glauben, was ihnen andere vorgeben und was sie für richtig halten. Lucas hatte jetzt die Machtzügel in der Hand. Er gab vor: Ich führe. Ich habe die Macht. Giulia ordnete sich unter, vorerst, was leicht war, da er das erotische Spiel überzeugend einleitete, seinen Charme, seine Zärtlichkeit geschickt einsetzte. Es roch nach Schweiß. Sie wollte mehr. Seine Finger berührten ihre Schenkel, streichelten ihre Klitoris, langsam, kreisförmig, schneller. Der Höhepunkt. Er zog ihr die Dessous über den Kopf, drehte sie um, auf den Bauch. Seine Hand glitt in ihre Gesäßspalte. Dann die nächste Wende, der nächste Schock.

„Ich will nicht, ähm. Ich will keine Penetration, keinen weiteren Beziehungsschritt."

„Es ist zum Davonlaufen mit dir."

Giulia wollte aufstehen und dieses Schlachtfeld verlassen, wie David so treffend formulierte. Nein, durchfuhr es sie, nein, so einfach kommt er mir nicht davon. Sie feuerte sich an und übernahm mit dem kämpferischen Blick einer Leopardin das Ruder. Sie beugte sich über ihn, presste ihre Lippen um seinen Penis. Lucas explodierte. Giulia verschwand wortlos ins Bad, spukte das weiße Sperma in ihrem Mund in die Kloschüssel, spülte mit Wasser den Mund aus, ging zum Kühlschrank und holte Eis aus dem Gefrierfach. Das Vanilleeis kratzte sie aus der Verpackung heraus, beträufelte es mit Kürbiskernöl, steckte einen Fingen hinein und schob ihn Lucas in den Mund, der kleinlaut in die Küche hereingeschlichen kam. Mit der restlichen Portion Vanilleeis ging sie ins Wohnzimmer und setzte sich auf ihr neues Sofa.

„Was war denn das?", fragte Lucas entgeistert und warf ihr vor, ihn verführt zu haben.

Stumm hob sie die Schultern, ließ sie wieder fallen, äußerte selbstbewusst und unbefangen, dass es beim Sex doch nicht darauf ankommen würde, wer wen verführen würde. Hauptsache es komme was dabei raus. Ohne ein weiteres Wort zog er in Windeseile Hose, Hemd und Anzugsjacke an und band die Seidenkrawatte um den Hals. Er wollte weg, nur noch weg, weg von ihr, raus aus der Wohnung. Stumm begleitete sie ihn zum Wagen. Die Nacht war sternenklar, die Luft war frisch. Er hauchte ihr ein beschämtes Küsschen auf die Wange, während sie dachte: Das war's! Doch kaum, dass sie wieder in der Wohnung war, erhielt sie seine Nachricht. Worauf sie eine Weile miteinander chatteten.

Es war toll, dich zu berühren!

Du willst. Du willst nicht. Dieses Theater geht mir so was auf den Geist.

Ich weiß, Theorie und Praxis.

Auch die innigsten Beziehungen können in der Praxis katastrophale Wendungen nehmen. Deine zweite Ehe bist du unter ganz anderen Vorstellungen eingegangen.

Hm. Muss darüber nachdenken.

Ein Rucksack voll mit ungelösten Konflikten aus deinen Beziehungen ist der unausweichliche Tod jeder neuen Beziehung. Eine Ehe zu brechen, ist oft besser, als sie zu biegen, zu lügen. Was eine Frau noch deutlicher formulierte: Wohl brach ich die Ehe, aber zuerst brach die Ehe mich! – Hab das irgendwo gelesen.

Ich habe mich verirrt, war verwirrt.

Richtig. Warum diese Angst? Oder war das wieder ein Austesten? Das Erlebnis muss ich erst mal sacken lassen. Hatte Leichtigkeit und Unbeschwertheit erwartet.

Du bringst es immer auf den Punkt.

Warum sollte ich von dir einen Heiratsantrag erwarten? Kennst du nur heiratswütige, abhängige Frauen?

Nicht heiratswütig. Aber klettend!

Angst vor anhänglichen Frauen? Oder gerade eine am Hals?

Nein. So bin ich halt. Aber jetzt, schlaf gut.

Giulia wälzte sich im Bett herum, warf die Beine hoch, ruderte heftig mit den Armen. Schluss mit den halben Sachen, Schluss mit verheirateten Männern, ein für alle Mal, beschloss sie.

Der Morgen dämmerte herauf, als sie wie gerädert aus den Federn kroch und sich in Sportkleidung auf den Weg machte.

Das Handy steckte in der Gesäßtasche. Zu selten war sie in aller Herrgottsfrüh unterwegs, um in aller Stille die morgendliche Stimmung am See zu genießen. Giulia schlenderte durch taufrisches Gras und unter herabhängenden Ästen hindurch, meditierte im Gehen: Nimm dir Zeit zum Nachdenken! Misstraue stets dem ersten Eindruck! Handle niemals unter Druck! Nichts kann dich mehr verletzen, als du selbst, deine Gedanken und Vorstellungen! Die Sätze hatte sie auswendig gelernt. Das Handy brummte. Hastig griff sie in ihre Gesäßtasche und holte es mit zwei Fingern heraus. Lucas war bereits wach. Sie chatteten, wie wenn nichts geschehen wäre und wie es seit Wochen zu ihrer Morgenroutine gehörte.

Hey, alles gut bei dir? Genieße den sonnigen Tag!

Bin am See. Am gestrigen Abend wurde mir viel klar. Dass du zu deiner Frau stehst, ist ehrenhaft. Chapeau.

Giulia setzte sich auf die nächstbeste Bank, schaute über den See. Es war windstill. Kein Lüftchen regte sich. Der See war völlig glatt.

Ich habe erkannt, dass das der falsche Weg ist.

Flucht ist immer der falsche Weg. Andere Menschen werden als Schutzschilder benutzt. Jeder muss sich seiner eigenen Realität stellen und damit fertig werden. Auch kann man keinen Anspruch an einen anderen Menschen erheben. Die traumatischen Kindheitserlebnisse muss deine Frau selbst aufarbeiten, mit professioneller Hilfe. Das kann weder deine Aufgabe noch eine Forderung an dich sein. Wenn du das zu deiner Aufgabe machst, wirst du dich selbst verlieren.

Danke, Coach. Werde mir das zu Herzen nehmen. Drück dich!

Lucas drosselte Giulias Leidenschaft. Er hatte ihr gezeigt, dass das erzwungene Glück niemals ein Ziel sein kann. Im Nachhinein sah sie das ein, sah die positiven Dinge und den Nutzen aus dieser Erfahrung. Nach Alex war ihr Herz verschlossen. Neuen Verwicklungen und Verirrungen in der Liebe wollte sie aus dem Weg gehen, zu sich selbst finden – zu einem neuen Bewusstsein über die Liebe gelangen. Lucas half ihr dabei. Sie hatte sich weiterentwickelt und gelernt: Es nützt nichts, sich zu beeilen, weil es für jede Begegnung einen richtigen und notwendigen Zeitpunkt gibt, der immer dann geschieht, wenn wir bereit sind zu empfangen. Ob es das mit Lucas war, konnte sie nicht vorhersagen. Wer kann das schon? Wer denkt schon darüber nach? Eines aber wusste sie: Dass es in der Liebe Ereignisse gibt, die ihren verhängnisvollen Verlauf dort nehmen, wo andere aufgehört haben.

Der General

„Sagen Sie, dass das nicht wahr ist." Der Polizist verdrehte die Augen und seine Stirn warf tiefe Falten. Er zwang sich, wie viele seiner Kollegen, in eine für seine Statur viel zu enge Uniform. Vielleicht war er deshalb so miesepetrig drauf. Jedenfalls zeigten weder er noch seine Kollegen, die um ihn herumstanden, auch nur die geringste Spur von Humor. Und den hätte sie bitter nötig gehabt. Stattdessen musste sie mit seinem eingefrorenen Gesicht klarkommen.

„Das Protokoll übernimmt mein Kollege." Mit grimmiger Miene setzte er sich wieder hinter seinen Schreibtisch, in ein dunkles Eck auf dem Polizeirevier, und beobachtete von dort die Geschehnisse. Mit dem bedeutend jüngeren Kollegen ging Giulia in den vorderen Bereich des Raums, setzte sich auf den klapprigen Holzstuhl vor seinen Schreibtisch.

„Ja dann, schießen Sie mal los." Grinsend tippte er mit beiden Zeigefingern etwas in den Computer, starrte dabei unentwegt auf den Bildschirm. „Name, Alter, Ort, Uhrzeit. Alles haargenau, von Anfang an."

Giulia berichtete.

Der Polizist protokollierte, fragte nach, vertippte sich, wiederholte Passagen, fing von vorn an. Nach einer Stunde wurde sie langsam nervös. Den Zug nach Düsseldorf durfte sie nicht verpassen, und überlegte, wie sie die Protokollierung des Falls beschleunigen konnte. Kurzerhand nahm sie den Holzstuhl, stellte ihn neben den des Polizisten, setzte sich und schaute auf seinen Bildschirm, so als wäre es das Normalste der Welt. Ihre beherzte Aktion schien ihm entgegenzukommen, da er nicht nur mit dem chronologischen Ablauf des Vorfalls durcheinanderkam, sondern befürchtete, wie sie sich zusammenreimte, seinen Feierabend nicht pünktlich antreten zu können. Giulia diktierte ihm erst ganze Sätze. Dann Wort für Wort. Er hämmerte wild auf die Tastatur ein, während er von einer Stimmungslage in die andere geriet. Mal wippte er mit dem rechten Bein so stark unter dem Schreibtisch, dass der Boden vibrierte. Mal lachte er stark, schaute abwechselnd zur Decke und zum Bildschirm, fragte, ob das so richtig aufgenommen sei, weil er sich bald nicht mehr auskennen würde mit den vielen exotischen Namen und Orten. Besucher und die anderen Polizisten auf dem Revier blickten inzwischen interessiert auf die beiden, selbst der knorrige Polizist schielte herüber, verblüfft darüber, wie detailliert und sachlich Giulia die Geschehnisse schilderte und Ratschläge erteilte, wie man die ein oder andere Passage eindeutiger ausformulieren könnte. Ein Polizist, der gerade ins Polizeirevier hereinkam, meinte im Vorbeigehen, dass die Geschichte reif fürs Fernsehen sei. Als ob mich das interessieren würde, dachte Giulia und konzentrierte sich auf die getreuliche Protokollierung des Falls. Als sie schließlich damit fertig waren, druckte der schneidige Polizist das Protokoll aus und legte es ihr zur Unterschrift vor. „Das nächste Mal denken Sie an mich, wenn Sie Geld übrig haben", bemerkte er flapsig, während sie unterschrieb, mit den Augen rollte und um eine Kopie bat. „Eine Kopie kann ich Ihnen nicht geben", sagte er pflichtbewusst. Stattdessen schrieb er das Aktenzeichen auf einen Notizzettel und überreichte ihn Giulia. Um sich zu vergewissern, dass sie die Zahlen richtig entziffern konnte, las sie laut vor: WAZ474631–12275.757887/32. Der Polizist nickte. Dann verstaute sie den Zettel in ihrer Tasche, verabschiedete sich und verließ das Revier.

Draußen regnete es in Strömen. Der Himmel über München war grau und mit vielen Wolken verhangen. Giulia schnallte den Mantel enger um die Hüfte, stellte den Kragen auf und stülpte sich eine Mütze über. Der Januar war sehr trüb und regnerisch – bis auf ein paar Tage ziemlich mild.

Wahre Liebe reißt alte Wunden auf, schafft Klarheit, trennt die Spreu vom Weizen. Ihr Schwert verwundet und ihre Zärtlichkeit wird zur Qual. Während ihr diese Gedanken durch den Kopf schossen, eilte sie zum Hauptbahnhof. Zum gefühlt hundertsten Mal stellten sich ihr W-Fragen: Warum? Wozu? Weshalb? Wie? Zwar hielt sich das Traumgebilde über diese Romanze lediglich drei Monate, doch sie gehörte zu den entsetzlichsten, aber auch peinlichsten Paradoxien, die sie jemals in der Liebe erlebt hatte. Wochenlang verzehrte sie sich nach einen Phantom, einem Fake-Mann, mit dem sie ein neues Leben beginnen wollte, ungeachtet eigener Errungenschaften, die sie bereit war, mir nichts, dir nichts aufzugeben. Weil sich in der wahren Liebe ja alles wie von selbst fügen würde, so der eingetrichterte Glaube.

Giulia stand am Bahnsteig. Der Zug nach Düsseldorf hatte Verspätung. Erst hieß es, eine Viertelstunde, dann eine halbe Stunde. Sie setzte sich auf eine Bank, lehnte ihren Kopf zurück, schloss die Augen, stieß einen inneren Seufzer aus. Es tat sich wieder jener Traum auf, den sie schon zigmal träumte – der Traum von Süße und Vergänglichkeit: Unbeschwert tanzte sie über saftig grüne Blumenwiesen. Das duftende Sommerkleid schwang sich wie ein zarter Schleier um ihren Körper. Seine Finger glitten zärtlich durch ihr geöffnetes langes Haar. Er streckte seine Arme nach ihr aus, wollte sie berühren. Doch sie stoß ihn weg. Verschwand im grellen Sonnenlicht. Die saftige Wiese verwandelte sich in ödes Ackerland, übersät mit Unkraut und trockenen Blütenstängeln. Der strahlend blaue Himmel war von dicken Dunstschleiern durchzogen. „Wie konnte sein?" Immer wieder wurde sie mit bohrenden Fragen malträtiert. Giulia erwachte aus ihrem Tagtraum und nahm die Welt um sich herum wahr. Der Bahnsteig war voll gepackt mit Menschen. Vereinzelt fielen sie sich in die Arme, hatten Tränen in den Augen, riefen sich beim Einrollen des Zuges zu: *Ich vermisse dich schon.* Giulia stand auf, blickte auf die Schienen, die sich wie lange, unverletzliche Drähte am Boden entlangzogen, bis der Zug mit quietschenden Bremsen direkt vor ihr stehen blieb. Mit einem Papiertaschentuch wischte sie sich übers Gesicht und stieg ein. Sie fuhr zu Freunden, von denen sie wusste, dass sie sie nicht mit Vorwürfen und Belehrungen überhäufen würden. Wofür sie so gar nicht in der Stimmung war.

Jedem konnte sowas passieren. Jeder Mensch kann zu jeder Zeit und sehenden Auges, entgegen den Erfahrungen aus vergangenen Jahren, gegen alle Vernunft und in vollem Bewusstsein auf die übelste Art betrogen, belogen, hintergangen werden. Giulia setzte sich auf den reservierten Fenstersitzplatz, starrte auf den Bahnsteig hinaus. Wie sehr sie erleichtert war, jetzt wegzufahren, das alles hinter sich zu lassen, merkte sie, als sich der eine oder andere Gedanke verflüchtigte, auch wenn die Liebeswunde noch frisch und tief war. Dass die Sache länger gedauert hatte, als ihr lieb war, lag daran, dass er nicht aufgeben, sich nicht geschlagen geben, nicht akzeptieren wollte, dass es vorbei war. Endgültig vorbei.

Wie alle anderen Triebe ist die romantische Liebe ein starkes Verlangen nach etwas, was fehlt, wenn es nicht vorhanden ist. Sie ist der größte unsichtbare Energielieferant, pure Leidenschaft. Nicht selten sind Menschen bereit, alles zu opfern: Status, Verpflichtungen, Beziehungen. Und sie verblasst, wenn Tragik und Dramatik fehlen. Somit lautet die Frage: Bleiben wir in der romantischen Liebe auf Kollisionskurs, trotz kluger Einsichten und erlittener Erfahrungen?

Der ICE fuhr im Schneckentempo aus dem Bahnhof, nahm langsam Fahrt auf, sodass sie gar nicht wahrnahm, wie Häuser, Gärten und Felder an ihr vorbeiflogen. Alles wirkte ganz weit weg, weit genug. Erinnerungen kamen zurück. Lucas war vergessen. Und doch gab es kein Entrinnen aus ihrem Sehnsuchtstraum. Als James in ihr Leben trat, erwachte er aufs Neue und wurde genährt durch alles, was geschah und wie es geschah. Sie schwebte im siebten Himmel, war berauscht von einem Gefühl, das sie aus jüngeren Jahren kannte – ein Gefühl, das sie mit voller Wucht erfasste, dem sie hilflos ausgeliefert war, das ihr Lebensleichtigkeit bescherte. Eine Leichtigkeit, wie sie Chagall auf sein berühmtes Gemälde gezaubert hatte – in einer Zeit, in der Armut, Krieg, Not und Tod auf der Welt vorherrschten. Auf dem Gemälde schwebt seine Frau leicht wie eine Feder durch Raum und Zeit. Sie scheint weder Lasten noch Schwere zu kennen, die sie in die Tiefe ziehen. Jeder Mensch, der diese Leichtigkeit durch die Liebe erfahren hat, weiß, wie einzigartig und kostbar es ist, wenn man sich innerlich den schönsten Bildern und Erinnerungen hingeben kann, die das Verliebt-sein zum Strahlen bringt. Man fühlt sich jung, ist voller Tatendrang, stark genug, alles auf eine Karte zu setzen. Das Gefühl trug Giulia hinaus in eine Welt voll ungeahnter Möglichkeiten. Und jedes Mal, wenn sie vor ihrem Laptop oder Tablet saß, allein war mit James, war sie umhüllt von dieser überirdischen Leichtigkeit, die von Tag zu Tag einzigartiger wurde und ihr ermöglichte, einen Menschen zu vermissen, ohne ihn jemals gesehen, gehört, berührt zu haben. Tatsächlich erging es ihr so wie es Theo ging. Am eigenen Leib erfuhr Giulia, wie sich romantische Gefühle in der virtuellen Welt aufbauen, sich echt und stimmig anfühlen können und eine unmittelbare emotionale Nähe entstehen kann. Auf Hochgefühle folgen Traurigkeit und Müdigkeit, das kannte sie zur Genüge. Auf die wiederkehrende Frage von Leo, wie sie denn damit fertig werden würde, antwortete sie verhalten: „Soso", blieb stark und ließ sich nichts anmerken. Pikante Details behielt sie für sich. Schon wieder musste sie einen Schlussstrich ziehen, und anstatt in das erträumte Leben aufzubrechen, bekämpfte sie unangenehme Gefühle. Bei aller Schmach musste sie den Verlauf der missglückten Liebe akzeptieren, nach Lösungen suchen und in ihr Leben zurückfinden. Weshalb sie diese Erfahrung brauchte, war ihr nicht klar. Klar war indes, dass sie sich nach all den abenteuerlichen Affären und gescheiterten Beziehungen einen glücklicheren Verlauf in der Liebe herbeisehnte. Den sie sich nach wie vor mit einem starken, positiv eingestellten Mann wünschte, mit dem sich ihr ein leichter, spielerischer Zugang zur Liebe eröffnen würde. James wirbelte ihr Leben durcheinander, selbst das, was sie ganz wesentlich ausmachte und worauf sie unheimlich stolz war: ihre Unabhängigkeit. Giulia war am Nullpunkt der Liebe. Wie versteinert saß sie auf ihrem Platz und schaute mit leicht gesenktem Kopf aus dem Zugfenster. Sie ließ vor ihrem geistigen Auge die Ereignisse der vergangenen Wochen an ihr vorüberziehen, jede einzelne Szene, jeden noch so unbedeutenden Satz, jede kleine Geste. Wie aus dem Nichts öffnete sich plötzlich ein Vorhang. Sie betrat eine innere Bühne, auf der sie das Geschehnis noch einmal durchleben konnte. Hautnah. Kritiklos.

Tief und dicht hing der Nebel über dem Rasen, es war ein wirklich trister Novembertag, an dem sie am liebsten im Bett geblieben wäre. Stattdessen packte sie Koffer und Taschen, überprüfte den proppenvollen Terminkalender, stieg ins vollgepackte Auto und startete den Motor. Die Fahrt nach Wien wird anstrengend, dachte sie, als sie um halb zwölf mittags losfuhr. Schon am mittleren Ring staute sich der Verkehr. Der einsetzende Starkregen sorgte für zahlreiche Unfälle und Behinderungen. Wegen der schlechten Sichtverhältnisse fuhr sie langsamer und hielt ausreichend Abstand zum Vordermann. Während der Fahrt gingen ihr allerhand Gedanken durch den Kopf, was dazu führen konnte, dass sie hinterher nicht mehr wusste, wie sie von A nach B gekommen war. Giulia dachte an Laura, an ihren Tod, der auf schnellen, leisen Sohlen kam. An ihren Steuerberater, dem sie die Unterlagen für die Steuererklärung zuschicken musste, was ihr jedes Jahr ein flaues Gefühl im Magen verursachte. An Leo und seine väterliche Fürsorge. Die Gedanken ließ sie kommen und gehen, selbst die, die sie aufwühlten, die völlig sinnlos waren, weil es nichts daran zu rütteln gab. Bei Linz musste sie etliche Kilometer im Schneckentempo fahren. Der Nebel auf der A1 war so dicht und ließ sie keine drei Meter weit sehen, sodass sich die folgenden Kilometer unendlich lange hinzogen. Heilfroh darüber, die Fahrt schadenfrei überstanden zu haben, fuhr sie kurz nach 19 Uhr auf einen Garagenplatz im Apartmentgebäude. Die Geschäftsführerin begrüßte sie mit einem fröhlichen Hallo und fand ein paar einladende Worte für ein lockeres Gespräch. Dann übergab sie Giulia den Apartmentschlüssel, die mit dem Aufzug in den dritten Stock hinauffuhr. Vor der Apartmenttür holte sie den Schlüssel aus ihrer Lederjacke hervor, stellte die Gepäckstücke ab und schloss auf. Sie trat ein, knipste das Licht an, während die Tür hinter ihr mit einem lauten Klacken ins Schloss fiel. Im Nu fühlte sie sich zu Hause, umhüllt von einer behaglichen Wärme, fernab von Lärm und

Hektik. Giulia ging zu einem der vorderen Fenster, öffnete es weit, dann ein zweites, schaute hinunter auf die Straße und auf eine Wohnung im Nachbargebäude, die ein älteres Ehepaar seit Jahr und Tag bewohnte. Da die beiden oft am Fenster rauchten, war ein Wohnzimmerfenster meist geöffnet. Heute nicht. Durch den aufklaffenden Vorhang konnte Giulia im Licht der Tischlampe jedoch sehen, dass die Frau in einem Sessel saß und strickte. Giulia ging ins Bad, stellte sich vor den Spiegel und betrachtete ihr Gesicht. Ihre Augen waren gerötet, wirkten erschöpft. Sie drehte den Wasserhahn auf, spülte ihr Gesicht mit lauwarmem Wasser und tupfte es ab. Danach holte sie das Gepäck herein, packte aus und räumte ein. Die mitgebrachten Lebensmittel verstaute sie in diversen Küchenschränken. Als alles an Ort und Stelle war, zog sie sich etwas Bequemes an und bereitete sich zwei Käsebrote zu. Sie goss eine Kanne Kräutertee auf, während sie ein Stück vom Gugelhupf abbrach und es in Nullkommanichts verschlang. Zu ihrer Routine gehörte es, kurz vor Wien in der Autobahnraststätte Steinhäusl einen allerletzten Stopp einzulegen und zwei Stücke vom Riesen-Gugelhupf zu kaufen. Wenig später überfiel sie plötzlicher Heißhunger auf Salziges. Sie griff nach einem Käsebrot, biss herzhaft hinein und legte es auf den Teller zurück. Dann schaltete sie den Fernseher ein und fuhr den Laptop hoch. Derzeit verlief ihr Alltag in ruhigen Bahnen. Ihr Leben schien eine gewisse Form gefunden zu haben. Weder plagten sie Geldsorgen noch hatte sie Liebeskummer, was ihr genügend Freiraum und Muse für ihre Interessen verschaffte. Sie genoss jede Minute, in der sie einen besonderen Fokus auf ihre Träume und Lebensziele legen konnte. Mit ihrem Sohn verstand sie sich besser denn je. Auch wenn sie sich seltener sahen, was mehr an ihr und weniger an ihm lag. Da ein ausführliches Telefon- oder Skype-Gespräch meist ausreichte, um die Beziehung zu beleben, und es keine Dringlichkeit für hastige Besuche gab, schon gar nicht aus bloßer Gewohnheit und Pflichtgefühl, war die Beziehung zu Amar herrlich entspannt und konfliktfrei. Das Allerbeste an ihrem derzeitigen seelischen Zustand war aber: Sie suchte weder nach einem Partner, noch vermisste sie einen Mann, mit dem sie Nähe und Intimität leben konnte. In der Zwischenzeit war Lucas getrennt von seiner Frau, was er ihr, wie hätte es anders sein können, per WhatsApp mitgeteilt hatte. „Meine Frau hat einen anderen", schrieb er vor nicht allzu langer Zeit, ohne ein weiteres Wort. Es gibt eben Geheimnisse zwischen Mann und Frau, analysierte Giulia darauf, die schwer zu fassen sind und deren Ergründung unmöglich ist. Sie gab ihm maximal zwei Monate, bis er mit einer anderen Frau auftauchen würde.

Eigentlich wollte sich Giulia an diesem Abend nicht lange mit ihren Mails aufhalten. Eine Kontaktanfrage, die während der Fahrt nach Wien von einem gewissen James Aston über MeetINT hereingekommen war, erweckte jedoch ihre Neugier. Der *Twinkle* kam von einem hochdekorierten US-amerikanischen General mittleren Alters, der in Afghanistan stationiert war, was sie dem Profilfoto entnahm. Fasziniert und ungläubig zugleich starrte sie auf den Bildschirm, überlegte hin und her, was sie tun sollte. Ignorieren? Verwerfen? Antworten? Männer lassen sich ziemlich viel einfallen, um beim anderen Geschlecht Aufmerksamkeit zu erregen, überlegte sie bewusst kühl. Giulia war sich bewusst, dass sich für Männer im Internet eine neue Welt mit ganz anderen Freiheiten eröffnet – eine Welt, in der sie sich redseliger und verführerischer zeigen können, als es ihnen jemals in der realen Herzenskommunikation möglich ist. Kritisch hinterfragte sie den Wink und sprach die gedachten Sätze gleich laut aus, so, als ob sie mit aller Gewalt etwas zu verhindern versuchte, was schon vor ihrer Tür stand: „Da ich mich weder für Online-Dating interessiere, noch auf Partnersuche bin, verbanne ich jeglichen Gedanken an eine Kontaktaufnahme mit diesem Mann aus meinem Gehirn. Sofort und für immer." Giulia hatte sich nach jener Nacht mit Mark im P1 in München auf der Plattform von MeetINT registriert, auch weil sie an dem einen oder anderen Event interessiert war: an einer *Boogie Night*, einer *Art Fair*, einem *Goes Red Cross Ball*, einem *After Holiday* Treffen oder *Winetasting XIX*. Und nun hatte sie es mit einem äußerst geheimnisvollen *Twinkle* von einem James Aston zu tun, dessen

Foto und Aufmachung alles überstrahlte, was sie sich in ihren kühnsten Träumen nicht ausmalen konnte. Seine markanten Gesichtszüge mit dem breiten Kiefer, die frische Narbe, die sich auffällig über die braungebrannte Haut auf der Stirn zog, die dunklen Augen und die eigenwillige Nase. Zweifellos: das sah nach Abenteuer und nach ziemlich viel Aufregung aus. Ich wäre nicht ich selbst, wenn ich diese Gelegenheit an mir vorbeiziehen lassen würde, sprangen sie Gedanken an, während altbekannte Lebensgeister erwachten. Jene Geister, die sie im Nu aus dem Alltagstrott und der Vorhersehbarkeit alltäglicher Aufgaben und Ereignisse herausschleuderten und ein Feuerwerk entfachten, unabhängig davon, dass sich Giulia einem neuen Risiko aussetzte. Dem Risiko, einen Beziehungsverlauf weder vorhersehen noch kontrollieren zu können. Clarissas Worte kamen ihr in den Sinn, dass sie langjährige Beziehungen bevorzugen würde, weil sie dann wisse, was auf sie zukäme. Wortwörtlich sagte sie auf der Finca: „Bei einem alten Auto kommen irgendwann die Bremsen, die Stoßdämpfer, der Auspuff. Bei einem alten Mann kommt der Darm, der Rücken, kommen die Zähne." Unterdessen stellte sich Giulia eine ganz andere Frage, nämlich: wie oft sie noch die Kraft aufbringen würde, von vorne anzufangen? Während sie es sich auf dem grünen Sofa bequem machte, um alle Gedanken der Reihe nach zu sammeln und entschied, eine Nacht darüber zu schlafen. Sie aß das angebissene Käsebrot auf, glotzte unbeteiligt starr in die Röhre. Unentwegt musste sie an den *Twinkle*-Mann denken. Nicht nur, dass sie an seinem Foto Gefallen fand, es war seine Nationalität, die berufliche Position, das militärische Umfeld, das für sie von grundsätzlichem Interesse war. In ihrem Kriminologie-Studium hatte sie sich schwerpunktmäßig mit den praktischen Ausformungen des hegemonialen Männlichkeitsideals in Männerkulturen auseinandergesetzt und in diesem Zusammenhang nicht nur den Männerstrafvollzug und Männerbündnisse in der Gesellschaft, Kirche und Wirtschaft unter die Lupe genommen, sondern auch das Militär – männliche Machtsysteme, die sich durch Dominanz, Unterordnung, Komplizenschaft und Marginalisierung auszeichnen. Und in denen Alphatiere, also die mächtigen Männer, ihre Nachkommen produzieren, um die Machtstellung und Ausformung dieser Männlichkeitsform zu sichern und moderne Männlichkeitsentwürfe zu verhindern. Denn alles, was sich in derartigen Systemen nicht dem Code von Dominanz und Macht unterwirft, wird erniedrigt, gedemütigt und ausgeschlossen. Den betroffenen Männern drohen dann Ärger, Diskriminierung und Gewalt in allen Schattierungen. Was nach außen fortschrittlich, loyal, elitär, weltoffen, erfolgreich, cool, lässig und souverän erscheinen mag, ist oft durchdrungen von Fremden- und Menschenfeindlichkeit, Gewalt gegen Frauen, homosexuelle Männer, Softies, Weicheier und alle *Loser.* In das Machtzentrum eines amerikanischen Militärumfelds zu kommen, reizte Giulia von daher ungemein. Und da sie einem 5-Sterne-General sowohl Ehrenhaftigkeit als auch achtsame Voraussicht zuschrieb, antwortete sie ihm am darauffolgenden Tag, wohlwissend, dass emotionale Entscheidungen Gefahren und Risiken in sich bergen. Im Netz komme es darauf an, wie man mit einem potenziellen Date kommunizieren, was man schreiben, wie man sich ausdrücken würde, erwähnte Mara auf der Finca. Und genau das wollte Giulia jetzt tun: Sie wusste sich auszudrücken und nahm sich deshalb vor, herauszufinden, wer sich hinter dem sympathischen Lächeln auf dem Foto verbarg und was der Mann ihr zu sagen hatte. Seiner beruflichen Karriere nach zu urteilen, war er alles andere als ungebildet oder ordinär, auch wenn ihr klar war, dass Kontaktnachrichten im Netz Dutzende Male wiederverwertet und von Robotern reproduziert werden. Was sie keineswegs verurteilte. Denn schließlich kann sich kein Mensch, selbst im realen Erstkontakt und wenn man dem Traumpartner oder der Traumpartnerin gegenübersitzt – im Café, Restaurant, an der Bar, im Zug – an sehr viele geistreiche Gespräche erinnern. Meist werden dieselben hohlen Phrasen gedroschen und Fragen nach dem Lieblingsessen, der Lieblingsmusik, den Haustieren gestellt. Man fragt nach dem Alter, dem Beruf, was man so in der Freizeit tut, wie man sich die Narbe über dem rechten Auge zugezogen hat oder warum man das Hemd verkehrt herum angezogen hat. Solange all das dazu führt, dass zwei Menschen miteinander ins Gespräch kommen und sich austauschen, gehören platte Unterhaltungen einfach dazu, auch weil sich kein Mensch wegen einer Nachricht, einem *Twinkle*, einem interessanten Beruf oder einem Foto kopflos in eine Liebesaffäre hineinstürzt. Es muss schon tiefergehen, wenn man sich verlieben soll – tiefer hineingehen in die eigene Vorstellungswelt, im Vertrauen darauf, dass die eigentliche Beziehungsetablierung nur offline stattfinden kann, weil erst in der Gegenwart eines anderen Menschen Magie, Zauber, Glück, Unglück liegen. In Erwägung dieser unbestreitbaren Tatsachen sah sich Giulia keinerlei konkreten Risiken ausgesetzt.

James Aston meldete sich mit einem freudigen *Hooray* auf ihr *‚Hallo, Unbekannter!'* was für sie ein guter Grund zum Ausrasten war. Und je länger sie sein Profilfoto betrachtete, desto größer wurde ihre emotionale Aufregung. Wie eine Ausgehungerte, die an romantischer Unterernährung und fehlender Inspiration litt, betrachtete sie das Foto, weswegen das ganze Spektrum ihrer romantischen Sehnsuchtswelt in ihr aufbrach. Es waren packende Liebesszenen, wie sie in *La-La-Land* auf die Leinwand gezaubert wurden: Zwei Menschen begegnen sich, verlieben sich Hals über Kopf, schmieden Pläne, bringen große Opfer für die Liebe. Einfach und leicht meistern sie die schwierige Gratwanderung zwischen Nähe und Freiheit, Liebe und Selbstverwirklichung. Das Filmende bleibt offen, ein Happy End den Zusehern verwehrt. Die Liebenden segeln in den Sonnenuntergang. Giulias Traumgebilde erblühte aufs Neue. So gut wie alles war wieder möglich. Sie konzentrierte sich auf ihre Arbeit, schweifte ab, sagte immer wieder vor sich hin: „Jede Liebe beginnt mit dem ersten Schritt, mit etwas, von dem man geträumt hat, was man sich auf ewig wünscht. Wenn sich zwei Menschen begegnen, frei und unbefangen einander von ihren Sehnsüchten erzählen können, vom ersten Schritt, den sie in eine neue Liebe wagen, dann ist der Traum in greifbarer Nähe."

Sie hatte sich vorgenommen, für eine Woche nach Rom zu fahren. Und hoffte, Distanz zu gewinnen, was kläglich scheiterte.

Denn ausgerechnet auf dieser Reise sollte sie erfahren, dass Liebesträume in Erfüllung gehen.

Im Zugabteil saß ihr eine junge Frau gegenüber. Das aschblonde Haar fiel ihr locker auf die Schultern. Durch die langen, vollen Wimpern wirkte ihre Augenpartie ausdrucksvoller. In der hautengen Jeans schien es ihr jedoch schwerzufallen, auf einer Stelle sitzen zu bleiben. Unentwegt rutschte sie auf ihrem Platz hin und her. Die weit aufgeknöpfte Bluse ließ einen großzügigen Blick auf ihre obere Brusthälfte zu und Giulia konnte ein kleines Tattoo von einem Skorpion erkennen. Die Frau schien ziemlich nervös zu sein. Da Giulia das angestrengte Getue nicht mehr mit anschauen konnte, sagte sie geradeheraus: „Öffnen Sie doch Ihren Hosengürtel. Das verschafft sofort Erleichterung." Die Frau lachte herzhaft, worauf die beiden miteinander ins Gespräch kamen. Sie fing an, frei von der Leber weg zu sprechen, sichtlich froh darüber, jemanden gefunden zu haben, der einfach nur dasaß, zuhörte und keine dummen Fragen stellte. Ihren Traummann hätte sie über Tinder kennengelernt. Nun würde sie ihn zum ersten Mal in Rom besuchen, wo der aus Stockholm stammende Mann seit einem Jahr arbeiten würde, berichtete sie. „Ich weiß", fuhr die Frau fort und schaute nachdenklich drein, „die Leute bei Tinder sind auf ein schnelles Kennenlernen und meist nur auf körperliche Kontakte aus." Freilich wäre es auch kein Problem für sie, dass dieser Mann schon über Fünfzig sei. Aber für sie würde in erster Linie zählen, dass er ihrem Traummann Sky du Mont ähnlich sehen würde. Und er genügend Geld hätte, um sie und ihre kleine Tochter zu versorgen. Nonstop erzählte sie über einen Mann, mit dem sie sich seit geraumer Zeit im Internet traf, und dass Männer in ihrem Alter nichts für sie seien, da sie denen schnell auf der Nase herumtanzen würde. Ältere Männer dagegen seien doch weiter, im Kopf und mit der Lebensreife. Diesen Männern könne sie sich auch unterordnen und Aufgaben im Haushalt oder in der Küche übernehmen. Je näher sie Rom kamen, desto nervöser wurde sie. „Was ist, wenn er mir doch nicht gefällt? Wie viel Zeit muss ich mit ihm verbringen?", wollte sie von Giulia wissen, als der Zug in der

Stazione Termini einfuhr, und sie bat, sie zu begleiten. In der Bahnhofshalle war es brechend voll. Es war ein einziges Gewusel und Geschrei – ein Durcheinander von Eile und Lautsprecherdurchsagen, in dem plötzlich ein dünner, nicht allzu großer Mann vor ihnen stand, der dem deutschen Schauspieler tatsächlich zum Verwechseln ähnlich sah. Sie küssten sich scheu auf die Wangen und verließen nach einem kurzen Wortwechsel Hand in Hand den Bahnhof. Die junge Frau drehte sich noch einmal um und nickte Giulia freudestrahlend zu, die sich geschickt durch das Gewühl schlängelte und sich in der nächstliegenden Segafredo Espressobar einen Caffè bestellte.

Es war dieses Erlebnis, das Giulias Sehnsüchte emporschnellen ließen, wogegen ihr Verstand machtlos war – vollkommen machtlos aufkommende Gefühlswallungen zu kontrollieren. Dabei wühlte sie die Begegnung mit der Frau nicht nur auf, sondern sie fragte sich, warum zum Teufel sie nicht an die romantische Liebe glauben wollte, an das, was in ihrer Traumwelt war? „Du musst nur den Richtigen finden, eine Familie gründen und zusammen mit diesem Mann ein Haus bauen", wurde ihr schon als Kind eingetrichtert, „weil es das ist, was du brauchst und dich glücklich macht." Es waren gut gemeinte bürgerliche Ratschläge, Vorstellungen und Denkgewohnheiten aus alten Zeiten, die sie verinnerlichte, die sie unermüdlich nach diesem Liebesglück suchen ließ, auch wenn sie keinen blassen Schimmer davon hatte, wie sich die Begegnung mit dem Richtigen anfühlte und woran sie das erkennen sollte. Scheitern klammerte Giulia aus, wie die Vorstellung, dass das Leben und die Liebe nun mal komplizierter und facettenreicher waren als der traditionelle Lebensentwurf von Familie, Haus, Garten – dem ewigen Glück zu zweit. „Glück hat seinen Preis. Es muss verdient sein", pflegte ihr Vater zu sagen, der nach dem Krieg völlig mittellos war, dennoch Glück und Zufriedenheit in seinem späteren Leben erfahren hatte. Geld und Luxus machen Menschen langfristig nicht glücklich, hieß einer seiner Grundsätze, weil durch die Gewöhnung an Wohlstand die eigenen Erwartungen höhergeschraubt werden und das Glück dadurch verhindert wird.

Giulia verstand das erst viel später in ihrem Leben und nachdem sie sich mit einschlägigen psychologischen Modellen beschäftigt hatte, dem Glücks-Paradoxon beispielsweise, das in Konsum- und Wohlstandsgesellschaften vermehrt vorkommt. Es besagt in etwa: Je mehr wir nach persönlichem Wohlbefinden und Glück streben, desto größere Abnutzungseffekte stellen sich ein, getragen von Langeweile und Unglücklichsein. Nach diesem Modell könnte sich ja auch das Liebes-Paradoxon entwickeln, folgerte Giulia, ein Modell, dass das Ausschütten von Glücksgefühlen verhindert, sobald sich Abnutzungserscheinungen in Liebesbeziehungen bemerkbar machen. Davon abgesehen, dass sich wahre Liebe niemals in einem Korsett von Erwartungen und Verpflichtungen entwickeln kann. Da aber der feste Glaube an die romantische Liebe in uns allen tief verankert ist, entstehen Traumwelten, die ganz selbstverständlich nur aus Höhepunkten bestehen können. Tiefen und Mühsal sind in dieser Vorstellungswelt nicht enthalten. In der italienischen Bar grübelte Giulia tief darüber nach, schrieb in ihr Notizbuch: „Was wäre das Leben ohne Verlockungen, ohne Verrücktheiten, ohne Sehnsucht? Wer nicht sehnt, ist tot. Wer nicht wagt, verbringt sein Leben antriebslos auf der Couch." Giulia erwartete viel von der Liebe. Und ein 5-Sterne-General passte perfekt in ihr Fantasieschema hinein – das Bild von einem mutigen, tatkräftigen, ehrlichen, geduldigen Helden, mit dem ein Ausgleich zwischen Nähe und Freiheit möglich war. Sie war weder zu alt, zu altmodisch, noch fehlte ihr der Mut, es wieder zu versuchen, es erneut zu wagen. Und das, obwohl sie sich im fortgeschrittenen Alter eine jungfräuliche Liebe abschminken konnte – eine Liebe ohne das gelebte Leben eines anderen Menschen, ohne dem Gesamtpaket mit Trennungen, Kindern, Freunden, zerplatzten Träumen, unerfüllten Sehnsüchten, verletzten Gefühlen.

In der kleinen Bar entschloss sich Giulia, auf das *Hooray* von James Aston zu antworten, bereit, unbekanntes Terrain zu betreten. Gleich holte sie ihr Tablet aus der Handtasche heraus, nutzte den kostenlosen WLAN-Service im Bahnhof, loggte sich bei MeetINT ein und schrieb: *Sie wirken sympathisch auf dem Foto,* und: *Ihr Lächeln ist einnehmend.* Danach machte sie sich zu dem über Airbnb angemieteten Apartment auf. Ihr Herz sprang ihr fast aus der Brust, als sie im Taxi darüber nachdachte, wie sehr ein Foto mit einem sympathischen Lächeln einen anderen Menschen vereinnahmen kann und fähig war, eine geheimnisvolle Verbindung herzustellen. In Trastevere hatte sie etliche Jahre ihres jungen Lebens verbracht und am Treiben in diesem Viertel starken Anteil genommen. Das Volksleben hatte hier bis heute eine gewisse Urwüchsigkeit bewahrt, besonders auf der Piazza di San Cosimato, die nicht von Touristenmassen überrannt war und wo man noch überall echte Römer traf. Als sie aus dem Taxi stieg, kaum, dass sich ihre Beine in Bewegung setzten, war sie mittendrin in diesem süßen italienischen Lebensgefühl. Erinnerungen an Matteo erwachten. Wie einfach es doch war, sich damals der Liebe hinzugeben, dachte sie, als sie die Treppen ins gebuchte Apartment hochstieg. Damals liebte sie ungezwungen und frei, mal diesen, mal jenen, ohne Reue und ohne ein zweites Mal darüber nachzudenken, weshalb das so war. In einer Zeit, in der es auf der Welt noch unbekümmerter, freier, vor allen Dingen geheimnisvoller zuging. Das Liebesleben war nicht im virtuellen Schaufenster vor der ganzen Welt ausgestellt. Es gab keine peinlichen Ich-Zurschaustellungen in Live-Stream-Videos, keine virtuelle Nahrung für Wirrköpfe und Verschwörungstheoretiker in diversen Foren, sondern unerwartete Flirts, in denen die Welt stehen blieb, handgeschriebene Liebesbriefe, die Herzklopfmomente verursachten. Und weil die Gedanken daran weitere Runden im Herzen drehten, bevor sie aufs Papier gebracht, in einen Briefumschlag gesteckt und losgeschickt wurden, waren sie voll überzeugender Herzenskraft. Briefe verstanden es, die Sehnsucht nach einem wohlwollenden und stilvollen Selbstausdruck zu erfüllen, was man vom Internet nicht gerade behaupten kann, das in den 80ern noch in weiter Ferne lag, auch wenn Steve Jobs schon mit seinem ersten Macintosh-Computer Furore machte. Millionen Menschen verliebten sich auf diese Weise ineinander. Und die Welt hielt Millionen Mal am Tag für einen kurzen Moment den Atem an, mit dem ersten Kuss, der ersten Berührung und dem ersten Liebesbrief. Verliebte kamen nie zur Ruhe und fanden doch in der Entspannung zueinander. Mit Matteo genoss sie solche Momente, wenn sie zusammengepresst auf seiner Vespa durch die engen Gassen von Rom rasten, nach Luft schnappten, in der schon vor dreißig Jahren Spuren von Kokain nachgewiesen wurden, und miteinander durch den Tag schwebten. Das Gesicht an seinen Rücken gedrückt, die Beine gegen seine gepresst und die Arme um seinen Körper geschlungen, hielt sie sich an ihm fest, lebte in der Gegenwart, fest davon überzeugt, den Lauf der Zeit aufhalten zu können. Jeden Morgen brachte ihr Matteo Espresso und ein frisches Cornetti ans Bett, sah sie mit verliebten Augen an, hauchte ihr ins Ohr: „Bleib liegen, Tesoro. Der Morgen ist noch jung." Aromatischer Kaffeeduft stieg ihr in die Nase, durchströmte die Wohnung.

Aston schien ihr salopper Schreibstil gefallen zu haben, denn als sie am frühen Abend im Apartment wieder online war, fand sie eine lange Nachricht von ihm auf der MeetINT-Plattform vor. Aston schrieb sehr höflich und distanziert, in kurzen prägnanten Sätzen: Er sei in den Mittfünfzigern und seit Jugendtagen im Dienst der amerikanischen Streitkräfte. Die meiste Zeit wäre er in Krisen- und Kriegsgebieten unterwegs gewesen, von Kambodscha über Bosnien, Irak bis nach Afghanistan. Seine Frau sei in einem Autounfall ums Leben gekommen. Seither würde er ein Single-Dasein führen. Mit seiner Familie hätte er glückliche Jahre in Tampa, seiner *Homebase,* verbracht. Doch diese Jahre würden nun hinter ihm liegen und er wäre im Kopf wie im Herzen frei, sich ein neues Leben aufzubauen. Die MeetINT-Plattform würde sich gut eignen, mit niveauvollen Frauen in Kontakt zu kommen, die ihr Leben international ausrichten würden. Aston schrieb unverkrampft und schnörkellos, so wie es Amerikaner eben tun. Was sie las, gefiel ihr ungemein. „Ist das möglich – ein erfolgreicher Weltbürger und Single? Das klingt wie ein Sechser im Lotto." Ein Mann, der frei war – frei von Altlasten, von Schmerz, Verlust, Ex-Partnern, Alkohol, Drogen. Was für eine

Mut machende Perspektive für einen Neuanfang in der Liebe, frohlockte ihr Herz. Während sie seine überzeugende Nachricht in Gedanken noch einmal durchging, Vor- und Nachteile abwägte, tippte sie auf ihren Tablet-Computer ein: *Tut mir leid, das mit deiner Frau.* Fast schüchtern fragte er nach ihrer E-Mail-Adresse, da er aus Sicherheitsgründen nicht lange über öffentliche Plattformen kommunizieren könne. Giulia, die Fülle und Leichtigkeit in ihren Liebesbeziehungen vermisste, hoffte, etwas davon zurückzuerobern, mit diesem Mann, der ihr zwar noch völlig unbekannt war, was sie jedoch nicht davon abhielt, sich hoffnungsvolle Bilder über einen neuen Flirt, eine neue Liebesbeziehung auszumalen. Und da sich der Kontakt nach kürzester Zeit grandios und einzigartig anfühlte, teilte sie ihm blindlinks und ohne zu zögern ihre private E-Mail-Adresse mit.

Wir sollten über Skype chatten, schlug James nach einem kurzen E-Mail-Verkehr vor, was für Giulia nicht weiter verwunderlich war. Da es inzwischen normal war, dass Soldaten in Krisen- und Kriegseinsätzen mit ihren Familien und Freunden via Mail, SMS oder Skype kommunizierten. Dass Laptops und Tablets auch dafür verwendet werden, um sich online weiterzubilden, eine Fremdsprache zu erlernen oder den Kriegseinsatz mit Sehnsuchtsbildern von beispielsweise Kampfjets im Sonnenaufgang den schluchzenden Soldatenfrauen daheim zu präsentieren. Ungeachtet dessen, dass Menschen in Computerspielen genügend martial-dokumentarische Einstellungsperspektiven von Militäreinsätzen zu Gesicht bekommen, in denen Soldaten mit am Helm angebrachten Kameras Kriegseinsätze ausführen. Was von daher überrascht, ist, dass bei aller Liebe fürs Internet der verstaubte Feldpostbrief gerade wieder populärer wird und sich eine Retro-Nostalgie-Welle unter den Soldaten verbreitet, als könne man damit auf Knopfdruck den Spirit einer längst vergangenen Zeit in die Gegenwart transportieren. *Kein Problem. Zuerst muss ich aber ein neues Skype-Programm installieren,* antwortete Giulia und schlug Aston einen Austausch über WhatsApp vor, den er ablehnte, wegen der Sicherheit und instabiler Internetverbindungen. Sie bat ihn um Verständnis, dass sie sich in etwa zwei Wochen wieder melden würde und nach ihrem Rom Aufenthalt erst mal dringende Aufgaben abarbeiten müsse. Offen gesagt, diese Ausrede kam ihr entgegen. Sie gewann Zeit und konnte das alles auf sich einwirken lassen. *Oh, entschuldigen Sie, dass ich Sie mit meinen Sachen belästigt habe. Genießen Sie Rom. Bitte melden Sie sich, wenn Sie zurück sind. Ich freue mich,* meldete sich Aston auf ihre Nachricht. Ihr Magen knurrte, als sie sich in ihr Lieblingsrestaurant aufmachte, das keine hundert Meter von ihrer Unterkunft entfernt lag. Seit Langem freute sie sich auf die regionalen Spezialitäten, die dort auf höchstem Niveau zubereitet wurden: Auf Spaghetti Puttanesca oder Pasta Alfreddo oder Steinbutt mit Artischocken, Oliven-Kartoffelpüree. Gegessen wurde an langen Holztischen, teilweise mit weißen Papiertischtüchern darauf, auf denen der Kellner einem die Rechnung präsentierte.

Obwohl der Kontakt mit Aston keine Woche alt war, zeichnete sich etwas ab, das sich für Giulia richtig gut anfühlte: Zuversicht. Dass ein Mann, der sich im Kriegseinsatz befand, nicht in der Lage war, im normalen Alltag nach einer Frau zu suchen, so wie es andere tun können, beim Gassigehen mit dem Hund, bei Familienfeiern, Taufen, Trauungen, runden Geburtstagen, Firmenjubiläen, war nur allzu verständlich. Die sozialen Netzwerke waren für einen wie ihn geradezu ein Segen, überlegte sie, im vollen Vertrauen darauf, dass das, was er so schrieb, auch stimmte. Da sie von Natur aus ein wissbegieriger Mensch war, versuchte sie, sich mit ihren Mitteln ein genaueres Bild darüber zu machen, was bei dem Mann wohl täglich anstand. Giulia verschlang deshalb alles, was sie über den Krieg in Afghanistan auftreiben konnte: Pressemitteilungen, Dokumentationen, Berichte von Kriegsreportern, die von der Front über den Zermürbungskrieg gegen die Taliban berichteten, wie es die legendäre amerikanische Kriegsreporterin Marie Colvin tat. Bei ihren Recherchen und Nachforschungen fiel ihr schließlich ein FAZ-Artikel in die Hände, in dem über die Arbeit des deutschen Generals Hermeling berichtet wurde, der als Chefberater für die ranghöchsten Offiziere der Regierungstruppen eine Zeit lang in Nordafghanistan tätig war. Dort stand, dass Hermeling in seinem neunmonatigen Einsatz selten mehr als fünf oder sechs Stunden pro Nacht schlafen konnte. Unter den Einheimischen war er ein Held, weil er gleich nach seiner Ankunft am Flughafen eine überzeugende Rede hielt und es ihm gelungen war, ihnen die Angst vor den Taliban zu nehmen. „Geht ruhig heim", sagte Hermeling am Flughafen. „Ich garantiere euch, sie werden nicht wieder zurückkommen." Die Leute gingen nach Hause. Hermeling machte kurzen Prozess mit den afghanischen Kommandeuren, die lieber ihre Soldaten in die Schlacht schickten, um sich selbst in Verteidigungsstellungen in Sicherheit zu bringen. Bedingungslos entfernte er jeden Kommandeur von seinem Posten, der in Sachen Eignung und Vorbildhaltung für die Truppe nicht überzeugend auftrat. In dem Artikel stand weiter, dass die Taliban seit etlichen Jahren einen Guerillakrieg gegen die afghanischen Regierungstruppen führten und von den deutschen und amerikanischen Bodentruppen unterstützt wurden. Und dass der Kampf immer in den gleichen Gebieten tobte: in Imam Sahib, Chabar Darah, Aliabad. Der afghanischen Regierung war es offenbar nicht gelungen, auch nur eine einzige Region nachhaltig wieder unter ihre Kontrolle zu bringen. Hunderte von Einheimischen starben im Kreuzfeuer der Taliban und der Armee. Regierungsbeamte waren sich darüber einig, dass ohne die Hilfe von Deutschland und den USA die besetzten Provinzen schon längst verloren gewesen wären. Hermeling riet im weiteren den deutschen Offizieren davon ab, die einheimischen Truppen zu belehren, weil sie das nicht akzeptieren würden. Man könne ihnen nur beratend an der Seite stehen. Und weil eine tiefere Einmischung auch von deutscher Seite aus nicht erwünscht war, mussten die afghanischen Truppen in den Krieg ziehen, während sie sich noch im Aufbau befanden. Die Verluste waren dementsprechend hoch. Der deutsche General erklärte, dass die Taliban regelmäßig in der Dunkelheit angriffen und es deshalb auch viele verwundete deutsche Soldaten gebe, die im Lazarett Camp Pamir versorgt würden. Und dass die Taliban bei ihren Angriffen taktisch klug vorgehen würden. Sobald sie einen Ort erobert hätten, würden sie ihre Erfolge sofort über Twitter und Facebook veröffentlichen und sich gleich wieder zurückziehen. Da sie militärisch jedoch nicht in der Lage seien, einen Ort über einen längeren Zeitrahmen zu halten, betrieben sie Abnutzungskämpfe, die von keiner Seite zu gewinnen waren. Demgegenüber stellten sie ganze Schiffscontainer auf die Straßen, versahen sie mit Dutzenden Sprengsätzen und hinderten die afghanische Armee am Vormarsch. Die deutschen Soldaten müssten dann zuerst alle Sprengsätze suchen und entschärfen, bevor sie weitermarschieren könnten. Was weitere Verluste nach sich ziehen würde, da nicht genügend Experten vor Ort seien, die in der Lage wären, diese Sprengsätze richtig zu entschärfen. 2010 sei das blutigste Jahr des deutschen Einsatzes in Afghanistan gewesen. Viele Soldaten wären bei Unfällen, beim Entschärfen von Sprengsätzen und Raketen oder bei Hubschrauberabstürzen ums Leben gekommen. In diesem Krieg kämpfte man nicht nur mit Waffen, sondern mit hinterhältigen Fallen und Falschmeldungen per Internet, was ausreichen würde, um die Bevölkerung in Angst und Schrecken zu versetzen. Weil auf diese Weise alle gegen alle aufgehetzt würden, sei eine ethnische Segmentierung nicht mehr zu verhindern. Denn Terrorgruppen und die Taliban schürten gezielt Konflikte zwischen Usbeken, Tadschiken, Hazara und Paschtunen. Und deshalb würde sich im Norden, um Kundus herum, ständig etwas zusammenbrauen. Die Lage in Afghanistan bezeichnete Hermeling als unsicher und überaus besorgniserregend. Er folgerte, dass deutsche Militärberater auch in den nächsten Jahre in Afghanistan noch benötigt werden würden. „Katastrophe", urteilte Giulia, als sie den Artikel zum wiederholten Mal las, bis sie glaubte, besser verstehen zu können, was in Afghanistan los war.

Der Herbst hatte schon begonnen, als sie, den Kopf voller Ideen und Pläne, wieder zu Hause war. Das war an den Unmengen von Laub zu erkennen, das überall auf den Straßen und Plätzen herumlag. Auch Spinnen trieb es in die Wärme der vier Wände. Giulia dagegen machte es nichts aus, mit tauben Fingern am frühen Morgen die Auto-Fenster freizukratzen, bevor sie losfahren konnte. Schon ein einziger Gedanke an James versetzte sie in eine warme, wohlige Stimmung. Als ihr Skype-Programm installiert war, verabredeten sie sich täglich. Und es dauerte nicht lange, bis die Chats mit James zu ihrem Daseinsmittelpunkt wurden, weshalb es vorkommen konnte, dass sie an den Wochenenden nur noch zum Einkaufen und für die Fitness die Wohnung verließ. Sobald sie miteinander chatteten, konnte Giulia den ganzen Alltagsmüll hinter sich lassen: nervige Kollegen, lästige Ausgaben, störende Nachbarn, Stress beim Einkaufen, im Straßenverkehr, in der S-Bahn. Es gab niemanden, der neidisch oder ungehalten war – und nichts, rein gar nichts, wovor sie sich fürchtete.

James war präsent wie kein anderer Mann in ihrem Leben. Seine Energie durchdrang jede Ritze ihrer Wohnung, ja sogar die Poren ihrer Haut. „Alles kann sich zu jedem Zeitpunkt ändern, selbst wenn man denkt, dass man das mit der Liebe schon hinter sich hat, weil das Verlieben mit der Zeit mühevoller wird. Und schwieriger, das zu genießen, was einem das Leben noch zu bieten hat. Wenn sich ein Mensch dann die Mühe macht, sich mit einem anderen Menschen und dessen Leben zu beschäftigen, dann sollte man dankbar dafür sein." Während sie sich diese Sätze vorsagte, streckte Giulia ihre Hand zum Fenster hinaus und zupfte ein paar rötlich leuchtende Blätter an den Weingirlanden ab, die sich um die Hauswand schlängelten. Sie ging in die Küche, zum Schrank, holte eine Dose Sauerkraut heraus, öffnete sie, gab das Gemüse mit einem Schuss Weißwein und etwas Wasser in einen Topf, verfeinerte es mit Salz, Lorbeer, Wacholder und kleinen Apfelstücken, setzte den Deckel drauf und ließ das Ganze kurz aufkochen. In der Pfanne brutzelten vegetarische Bratwürstchen. Giulia wendete sie auf mittlerer Hitze so lange, bis der gewünschte Bräunungsgrad erreicht war. „Doch Freiheit", murmelte sie, als liefe in ihrem Kopf ein kontroverser Dialog ab, „erzeugt Druck. Ständig müssen Entscheidungen getroffen, Initiativen gestartet und alles selbst verantwortet werden. Und dann die ständige Selbstoptimierung und Selbstdarstellung durch die zunehmende Digitalisierung. Wer diesem Druck nicht gewachsen ist, scheitert." Mit einem vollen Teller setzte sich Giulia an den Esstisch, warf

einen Blick auf ihr Handy, das griffbereit direkt vor ihr lag. „Ich
will nicht unentwegt mit allen möglichen Leuten chatten", horchte
sie ihrer inneren Stimme und schenkte ihrem Smartphone keine
aktive Aufmerksamkeit. Ein einziger Gedanke an James reichte
aus, damit sich unbezwingbare Sehnsuchtsgefühle durch ihr Herz
pflügten und ihr die Augen verschlossen, womit sie keineswegs
allein war. Millionen von Menschen verlieben sich Tag für Tag
im Internet, halten den Atmen an, kommen ins Stocken, ohne
wahrzunehmen, dass sich die reale Welt unerbittlich, bittersüß
lächelnd weiterdreht.

Mit James fühlte sich ihr Leben leicht an, wie einst, als sie mit
Matteo auf dem Rücksitz seiner Vespa durch das Gassengewirr
der ewigen Stadt raste oder mit Najib auf dem Deck der Nora
den prachtvollen Sonnenuntergang am Nil zelebrierte. Es waren
Momente der Glückseligkeit, die sie vergangene Niederlagen,
schmerzhafte Erinnerungen, unerfüllte Wünsche, unehrliche
Absichten, bohrende Zweifel vergessen ließen. Giulia war wieder
verliebt und zu allem fähig. Sie war bereit, aus dem alten Leben
auszubrechen, so wie das Tausende tun, Jahr für Jahr – Menschen, die sich mir nichts, dir nichts verabschieden, unauffindbar
bleiben. Und darum ging es ihr jetzt, nur darum. Sie fragte sich,
was Menschen antreibt auszureißen? Fußen die Handlungen auf
wohldurchdachten Plänen? Oder sind es Kurzschlusshandlungen?
Ist es ein Akt der Verantwortungslosigkeit, oder der Befreiung?,
rätselte Giulia und setzte sich nach dem leckeren Abendschmaus
an den Schreibtisch. Sie klappte den Deckel ihres Laptops auf
und meldete sich bei Skype an, als wäre sie ferngesteuert. *Hallo
Schatz, bin wieder da. Warte auf dich,* tippte sie auf die Tastatur ein.
James war offline. Die Wartezeit wollte sie nutzen. Da sie sich
gerade gedanklich mit der Thematik von Langzeitausreißern
beschäftigte, kam ihr *Stiller* von Max Frisch in den Sinn. Wenig
später stöberte sie in einem Regal danach, wollte schon aufgeben,
als ihr das Buch schließlich wie von selbst in die Hände fiel, als
sie eine der hinteren Regalreihen durchstöberte. Sie setzte sich
auf den Loungesessel vor das Regal und schlug es auf. Schon
auf der ersten Seite stand handschriftlich notiert: Es gibt keine

eindeutige psychologische Einordnung von Langzeitausreißern. Erklärungen dafür lassen sich aus der Dynamik und dem Verlauf der einzelnen Geschichten ableiten. Giulia blättere ein paar Seiten um und fand zwei DINA-4-Seiten, die sauber zusammengefaltet im Buch lagen. Sie las: Hier geht es um den Apotheker Isidor, einen treuen Ehemann und fürsorglichen Vater, den eigentlich nichts aus der Fassung bringt, außer, wenn ihn jemand danach fragt, wo er gewesen ist und wohin er gehen will. Das macht den Apotheker wütend. Nach außen lässt sich Isidor jedoch nichts anmerken, denn Streit und Zwietracht lohnen sich nicht. Doch als die Eheleute eine Schiffsreise antreten, geschieht das Unvorhergesehene. In Marseille werden sie getrennt. Schuld daran hat seine Frau, weil sie Isidor danach fragt, wohin er gehen will, als er das Schiff noch einmal verlässt, um sich eine Zeitung zu kaufen. Vertieft in die Lektüre, merkt Isidor erst später, dass er anstatt auf dem Schiff, wo seine Frau auf ihn wartet, auf einem schmutzigen Dampfer der Fremdenlegion eingecheckt hat. Da er in der Welt herumkommt, vergisst Isidor seine Apotheke und Familie. Schließlich kehrt er nach sieben Jahren zurück, weil es für ihn eine Sache des Anstands und der Ehre ist. Mit Revolver und Tropenhelm schreitet er eines Tages durch das Gartentor. Seine Frau, die just an diesem Tag Geburtstag feiert, sitzt mit den Kindern im Garten am Tisch vor einer riesigen Festtagstorte. Als die Kinder ihren Vater sehen, springen sie von ihren Stühlen auf, umjubeln ihn und spielen mit seinem Helm. Isidor geht zu seiner Frau und umarmt sie, die sichtbar schockiert ist. Er fragt zärtlich: „Was ist denn los?", und schenkt ihr Kaffee ein, da sie selbst nicht mehr in der Lage dazu ist. „Isidor, Isidor", schluchzt seine Frau, „wo bist du nur so lange gewesen? Warum hast du uns nie eine Karte geschrieben?" Isidor, der in diesem Moment scharf wahrnimmt, dass er es nicht mehr gewohnt ist, verheiratet zu sein, stellt stumm die Tasse auf den Tisch, nimmt den Kindern den Tropenhelm weg und setzt ihn auf. Als ihn seine Gattin daraufhin ermahnt, dass er diese Ungeheuerlichkeit nicht hätte tun dürfen, zieht Isidor seinen Revolver aus dem Ledergürtel heraus, schießt dreimal auf die Torte, was eine erhebliche

Schweinerei verursacht, und verschwindet durch das Gartentor. Nach einem Jahr kehrt er zurück. Wieder spielen seine Kinder mit dem Tropenhelm. Wieder nimmt er an der Geburtstagstafel Platz. „Isidor, wo bist du gewesen?", fragt ihn seine Frau. Isidor erhebt sich, geht stumm zum Gartentor hinaus und kommt nie wieder zurück.

Giulia faltete die Blätter wieder zusammen, legte sie ins Buch zurück. Ihr fiel ein, dass Homo Faber einst ihr Abiturthema war und sie sich darauf mit anderen Romanerzählungen von Max Frisch beschäftigt hatte. Sie schmunzelte, als sie ihre Mutter sagen hörte: „Du bist wie dein Vater. Man darf nicht zu viel danach fragen, wohin ihr gehen wollt und woher ihr kommt."

Giulia runzelte die Stirn, als sie nach einer gefühlten halben Stunde wieder auf den Bildschirm schaute und James immer noch offline war, während sie sich fragte, warum sich das Leben ohne die Liebe wie ein leerer Sack anfühlte? So faszinierend die Geschichte mit James auch war, so sehr machten sich leise Zweifel bemerkbar, über die Giulia nonchalant hinwegsah und sich einredete, dass sie sich in der sicheren Umgebung der eigenen vier Wände entspannt vor dem Laptop einlassen, um danach, wenn der Laptop ausgeschaltet war, einfach so in das gewohnte Leben zurückzukehren. Wegen der verschärften Sicherheitslage waren Videoanrufe via Skype nicht möglich, sagte James am laufenden Band. Giulia akzeptierte das. Auch weil sich inzwischen ein inniger Chat-Austausch ergeben hatte. Hin und wieder versuchten sie zwar, einen Anruf aufzubauen, was jedes Mal misslang. *Ich darf mich im Internet nicht zeigen, noch meine Stimme preisgeben*, tippte James ein und erklärte, dass die Force Protection, ein spezielles Truppenschutz-Programm, verschärft wurde, weil in jüngster Zeit erneut amerikanische Soldaten durch Selbstmordattentäter zu Tode gekommen seien. Sein Leben hing an einem seidenen Faden. Daran hegte Giulia keinen Zweifel. Und sie brauchte wahrlich nicht viel Fantasie, um sich das ganze Ausmaß eines Kriegseinsatzes in Afghanistan vorzustellen, was ihr mächtig Angst einjagte: Die Angst, ihn wieder zu verlieren, bevor es mit ihrer Liebe richtig angefangen hatte. Für den Philosophen Wilhelm Schmid ist Liebe nichts anderes als eine Strategie, dem Tod zu entkommen, ihn zu verdrängen, sich gegen ihn aufzulehnen. Und doch erinnerte in Giulias Gegenwart gerade nichts schmerzlicher an den Tod als die Liebe, die sie für James empfand. Was schwer auszuhalten war, weil sie sich am Anfang einer neuen Liebe keine Gedanken darüber machen wollte, dass diese Liebe nicht für immer währen könnte. Derart bedrohliche Gedanken drückte sie weg. Für Trennung, Tod oder Schmerz war in ihrem verliebten Herzen momentan kein Platz, aus dem nichts als funkelndes Glück und strahlende Freude entsprang. Und weil sie weder Kritik noch Belehrungen von anderen duldete, verlor sie kein Wort. Mit niemandem sprach sie darüber, mit keinem noch so treuen Freund, keiner noch so wunderbaren Freundin, weder mit Leo noch mit Manuel oder Clarissa. „Es ist unser Glück. Es gehört uns, nur uns", betonte James wieder und wieder. Somit gab es für Giulia kein Stoppschild, dass dieses Übermaß an Sehnsucht und Begehren hätte auffangen und zerstreuen können. James tat ihr über alle Maßen gut. Soviel stand fest. Und ein Mensch, der ihr guttat, hat nichts Schlechtes im Sinn, befand sie. Außerdem war sie keine Sklavin des Internets. Die Geräte konnte sie jederzeit ausschalten. Jederzeit das ändern, was ihr missfiel. Und doch unterschätzte sie bei aller Vernunft die Risiken einer Verliebtheit und jene magischen Momente, die sie mit einem simplen Klick mit der Maustaste herbeiführen konnte, die ihre ganze Realität auf den Kopf stellten.

Seit einer geschlagenen Stunde wartete sie nun vor dem Laptop auf ein Lebenszeichen von James, während sie nebenbei surfte, streamte, sich Filmtrailer anschaute, Mails beantwortete. James war wie vom Erdboden verschluckt. Tunlichst vermied sie es, ihn mit Fragen zu nerven, ob er heute noch Zeit zum Chatten hätte. Noch während sie darüber nachsann, kam die erlösende Nachricht mit seiner Entschuldigung. Er habe sie nicht vergessen, hätte früher Bescheid geben sollen. Die Sicherheitslage würde das Chatten gerade sehr erschweren. James bat sie, online zu bleiben, da er mit ihr dringend kommunizieren wolle, sich ablenken müsse. Die Welt für Giulia war wieder in Ordnung. Sie schrieb, dass sie auf jeden Fall online bleiben, sich in der Zwischenzeit das Filmdrama *Fences* anschauen werde. Kein noch so unbedeutendes Wort, keinen noch so süßen Satz wollte sie verpassen, mit dem er sie seit Wochen umschmeichelte. Nach etwa zwei Stunden ertönte der typische neue Nachricht-Ton: *Bist du noch wach? Wie war der Film?* James ging auf alles ausnahmslos und aufmerksam ein, was Giulia ungemein anzog. Sie antwortete, dass sie noch wach sei. Und dass der Film grandios sei. Dass Denzel Washington einen gescheiterten Baseballspieler spielen würde, der in seinem Hinterhof einen Gartenzaun bauen und dadurch seine eigenen Zäune im Kopf wahrnehmen würde. Sie fragte, ob sie weitererzählen solle. James bejahte, da ihm die Ablenkung guttun würde. Giulias Finger glitten flink über die Tastatur. Ein Chatfenster nach dem anderen füllte sich. Sie tippte, las jeden Satz zweimal, bevor sie auf Senden drückte und den vertrauten Skype-Ton vernahm. Im Nu hatte sie die Botschaft des Films zusammengefasst:

Giulia: *Es geht um Verantwortung, Träume, Sehnsüchte, Freiheit in den Beziehungen. Denzel Washington spielt den Müllarbeiter Troy, einen ehemaligen Negro-League-Baseballspieler in den 50ern in Pittsburgh, der mit dem Zaunbau im Garten die Zäune in seiner Ehe und den Trott in seinem Alltag bekämpfen will. Eines Tages verliebt er sich in eine andere. Und weil er mit dieser Affäre eine andere Sicht der Dinge bekommt, sich jung und frei fühlt, nicht an die vielen Rechnungen für das neue Hausdach und das alltägliche Allerlei denken muss, gestand er die neue Liebe seiner Frau, sagte: „Ich habe achtzehn lange Jahre in dich investiert, war ehrlich, habe Verantwortung übernommen und versucht, dir das Beste von mir zu geben.*

Giulia: *Aber, jetzt gibt es eine andere, die ich nicht aufgeben will. Ich werde noch einmal Vater, verlasse dich aber nicht, da ich dir das schuldig bin. Wenn du das akzeptieren kannst, werden wir einen Weg finden. Seine Frau, die tief geschockt war, sprach offen und sagte, dass auch sie ihre Bedürfnisse, Träume, Sehnsüchte in der Ehe begraben hatte. Sie verließ ihn zwar nicht, ließ ihn aber in seiner Einsamkeit allein.*

Giulia: *Troys Geliebte stirbt bei der Geburt der Tochter. Und Troy stand mit dem Baby im Arm vor seiner Ehefrau. Sie versprach, sich um das Kind zu kümmern, wie wenn es ihr eigenes wäre. Doch die Eheleute blieben sich fremd, gingen eigene Wege. Als Troy mit dem Zaunbau fertig war, kurz darauf verstarb, fand die Familie bei seiner Beerdigung wieder zusammen.*

James: *Wow. Was für eine Story.*

James pausierte, wollte mehr über Giulia und ihr Leben wissen. Haargenau sollte sie ihm alles erzählen, weil er, gab er an, ein Gefühl für die Frau entwickeln wollte, in die er sich gerade über alle Maßen verlieben würde.

Giulia: *Was willst du genau wissen?*

James: *Alles, worüber und was du mir erzählen willst.*

Sie pickte sich die Reise nach Südindien aus ihrer Erinnerung heraus, berichtete von Bollywood, bunten Kleidern, Kühen, Menschenmassen, Motorrädern. Von Männern und wie sie mit Melonen, Reissäcken, Eisblöcken vollbeladene Handkarren geschickt durch das bunte Treiben auf Mumbais Straßen manövrierten. Von Yogis, Tempeln, Lärm und Dreck – Akrobaten, Schlangenbeschwörern, Wahrsagern, Hellsehern, Bettlern, Zuhältern. Von Ausflügen in überladenen Bussen mit einer Schar neugieriger junger Männer um sie herum. Von Fort Kochi und dem kolonialen Gefängnis, in dem auch Gandhi einsaß. Von der höllisch schnellen Taxifahrt vom Flughafen nach Ernakulam ins Hotel mit einem pakistanischen Fahrer. Von der Bootsfahrt in die Kerala Backwaters, einem Wasserstraßennetz aus Seen, Flüssen und Kanälen. Vom Besuch in einem Slum in Mumbai mit geschätzten zwei Millionen Bewohnern, auch Höllenloch oder tickende Zeitbombe genannt, der eingezwängt zwischen zwei Bahntrassen der 25-Millionen-Metropole lag. Einem der am dichtesten besiedelten Orte der Welt mit 270.000 Bewohnern pro Quadratkilometer. Hier wurde Slumdog Millionaire gedreht. Giulia berichtete ausführlich über das Armenviertel Dharavi, durch das sie der junge Slum-Bewohner Shyam Knaie geführt hatte.

Giulia: *Mit Shyam bin ich in stickiger Enge durch die Gassen gelaufen, konnte mit anderen Bewohnern sprechen. Es leben hier bis zu*

zwölf Menschen in einer schachtelartigen Hütte aus Holz und Well-
blech. Geschlafen, geduscht und gegessen wird auf der Dachterrasse. Dort
bringt der Wind Abkühlung. Die meisten Menschen teilen sich einen
Wasserhahn, draußen in den verdreckten Gassen. Jeden Tag müssen sie
über einen Schlauch Fässer und Kanister füllen. Und weil sich mehrere
Hundert Bewohner eine Toilette teilen, verrichten sie ihre Notdurft auf
den Bahngleisen, was verboten ist.

Giulia: *Die haben es verdammt schwer, wenn Seuchen ausbrechen*
und es kein Entfliehen gibt. Polizisten patrouillieren dann durch die
Gassen, setzen Regeln durch, brüllen, schwingen Stöcke und scheuchen
die Leute in ihre Baracken zurück. Wer nicht spurt, bekommt Prügel.
Shyam, der meist über seinem Laptop saß und Recht büffelte, bereitete
sich zu der Zeit auf die Aufnahmeprüfung an der Uni vor. Er führte mich
zu seinem Vater in die Backstube, der schweißtriefend vor dem offenen
Backofen stand und mir gleich frisch gebackene Kekse angeboten hatte.
Auf meine Frage, was sie normalerweise essen würden, sagte er, Gemüse,
Reis, Pfannkuchen. Manchmal Fisch und Hammel. Öfters Bittermelone
und Bockshornklee.

Giulia: *Draußen in den Gassen und auf den Straßen herrschte quirlige*
Geschäftigkeit. Ich begegnete Händlern, Kiosk-Besitzern, Näherinnen,
Schuhmachern, Lastenträgern, Müllsammlern, Gemüsemännern mit
Handkarren. Auf dem Müllberg suchten Menschen nach Essbarem und
Verwertbarem. Nach drei Stunden verabschiedete ich mich von Shyam, der
in der großen Mall auf der anderen Straßenseite Vorräte für die Familie
und Medizin für seinen Vater einkaufen musste.

Giulia war sehr nachdenklich, als sie zum Schluss eintippte,
dass sie in der modernen westlichen Welt Solidarität, Gelassenheit und Genügsamkeit vermissen würde, die sie im Slum-Viertel
an jeder Ecke wahrgenommen hätte, das gegenseitige Eintreten
füreinander in der Gemeinschaft. James unterbrach sie kein einziges Mal und wartete geduldig, bis sie mit ihrem Bericht fertig
war. Danach fragte er:

James: *Warst du alleine unterwegs?*

Giulia: *Ja, mit Rucksack.*

James: *Ich mag starke Frauen. Frauen, die sich was trauen und nicht*
immer auf Nummer sicher gehen.

Giulia: *Kommt selten genug vor. Ich meine, dass ein starker Mann eine starke, selbstbewusste Frau sucht.*

James: *Wie meinst du denn das?*

Giulia: *Ich meine, ein Mann in deiner Position und eine starke Frau – passt das überhaupt zusammen? Ist das nicht gefährlich für diesen Mann? Starke Frauen ordnen sich nicht unter, sagen geradeheraus, was ihnen missfällt. Oft haben sie die besseren Argumente.*

James: *Hm, da ist was dran. Aber heutzutage nimmt doch keiner mehr daran Anstoß. Ich meine an dominanten, abenteuerlustigen, aggressiven, kräftigen, mutigen, starken, weltoffenen Frauen. Das entlastet doch auch die Männer und ermöglicht andere Blickwinkel. Nicht?*

Giulia: *Wow. Bin total begeistert, wie du das siehst. Vielleicht sind Amerikaner aber auch anders. Immerhin befinden sich in den USA vermehrt Frauen in führenden Positionen. Leider orientieren sich viel zu viele Frauen in Europa immer noch am traditionellen Frauenbild. Sie ordnen sich dem Mann unter. Auch in der Erziehung werden Mädchen heute noch darauf vorbereitet, sich liebevoll, einfühlsam, gefühlvoll und devot zu verhalten.*

James: *Für mich kommt so eine Frau nicht infrage.*

Giulia: *Es gibt in Europe natürlich auch andere. Bei der Gelegenheit: Kennst du die deutsche Kriegsfotografin Anja Niedringhaus? Eine wahnsinng starke Frau. Sie wurde Anfang 2014 in Afghanistan getötet.*

James: *Zu der Zeit war ich im Irak. Erzähl. Du bringst mich auf andere Gedanken.*

Giulia tippte wieder in Dutzende Chat-Fenster ein: Niedringhaus war eine Kriegsfotografin und Gewinnerin des Pulitzerpreises. In ihrem letzten Interview sagte sie, wie wichtig es sei, in die reellen Lebenswelten von Krieg und Zerstörung einzutauchen. Weil man Wesenszüge von Menschen erfahren würde, die es in den modernen Wohlstandgesellschaften nicht gäbe. Dinge, wie das Teilen, grenzenlose Offenheit, Ehrlichkeit und Gastfreundschaft. Sie sagte, dass sie während ihrer Einsätze in vielen Familien eine Bleibe, Heimat und einen Schutz gefunden hätte. Auf die Frage, ob sie denn keine Angst bei ihren gefährlichen Einsätzen hätte, antwortete sie, dass Angst zu ihrem Job dazu gehören würde. Kriege seien schließlich brutal und menschenverachtend. Doch sie versuche, sich von der Angst nicht einschüchtern zu lassen, weil ihre Reportagen dann gefährdet wären. *Weise und wahr*, kommentierte James und meinte, dass er sich über diese Frau informieren werde.

Giulia: *Die Worte von Niedringhaus verstehe ich gut. Offenheit und Gastfreundfreundschaft habe ich oft auf meinen Reisen in ferne, arme Länder erfahren. Erfahrungen, die jedem verwöhnten Kind in der westlichen Welt für seine Lebenslaufentwicklung guttun würden.*

James: *Apropos Kind, bist du verheiratet? Kinder?*

Giulia: *Geschieden, einen Sohn. Und: wo ist dein Sohn, wenn du im Krieg bist?*

James: *In einem Internat in England.*

Giulia: *Wie heißt das Internat?*

James: *EF Academy in Oxford.*

Giulia: *Das ist ein angesehenes Internat.*

Sie chatteten noch so lange, bis James sich verabschieden musste, weil seine Präsenz in der Militärbasis Bagram erwünscht war. Es war kurz nach Mitternacht und Giulia hatte gerade noch genügend Energie für ein heißes Bad. In der Wanne döste sie vor sich hin und dachte über diesen erfüllenden Skype-Abend nach. James war in einem Kriegseinsatz, mitten in einem spannungsgeladenen Gebiet, in einer hohen, verantwortungsvollen Position. Er musste also über jede Menge mentaler Fähigkeiten verfügen wie Entschlossenheit, Mut, Durchhaltevermögen, um mit diesen Herausforderungen klarzukommen, um Stress und Überforderung zu bewältigen und in einer inneren Balance zu bleiben. James war weder aufdringlich, noch brachte er sexuelles Verlangen ins Spiel. Doch was sie ganz besonders an ihm schätzte: Er war weder Ich-verliebt, noch redete er ständig über seine beruflichen Erfolge, narzisstischen Kränkungen, sondern zeigte an ihren Errungenschaften Interesse, fragte nach ihrem Lebensweg, ihren Erfahrungen. Seine Lockerheit, Energie, Offenheit und Empathie waren für Giulia die reinste Wohltat. All das ließ das Blut in ihren Venen pulsieren. Auch dass er ihr die schönste Vision über die romantische Liebe einhauchen konnte, ihren Sehnsuchtstraum wahr machte: in dem die Partner zu einem größeren Ganzen verschmelzen, Ich-Grenzen überwinden und in eine Wunderwelt eintauchen, ganz nach der Vorlage von Romeo und Julia, Antonius und Kleopatra. Giulia schlief in dieser Nacht in ihrem kuscheligen, weiß-grau gestreiften Pyjama mit dem Song im Ohr *Take me to another place, take me to another land* selig ein.

Es war nicht das erste Mal, dass sie sich verliebt hatte. Und es war nicht das erste Mal, dass sie ein flammendes Feuer in sich spürte. Doch die Verbindung mit James hatte sie mit einer Leidenschaft erfasst, wie sie es lange nicht empfunden hatte.

Hallo Darling, wünsche dir eine schöne Woche. Hoffe, du kommst mit deiner Arbeit voran und deine Kollegen wissen deinen Elan zu schätzen, schrieb er an einem Sonntagabend. Und dann: *Wenn zwischen uns hundert Schritte liegen, und du den ersten Schritt zu mir machst, dann werde ich alle weiteren neunundneunzig Schritte zu dir machen.* Es war dieser Satz, der sie gänzlich unvorbereitet traf und über alle Maßen rührte. Ein Mann mit Ideen, der motiviert war, aktiv zu werden und Initiativen zu ergreifen – das fühlte sich einfach großartig an. Giulia musste ihre Tränen unterdrücken, während sie seine Skype-Nachrichten las, sie wieder und wieder las. An der militärischen Ausbildung lag das nicht, grübelte sie. Denn das Militär bringt jungen Soldaten und Soldatinnen weder Mitgefühl noch romantischen Gefühlsdusel bei, sondern beinharte Tötungskompetenzen. Giulia kannte sich in diesem Metier theoretisch etwas aus und schrieb in einem einschlägigen Fachartikel einmal: „Soldaten müssen lernen, mit Todesangst und Tötungstabus umzugehen. In der soldatischen Ausbildung werden sie dazu befähigt, in gefährlichen Situationen und unter Einsatz ihres eigenen Lebens zu töten. Ein autoritärer, militärischer Führungsstil sorgt dafür, dass sich in der Truppe Gemeinschaftsgefühl, eine starke Wir-Identität und strategisches Handeln verankern. Treue, Tapferkeit, Ritterlichkeit, Ehrlichkeit, Opferbereitschaft, Selbstlosigkeit zeichnen den soldatischen Code aus. Dieser hilft Todes- und Verstümmelungsängste zu überwinden, garantiert Gehorsam vor höheren Dienstgraden und eine absolut kritiklose Befehlsausführung." Wenn man so will, reflektierte sie, ist der soldatische Code eine Schutzweste und Lebensversicherung zugleich. Die schlechte Nachricht aber ist, dass der Code Fremdheit sich selbst und anderen gegenüber und den Verlust von Empathie zur Folge haben kann. So ist für Soldaten eine angemessene Psychohygiene nach kriegerischen Einsätzen immens wichtig, um zu sich selbst zu finden und Mit-Menschlichkeit zurückzugewinnen.

James machte auf Giulia einen davon vollkommen unbelasteten Eindruck, was sie als gutes Zeichen für ein ausgewogenes Seelenleben deutete. Er schien innerlich zu großer Souveränität gereift, stand über den Dingen, bewahrte sich einen festen Charakter, führte sie sich gedanklich vor Augen.

An einem Sonntagmorgen, nach einem ausgiebigen Frühstück, ließ sich Giulia eine Badewanne ein, während sie den Handyanruf von Mara entgegennahm. „Hey, Giulia, schon wach?", scherzte Mara und beklagte sich über das langanhaltende Regenwetter in London. „Genau deshalb", fuhr sie fort, „werden wir unsere Flitterwochen in Dubai verbringen, um genau zu sein, in einem Beduinen-Camp in der Wüste von Ras al Khaimah. Ähm, mit Kamelen und einer Feldküche. Anschließend fahren wir ins Cove Rotana Resort ans Meer." Mara war in Fahrt und nicht zu bremsen. Noch aufgeregter sagte sie, dass die Beziehung zu Linda viel mehr sei, als sie es sich jemals erträumt hätte. „Was ist, hörst du mir überhaupt zu?", raunte sie auf einmal in Giulias Ohr. „Bin ganz baff. Ähm, und ja, ich höre zu." Giulia klang zuvorkommend, wenn auch zurückhaltener als sonst. Sie setzte sich auf den Wannenrand, drehte den Wasserhahn zu und fragte Mara hörbar desinteressiert, wann es denn nun in die Flitterwochen gehen soll.

„Wissen wir noch nicht. März oder April nächsten Jahres."

„Hm, noch drei bis vier Monate."

„Ja. Und ich kann es kaum noch erwarten. Hoffe, du kannst es dir einrichten und mit uns feiern. Clarissa und Manuel kommen auch, vorausgesetzt, der Terminkalender lässt das zu. Unterkunft und Verpflegung übernehmen wir."

„Oh. Danke für die Einladung. Im Februar weiß ich, ähm, ob ich es terminlich einrichten kann." Giulia zögerte, ging im

Geist die geplanten Termine mit James durch. Maras Einladung überraschte sie. Giulia konnte nicht gerade behaupten, dass sie stark miteinander befreundet waren. Doch noch mehr überraschten sie ihre Empfindungen, die nach dem Telefonat in ihr hochkamen, gegen die sie machtlos war. Sie missgönnte Mara ja nicht ihr Liebesglück, doch etwas neidisch wurde sie schon, da ihr Liebesglück in weiter Ferne war. Man muss schon verrückt sein – anders ausgedrückt – leicht neben der Spur sein, wenn man sich derart verwegen auf so ein Liebesabenteuer einlässt, kommentierte Giulia ihren eigenen Leichtsinn im Stillen, sprach laut aus, sich rechtzeitig zu melden und beendete das Telefonat. Die Entscheidung, ob sie nach Dubai reisen konnte, hing wesentlich davon ab, wann sein Einsatz in Afghanistan beendet war und sich das heißersehnte Treffen realisieren ließ. Giulia streifte ihren Bademantel ab, stieg in die Wanne, tauchte unter und hielt sich die Nase zu. Es war friedlich unter Wasser. Giulia fühlte sich geschützt und geborgen, umgeben von einer schützenden Hülle. Fast so wie beim Tiefseetauchen, weshalb sie länger in dieser Position ausharren wollte, was nicht ging, weil ihre Nase kitzelte und sie gezwungen war, aufzutauchen. Dabei schwappte ziemlich viel Wasser über den Wannenrand, platschte auf den Boden und ihren Bademantel. „Mist", schimpfte sie laut, ließ heißes Wasser in die Wanne nachlaufen und sank erneut bis zum Kinn darin ein. Sie tauchte einen Waschlappen in das warme Wasser, wrang ihn aus und legte ihn über ihr Gesicht. Vor ihrem inneren Auge baute sich ein schemenhaftes Bild auf: Eng umschlungen ging sie am Strand entlang. Mit James. Ihre Füße vergruben sich im Sand und eine erfrischende Brise kühlte ihren Nacken. Er blieb stehen, nahm ihre Hand, strich zärtlich über die Finger, küsste sie. Sie nahm sich den Waschlappen vom Gesicht, öffnete die Augen, ließ Wasser ab, füllte heißes nach und sank zum dritten Mal hinein, in die wohlige Wärme des Badewassers. Als das Wasser abkühlte und sie zu frösteln begann, richtete sie sich auf, griff nach dem trockenen Badetuch auf dem Handtuchhalter, schlang es um ihren Körper und ging barfüßig vom Bad den Flur entlang ins Wohnzimmer. Eine große Sehnsucht nach James übermannte sie.

Sofort fuhr sie den Laptop hoch, öffnete das Skype-Programm und checkte seinen Anwesenheitsstatus. Offline. Enttäuscht ging sie ins Schlafzimmer, zog sich eine herumliegende Jeans an, darüber einen langen Kaschmirpullover mit Kapuze, löste den Haarknoten, schüttelte den Kopf und fuhr mit den Fingern durch ihre lockige Mähne. Dann ging sie zurück ins Wohnzimmer und checkte erneut. James war immer noch offline. Sie lief ans Fenster, setzte sich, stand auf, sah in den Garten, während sie darüber nachdankte, wie der Anwesenheitsstatus von James ihren Alltag, ja ihr Leben im Griff hatte und ihr ganzes Sein vom Sehnen nach ihm durchdrungen war. In wenigen Wochen war Weihnachten, und draußen herrschten milde Temperaturen. Im Garten blühten sogar rote Strauchrosen. Auf dem Weg die Küche, erklang endlich der sehnsüchtig erwartete Skype-Ton aus ihrem Laptop. Giulia eilte zum Schreibtisch, sah, dass James eintippte: *Bist du da? Bist du da? Bist du da? Ich muss mit dir reden, bohrende Gedanken loswerden.* Die Dringlichkeit seiner Nachrichten überraschte sie. Da ihr seine Stimmung zu angespannt vorkam, sie sich nicht darauf einlassen wollte, bat sie ihn, sein Anliegen zu verschieben, *Kein Problem Schatz. Ich bin froh, dass du so offen mit mir sprichst. Weißt du überhaupt, wie viel du mir bedeutest?*

James machte ihr keine Vorwürfe, stattdessen umschmeichelte er sie mit verständnisvollen, sanften Worten, schickte dutzende Emojis, was einem harten Kerl so gar nicht ähnlich sah. In einem Militärumfeld können die Männer doch nicht ihre weichen, verletzbaren Wesenszüge preisgeben, aus lauter Angst vor Gelächter, Gesichtsverlust und anderen Gemeinheiten. James tat das. Und schien sich nicht weiter darum zu kümmern. Offen konnte er über seine Gefühle sprechen – auch seine Traurigkeit ausdrücken, wenn er von seinem Sohn sprach, den er nahezu zwei Jahre nicht besuchen konnte. Anthony kannte Giulia aus den vielen Erzählungen seines Vaters. Und auf den Fotos, die ihr James schickte, war eindeutig zu sehen, dass sich die beiden gut verstanden. Giulia lehnte sich auf ihrem Bürostuhl zurück, drehte sich von rechts nach links. Ihr Blick fiel auf das Acrylgemälde an der gegenüberliegenden Wand, auf dem der Maler eine moderne

Frau gekonnt wiedergibt, dachte sie anerkennend – eine Frau, die ihren Weg geht, furchtlos zu neuen Ufern aufbricht, Scheitern einbezieht. Weil niemand ohne Risiken leben kann. Weil alle Menschen an dem Punkt scheitern werden, wenn Gewohntes und Altes zusammenbricht, selbst die allergrößten Denker. Die Frau wirkte selbstbewusst. Giulia blickte in ihr eigenes Gesicht, nur zu gut wissend, dass diese Frau nichts davon hält, Tag für Tag, Jahr um Jahr dasselbe zu tun und mit denselben Menschen zusammen zu sein. Und diese Frau hatte sich nun wie ein Teenager in einen Mann verliebt, der ihr – wenn sie das Ereignis distanziert betrachtete, was ihr momentan nicht gelang – völlig unbekannt war. Doch was diesen Mann auszeichnete: Er war greifbar, unmittelbar greifbar. Via Skype. Das Gefühl, bei sich selbst und am richtigen Ort zu sein, konnte Giulia dann nicht mehr verleugnen.

Uns alle erfasst doch die gleiche Angst, überlegte sie, währenddessen sie still und in sich gekehrt auf dem Bürostuhl sitzen blieb, wenn wir darüber nachdenken, wer oder was am Ende unseres Weges übrig bleiben wird. In Giulias Leben gab es Menschen, die nicht mehr wegzudenken waren. Jetzt, und in jedem einzelnen Augenblick, den sie mit James im Internet verbrachte, sich zurückzog in ihre eigenen vier Wände, ließ sie diese Menschen aber achtlos zurück. Seit Wochen konzentrierte sie sich nur auf James, auf der Suche nach dem neuen Leben, der neuen Identität, bereit, das Alte hinter sich zu lassen, unerreichbar für andere. Giulia ging im Wohnzimmer herum und entdeckte in einem Glasregal ein dickes in Leder eingebundenes Notizbuch – eines von vielen, die überall in der Wohnung herumlagen. Im Stehen blätterte sie eine Seite nach der anderen um, vertiefte sich in das, was sie darin aufgeschrieben und sich angesammelt hatte: handgeschriebene Zettel, statistische Daten, Berichte, Fachartikel, Fotos. Sie fand Notizen, auf denen kommentierte Textstellen aus verschiedenen Büchern samt den Namen von Autoren standen, Zitate und Verse von berühmten Schriftstellern und Philosophen. Manche Stellen waren mit bunten Stiften markiert. Andere mit eigenen Gedanken angereichert. Handschriftlich, was nicht immer leserlich war. So manches wirkte, wie wenn die Hand den Gedanken nicht hinterherzukommen schien. Sie las: *Womit hast du es in deinem Leben zu tun?* Gleich daneben: *Ist doch egal. Bleib, wer du bist, wer du sein musst.* Auf einer anderen Seite stand in Großbuchstaben: MAX. Der Name stand für eine junge Beziehung in den Zwanzigern. Es war eine erdrückende Liebe. Damals blieb ihr nur die Flucht. Bilder aus dieser Zeit wirkten heute unwirklich, so, wie wenn es diese Beziehung nie gegeben hätte. Und doch blieb ein schaler Nachgeschmack zurück, etwas, das sie bis heute in nahen Beziehungen verfolgte: Vereinnahmung und Besitz.

Die kommenden Tage waren nervenaufreibend. Nicht, weil sie zu viel Stress mit der Arbeit hatte, nein, daran war sie seit Jahr und Tag gewöhnt. Es ging um sehr viel mehr, darum, dass sich James nicht meldete. Er war wie vom Erdboden verschluckt. Bald wird er sich wieder melden, beruhigte sie sich, als sie zum gefühlten hundertsten Mal versuchte, ihn über Skype zu erreichen. Die Situation fühlte sich bedrohlich an, gelinde gesagt, ziemlich mies. Giulia hatte Angst um sein Leben, davor, diese einzigartige Liebe wieder zu verlieren. Zu allem Übel gesellten sich zu dieser misslichen Lage täglich neue Schreckensmeldungen über Terrorattacken und Bombenangriffe in Kundus, Kunar, Paktika – über Orte in Afghanistan, an denen unentwegt Menschen getötet wurden und sich laufend neues Unheil zusammenbraute. Sie musste etwas tun, sich Erleichterung verschaffen. Im Online-Magazin *Military Times* informierte sie sich über die Lage vor Ort. Das hatte ihr James empfohlen. Sie erfuhr, dass neue Bodentruppen aus den USA nach Afghanistan geschickt wurden, dass die Mehrheit des US-Militärs die Arbeit von ihrem Oberbefehlshaber negativ einschätzte. Weil es ihm nicht gelungen war, ein Vertrauensverhältnis zu seinen Generälen aufzubauen. Und weil seine Entscheidungen für die Reduzierung der Truppen falsch gewesen waren und sich deswegen die Sicherheit im Land, die der Menschen und des Militärs verschlechtert hatte. Es sei sogar vorgekommen, dass Generäle seinen Befehlen nicht folgten. Wegen der gefährlichen Lage am Hindukusch rissen die öffentlichen Debatten über eine Aufstockung der Einheiten für Nato-Trainingsmissionen in jenen Tagen nicht ab. Auch in Deutschland wurde heftig darüber diskutiert, und es wurden Forderungen nach mehr Schutz für afghanische Rekruten und ihre Ausbilder gestellt, nachdem sich erneut Taliban-Anschläge auf diverse Trainingszentren ereignet hatten. Oft entgingen die Soldaten nur um Haaresbreite dem Tod. Auch die Forderung der Amerikaner an die Nato, mehr afghanische Soldaten auszubilden, blieb ein Streitthema, über das ausschließlich hinter verschlossenen Türen debattiert wurde.

Als Giulia aufgehört hatte zu lesen, bekam sie es mit allerlei Ängsten zu tun. Singen soll helfen, sagt der Volksmund. Auch Majorn und Oregano. Sie sang von The Chainsmokers: „I need you right now. So don't let me, don't let me, don't let me down", flehte James in Gedanken an, sich zu melden. Die Angst sie könnte ihn verlieren, fraß an ihr. Nichts war davon zu spüren, von dem, was zwischen ihnen war. Das Blut pulsierte in ihren Adern, pochte in den Schläfen, rauschte in ihren Ohren. Das Herz raste, die Anspannung wuchs. Alles, einfach alles in ihrem Körper und Kopf war in großer Unruhe. Jetzt half nur noch eins: Ran ans Limit. Vergiss ihn! Auch wenn das Ausbleiben von Nachrichten nicht zwangsläufig seinen Tod bedeuten musste, multiplizierten sich ihre Sorgen. Während sie wartete und auf sein Lebenszeichen hoffte, steigerte sich ihre Nervosität ins Unendliche. Erst jetzt wurde ihr bewusst, was Angehörige bei der Einberufung eines geliebten Menschen in ein Kriegs- und Krisengebiet erleiden, und wie der Faktor Zeit zur alles entscheidenden Währung wird: Zeit, die ungenutzt bleibt. Zeit, die vergeht und wir zuschauen, als ginge es uns nichts an, wenn Städte und Dörfer in der Ferne zerbomt, Menschen ausradiert werden, verdursten, verhungern. Zeit, in der man sich hätte noch so vieles sagen können. Provinziell ist dann nicht mehr nur jenes Denken, das nicht über die eigene Örtlichkeit hinausreicht, die Nachbarschaft, die Gegend, in der man wohnt. Provinziell ist dann jede Vorstellung, die nicht über die Gegenwart hinausreicht, die nicht die nächsten Tage, Wochen, Monate und Jahre visualisieren kann, auch wenn man das Schlimmste befürchten muss, nämlich, einen geliebten Menschen zu verlieren.

Die erlösende Nachricht kam an einem Donnerstagabend im Dezember via E-Mail: *Mir geht's gut, Honey. Ich war sehr unglücklich, dass ich mit dir nicht chatten, mich nicht melden konnte. Zwischen uns hat sich nichts geändert. Ich träume jeden Tag von dir – von der Frau, die all das hat, wovon andere Männer träumen. Im Krieg, um auf dieses Thema zu kommen, gibt es ständige unvorhergesehene Situationen, auf die ich mit meinem Stab reagieren muss. Manchmal muss ich abtauchen, rücksichtslos und egoistisch vorgehen. Alles hinter mir lassen.* Es waren berührend offene Worte. Die Worte eines Mannes, der wusste, wovon er sprach, den sie ganz bestimmt nicht als provinziell bezeichnen konnte. Der auch wusste, wie unverzichtbar ein katastrophisches Gehirn für das Überleben ist, wie dringlich es ist, die Zeit als existentielle Währung in einem Krieg oder in einer anderen Krise zu verstehen. Die Logik einer Kriegsführung kann sich nicht aus solidarischen, mitmenschlichen Motiven speisen, keine Rücksichtnahme für den Feind einfordern. Kaltes Kalkül ist vonnöten. Das hat ein Krieg und jede andere existenzielle Krise Alltagskonflikten voraus. Es war diese totale Dringlichkeit. Giulia konnte die Katastrophen des Krieges nicht mehr wegdenken und spürte am eigen Leib die Notwendigkeit, sofort zu handeln. In seiner Lage blieb ihm wahrlich nichts anderes übrig, als egoistisch zu handeln. Nicht ohne Grund werden Generälen und hohen Offizieren deshalb auch narzisstische Wesenszüge zugeschrieben. Ausgeprägte Egos können bei diesen Männern also durchaus vorkommen. Und das sei nicht nur schlecht, schreibt Craig Malkin, der in *Der Narzissten-Test* die Vorteile persönlicher Überschätzung unter die Lupe nimmt. Seine einfache Formel lautet: Wer mehr von sich hält, von dem halten andere mehr! Außerdem leisten charismatische Persönlichkeiten, die sich für etwas Besonderes halten, oft auch Besonderes: Sie sind kreativer, enthusiastischer, wirken anziehender auf andere. Narzissmus ist nicht nur negativ, zumal sich damit das Durchsetzungsvermögen und Selbstbewusstsein steigern lassen. Außerdem würde die Überschätzung der persönlichen

Kompetenzen Überlebende von Katastrophen in eine bessere psychische Verfassung bringen – besonders nach kriegerischen Einsätzen soll das für Generäle und Offiziere hilfreich sein, die nicht nur soldatische Tugenden, Gewissenhaftigkeit, Tapferkeit, Disziplin vorleben und diese in der Truppe aufrechterhalten müssen, sondern sie vielmehr mit den Gefahren für Leib und Leben in Einklang bringen müssen. Überdurchschnittliche Leistungen, ein starkes Selbstvertrauen, Intelligenz, Werte, Ehre, Dominanz, die Befähigung zur Situationsanalyse und Verhaltensflexibilität seien deshalb Eigenschaften, die ein *General of the Army* der Vereinigten Staaten mitbringen muss, wenn er in diesem Job überleben will. Ein gesunder Narzissmus muss auch dafür herhalten, um sich selbst wieder aufzurichten, wenn Komplimente und Zuwendung aus der Lebensumgebung fehlten. All das stimmte Giulia durchaus nachdenklich und sie überlegte, in welchem Ausmaß sich diese Eigenschaften bei James bereits ausgeformt hatten. Und inwieweit er im Stande war, sich nach einem militärischen Einsatz wieder selbst aufzurichten, während sich der normale Alltag bei zig Millionen Menschen auf der Welt einfach nur weiterdreht, unberührt davon, was an Katastrophen überall auf der Welt geschieht. Das Beste an Malkins Forschungen aber war für Giulia, dass Menschen, die sich überdurchschnittlich kompetent einschätzen, auch geselliger, glücklicher, oft gesünder sind und sogar häufig die besseren Liebesbeziehungen führen.

Nachdem sich James wieder gemeldet hatte, überkam sie ein beglückendes Gefühl, wie man es empfindet, wenn man einen alten Liebesbrief liest oder ein Foto aus einer längst vergangenen Zeit betrachtet. Giulia suchte nach einem passenden Chill-out-Song auf ihrer Playlist für diesen Gemütszustand. Sie entschied sich für: *Touch me, stay with me, love me baby, I will wait for you, hold me close*. Sie tanzte durch die Wohnung, knipste sämtliche Lichtquellen in der Wohnung an, hüpfte von einem Bein auf das andere. Sie klappte den Wasserkocher auf, füllte Wasser hinein, stellte ihn zurück auf den Sockel und schaltete diesen mit dem Hebelschalter an. Sie holte ihre Lieblingstasse aus dem Schrank und goss Kräutertee auf. Während sie sich gerade einschenkte, donnerten Sykpe-Nachrichten herein, eine nach der anderen: plopp, plopp, plopp. Sie ließ alles stehen und liegen, rannte mit der dampfenden Teetasse in der Hand ins Wohnzimmer.

James: *Tut mir leid, dass ich mich gestern nicht von dir verabschieden konnte. Ich musste verschiedene Außenposten kontrollieren und Vorbereitungen für den nächsten Einsatz tätigen. Was ich dir aber noch sagen will: Vorgestern reise ich mit meinen Offizieren zu unseren Stützpunkten ins Grenzgebiet Tadschikistan. Am Arsch der Welt, und 12.000 Meilen weit weg von meiner Heimat.*

James: *Es ist zum Weinen, Schatz. Manchmal wissen meine Soldaten nicht, worauf und auf wen sie schießen sollen. Die reine Hölle. Muss hier raus, Urlaub machen. Vermisse dich. Bitte bleib online. Brauche deine Nähe. Liebe dich, James.*

Giulia: *Heimat. Wo ist die denn? Wie gehst du nur mit diesem Wahnsinns-Stress um?*

James: *Meine Heimat ist Tampa, Florida. Geht schon. In Stresssituationen reagiere ich normalerweise ruhig. Aber manchmal bin auch ich am Arsch. Es sind Dinge, die nie aufhören, die immer wiederkommen.*

Giulia: *Hui, Tampa? Kenn' ich. Freunde wohnen dort. Von welchen Dingen sprichst du?*

James: *Von meinen Albträumen, Drohanrufen, vom Tod einzelner Soldaten und Kameraden. Von Binnenflüchtlingen, denen wir nicht helfen können, die ständig bei uns anrufen, um Schutz bitten. Generäle sind nicht beliebt. Sie haben die Macht, zu zerstören, und sind bekannt dafür. In diesem Krieg habe ich viel gesehen. Zu viel. Es reicht.*

Giulia: *Was tust du gegen diesen Stress?*

James: *Schweigen, Schweigen und nochmal Schweigen. Fitness. Wegdrücken. Reden. Mit dir, jetzt. Hey, du bist eine gute Psychologin.*

Giulia: *Ein Mann, der über seine Gefühle reden kann, hat viel für sich erreicht. Der Krieg ist nicht mein Geschäft. Ich jage nichts und niemanden in die Luft.*

James: *???*

Giulia: *Mein Vater war auch im Krieg. Unteroffizier. Ihm blieb nichts erspart.*

James: *Was meinst du genau?*

Giulia: *Hm.*

Da sie sich an herzlich wenig erinnern konnte, wusste sie erst nicht, wo anfangen. Ihr Vater hatte fast nichts erzählt, wenn doch, dann unvollständig und lückenhaft. Einmal war das allerdings ganz anders. Nach dem Mauerfall reisten sie zusammen in das Land seiner Kindheit. Der heutigen Tschechoslowakei. Und als er nach geschätzten fünfundfünfzig Jahren zum ersten Mal wieder vor dem großen Eingangstor zum elterlichen Haus stand und voller Staunen wahrnahm, dass sich nichts verändert hatte, wurde er sehr gesprächig. Giulia zögerte, Erinnerungen kamen zurück. Wie bei einer Zeitreise sprang sie – hops – in das Leben ihres Vaters hinein.

Giulia: *Kaum 20, absolvierte er eine Offiziersausbildung bei den Gebirgsjägern auf der Zugspitze. Die Tage waren lang, die Nächte kalt. Er lernte, feindliche Gebiete abzusichern, schwierige Schusssituationen auf große Distanzen zu bewältigen, die normalerweise Scharfschützen vorbehalten waren, Feinde aufzuspüren, Wetterbedingungen herauszuarbeiten, unvorhergesehene Gefahren, Lawinen oder Sprengsätze, abzuschätzen.*

Giulia: *Er lernte den Respekt vor der Natur, die ihm abverlangte, auf harte Bedingungen zu reagieren und Probleme zu lösen, wie die sicherste und kürzeste Tour zum Gipfel zu finden, wenn die Truppe vom Weg abgekommen war. Jeden Tag meisterte er neue Herausforderungen, auf die er sich flexibel und entschlossen einlassen, den Endpunkt, das Scheitern akzeptieren, Trägheit und Untätigkeit überwinden musste.*

Giulia: *Auch musste er lernen, sich selbst zu motivieren, wenn sich ihm Probleme in den Weg stellten. Mein Vater war voll einsatzfähig und ausgebildet im Umgang mit schwierigen Situationen. Als Gebirgsjäger überwand er Schluchten und Hänge – konnte ausharren, körperliche und seelische Strapazen ertragen, Ermüdungserscheinungen und Verletzungen überwinden.*

Giulia: *Noch während seiner Ausbildung wurde er nach Russland in den Krieg geschickt. Seine Eltern, Geschwister, Neffen, Nichten flüchteten in den Westen – nach Frankreich, Italien, Deutschland. Sie ließen alles zurück: Die Heimat, die Häuser, den Familienbesitz – Arbeit, Freunde, Nachbarn.*

Giulia: *Mein Vater war Mitte Zwanzig, als er in französische Gefangenschaft geriet. Während eines Fronturlaubs hatte er meine Mutter kennengelernt, die in polizeilicher Verwahrung war, weil sie Flüchtlingen geholfen hatte. Mein Vater besaß nichts, außer seiner Kleidung am Leib, als er aus der Gefangenschaft zurückkehrte.*

Giulia: *Elf Jahre wusste er nicht, wo seine Eltern und Geschwister waren, ob und wo sie lebten. Nach dem Krieg baute er sich ein neues Zuhause auf. Die Kriegserlebnisse verarbeitete er auf seine Weise. Im Stillen, überwand innere Talsohlen mit Willenskraft und Tatkraft. Ohne Erinnerung kann man leben, aber nicht ohne Vergessen, sagte Viktor Frankl, der mehrere KZs im zweiten Weltkrieg überlebte, auch Auschwitz, sich später für Versöhnung einsetzte und weltweiten Ruhm erlang. Vergessen musste mein Vater viel.*

Giulia: *Als Steinmetz trat er schließlich in die Fußstapfen seines Vaters und meines Großvaters, der in Pilsen einen Steinmetzbetrieb führte.*

Während sich beim Schreiben ihre Tränen mit der Wimperntusche vermischten, spürte sie eine schier unbezwingbare Sehnsucht nach ihrem Vater in sich aufkommen. Sie vermisste ihn, seine Güte, sein Herz. Und jetzt wurde einiges von dem, was vergangen war und sie einem wildfremden Mann anvertraute, wieder ein Stück weit lebendig – in ihr. James, der ihre Rührung bemerkt hatte, fing sie liebevoll auf und schrieb: *Lass alles aus dir heraus, was heraus muss. Das hilft. Doch versprich mir, dass du ohne Tränen weiterschreibst und deine Erinnerungen fortziehen lässt. Apropos: Heutzutage kämpfen Gebirgsjäger an vielen Fronten, auch in Afghanistan.*

Die Nachrichten flitzten über den Bildschirm, und als dann das gefühlte 24ste Häppchen durch war, fühlte es sich an, wie wenn sie Steine den Berg hinaufgetragen hätte, sie sich von etwas befreien konnte, was nicht vergessen war. Giulia war müde und verabschiedete sich von James mit den Worten, dass sie sich ausruhen müsse. Sie war im Begriff, das Skype-Programm zu schließen, als eine Nachricht von Manuel hereinkam. *„Hast du Zeit?"*, fragte er. Normalerweise freute sie sich daüber. Doch heute war das anders. James hatte ihr empathisch zugehört, wodurch ein Gefühl tiefer Vertrautheit entstand. Für ein Alltagsgespräch fehlte ihr die Motivation. *Bin ziemlich beschäftigt. Melde mich,* schrieb sie zurück. Giulia trank ihren Tee aus, der kalt war, und setzte sich aufs Sofa. Sie stöpselte sich Kopfhörer in beide

Ohrmuscheln und öffnete eine Meditations-App. Dem wohligen Gefühl gab sie Raum, ließ sich von der Meditationsmusik fortziehen und tauchte in eine innere Leere hinein. Sie fühlte sich wunderbar entspannt, merkte, wie sich ihre Energietankuhr auffüllte, sie mit frischer Lebensenergie ausstattete. Was ich tatsächlich bin, spielt sich nicht im Äußeren ab, nicht in der Frisur, nicht in der Kleidung, nicht in der Wohnung, der Automarke, den weißen Zähnen, dem makellosen Körper. Das, was ich wirklich bin, erkenne ich in dem, was ich sage, wie ich es sage. In der Gestik und Mimik. In der Haltung zu mir selbst und zur Welt – mitten im prallen Leben, mitten in der Stille. Was wirklich in mir vorgeht, was sich in mir auflädt, wird erst sichtbar, wenn ich verstumme, vollkommen vertraue, mich loseise von Ängsten und Kontrolle, dachte sie. Wenn es einem Menschen aber gelingt, mein Herz tief zu berühren, Dinge und Ereignisse aus meinem innersten Kern hervorzuholen, so wie es James vermochte, dann ist etwas Großartiges geschehen, etwas, wovon Psychologen und Psychoanalytiker träumen, dass es ihnen in ihren Therapiestunden gelingen würde. Giulia fragte sich, wie viel von ihrem Vater in ihr steckte. War es die Fähigkeit, zu scheitern und neu zu beginnen? Ihr Vater war ein unabhängiger Geist, der eine klare, ehrliche Sprache verlangte und über eine natürliche Autorität verfügte. Sein Wort hatte Gewicht. Anerkennung und Liebe drückte er beim Heimwerken oder Bauen am Haus, bei der Gartenarbeit aus. Und dann, wenn er Giulia seinen Autoschlüssel in die Hand drückte und augenzwinkernd sagte: „Pass ja auf dich auf!" Ihr Vater sorgte für lichtdurchflutete Zimmeratmosphären in einem großen 3-Generationen-Familienhaus, in dem ständig neue Räume, größer, heller, schöner, entstanden waren. Fünfmal zog sie schon als Kind und Jugendliche darin um, konnte sich vom Alltag der Familie und lästigen Verwandtschaftsbesuchen zurückziehen. Frühere Männergenerationen zeigten nicht offen ihre Gefühle. Sie schafften alles allein, im festen Glauben, das auch tun zu müssen, genossen Freiräume in den Familien, für das, was sie wirklich tun wollten: Bauen, Heimwerken, im Wohnzimmer rauchen, sich mit Kameraden am Stammtisch austauschen, sonntägliche Ausflüge mit der Familie unternehmen. Die früheren Männergenerationen wechselten auch keine Windeln. Sie kochten und putzten nicht, sondern gingen hinaus in die Gesellschaft, unternahmen Alleingänge. Heutzutage müssen sich Männer diesen Freiraum erkämpfen, nicht selten darum betteln, für eine Auszeit vom Stress in Alltag und Beruf. Moderne Männer sind fürsorgliche Väter, merken aber wie schwer es ist, Familie und Beruf unter einen Hut zu bringen. Gewissenskonflikte sind vorprogrammiert. Einerseits können diese Männer den Missmut der Kollegen auf sich ziehen, wenn das Kind krank ist, sie zu Hause bleiben, oder wenn sie die morgendliche Konferenz in der Firma verpassen, weil der Lesekreis in der Kita länger gedauert hat. Da Männer über den Beruf und die Karriere definiert werden, können ihnen auch Ansehens- und Einkommensverluste am Arbeitsplatz nach der väterlichen Elternzeit drohen. Überdies müssen sie sich ihre Position in der Vaterrolle noch immer mühsam erkämpfen und sich gegen ihre Frauen durchsetzen.

Jeden Morgen meldete sich James, schrieb, wie froh er wäre, sie im Internet gefunden zu haben. Schon vor dem Frühstück und sobald sie bei Skype online war, empfing sie seine Nachrichten, dass sie auf sich aufpassen und sich bei der Kältewelle, die gerade in Europa herrschen würde, warm anziehen solle. Zwar fand Giulia seine Fürsorge doch etwas übertrieben, empfand sie dennoch liebevoll, nicht schwülstig. Er schrieb keine sentimentalen Sätze, durch die sie peinlich berührt war, vielmehr gab er gut gemeinte Ratschläge, wie sie zwischen zwei Menschen nun mal vorkommen können, die eine Beziehung aufbauen. James flößte ihr weder Angst ein, noch bedrängte er sie auf irgendeine Art. Sie schien bei dem Mann angekommen zu sein, der mit einer freigeistigen Karrierefrau zurechtkommen konnte. Seine Fragen und Antworten und humorvollen Kommentare fühlten sich gut an, sodass sie langsam begann, ihr altes Leben und die alten Gewohnheiten abzustreifen, Schicht für Schicht wie eine Schlangenhaut. Sie ließ Verabredungen platzen, hob vereinbarte Treffen mit Freunden und Familienmitgliedern auf, zog sich aus ihrem sozialen Leben zurück. Niemals sollte auch nur ein Hauch von dem vollkommenen Glück in die Welt hinausdringen. Und niemand sollte sich einmischen. Sie verschmolz mit James, fand daran so ziemlich alles attraktiv, auch wenn sie weder seine Stimme noch seinen Gang, sein wahres Gesicht, noch sein persönliches und berufliches Umfeld kannte. Aus Sicherheitsgründen wurden ihm Video-Anrufe inzwischen komplett untersagt. Wofür Giulia Verständnis hatte. Allein die Gewissheit reichte ihr, dass es einen Mann gab, der verfügbar war, auf sie einging, sie nicht bedrängte – und der ihr nicht langweilig wurde. All das war stärker als ihr Verstand. Sobald eine neue Skype-Nachricht eintraf, war es um sie geschehen, egal wo sie gerade war, egal womit sie beschäftigt war. Im Bett, im Bad, am Schreibtisch – im Zug, in der U-Bahn, im Café. Sein Einfluss war allgegenwärtig – mächtig und unsichtbar. Sie liebte die neuen Gewohnheiten, was dazu führte, dass sie sich nicht nur ein gemeinsames Leben mit ihm vorzustellen begann, sondern konkrete Pläne schmiedete. Auch wenn Beziehungsroutinen nicht ihr Ding waren, sie sich normalerweise nicht vereinnahmen ließ, war das plötzlich keinen Pfifferling mehr wert. Jetzt sehnte sie sich nach ganz gewöhnlichen Tagesroutinen, nach wohlbehaglicher Bequemlichkeit und trauter Zweisamkeit. Sie sehnte sich nach all dem, was in der Liebe normal war, wozu sich Menschen tagein, tagaus, jahrein, jahraus entscheiden. Menschen brauchen Gewohnheiten, behauptete Nietzsche. Ohne sie wäre das Leben unerträglich, weil man immerzu improvisieren, sich verausgaben und in einen Zustand totaler Erschöpfung kommen würde. Mark bestätigte ihr diese Sichtweise indirekt, indem er hervorhob, nur eine Stunde pro Tag improvisieren zu können. Ansonsten verbringe er die Zeit am Klavier mit üben und üben. Er sagte: „Man übt erst drei neue Töne einer Partitur, bis man sie kann. Dann zwanzig, dann alle. Eine Partitur perfektioniert man bis zum Lebensende." Mark beschrieb diesen Prozess als die einzig real existierende Welt von Künstlern. Beim Klavierspielen würde er nicht merken, wenn ihm jemand kaltes Wasser über den Kopf schütten oder das Haus über ihm einstürzen würde. „Verhält es sich nicht genauso in langjährigen Beziehungen?", fragte ihn Giulia darauf und zielte auf das ‚sich stark aneinander gewöhnt haben' ab und dass man dann auch nicht mehr wahrnehmen würde, wenn das ‚Beziehungshaus' brennen würde. „Mit dem Unterschied", lachte Mark lauthals, „dass eine lange Beziehung einen niemals in einen Zustand der völligen Vertiefung und des restlosen Aufgehens führen kann." Mark und Giulia waren sich darin einig, dass man sich von starren Gewohnheiten im Zeitalter von Globalisierung und Digitalisierung verabschieden, sich und seine Verhaltensweisen ständig hinterfragen muss. Was jedem Menschen viel abverlangen würde, da Gewohnheiten das menschliche Verhalten prägen, sich mit der Zeit verfestigen und im Gehirn als Erinnerungen abgespeichert werden. Aus diesem Grund sind Gewohnheiten auch als die zweite Natur des Menschen bekannt, die dafür sorgen, dass Menschen einem festen Lebensprogramm folgen und sich keine Gedanken darüber machen, dass das Leben auch anders ablaufen kann.

„Starre Gewohnheiten sollte man also tunlichst vermeiden", reflektierte Mark, „sie versklaven und mauern uns ein, unser Denken und unser Handeln. Dann sind Roboter den Menschen bald voraus."

„Nietzsche präferiert wohl deshalb die kurze Gewohnheit. Weil dabei der Glaube an das Ewige nicht entstehen kann und eine Gewohnheit einfacher durch eine andere ersetzt werden kann. Bei kurzen Gewohnheiten erstarren wir nicht in stupiden Tagesabläufen. Wir bleiben im Fluss, sind offen für neue Begegnungen und Erfahrungen", fasste Giulia zusammen, innerlich zufrieden, weil sie sich diesem Ansatz verschrieben hatte. Was angesichts dessen verwunderte, dass sie sich den sich wiederholenden Abläufen im Chat-Liebestrott mit James in keinster Weise widersetzte, sie nichts Einengendes daran fand, wenn sie miteinander Stunde um Stunde im Skype-Chat verbrachten. Und sie sich mit sprudelnder Begeisterung alles Mögliche erzählten.

James: *Ich sitze in einem Zelt. Schummriges Licht, stickige Hitze. Die ganze Nacht hörte ich mir an, was meine Offiziere zu sagen haben, was ihnen Sorgen und Ängste bereitet. Wo sollen wir Stellung beziehen? Wie sollen wir uns verschanzen. Auf Dächern, in Höhlen, in Kellern? Meine Männer befürchten, dass die Taliban nicht kämpfen, sondern Bomben zünden werden.* Getarnt als Selbstmordattentäter, mit Sprengstoff beladenen Fahrzeugen – dann das verfluchte Kopfweh, die Müdigkeit und Schlappheit.

Giulia: *Trink starken Kaffee mit einem Schuss Zitrone. Dein Kopfweh wird sofort weg sein. Was anderes: Kennst du den US-General Frederick Hodges, den derzeitigen Kommandanten der US-Landstreitkräfte in Europa?*

James: *Oh, mach ich. Danke für den Tipp. Hodges? Weshalb sollte ich den Mann kennen?*

Giulia: *Dachte, dass sich die Generäle aller US-Streitkräfte untereinander kennen.*

James: *Nicht wirklich.*

Giulia: *Was mir Sorgen bereitet. Na ja, was passiert eigentlich, wenn die Taliban plötzlich vor deinem Zelt stehen?*

James: *Wollen wir doch nicht hoffen. Weiß selber nicht, wie ich darauf reagieren würde. Weiß nur, dass ich bereit bin, an den Sieg in diesem gottverdammten Krieg zu glauben.*

Giulia: *Dein Gesicht würde ich jetzt gerne sehen. Spontan fällt mir dazu ein: Wenn einen das Schicksal nicht zum Lachen bringt, dann hat man den Witz nicht kapiert. Den Satz habe ich mal gelesen.*

James: *Bald. Schatz. Bald werde ich leibhaftig vor dir stehen.*

Aber, was heißt das schon wieder, das mit dem Schicksal? Soll ich den Krieg leichtnehmen? Weglächeln?

Giulia: *Vielleicht. Wer weiß das schon. Vielleicht überlebt man gerade aus diesem Grund in einem Krieg und in anderen Krisen.*

Giulia: *Was anderes. Was hältst du von Gleichberechtigung?*

James: *Dein Lieblingsthema, was? Meine Antwort kennst du. Geht es um Gleichberechtigung, darf ein Mann einen Menschen nicht außer Acht lassen: Die Frau. Ein starker Mann will eine starke Frau. Und ein starker Mann wächst mit einer unabhängigen Frau.*

James schickte ihr ein Magic-Keyboard, auf dem Emojis tanzten und eine Melodie der romantischen Verführung wiedergaben. Sie flüsterten ihr ins Ohr, dass sie nichts zu befürchten hätte, und sie sich auf diese Liebe wie auf jedes einzelne Kleidungsstück in ihrem Schrank verlassen kann. Und doch verlief zwischen ihnen ein unsichtbarer Graben. Während sie sich in einer sicheren Umgebung befand, musste James tagtäglich um sein Leben fürchten. Jeden Moment konnte ein Sprengsatz unter seinen Füßen explodieren, ihn in der Luft zerreißen. Dass die Situation in Afghanistan äußerst schwierig und kompliziert war, dort deutlich mehr US-Soldaten stationiert waren, als öffentlich bekannt war, entnahm sie einem militärischen Fachmagazin. Und dass sich das US-Verteidigungsministerium seit Langem auf die Entsendung von weiteren Tausenden Soldaten vorbereitete, um afghanische Truppen auszubilden und bei einschlägigen Anti-Terror-Operationen zu beraten. Mittlerweile dauerte der Einsatz fast fünfzehn Jahre in einer sich stündlich verschlechternden Sicherheitslage. Dagegen lebte Giulia sorglos in behaglicher Ruhe. Jeden Abend konnte sie sich entspannt ins Bett legen und durchschlafen, sobald es ihre Gefühlsmelange aus Fantasie und Wirklichkeit zuließ. Jeden Morgen wachte sie mit der einzigen unmittelbaren Bedrohung auf, dass sie oft nicht wusste, was sie anziehen sollte, und ratlos vor dem übervollen Kleiderschrank stand, in dem alles fein säuberlich aufgeräumt aufzufinden war. Links hing die Geschäftskleidung: elegante Kostüme und Hosenanzüge, puristische Kleider, fließende Tücher. Rechts die Freizeitbekleidung: Jeans, Leggins, Langarm-Shirts, Off-Shoulder-Pullover, Oversize-Sweatshirt-Kleider. Darunter standen Schuhe, gut und gern ein Dutzend Paar, österreichische, italienische, französische Modelle. Dunkelgrün, grau, schwarz, braun. *Dreams might happen*, dachte sie, als sie mal wieder nach einer passenden Hose und einem Oberteil im Schrank suchte. Danach an den Laptop eilte, um ja keine Online-Minute mit James zu vergeuden. Über Wochen hockte sie nun schon in jeder freien Minute vor dem Bildschirm ihres Laptops oder Tablet-Computers, vor dem Frühstück, nach dem Frühstück, vor dem Abendessen, nach dem Abendessen, bis spät in die Nacht hinein, und tippte wie hypnotisiert ein. Es war ein romantisches Liebesnest, zu dem andere Menschen keinen Zutritt hatten. Und wenn sie doch über einen warnenden Hinweis oder starken Impuls aus ihrem Innern stolperte, verdrängte sie ihn gleich wieder. Längst hatte sie sich für eine gemeinsame Zukunft mit James entschieden. Komme, was wolle. Und längst war sie gefangen in einer gigantischen Liebesblase, in der nichts mehr an sie herankam und nichts in die Außenwelt drang. Giulia erging es wie vielen anderen, die nicht mehr wahrnahmen, was in jedem Detail vor sich ging, mit was und wem sie es zu tun hatten. Das schönste Gefühl auf der Welt, die Verliebtheit, trug sie weit weg, berauschte sie. Einem anderen Menschen konnte sie sich vogelfrei öffnen, ihr Innerstes anvertrauen. Sie fühlte sich sicher, ohne Angst, verspottet, verachtet oder hintergangen zu werden. Und da er ihre Verletzlichkeit nicht missbrauchte, war Giulia voller Trost und Verständnis, als er ihr seine anrührende Geschichte erzählte. Dass er sein ganzes Hab und Gut in einem Koffer bei einer Sicherheitsfirma der Vereinten Nationen in England aufbewahrte, in dem sich seine gesamten Ersparnisse und Geldprämien für erfolgreiche Operationen im Irak-Krieg befanden. Weil die Aufbewahrungsfrist abgelaufen und eine erneute Verlängerung nicht mehr möglich sei, sei er von einem Mitarbeiter der Firma aufgefordert worden, sein Gepäck binnen zehn Tagen abzuholen oder es einer Person seines Vertrauens zuzuschicken. Sollte er diese Frist nicht einhalten können, würde man den Koffer beschlagnahmen. Giulia begriff sofort, dass James mit dieser Sache massiv belastet war und dass er das Gepäck weder nach Afghanistan noch anderswohin verschicken lassen konnte. Seine Frau war tot. Sein Vater ebenfalls. Die Mutter litt an Alzheimer, war im Pflegeheim und nicht ansprechbar. Zu seiner in Japan lebenden Schwester bestand kein Kontakt. Weil derartige Geschichten überall und ständig auf der Welt vorkommen, heile Familienwelten real seltener anzutreffen sind, als man für gewöhnlich annimmt, nahm sie weiter keinen Anstoß daran, zumal sie es gerade selbst mit einer verwandtschaftlich schwierigen Beziehung zu tun hatte. Giulia nahm ihm die Story ab und war zugegebenermaßen auch stolz darauf, dass sich James über persönliche Angelegenheiten mit ihr austauschte, sie einbezog, sie danach fragte, ob er seinen Koffer an ihre Adresse verschicken lassen könne. Und da er seit geraumer Zeit einen Besuch anlässlich seines anstehenden Fronturlaubes bei ihr angekündigt hatte, währenddessen er seinen Sohn in England besuchen wollte, stimmte Giulia bedenkenlos zu. Abgesehen davon, dass sie Gefallen daran fand, etwas aus seiner realen Welt bei sich zu Hause aufzubewahren, holte sie sich weitere

Informationen über die erwähnte Irak-Operation ein und wollte von ihm wissen, wie er dort zu Ruhm und Ehre gekommen war.

James: *Das geschah bei der Operation Goldene Division – einem Einsatz, bei dem im August 2014 eine Spezialeinheit der irakischen Armee unter dem Generalmajor Fadhil al-Barwari den einst überwiegend von Christen bewohnten Ort Bartella, das Tor zu Mossul, zurückeroberte. Dort bildeten wir eine irakische Eliteeinheit aus. Ich war einer der Militärberater. Den irakischen Einheiten stellten wir Einsatzmaterial zur Verfügung: Oshkosh JLTV-Jeeps und Ersatzmagazine, Nebelgranaten für ihre Schutzwesten. Schrotpatronen, um Türschlösser zu knacken.*

James: *Die irakischen Soldaten eigneten sich sehr gut für diese gefährliche Operation. Da sie bereits in Falludscha, Ramadi, Tikrit und in einem Dutzend anderer Städte gegen den IS gekämpft hatten. Für ihre Verhältnisse waren sie gut trainiert und ausgerüstet, um nach Bartella vorzustoßen.*

James: *Im Zuge der Operation zerbombten wir eine vierspurige Brücke, um die Einheit zu unterstützen und den Vormarsch der Dschihadisten aufzuhalten. Leider gab es Verluste, da sich viele IS-Kämpfer in den Häusern verschanzten. Die Hurensöhne ließen Sprengstoff in den Tunneln zurück und zündeten Dutzende von Schwefelfabriken an. Ohne Gasmasken wären wir verloren gewesen.*

James: *Leider schlossen sich viele Dorfbewohner dann dem IS an. Nicht wegen der Ideologie, sondern weil die Menschen nichts mehr zu essen hatten und keine Arbeit. Der IS gab den Männern Geld, damit sie ihre Familien ernähren konnten. Ein gefährlicher Teufelskreis. Es wird noch lange dauern, bis der Islamische Staat besiegt ist.*

James: *Aus militärischer Sicht war die Operation ,Goldene Division' jedenfalls sehr erfolgreich.*

James beendete seinen Skype-Vortrag mit der Frage, ob ihr dies als Beweis für die Richtigkeit seiner Angaben ausreichen würde. Im Nachhinein war das Giulia ziemlich peinlich, seine Angaben auch nur im Geringsten angezweifelt zu haben. Waren es doch die Worte aus dem Mund eines Generals, der ohne zu klagen, tapfer, Schulter an Schulter mit seinen Soldaten, vierundzwanzig Stunden jeden Tag, gegen Bedrohungen in einem menschenverachtenden Krieg an der Front kämpfte. Der sich seine Angst verbiss und ausreichend Willenskraft für seinen Job aufbrachte. Solche Männer kennt man nur noch aus Büchern und Filmen, dachte sie und man vergisst leicht, wie selten sie in Wirklichkeit vorkommen. Für sie war James außergewöhnlich stark. Eine Schuld an ihrem zweifelnden Herzen schrieb sie der deutschen Kultur zu, in der Misstrauen gegenüber allem Fremden vorherrscht. Sie vertraute James und überließ ihm die weiteren Schritte. Der sowohl berühmteste als auch geheimnisvollste Koffer der Welt fiel ihr ein, der sogenannte Football des amtierenden US-Präsidenten. Der Atomkoffer ist für den Präsidenten stets griffbereit und wird ihm von wechselnden Adjutanten hinterhergetragen – in der Air Force One, im Hubschrauber, am Verhandlungstisch. Man braucht nicht viel Fantasie, um sich vorzustellen, welchen Sicherheits-Checks sich die Gehilfen unterziehen müssen. Als Kofferträgerin eines 5-Sterne-Generals bekam Giulia jetzt eine erste leise Ahnung davon, was das wirklich heißt. Noch während sie darüber nachdachte, kam ihr ein Gedanke in den Sinn, der sich jedoch gleich wieder verflüchtigte. Wenngleich sich dabei ein flaues Gefühl in der Magengrube breit machte und sie wusste, dass jede noch so ehrenhafte Handlung auf einem dunklen Geheimnis gründen und jedes Risiko, das sie einging, ein unlösbares Rätsel in sich bergen kann, verhielt sie sich ihm gegenüber loyal. Einzig beruhigte es sie, dass ihr nicht lange etwas verheimlicht werden konnte, sie alles rauskriegen würde – mit ihrem sechsten Sinn für das Versteckte und Hintertriebene. Im Vertrauen darauf, alles möge gut gehen, schaltete sie zweifelnde Gedanken aus. Erst recht verschwendete sie keinen Gedanken daran, wieso er seinen wertvollen Koffer nicht direkt an seine Home Base nach Florida liefern ließ. Stattdessen schrieb sie dem zuständigen Agenten David Woodthrope vom diplomatischen Sicherheitsdienst der Vereinten Nationen eine E-Mail, worum sie James gebeten hatte, übermittelte dem Mann ihre Kontaktdaten sowie Terminvorschläge für die Zustellung des Koffers. Unmittelbar danach erhielt sie von U_Nations@ diplomates.com eine E-Mail, in der ihr Portokosten in Höhe von eintausendfünfhundert Euro in Rechnung gestellt wurden, mit der Anweisung, den Betrag schnellstmöglich auf ein Konto bei der Bank of Scotland zu überweisen. Giulia war darüber sehr aufgebracht und beschwerte sich bei James in gewohnter Skype-Manier.

Giulia: *Was soll das???*

James: *Was denn?*

Giulia: *Ich glaube, der hat sie nicht alle.*

James: *Wer?*

Giulia: *Woodthrope.*

James: *Warum?*

Giulia: *Der verlangt eintausendfünfhundert Euro nur fürs Porto.*

Sie war fuchsteufelswild, ärgerte sich maßlos. So hohe Portokosten für eine Paketlieferung, das war eine unerhörte Frechheit. Neue Zweifel kamen auf, und neue Gewissensbisse, weil sie James ja vertraute, ihm ein Versprechen gab.

Giulia war es gewohnt, ihr Girokonto zu überziehen. Geld war für sie da, um es auszugeben, weniger dafür, es anzuhäufen und auf der Bank verrotten zu lassen. Als Selbstständige hatte sie gelernt, mit unerwarteten Ausgaben zurechtzukommen. Und fünfstellige Summen brachten sie nicht aus der Ruhe. Mit der Dynamik ihres Kontoverlaufs konnte sie inzwischen gelassen umgehen, wusste, dass mit der Zeit alles wieder ins Lot kam. Seit Jahren investierte sie in soziale Projekte, Bildungsprojekte für junge Menschen. Sie investierte in Reisen, Fort- und Ausbildung. Seit ihrer Jugend reiste sie herum, sah sich in der Welt um, während ihre Freunde Häuser bauten, Familien gründeten, so wie es der bürgerliche Lebensplan vorsah. Und wie es schien, war sie jetzt sogar bereit, in die Liebe zu investieren. Ihr Konto war mal wieder im Plus, was diesem Vorhaben entgegenkam. Mag sein, dass sie sich zeitweise übernommen hatte. Doch sie wurde dadurch nur noch stärker und mutiger. Denn sie erfuhr, dass das Leben mehr bedeutete, als einen Job zu haben, der vielleicht vermögend macht, in einem Haus zu wohnen, das man zwanzig Jahre lang abbezahlt, dadurch den Gürtel enger schnallen muss. Natürlich gab sie ihr Geld für Kleider, Schuhe, Taschen, Kosmetik und unnötigen Krimskrams aus. Sich selbst etwas zu gönnen, bedeutete für sie: in der Lage zu sein, mit anderen zu teilen, mit Menschen, die weniger haben, nicht wissen, wie sie ihre Miete bezahlen oder mit was sie sich eine gesunde Mahlzeit kochen sollen. So gab sie auch Geld für die Kinder in ihrem nahen Umfeld aus – für Vergnügungen und besondere Dinge, die sich die Eltern nicht leisten konnten. Ihr abwechslungsreicher und generöser Lebensstil kam nicht von ungefähr. Sie schuftete, lernte, schuftete, lernte. Manches fiel ihr leicht, anderes schwer. Manchmal brachten sie ihre finanziellen Sorgen um den Schlaf, und ihr Herz schlug wie wild, wenn Post vom Finanzamt eintrudelte und eine außerordentliche Steuernachzahlung fällig war. Wie viele andere hatte auch sie harte Zeiten zu überstehen, mit wenig Geld und viel Angst. Musste sich über Wasser halten, nicht wissend, wohin das führen sollte. Doch auch das ging vorbei – mit Willen, Mut, Beständigkeit, Kreativität. Manchmal war ihre persönliche Situation zwar angespannt, aber niemals hoffnungslos. Sie lernte zu verzichten: auf das neue Auto, den neuen Fernseher, die neue Waschmaschine, das neue Sofa, das neue Kleid – auf eine Reise, das sie stets härter traf. Im Nachhinein blickte sie voller Dankbarkeit auf die schwierigen Phasen ihres Leben zurück, die sie innerlich reicher machten. Freiheit statt Sicherheit lautete heute ihre Devise – anders ausgedrückt: Kraft und Maschine, Geld und Güter sind nur nützlich, wenn sie zur Lebensfreiheit beitragen. Das Kalenderblatt mit dem Satz von Henry Ford bewahrte sie sich seit ihren Jugendtagen auf. Natürlich kann man all das auch anders sehen. Doch in ihrem Leben funktionierte dieser Kreislauf von Geben und Nehmen. Während sie darüber nachdachte, kam eine Nachricht von James herein.

James: *Das ist viel Geld. Ich weiß. Aber bitte verstehe, es handelt sich um mein Hab und Gut mit einem hohen Barwert. Die Sendung muss versichert werden. Ich werde dir jeden Cent zurückzahlen. Ehrenwort!*

Warum sollte sie dem Ehrenwort eines 5-Sterne-Generals keinen Glauben schenken? Giulia fasste sich an den Kopf, drängte ihre Zweifel zurück und begann, die Koffersache als Liebes-Investment zu betrachten. Außerdem war das ja ein starker Vertrauensbeweis, schließlich hatte sie James nichts weniger als ihr Herz versprochen. Wie stark sie sich tatsächlich für diese Liebe einsetzte, wurde ihr klar, als die Überweisung der Portokosten auf ihr Konto zurückgebucht wurde, weil es ein Problem mit der schottischen Bank gab. Statt sich darüber zu freuen, ärgerte sie sich über die Inkompetenz des Agenten, der offensichtlich nicht in der Lage war, ihr valide Kontodaten zu übermitteln. James nahm sich darauf der Sache an und übermittelte ihr ruckzuck andere Bankdaten. Dieses Mal sollte die Überweisung an eine Bank in Barcelona gehen, was reibungslos per Knopfdruck vonstattenging. Giulia freute sich wie ein kleines Kind.

Giulia: *Mission erfüllt. Hurrraaa. Wie konntest du nur dieser Firma dein Hab und Gut anvertrauen?*

James: *Nach der Irak-Operation wurde ich von heute auf morgen nach Afghanistan abgezogen. Die Firma war eine Notlösung. Ich habe den Vertrag quasi blind unterschrieben. Bin dir sehr dankbar.*

Giulia: *Nun, den ersten Schritt zu dir habe ich gemacht. Die nächsten 99 wolltest du unternehmen.*

James: *Ja, ich erinnere mich an mein Versprechen. Und ich werde alle Schritte zu dir machen. Ich vertraue dir voll und ganz – hoffe, dass das so bleibt.*

Giulia: *Bei der Gelegenheit: Wie ich gehst auch du Risiken ein.*

James: *???*

Giulia: *Bin vor einem Jahr umgezogen. Diese Geschichte musst du hören, ähm, lesen. Den Mietvertrag habe ich damals auch blind unterschrieben.*

James: *Du bietest mir eine Überraschung nach der anderen.*

Giulia war bereits seit drei Wochen in Wien. Mit dem Laptop auf dem Schoß, beschrieb sie James ihre damalige Wohnungssuche.

Giulia: *Der Wohnungsmarkt in München ist überteuert. Makler verticken dort im Stundentakt Wohnungen und Häuser. Ich ging also davon aus, dass es schwierig werden würde mit meiner Wohnungssuche. Einem Impuls folgend, durchstöberte ich die Mietangebote auf einer Immobilien-Plattform.*

Giulia: *Und wie es der Zufall will, war dort eine Dachatelierwohnung in einem alten Landhaus inseriert. Tags drauf rief ich den Vermieter an. Dieser meinte, dass sich bereits fünf Dutzend andere für die Wohnung interessiert hätten. Rasch stattete ich den Eheleuten einen Besuch ab und bekam sofort deren Zusage.*

Giulia: *Ich unterzeichnete den Mietvertrag, ohne auch nur einen einzigen Fuß in die Wohnung gesetzt zu haben. Da die Vormieterin, eine Anwältin, aus mir unbekannten Gründen, keine Wohnungsbesichtigung zugelassen hatte.*

Giulia: *Zwar wurde ich im Haus herumgeführt und das Ehepaar wies mich grob auf ein paar Eckdaten hin, gewisse tieferliegende Geheimnisse wurden mir allerdings vorenthalten, die sich dann nach meinem Einzug langsam hervorarbeiteten.*

Giulia: *Ich sagte so schnell zu, weil mich meine alte Wohnungssituation nicht mehr zufriedenstellte. Mein Sohn und meine Untermieter waren inzwischen ausgezogen. Ich wohnte überwiegend in Wien. Die Wohnung war zu groß, zu teuer. Zum Glück ging das Manöver gut aus. Auf den ersten Blick verliebte ich mich in die Wohnung mit den warmen Holzböden, knarrenden Dielen, offenen, lichtdurchfluteten Räumen, schrägen Decken. Das Haus grenzt an ein Waldstück, durch die Dachfenster kann ich auf uralte, stattliche Eichenbäume blicken. Alles schien perfekt.*

Giulia: *So jetzt habe ich dir mehr über diese Frau erzählt, von der du so begeistert bist.*

James: *Hm. Was meinst du damit?*

Giulia: *Dass diese Frau Risiken eingeht, wie du. Weil sie daran glaubt, dass Risiken auf lange Sicht Glück bedeuten. Und dass es sich lohnt, zu warten, zu vertrauen, wenn ein Wunder geschieht – die Liebe an die Tür klopft.*

James: *Ich kann nicht beschreiben, wie glücklich ich bin und welche Freude ich empfinde, dich zu kennen.*

Giulia: *Bis bald – mein Blind Date.*

Am nächsten Tag fuhr sie mit dem Railjet nach München zurück. Seit geraumer Zeit musste sie sich auf Polizeikontrollen am Grenzübergang Salzburg einstellen, die seit der Flüchtlingswelle 2015 bestanden, bei der nahezu 300.000 Flüchtlinge über Salzburg nach München eingereist waren. Es war ein Zug, der Deutschland quasi von einem Tag auf den anderen überrollte, mit tragischen, menschlichen Schicksalen, Sicherheitslücken und Gefahren von Terror, einer gesellschaftlichen Spaltung sowie der Etablierung rechtsradikalen Gedankengutes. Bisher waren der

Krieg und die Flüchtlingsdramen weit weg von Europa, Zerstörung und Gemetzel fanden woanders statt, wovon kaum jemand Notiz nahm, weder von den überfüllten Flüchtlingscamps im Libanon, in Jordanien, in der Türkei – vom Krieg in Afghanistan. Niemand wusste so recht Bescheid, dass das US-Militär nach mehr als zehn Jahren Krieg in diesen Ländern übel zugerichtet, grün und blau geschlagen war, mit Hunderten versehrten und traumatisierten Soldaten, die schwerste Verletzungen davontrugen und unter gravierenden körperlichen Schäden litten. Selbst der Verlust des Penis' kann einem Soldaten nach einem Sprengstoffanschlag drohen, sollte er diesen überleben.

Während der Zugfahrt stellte sie sich vor, James säße jetzt neben ihr, er hätte seinen Arm um ihre Schulter gelegt und würde ihre Schultern mit kleinen Küssen bedecken. Fünf Stunden später stieg sie aus, raste durch die Halle des Münchner Hauptbahnhofs zur Regionalbahn, die sie noch im letzten Moment erreichte, sodass sie am frühen Abend zu Hause sein konnte. Sie jagte die steile, schmale Treppe hinauf und stellte ihren Rollkoffer neben den Schreibtisch. Die größeren Gepäckstücke schleppte sie peu à peu in die Wohnung. Sie war sich zu hundert Prozent sicher, dass James online war. Und dass er sehnsüchtig auf sie wartete. In aller Eile packte sie ihre Sachen aus, ließ die Waschmaschine laufen, kramte das letzte Stück dunkle Schokolade aus ihrer Jackentasche und steckte es sich in den Mund, bevor sie sich an den Schreibtisch setzte und Skype öffnete. James war online.

James: *Du bist die Frau meiner Träume. Das muss ich dir jetzt sagen – ein wahres Geschenk des Himmels. Ich war mir nicht mehr sicher, ob ich noch einmal so tief lieben könnte. Die Gedanken an dich lassen mich diesen Krieg vergessen.*

James: *Giulia, ich hoffe du verstehst, wie viel du mir bedeutest. Deine Qualitäten und Werte treiben mich in den Wahnsinn. Nein, ich schmeichle dir nicht. Doch ich danke Gott dafür, dass ich dich gefunden habe, auch wenn ich kein religiöser Mensch bin. Für immer, James.*

Es war eine unverhoffte Liebeserklärung, die sie las, zu einem Zeitpunkt, an dem sie so etwas am allerwenigsten erwartet hatte. Zutiefst bereute sie jetzt, seine Worte in irgendeiner Weise angezweifelt zu haben. Vor ihrer Abreise aus Wien, hatte sie einen handschriftlichen Brief an ihn verfasst. Eigentlich wollte sie sich ihre Gefühle nur so von der Seele schreiben. Doch als sie den Brief, der voller Kaffeeflecken war, anschließend durchlas, entschied sie sich spontan, die beiden Seiten einzuscannen und an ihn per E-Mail loszuschicken, was in null Komma nichts geschehen war. Sie holte den zerknitterten Brief aus ihrer Tasche heraus und las ihn noch einmal. „Die Liebe", stand geschrieben, „eine Power, die Menschen vereinen und entzweien kann. Wir stellen uns alles Mögliche vor. Und wir glauben Liebe sowohl kontrollieren, als auch begrenzen zu können. Doch das geht nicht. Liebe ist unabhängig und frei. Vielleicht bin ich deshalb weder religiös noch an eine Glaubensrichtung gebunden. Mich beeindrucken Buddhisten, weil sie sich mit der Unbeständigkeit und Vergänglichkeit des Lebens abfinden, Unvorstellbares und Nicht-Erklärbares akzeptieren – rechthaberische Behauptungen, Intoleranz, Arroganz, starres Schubladendenken ablehnen und sich um Seelenentwicklung bemühen. Auch wenn ich, lieber James, so etwas wie Liebe für dich empfinde, liegt noch ein weiter Weg vor uns. Von nichts Geringerem gehe ich aus, wenn die Liebe an die Tür klopft. Vielleicht jage ich einem Hirngespinst hinterher, suche nach etwas, was im Alltag nicht gelebt werden kann. Meine Erfahrungen mit der Liebe sind zwiespältig. Zu keinem Mann konnte ich jemals wirklich Ja sagen. Nun, da ich älter, reifer bin, merke ich, dass mich eine generelle Liebe zum Leben, zu den Menschen erfüllt – fern oder nah, schwarz oder weiß. Meine Erwartungen an die Liebe habe ich zurückgeschraubt. Wenn sich eine Liebe gut anfühlt und alles irgendwie auf eine geheimnisvolle Art und Weise zusammenpasst, fühle ich mich auf dem richtigen Weg, egal wie lange das dauert. Wobei ‚richtig' nichts mit meinen Maßstäben zu tun hat. Ja, ich vermisse den Mann an meiner Seite – in langen tropischen Nächten, wenn ich verliebte Pärchen am Straßenrand sehe, mir Freunde von ihrer neuen Liebe berichten. Doch am meisten fehlt mir die Liebe zu zweit in den kleinen Dingen: das gemeinsame Singen eines mitreißenden Songs, der gemeinsame Spaziergang, Hand in Hand, das Kuscheln auf dem Sofa, kleine, liebevolle Berührungen. Dein Twinkle spülte Erinnerungen hoch. Es war deine Offenheit, deine unkonventionelle Art – es war dein Lächeln auf dem Foto. Alles danach verlor an Bedeutung. Die Zeit stand still. Leicht wie eine Feder schwebe ich seither durch Raum und Zeit. Meine Gefühle für dich wachsen, Tag für Tag."

Die Schokolade wirkte noch in ihrem Mund, als sie sich für die liebevollen Worte bedankte. James reagierte sofort, dass es ihm ein starkes Herzensbedürfnis war – das Geringste, was er hätte tun können – für sie, für sie beide. In der darauffolgenden Nacht wollte Giulia ihm nahe sein. Sie nahm ihr Tablet mit ins Bett, das sie den ganzen Tag in der Wohnung herumgetragen hatte. Sie konnte kaum abschalten, geschweige denn an etwas anderes denken, sich ablenken. James verstand das Liebesspiel wie ein Schachweltmeister: Zug um Zug eroberte er die Felder. Beiläufig setzte er ihre Figuren, Bauern, Läufer, Springer, außer Gefecht, um die Dame zu erobern. Dabei wirkten seine poetischen Metaphern keineswegs wie überflüssige Verzierungen, sondern sie gaben der Liebe Raum, in dem sie sich dem Himmel entgegenstrecken konnte.

James: *Schließe die Augen und stelle dir ein Schneefeld vor. Das Schneefeld unserer Liebe, unberührt, sonnengeküsst, golden glänzend. Wir riskieren die ersten Schritte und erfahren, dass es uns trägt.*

James: *Jeder Morgen ist wie ein neues Gemälde, eine Brise Inspiration, ein sanftes Lächeln, eine Nachricht von jemandem, der dich liebt. Guten Morgen, Schatz, ich wünsche dir einen zauberhaften Tag. Du bist mein Pulsschlag, das Blut in meinen Venen, das Gegenmittel, das mich befreit von Schmerz, Pein und Einsamkeit, der Rhythmus meines Herzschlages. Ohne dich ist mein Leben unvollkommen.*

Ob sie das wollte oder nicht: Die Sätze, die er in seiner noblen, ehrenhaften Art eintippte, ohne sexuelle Anmache, ohne ekelerregende Überfrachtung, gingen tief in sie hinein. Sofort entschuldigte er sich, wenn er meinte, die rote Linie überschritten zu haben. Und als sie an einem Samstagabend miteinander chatteten, überraschte er sie plötzlich mit der Frage nach der wahren Liebe und was sie für sie denn überhaupt bedeuten würde.

Giulia: *Eine schwierige Frage. Hm. Was meinst du?*

James: *Ich wollte wissen, wie weit du bereit bist, dein Herz zu öffnen.*

Giulia: *Ich sagte dir bereits, dass das für mich in den vergangenen Jahren schwierig war.*

James: *Ja, das hast du.*

Giulia: *Mit deinen Liebesbekundungen, 99 Schritte und so, wickelst du mich um den Finger. Ehrlich, es überrascht mich sehr, wie heftig mein Herz darauf reagiert.*

James: *Ich möchte mit dir ein neues Leben beginnen, wenn ich hier raus bin. Ich möchte mit dir und mit meinem Sohn neu beginnen. Ich schulde ihm eine Menge väterlicher Liebe. All die Jahre, die ich mich nicht um ihn kümmern konnte, setzen mir zu. Ich hoffe, dass ich dich mit alldem nicht belästige.*

Giulia: *Jungs in der Pubertät brauchen ihre Väter.*

James: *Ich habe Anthony von dir erzählt.*

Giulia: *Und?*

James: *Er will dich kennenlernen. Es ist lange her, dass ich ihm von einer Frau erzählte, die mir so sehr unter die Haut ging, wie du es tust.*

Giulia: *Wirst du ihn in den Weihnachtsferien besuchen?*

James: *Ja!*

Giulia: *Wo?*

James: *Ich will ihn in England abholen, nachdem ich dich besucht habe. Und dann nach Tampa weiterfliegen.*

Giulia: *Das hast du schon oft erwähnt. Sorry, muss jetzt aufhören. Das Telefon klingelt.*

James: *Okay. Sorry, dass ich dich so lange aufgehalten habe. Muss mich sowieso mit ein paar unangenehmen Dingen beschäftigen.*

Mark war am Telefon und wollte ein wenig mit ihr plaudern. Sie fragte, wie es ihm denn so gehen würde, ohne seine Geliebte. „Nicht gut", sagte er, „noch immer liebe ich diese Frau. Ich liebe sie so stark wie meine Ehefrau. Nur anders." Er klang niedergedrückt, so als hätte er gerade einen Kinnhaken verpasst bekommen. Vor etwa sechs Wochen beendete er seine Affäre, per WhatsApp. Das nagte an ihm. Zwar gab es für Giulia keinen Anlass, Mark könnte Gefahr laufen, depressiv zu werden, doch können gerade die Übergänge zwischen einer normalen Niedergeschlagenheit, die jeder Mensch von Zeit zu Zeit durchlebt, und einer echten Depression belastend sein, wenn diese Übergänge von den Betroffenen als fließend empfunden werden. Giulia versuchte, Mark aufzuheitern, und bat ihn darum, ihr einen Witz zu erzählen – einen kurzen Witz, den sie sich merken konnte. Mark war in seinem Element: „Ein deutscher Geschäftsmann bestellt in einem Londoner Restaurant ein Bloody Steak, worauf der Kellner antwortet: Wie wär's mit ein paar *Fucking Potatoes* dazu?" Beide lachten schallend. „Humor, das beste Mittel gegen Überdruss und Melancholie", kommentierte er. „Solange ich den habe, bin ich seelisch gesund, besiege Höhen und Tiefen."

Es war Sonntag. Giulia konnte ausschlafen und sich vom beruflichen Stress der Woche erholen. James meldete sich erst gegen 1 Uhr, während sie noch dabei war, ein paar aktuelle Nachrichten und Eilmeldungen aus Politik und Gesellschaft durchzulesen. Einige Meldungen aus Österreich fand sie interessant: Ein Mann entdeckte an der Alten Donau einen Sack mit Einhunderteuroscheinen im Wert von insgesamt 300.000 Euro. Österreich schließt die Balkanroute. Fünfzig Kindergärten in Wien unter Verdacht, islamistisches Gedankengut zu indoktrinieren. James, dem sie das berichtete, fragte, warum sie diese Nachrichten interessieren würden. Anstatt darauf zu antworten, stellte sie ihm eine Gegenfrage:

Giulia: *Was macht dich so sicher, dass du mich liebst? Jemanden, den du nicht kennst.*

James: *Lieben wir beide nicht das Risiko? In einen anderen Menschen kann man nicht hineinsehen, auch nicht in den, den man liebt. Der andere wird einem immer etwas fremd bleiben. So wie man sich selbst fremd bleibt. Geheimnisse machen die Liebe erst reizvoll.*

James: *Du tust mir gut. Ich bin super drauf. Meine Offiziere merken das auch. Manchmal kommt es mir so vor, als würden wir uns schon eine Ewigkeit kennen.*

James: *Ich kann es kaum erwarten, dich in meinen Armen zu halten, dir meine Liebe zu zeigen. Betrachte deine Fotos. Unentwegt. Du bist die, die ich vom Anfang bis zum Ende will – Leider muss ich jetzt weg, meine Offiziere warten. Bis später. Kuss.*

Giulia: *Die Sicherheitslage am Hindukusch nimmt bedenkliche Formen an, las ich vor Kurzem. Der Dezember in Europa ist immer so hektisch. Von besinnlicher Vorfreude auf das Weihnachtsfest keine Spur. Und doch freue ich mich dieses Jahr auf ein ganz besonderes Geschenk: Auf dich!*

Nach Jahren der Enttäuschungen und schmerzvollen Brüche öffnete ihr James die angenehmen Seiten der Liebe. Ein starkes Bedürfnis nach Zuwendung überkam sie, als sie aus ein paar Ordnern alte Liebesbriefen herausfischte und sie las. Versunken in eine vergangene Traumwelt, verfiel sie in eine leichte Melancholie. Wie einfach es doch einmal war, sich Gefühle von der Seele zu schreiben und sie anzunehmen, von Männern, die sie mit gefühlvollen Worten über Mond, Sterne, Himmel, Erde, strahlende Augen, volles Haar, schöne Hände überschütteten. Liebe kennt keine Grenzen, begriff Giulia und merkte, wie aussichtlos es war, auch jene Liebesmomente ad acta zu legen, die in einem dahinschmachtenden, seichten Gesänge aufs Papier gebracht wurden. Ein Verehrer drückte sich einmal so aus: „Du hast mir einen der schönsten Tage, wenn nicht sogar den schönsten Tag überhaupt geschenkt. Du hast mir mein Leben zurückgegeben. Ich bleibe auch mit dem Abstand der letzten Tage mit dir dabei: Du bist die faszinierendste Frau, die ich bisher erlebt habe. Niemals zuvor hatte ich solche schönen und großartigen Gefühle, habe so viel Glück empfunden." Dadurch aufs Heftigste inspiriert, ließ sie James postwendend wissen, dass ihr Geist und Körper vibrieren würden, wann immer sie an ihn denken würde. Postwendend schrieb er zurück:

James: *Ich möchte mit dir mein Leben verbringen. Wenn du nur wüsstest, was das für einen Mann bedeutet, sich in eine Frau zu verlieben. In eine starke Frau. Honey, du bist eine Frau, die jeder Mann haben will. Und jetzt bist du ein Teil von mir. Ohne dich geht nichts mehr. Einfach nichts mehr. Verlange jetzt aber nicht von mir, dir das zu erklären.*

Gerade hatte sie noch um ihre vergangenen Liebes-Highlights getrauert. Und jetzt konnte sie sich, dank James, erneut der romantischen Liebe öffnen, sich ihrer Sprache und Emotionen hingeben. Am nächsten Morgen überraschte er sie dann mit der Frage, ob sie die neuesten Nachrichtenmeldungen denn schon gelesen hätte? Sie lag noch im Bett. Das Tablet befand sich in Reichweite. *Nein*, tippte sie ein. James schrieb darauf, in den Nachrichten würde stehen, dass man fieberhaft nach einem Engel suchen würde, der seit Tagen im Himmel vermisst werden würde. Die Ermittlungen hätten inzwischen ergeben, dass es sich dabei um einen nach Abenteuern suchenden Engel mit dem irdischen Namen Giulia Orlandini handeln würde. Begeistert schrieb sie zurück:

Giulia: *Aha. Wahrscheinlich wird die Engel-Frau vermisst, weil sie sich in einen charmanten General auf der Erde verliebt hatte.*

James: *Und: Die Engel-Frau hat diesen Mann so verwirrt, dass er nicht mehr Herr seiner Sinne ist.*

Giulia: *Sie hat allerdings ein Problem. Der Mann ist unsichtbar und sie kann ihm nicht nahe sein, ihn nicht spüren. Die Engel-Frau muss Mensch werden und gegen das Himmelsrecht verstoßen.*

James: *§ 428 des Himmelgesetzes besagt: Wenn ein Engel liebt, dann werden alle anderen Paragraphen außer Kraft gesetzt. Und wo es keine Anklage gibt, gibt es keine Richter.*

James: *Ich kann nicht glauben, was wir da gerade tun. Total abgefahren.*

Giulia: *Crazy. Wonderful. Sexy.*

Giulia: *Deine Story ist so intensiv. Apropos, wann wird dein Koffer geliefert?*

James: *Woodthrope sagte, dass er sich mit dir direkt in Verbindung setzen wird. Ich möchte dir nochmals danken, dass du diese Sache für mich geregelt hast. Ich verspreche dir, du wirst das nicht bereuen.*

Giulia: *Es ist mir eine Ehre, dir zu helfen.*

Wie eh und je träumte sie den gleichen Traum von der Liebe: Von Erfüllung, von romantischem Glück. So hätte es bleiben können. Stattdessen kam Wut auf, als ihr Woodthrope bald darauf per E-Mail mitteilte, dass wegen diverser Sicherheitsvorschriften der Koffer nicht an sie verschickt werden könne, weil die Eigentumsrechte nicht eindeutig geklärt seien. Die einzige Lösung bestehe nun darin, die Eigentumsrechte auf sie umzuschreiben, was jedoch mit Kosten verbunden sei, um ganz genau zu sein, würde das neunzehntausendvierhundertsiebenundfünfzig Euro kosten, die Giulia schleunigst auf den Weg bringen müsse. Giulia war außer sich, als sie das las. Unverzüglich informierte sie James, dass sie keine Sekunde länger über diesen Schwachsinn nachdenken würde, ganz zu schweigen davon, einen solchen Vorschlag anzunehmen. James schien ebenso verwirrt und empört zu sein.

James: *OMG. Bitte Schatz, reg dich nicht so auf. Schick mir die Mail. Da ist etwas vollkommen aus dem Ruder gelaufen.*

Giulia: *Die Mail liegt bereits in deinem Postfach.*

James: *Moment, ich schau gleich nach.*

Später schrieb er, dass er sich erst einmal sammeln und seine Gedanken ordnen müsse. Dass er nun aber wirklich Angst um sein Hab und Gut hätte. Damit könne er nur sehr schwer umgehen. Seine Konzentration und Kraft würde er für die Kriegseinsätze in Afghanistan benötigen. Für Nebenschauplätze hätte er keine Zeit und keine Energie.

Dann wurde es still, mucksmäuschenstill. Weder ging eine Mail von ihm ein, noch war er auf Skype verfügbar. Nichts, einfach nichts. Alles war verwirrend. Alles wirkte belastend. Während Giulia schon in Panikstimmung geriet, wenn sie nichts von James hörte und befürchtete, er würde sie ablehnen. Giulia vergaß ihren Wutanfall. Mächtige Angstschübe überfielen und durchdrangen sie. Sie versuchte, sich zu konzentrieren, um herauszufinden, was für Ängste das waren: Angst vor der Wandlung, die von einem das Loslassen fordert? Angst vor der Notwendigkeit, die mit Verantwortung einhergeht, aus der man sich nicht klammheimlich Hinausstehlen kann, wenn man was Langfristiges aufbauen will? Es wird wohl kaum einen Menschen geben, der von sich behaupten kann, noch nie und vor nichts Angst gehabt zu haben. „Diese Sache hast du dir gründlich vermasselt", beurteilte sie schonungslos ihre Lage. Giulia saß am Schreibtisch, starrte mit glänzenden Augen auf den Bildschirm. Das Gefühl, das sich in ihr emporarbeitete, erinnerte sie an die verpatzte Generalprobe am Vortag der Motorradprüfung. Sie übersah ein Stoppschild, bog entgegen der vorgeschriebenen Fahrtrichtung nach links ab, überfuhr dabei die durchgezogene Mittellinie und übersah einen von rechts kommenden Fahrradfahrer. Dieser reagierte dann so, dass es nicht zu einem Zusammenstoß kam. Der Fahrlehrer schrie zigmal Fuck in die Funksprechanlage, was sie total fertig machte. Mit einem mulmigen Gefühl im Magen trat sie am darauffolgenden Tag zur Prüfung an, vergaß in der Aufregung, den Benzinhahn zu öffnen, worauf der Motor beinahe abgesoffen wäre. Als ihr der Fahrlehrer dann einen Faustschlag auf den Helm versetzte, lief alles Weitere wie am Schnürchen. Fehlerlos bestand sie die Prüfung. „Ergeht es mir mit der Liebe nun genauso? Muss ich erst mit dem Kopf gegen die Wand laufen, damit ich verstehe, was hier vor sich geht?", grübelte sie. Warum, verdammt noch mal, kann ich nicht loslassen und James einfach vertrauen, daran glauben, dass alles gut werden würde. Ein Chatfenster öffnete sich.

James: *Schatz, bist du da? Sorry, dass ich mich nicht gemeldet habe. Ich habe mich mit meiner Angelegenheit eingehender befasst.*

Giulia: *Die wollen, dass ich Eigentümerin von deinem Hab und Gut werde.*

James: *Was die tatsächlich befürchten, sind unnötige Scherereien mit den Sicherheitsstandards und dem europäischen Gerichtshof, weil der Koffer zu dir und nicht zu mir geschickt werden soll.*

Giulia: *Was hat der europäische Gerichtshof damit zu schaffen?*

James: *Du hast es mit einem General der US Army zu tun. Wir unterliegen strengsten geheimen Sicherheitsstandards.*

Giulia: *Ah. Wer soll das verstehen.*

James: *Das Thema besetzt mich so sehr, dass ich dir nur wieder beteuern kann, jeden Cent zurückzubezahlen. Dafür gebe ich dir mein Soldatenehrenwort.*

Giulia: *Was ich an dieser Sache nicht begreife: Warum kostet das so viel? Diese Leute verlangen unverschämt viel Geld. Ich habe kein gutes Gefühl dabei. Was macht dich so sicher, dass man sich auf diese Leute verlassen kann und dass das Geld nicht in dunklen Kanälen verschwindet?*

Wieder herrschte Funkstille. *James, was ist los?*, tippte Giulia in ein Chatfenster ein und hätte heulen können vor Sorge um sein Wohlergehen. Doch wem half das weiter? Die Feuermagie der romantischen Liebe brachte sie jetzt nicht weiter. Sie überlegte, was Abhilfe schaffen konnte. Dann fiel ihr der Artikel über

Doing Masculinity im Männerstrafvollzug ein, den sie vor nicht allzu langer Zeit geschrieben hatte. Darin hatte sie sich mit dem Ehrencodex in Männerkulturen auseinandergesetzt. Sie ging zum Büroschrank, zog hier und dort einen Ordner heraus. Den besagten Text fand sie nicht. Ihr fiel ein blauer Schnellhefter auf, der in einem Ablagekasten lag. Giulia nahm ihn heraus, klappte ihn auf, fand die Zeitschrift, nach der sie suchte, und den Artikel. In Windeseile überflog sie den Text, blieb an einer Passage hängen, in der stand, dass das Ehrenwort aus dem Mund eines Generals viel bedeuten würde, sich darin sowohl eine Abgrenzung zu normalen Bevölkerungsschichten als auch die Erhaltung des eigenen elitären sozialen Standes vollziehen würde. Wenn ein General sein Ehrenwort also bricht, folgerte sie, dann ist nicht nur seine persönliche Ehre bedroht, sondern sein militärischer Stand, der ihm dann entzogen werden kann. Die Vergewisserung, dass die Nichteinhaltung eines Ehrenwortes eines Generals Konsequenzen nach sich ziehen würde, reichte Giulia aus, Woodthrope eine E-Mail zu schicken und ihm mitzuteilen, dass sie nicht in den Besitz des Koffers gelangen möchte, ihr und James zuliebe. Da sie weder sich noch James in dubiose Geschäfte verwickeln möchte. Stattdessen soll er den Koffer an die Homebase von General Aston in Tampa liefern lassen. Zum Schluss schrieb sie, dass sie somit die Eigentumsübertragung erledigt hätte. Zur gleichen Zeit verschlechterte sich die Sicherheitslage in Afghanistan. Täglich berichteten die Medien über neue Explosionen und Anschläge von den Taliban und anderen bewaffneten Oppositionsgruppen, die 2015 signifikant anstiegen. Auch die Hauptstadt war davon betroffen, wo sich James häufig aufhielt. Schließlich traute sie ihren Ohren nicht, als CNN meldete, dass sich ein brutaler Bombenanschlag in Kabul, vor dem Gebäude der Education University, wo James am selben Tag einen Vortrag halten sollte, ereignet hatte, bei dem drei Menschen zu Tode gekommen waren. Zwei Tage später dann die nächste Explosion, gefolgt von einem Anschlag eines Selbstmordattentäters auf ein Mitglied der afghanischen Wahlkommission. Kaum ein Tag verging ohne Attentatsdrohungen, Anschläge auf Militärcamps, öffentliche Einrichtungen. Und stets waren Tote und Verletzte zu beklagen. Gedanken an die vielen Suizide, die es unter den Soldaten gab, weil sie das, was sie zu Gesicht bekamen, verkraften mussten, wehrte sie ab. Giulia fürchtete nicht nur um James' Leben, sondern bei all dem ging ihr dieser unsägliche Koffer nicht mehr aus dem Kopf und ihr mangelndes Mitgefühl, das sie ihm entgegenbrachte. An seiner Stelle hätte sie diese zweifelnde Frau schon längst zum Teufel gejagt, was James nicht tat. Die Tatsache, dass er wieder verfügbar war, auf sie und ihre Vorbehalte einging, Ausdauer sowie Hartnäckigkeit bewies – Fähigkeiten, die Giulia hoch einschätzte – ließ sie am Ball bleiben. Dann die nächste Botschaft, die sie fuchsteufelswild werden ließ.

James: *Heute habe ich mit Woodthrope telefoniert. Er meinte, dass sämtliche Zollpapiere bereits auf deinen Namen ausgestellt wurden – der Koffer deshalb nun dein Eigentum ist und nur an dich ausgeliefert werden kann.*

Giulia: *Die Fragen, die sich mir stellen, sind aber ganz anderer Natur: Warum hat die Firma das getan? Wer hat sie autorisiert?*

James: *Ich.*

Giulia: *Das musst du mir erklären.*

James: *Weil ich dir vertraue. Dir ganz und gar vertraue, auf dich setze.*

Giulia: *Das wird mir jetzt alles zu viel, James. Auf mich wird etwas umgeschrieben, das mir nicht gehört, mit dem ich nichts zu tun habe. Und du verlangst von mir, die Verantwortung für diesen zwielichtigen Transport zu übernehmen.*

James: *Aber, Schatz. Was ist das Problem? Bis Montag müssen wir eine Lösung finden.*

Der Koffer

Es war Samstagnachtmittag. Giulia knurrte der Magen. Sie entschied sich für Spiegeleier, bestrich zwei Bagel mit Avocadomus und legte je ein Spiegelei darauf. Obwohl sie heute noch nichts gegessen hatte und ihr der Magen knurrte, brachte sie kaum einen Bissen hinunter. Sie war beherrscht von der Sorge um das Hab und Gut von James, über das er am laufenden Band schrieb, sie mit den stets gleichen Argumenten und Gründen bombardierte. Sie war nicht bei Sinnen, so hin und hergerissen wie sie war. Auch sah sie sich außerstande, einen klaren Gedanken zu fassen. Was genau James im Schilde führte, konnte sie nicht klar entschlüsseln. Ging es ihm nur noch ums Geld oder war da noch was von wahrer Liebe zwischen ihnen? Unaufhörlich versicherte er ihr, dass er das verauslagte Geld zurückzahlen würde, sobald er aus diesem Krieg heraus sei. Er bedrängte sie nicht, er setzte sie nicht unter Druck, sondern fragte unermüdlich, was sie jetzt tun sollten. Peniblen Fragen ihrerseits ging er aus dem Weg. *Was ist, wenn mich der Zoll in die Zange nimmt, ich nichts über die Herkunft des Koffers und den Inhalt sagen kann?*, fragte Giulia in einem der vielen Chats und spürte wie sie tiefer und tiefer hineinsank, in seinen Bann. Giulia war innerlich leer, hinterfragte zwar die Echtheit seiner Identität, die Existenz des Koffers, dachte aber nicht an die Folgen. Gesundheitlich war sie nicht auf der Höhe. Sie litt unter einer starken Erkältung und blieb in der warmen Wohnung. Durch die Nase konnte sie nicht richtig ein- und ausatmen. Und der Husten verursachte Brustschmerzen. Sie versorgte sich mit pflanzlichen Mitteln und ayurvedischen Praktiken, zog chemischen Arzneimitteln stramm an den Oberschenkeln angelegte Kräuterwickel vor. Auch wenn manche Praktiken ihrem gesunden Menschenverstand widersprachen und sich im Nachhinein wirkungslos zeigten. Obwohl sie angeschlagen war, brachte sie die Kraft auf, sich mit James und seinem Anliegen auseinanderzusetzen, stellte Fragen.

Giulia: *Ich muss dir eine heikle Frage stellen.*

James: *Immer raus damit.*

Giulia: *Bist du in illegale Geschäfte verwickelt?*

James: *OMG. Warum sollte ich das tun?*

Giulia: *Ich muss alles in Erwägung ziehen. Selbst Dinge, die für mich unvorstellbar sind – selbst wenn es Fragen sind, die ich nur ungern stelle.*

James: *Du weißt, wie sehr ich dich liebe und wie viel du mir bedeutest. Warum sollte ich unsere Liebe aufs Spiel setzen?*

Giulia: *Wie hätte ich ahnen können, was da auf mich zukommt. Und jetzt bin ich mittendrin. Wenn diese Sache in eine falsche Richtung läuft, dann verlierst du mich – so oder so.*

James: *Niemals werde ich dich verlieren und niemals wird die Sache in eine falsche Richtung gehen. Hör bitte auf, an uns zu zweifeln. Schließlich trage ich das gesamte Risiko, noch dazu kämpfe ich an der Front.*

Giulia: *Liebst du mich, weil …*

James: *Weil was?*

Giulia: *Weil ich das für dich vielleicht tue?*

James: *Mir fehlen die Worte.*

Giulia war aufgewühlt. Jeder Austausch verpasste ihr einen weiteren Stromschlag. Sein Vorhaben war in Stein gemeißelt und seine Argumente von so hoher Überzeugungskraft, dass ihr langsam die Worte fehlten. Doch sie blieb an ihm dran, glaubte inzwischen, dass sie ihr geliehenes Geld zurückbekommen würde, sobald er auf Fronturlaub war. Auf ihrem privaten E-Mail-Account ging ein Mail von ihm ein. Darin beteuerte James, wie sehr er sich freuen würde, sie bald persönlich zu treffen, wodurch sich in ihr seelisches Durcheinander so viel Rührung einmischte, dass sie ihre Tränen nicht zurückhalten konnte. Sie dachte an Anthony, der ohne Mutter und Vater auskommen musste. Dem armen Jungen muss geholfen werden, das steht ihm zu, äußerte sie sich insgeheim dazu. Ihr Sehnsuchtstraum, der ihr mitleidvolles Herz umklammerte, wurde größer und mächtiger. Es war pures

Glück, dachte sie, jemanden gefunden zu haben, jemanden, der sie auffängt, der kommuniziert und an ihr festhält.

Als David einmal über seine Vorstellungen von Glück in einer Partnerschaft sprach, konnte sie ihm nur zunickend zustimmen. Er meinte, dass sich nur der verlieben kann, der an die Liebe glaubt, daran, in einer Partnerschaft all das zu erleben, wonach man sich sehnt. Dass das zu viel für einen Menschen sein kann, daran dachte sie nicht. Selbst dann nicht, als die eine oder andere Liebesbeziehung unaufhaltsam und wie ein alter Keks zerbröselte. Sich allein auf die Vernunft in der Liebe zu verlassen, reicht bei weitem nicht aus. Damit die Liebe überhaupt Funken fängt, muss man auch unvernünftig sein, sich auf Unvorhergesehenes einstellen, Risiken eingehen und alle denkbaren Ängste über Bord werfen. Giulia notierte sich: Das Unterbewusstsein ist mit tausend anderen Dingen beschäftigt. Es muss eine Unmenge an Sinneswahrnehmungen verarbeiten: Geräusche in der Nacht, miese Laune am Morgen – Lärm, Hitze, Kälte, Verspätungen der Bahn, Kindergeschrei, nervige Kollegen, Schmerzen im Knie, in der Hüfte. Am besten, ich verlasse mich auf mein inneres Gespür. Giulia entschied sich, James vorbehaltlos zu vertrauen. Auch wenn sich der Kontakt zu ihm anfühlte wie einer jener seltenen Momente im Leben, in denen entschieden wurde, ob man überlebt oder stirbt, die große Liebe findet oder schmerzlich erkennen muss, dass sie hinter einem liegt. Niemals zuvor hätte sie sich vorstellen können, sich in einen ihr völlig unbekannten Mann im Netz so stark zu verlieben. Und wenn ihr das gesagt worden wäre, hätte sie jeden für verrückt erklärt.

Doch immer, wenn sie an ihn dachte, verlangte es sie danach, mit ihm zu verschmelzen. Es konnte ihr nichts passieren, redete sie sich stundenlang ein. Mit Risiken konnte sie umgehen. Vor allen Dingen konnte sie sich zurückkämpfen – aus misslichen Situationen. Nichts und niemand sollte sie aufhalten. Zu sehr war sie emotional verstrickt in seine Geschichte, in Hoffen und Bangen. Giulia befand sich in einem Blindflug, in dem es nur noch um das eine ging: Vertrauen. Sie vertraute darauf, dass ihn ihre Liebe in Afghanistan am Leben erhalten würde, dass er den Glauben an die Liebe, das Leben wiederfinden würde. So abgedroschen, wie sich diese Sätze anhörten, so sehr klammerte sie sich daran, willigte ein und tippte ein.

Giulia: *Du verlangst zu viel. Ich helfe dir noch dieses Mal – das allerletzte Mal.*

James: *Du wirst das nicht bereuen. Um das Tausendfache und mehr entschädigt werden.*

James beteuerte, dass er sein Dasein in diesem verachtungswürdigen Krieg nur wegen ihr ertragen würde, beschwor, sie nicht zu enttäuschen. Dafür würde er sie zu sehr lieben. Und den Gedanken nicht ertragen, er könnte sie verlieren. Giulia tat das gut. Ohne den geringsten Anflug von Angst, setzte sie sich das gemeinsame Ziel: So schnell wie möglich den Koffer an einen sicheren Ort liefern zu lassen. Immerhin hatte James einen Krieg am Hals, in einem Land, in dem es drunter und drüber ging – in dem Menschen täglich um ihr Überleben fürchteten, dringend benötigte Hilfslieferungen nicht in die belagerten Gebiete gelangten, auf Zivilisten und humanitäre Helfer geschossen wurde. Die westlichen Menschen hatten sich längst an diesen Krieg gewöhnt, der keine Schlagzeile mehr wert war.

Giulia kontaktierte Lucas, der sie darüber informieren sollte, ob sie ihr angelegtes Sparguthaben auch vor der offiziellen Ablaufzeit aufkündigen könnte, und was zu tun wäre. Auf dem Sparkonto war genau die Summe einbezahlt, um die es jetzt ging. Lucas fragte, wofür sie denn das Geld so schnell brauchte, worauf sie ihm eine Antwort schuldig blieb und angab, dass es sich um eine private Angelegenheit handelte. Für Giulia gab es kein Zurück in die Zeit vor James, besessen davon, den verdammten Koffer endlich unter ihre Fittiche zu bringen. Ihr Verstand weigerte sich, an etwas anderes zu glauben, als dass sich die Liebe zu James bewahrheiten und sie gestärkt aus dieser Sache herauskommen würde. Unter diesem Druck füllte sie bereitwillig alle Dokumente aus, die ihr Woodthrope übersandte, schickte eine Kopie von ihrem Personalausweis an die Sicherheitsfirma. Als sie auch noch einen Fingerabdruck unter ein Dokument der UN setzen musste, zauderte sie keine Sekunde, beruhigte sich damit, dass das eben zu den hohen Sicherheitsstandards gehörte, die der Person abverlangt werden müssen, der das Hab und Gut eines US-Generals übertragen wurde. Auch James müsse sich einer Überprüfung unterziehen, teilte ihr Woodthrope mit und legte einschlägige Dokumente vor, aus denen klar hervorging, dass er der Eigentumsübertragung zustimmte. Als alle Dokumente ausgefüllt und unterschrieben waren, telefonierte Giulia mit ihrem Bankberater, gab an, für einen einmaligen Kunstkauf etwa Zwanzigtausend Euro zu benötigen. Der tüchtige Banker beglückwünschte Giulia zum Kunstkauf, weil sie ihr Sparvermögen in eine lebendige Anlage stecken und nicht auf einem toten Sparkonto herumliegen lassen würde. Dem Geldtransfer stand also nichts im Wege, außer ein paar Restzweifel, die sie sich nicht leichtfertig aus den Augen rieb und deshalb den Deal mit einer Freundin noch einmal kritisch unter die Lupe nahm. Marie war eine gute Zuhörerin, die sich mit Vorwürfen und gut gemeinten Ratschlägen zurückhielt, die Risiken einging, in der Liebe wie im Leben. Wie Giulia, liebte Marie das pulsierende Leben, den Reiz des Unbekannten. Giulia nahm den Telefonhörer ab, wählte ihre Nummer, ließ das Telefon läuten. Nach dem vierten Läuten schaltete sich der Anrufbeantworter ein und Giulia hinterließ eine Nachricht: „Hallo, Marie, bitte ruf mich zurück. Ich muss dich sprechen." Nach etwa 30 Minuten schrieb Marie stattdessen über WhatsApp, dass sie morgen Abend vorbeikommen könne. Inzwischen waren gut zwei Wochen vergangen, seit die Sache mit dem Koffer auf dem Tisch lag. Längst hatte sie ihre Erkältung überwunden. Giulia war wieder bei Kräften und regelrecht erleichtert, als sie am späten Nachmittag des darauffolgenden Tages in ihr Auto stieg. Es war das erste Mal, dass sie jemandem diese Story erzählte. „Schön, dich zu sehen, Giulia. Wie geht es dir?", rief ihr Marie freudestrahlend entgegen und umarmte sie an der Haustür. „Gut", antwortete Giulia kurz, zog die Stiefel im Flur aus und lief Marie ins Wohnzimmer hinterher. Dort kam ein Jubelschrei aus ihr heraus, so überrascht war sie von dem liebevoll gedeckten Tisch und der geschmackvollen Adventsdekoration. Insgesamt machte Marie einen ausgeglichenen

Eindruck auf Giulia, als sie in die Küche ging, die offen zum Wohnbereich gestaltet war. Dort hantierte sie mit einem Topf und verteilte die dampfende Suppe auf zwei Teller. Anschließend brachte sie die Teller an den Tisch setzte sich auf einen Stuhl Giulia gegenüber. „Süßkartoffelsuppe", strahlte Marie und fragte Giulia nach dem Grund ihres Kommens und was denn so wichtig sei. Giulia lächelte verlegen, das die melancholischen Züge in ihrem Gesicht verstärkte.

„Ich bin da in etwas hineingeraten, muss mich entscheiden. Darüber zu reden, fällt mir nicht leicht. Ähm, wenn ich nur nicht so verliebt wäre."

Marie sah sie an: „Was, du bist verliebt? Davon wusste ich ja nichts", entgegnete sie erstaunt und löffelte genüsslich ihre Suppe. Giulia begann zu erzählen, alles von Anfang an, und Marie hörte mit zunehmendem Interesse zu. Schließlich sagte Giulia ihrer Freundin zugewandt: „Ich fürchte, dass ich da nicht mehr so einfach herauskomme."

Giulia kniff die Augen zu, wünschte, das eben Erzählte würde sich bloß in ihrer Fantasiewelt abspielen, verspeiste ihre Suppe, ohne richtig zu schmecken, was genau sie da zu sich nahm. Marie war im ersten Moment sprachlos. Und die hochgezogenen Augenbrauen verrieten Giulia, dass sie das alles andere als komisch fand.

„Gut. Wirklich gut, deine Suppe", lenkte Giulia ab und hoffte auf eine schnelle Antwort

„Deine Entscheidung steht doch schon fest", antwortete Marie ruhig, ohne eine Miene zu verziehen. „Davon kann dich doch kein Mensch mehr abbringen."

„Ja, vielleicht. Weil ich diesen Mann wirklich liebe." Giulias Stimme wurde zittrig und sie war den Tränen nahe. Irgendwie gelang es ihr dann doch, die Fassung zu bewahren, trotz der inneren Wut über die Rolle, die sie in diesem Drama spielte und in dem sie ihren Schneid auch ein Stück weit zu bewundern begann.

„Ich wünschte, ich wäre dir eine Hilfe. Doch ich bin mir sicher, dass du das unter Kontrolle hast. Immerhin hast du dir das lange überlegt und mit deiner neuen Liebe diskutiert."

„Diese Art zu lieben, macht mich noch verrückt. Einerseits fühlt sie sich seltsam an, fast schon unheimlich, andererseits bringt mich dieses Gefühl noch um den Verstand. Wie es scheint, bin ich schutzlos ausgeliefert", diagnostizierte Giulia ihren emotionalen Zustand und hinterfragte zum wiederholten Mal, ob sie doch nicht lieber aussteigen soll, aus dem Wahnsinn.

„Verliebtheit bringt ziemlich viel Menschliches hervor. Was jeder Mensch selbst verdauen muss, ähm, eine besonders schwere Kost", erwiderte Marie. Giulia wusste, wovon sie sprach. Sie wusste, was Marie in der Liebe hinter sich hatte und dass sie mit so manch einer Enttäuschung auch finanzielle Einbußen erlitten hatte. Zustimmend lächelte sie und spürte, wie sie in diesem Moment von einem unwiderstehlichen Reiz überflutet wurde – dem Reiz, für diese Liebe Opfer zu bringen, sich mehr als nur mit Worten einzubringen, ihr den Beweis von ‚Ich kann mich voll und ganz einlassen' zu erbringen, der über jeden Zweifel erhaben war.

Auf der Fahrt nach Hause ließ Giulia ihre Gedanken kommen und gehen. Sie ließ alle Zweifel los, ließ zu, was sich ereignet hatte und ereignen sollte. Ohne einen weiteren Gedanken zu verschwenden, fuhr sie am nächsten Morgen den Laptop hoch, meldete sich im Online-Banking an und überwies binnen zwei, drei Minuten den geforderten Betrag auf das Bankkonto in Barcelona. Auch wenn ihr ein Stich durch die Brust fuhr und ihr das Herz bis zum Hals schlug, als die Überweisung getätigt war, gelang es ihr, jedweden Gedanken an eine Liebesfalle zu verdrängen. Glücklich ist, wer vergisst, heißt es in der psychotherapeutischen Praxis, beruhigte sie sich, teilte die erfolgreiche Operation James mit, der vor Freude vollkommen aus dem Häuschen war. Sofort erhielt sie von Woodthrope eine E-Mail, in der er Giulia versprach, den Koffer persönlich noch vor Weihnachten bis an ihre Haustür zu liefern. Die Freude von James war so überwältigend, dass sie sich weiterer Illusionen hingab, sich davon restlos vereinnahmen ließ.

Giulia: *Gestern habe ich noch lange über meine Freundschaften mit Männern in amerikanischen Hochsicherheitsgefängnissen nachgedacht. Diese Männer ließen mich in ihre Herzen blicken – in gebrochene Herzen.*

Giulia: *Und jetzt bin ich in einen Mann verliebt, der in einem Hochsicherheitstrakt einer Militärbasis einsitzt und im Krieg seinen Kopf hinhält. Auch dieser Mann öffnete mir sein Herz.*

James: *Diesem Mann hast du das Herz gebrochen und ihm den Glauben an das Leben und die Liebe zurückgegeben.*

James: *Mein Herz verwandelt sich in einen ruhigen Fluss. Du bist eine Quelle der Inspiration. Ich schulde dir Freude und Wohlergehen, für immer.*

James: *Ich werde dich nicht enttäuschen.*

Giulia: *Zeit für einen Witz?*

James: *Immer!*

Giulia: *Der Arzt sagt zu einem Patienten: „Ich habe eine gute und eine schlechte Nachricht für Sie." Der Patient sagt: „Oh, mein Gott, die schlechte Nachricht zuerst." „Sie haben AIDS!", sagt der Arzt. „Das ist ja schrecklich", sagt der Patient. Wie kann es darauf noch eine gute Nachricht geben?" „Hm. Sie leiden auch an Alzheimer", sagt der Arzt. „Wenigstens habe ich kein AIDS", antwortete der Patient.*

Giulia: *Hoffe, dass ich die Summe, die du mir schuldest, nicht einfach mir nichts, dir nichts vergessen werde. Wie dieser Mann seine AIDS-Erkrankung vergessen hatte, nur weil noch was Schlimmeres kommt.*

Giulia stand schon im Morgengrauen auf, um sich in Ruhe auf den Tag vorzubereiten. Die Stille und die milde, frische Herbstluft des anbrechenden Morgens wollte sie auskosten, den Tag mit aller Kraft bejahen, ihn als Tankstelle für Heiterkeit und Gelassenheit nutzen. Nach dem Frühstück mit frischen Brötchen, selbst gemachter Himbeermarmelade und frisch gemahlenem Kaffee, klingelte das Telefon. Giulia lehnte gerade an ihrem Lieblingsfenster und blickte hinab in den Garten. „Seltsam, rote Rosen im Dezember", sagte sie, sah darin ein gutes Zeichen, während sie den Telefonhörer abnahm.

„Hallo."

„Wo zur Hölle warst du?", schrie Leo ungehalten ins Telefon, noch ehe sie zu Ende sprechen konnte.

„Leo. Was ist denn los?" Giulia fühlte sich überrumpelt und ihre Mundwinkel verzogen sich nach unten. So ungestüm kannte sie ihn nicht.

„Sorry. Mit mir sind gerade die Pferde durchgegangen", antwortete er besonnen in einem ruhigen Ton, „zu lange habe ich nichts von dir gehört, mir wirklich Sorgen gemacht."

„Warum denn? Alles gut, Alles bestens bei mir." Eigentlich war Giulia nicht nach Reden zumute. Der Morgen war harmonisch und friedlich. Kein Gejammer von James wegen seinem Koffer, kein Druck von Woodthrope. Sie bat Leo, kurz zu warten, ging in die Küche, holte sich die dritte Tasse Kaffee, setzte sich mit dem schnurlosen Festnetztelefon in den bequemen Ohrensessel und legte ihre Füße auf den Hocker. Leo war ahnungslos. Er wusste nichts, rein gar nichts von ihrer neuen Flamme. Und so sollte es auch bleiben, entschied sie.

„Ist wirklich alles in Ordnung – oder mal wieder verliebt, weshalb ich nichts höre?" Leo schien das völlig unwissend über die Lippen gekommen zu sein, aus einem Impuls heraus, und wie so oft traf er ins Schwarze.

„Ertappt. Und nun?", entgegnete Giulia schnippisch, hielt sich mit weiteren Andeutungen zurück, aus reinem Selbstschutz, da es aus ihr nur so herauszubrechen drohte, wenn sie auch nur ein Wort über ihre neue Liebe verlieren würde.

„Aha. Hoffe, es geht dir gut damit", sagte Leo in seiner offenen und mitfühlenden Art, ließ trotzdem nicht locker, fragte nach Details. In ihrer Vorstellung sah sie sein Gesicht, sein wohlwollendes Schmunzeln, mit dem er es stets verstand, die Dinge aus ihr herauszulocken. Doch dieses Mal war das anders. Aus einem ihr unbegreiflichen Grund ließ sie sich Zeit mit der Antwort, trank den letzten Schluck Kaffee und streckte ihre Beine weit von sich.

„Und warum meinst du, dass es mir, wenn ich verliebt bin, nicht gut geht?", fragte Giulia leicht verärgert und versuchte, gelassen zu bleiben.

„Ich kenne deine draufgängerische Art, wenn es um Männer geht. Deine Stimme klingt müde und beklommen, und ich habe eine komische Vorahnung." Leo atmete hörbar aus und wartete geduldig.

„Hm."

Giulia zögerte einen Moment, überlegte und sagte: „Na ja, ähm, du hast recht. Und weil du meine Männergeschichten kennst, kann dich ja nichts umhauen. Ähm, ja, bin verliebt, schwer verliebt sogar." Giulia hatte ihr Versprechen, das sie James gab, nämlich, nichts über ihre Verbindung anderen zu erzählen, zum zweiten Mal gebrochen, damit endgültig das Geheimnis gelüftet. Und als ob sie nur auf diesen Moment gewartet hätte, sprudelten die Worte nur so aus ihr heraus. Sie erzählte Leo die ganze Geschichte, bis ins letzte Detail, dass sie den Mann fürs Leben gefunden hätte. Und weil alles so intensiv und packend sei, wüsste sie nicht, wo ihr der Kopf stehen würde. Das mit dem Koffer und dem Geld verschwieg sie tunlichst. Leo hörte zu. Er unterbrach sie nicht. Als sie mit dem Erzählen fertig war, blieb es still in der Leitung. Bedrohlich still.

„Bist du noch da. Leo?" Giulia war mächtig unsicher. Ob er erschöpft war oder einfach nur besorgt, konnte sie nicht genau sagen. Da hörte sie seinen tiefen Seufzer am anderen Ende der Leitung. Er räusperte sich und sagte:

„Du hast dich also in einen US-General verliebt. Mal was anderes, das muss ich dir lassen." Leos Stimme klang weit entfernt, so unwirklich wie die Worte, die er aussprach: „In einen General, mit dem du dich über Skype austauschst. Du kennst diesen Mann nicht, weder sein wahres Gesicht, noch sein Umfeld. Herrje, ojemine. So spannend, wie diese Geschichte auch klingen mag, so sehr ich dir dieses Glück wünsche, so verlogen erscheint mir das." Leo schnäuzte kurz und sprach mit unerschrockener Stimme weiter, klar und deutlich. „Du glaubst gar nicht, wie froh ich bin, dass du mir davon erzählt hast." Er klang ausgesprochen ernst, viel zu ernst für jemanden, der mit seinem Optimismus und Siegeswillen andere mitreißen und motivieren konnte, der sich als Psychoanalytiker genauso gut eignen würde wie als Seelsorger. „Neulich, da lief eine Dokumentation im Fernsehen …" Sachte, als würde gleich eine Bombe platzen, begann er.

„Über was?", fragte Giulia scharf. Genervt setzte sie sich aufrecht hin und strich sich über die Stirn. Ihre heitere Morgenlaune wich einem schwer erklärbaren Unwohlsein.

„Über die falschen Generäle im Netz." In Leos Stimme schwang ein nervöser Unterton mit. Er schien den starken Verdacht zu haben, sie könnte einem Betrüger auf den Leim gegangen sein. Leo war wirklich kein Typ, der gerne schlechte Nachrichten überbrachte, schon gar nicht ihr. Aber jetzt war etwas raus, was ihr eine neue Lagebeurteilung abverlangte.

„Du meinst also, ich sei in eine Liebesfalle gelockt worden?" Giulia stand auf, schüttelte ein ums andere Mal den Kopf, lief umher, währenddessen sich ihr Puls überschlug.

„Langsam wird es anstrengend mit all den Zweifeln", konterte sie.

Leo sprach bedächtig weiter und schien jeden Satz noch vorsichtiger abzuwägen, bevor er ihn aussprach. Wie hätte er auch wissen können, dass jedes Wort wie ein Peitschenhieb für sie war, das ihr Herz in tausend Stücke riss. „Vielleicht ist er deshalb so gemein zu mir?", dachte sie voller Zorn, weil er im Grunde doch nur ein Nörgler und Miesmacher ist, ein Mensch, der alles nur negativ sieht und mit Wollust schlechte Stimmungen verbreitet.

„Warum bist du so gemein zu mir?", schluchzte Giulia ins Telefon, fragte, weshalb er ihr das antun würde – an einem Morgen, an dem sie wieder angefangen hätte, an diese Liebe zu glauben, die sie schmerzlich vermissen würde, wenn sie zerbräche. Dunkle Gewitterwolken zogen über ihrem Glück auf. Giulia schnappte nach Luft, riss sich zusammen, atmete ruhig: Ein. Aus. Ein. Aus. Anstatt sich zu beruhigen, war ihr so, als ob sie an der augenblicklichen Wut und dem Schmerz ersticken würde, nicht nur wegen des Unvermeidbaren, sondern weil es ein Déjà-vu-Erlebnis in der Liebe war. Ihr Kopf dröhnte und ließ weder Platz für Stille noch für klare Gedanken. Muskeln, Schultern, Brust, Bauch waren bis zum Bersten angespannt. Mit allen Mitteln versuchte Leo, sie zu beruhigen, erreichte damit nur das Gegenteil. Giulias Panik wuchs bei jedem Gedanken daran, auch nur für eine Stunde von James getrennt zu sein. In seiner Not redete Leo weiter und weiter und weiter, hämmerte auf sie ein, sich von diesem Traum zu lösen, von James zu trennen, bis ihr das alles zu viel wurde und sie abrupt das Telefonat beendete.

Unverzüglich klappte sie ihren Laptop auf, öffnete Skype, googelte nach Generälen, Afghanistan, Krieg, Betrug, US-Army und landete einen Volltreffer nach dem anderen. Zum ersten Mal las sie über Romance-Scam über Selbsthilfegruppen, über Betroffene, die, nachdem die ganze Wahrheit aufgedeckt war, vor dem Nervenzusammenbruch standen. Manche Opfer mussten sogar therapeutisch behandelt werden. Und dass seit Jahren das betrügerische Geschäft mit Emotionen im Internet auf nationalen wie internationalen kostenlosen Internetplattformen kursieren würde. Die Szenen seien stets nach derselben Dramaturgie aufgebaut und würden alte, stereotype Geschlechtsrollen bedienen: Sie, die Frau, sei einsam, neugierig, experimentierfreudig. Er, der Mann, diskret, zurückhaltend, attraktiv, erfolgreich, gepflegt. Die falschen Männer würden schnell das Vertrauen gewinnen und ihre Opfer gekonnt mit Liebesschwüren und Schmeicheleien in die Welt der romantischen Träume entführen. Durch den prompten, intensiven Internetaustausch würden die Frauen Verlässlichkeit und Geborgenheit erfahren, obendrein mit positiven Bestätigungen und männlicher Fürsorge aufgefangen. Zahlreiche Fotos würden hin- und hergeschickt, bis es zu einer Anhäufung von romantischen Liebesbekundungen kommen würde, denen man nicht mehr widerstehen könne und sich wie ein pubertierender Teenager verhalten würde. Dabei würde man tiefe Gefühle entwickeln – Gefühle, die entweder lange Zeit im Verborgenen lagen, keine Resonanz in der Realität mit anderen Partnern gefunden hätten oder enttäuscht wurden. Nicht nur Frauen, sondern auch Männer seien vom Internet-Romantik-Betrug betroffen, wobei das Spiel dann andersherum läuft: Die Romance-Scammerin ist zurückhaltend, attraktiv, gepflegt. Im Unterschied zu ihren männlichen Betrüger-Kollegen präsentiert sie sich hilflos und schwach, damit sich die männlichen Opfer stark und beschützend geben können.

So gut, wie es ihr erbärmlicher Zustand zuließ, versuchte Giulia zu begreifen, was da stand und was sie mehrere Male lesen musste, weil die Buchstaben immer mehr vor ihren Augen verschwammen. War sie tatsächlich ein naives Opfern, das betrogen, hintergangen, verraten wurde? Dabei hätte sie es besser wissen müssen, nach all ihren Erfahrungen: Liebessehnsüchte sind eingebildete Traumgebilde, die den Kräften der Realität nicht lange standhalten, ihnen nicht lange ausweichen können. Das Vertrackte daran ist, dass man lange und tief emotional verwickelt bleibt, bis man von der Last der Fakten niedergedrückt wird. Verzweifelt überließ Giulia ihr verwundetes Herz einem Meer der Tränen. Sie zitterte am ganzen Leib, fürchtete, ihn zu verlieren, das größer war, als die Angst, Tausende von Euros verpulvert zu haben. Noch konnte sie der Wahrheit nicht ins Gesicht schauen und noch weniger konnte sie damit umgehen. „Wenn sich Wahrheit und Traurigkeit über mein Herz legen, bleibt mir mein Verstand, der mir Lösungen anbieten und mich befreien wird." Giulia verließ sich auf ihr Hirn, auf ihre Widerstandskraft, Lernbereitschaft und Motivation, auch aus dieser Niederlage einen Gewinn zu generieren. Obschon gerade nichts in sie eindringen konnte. Sie schwamm in trüben Gewässern. Ihr Hirn war verschleiert. Zur Verliebtheit gehört, dass man vor lauter Berauschtheit nicht daran interessiert ist, in was für einen Charakter man verliebt ist, es einem auch völlig schnuppe ist. Giulia liebte alles an James, einfach alles: Seine Präsenz, seine aufmunternden, einfühlenden Worte, mit denen er sie auffing, ihr positive Gefühle und Wohlergehen einhauchte, an die sie sich wie eine Ertrinkende klammerte. Seine Überzeugungskraft, die jeden noch so kleinen Zweifel ausräumen konnte. Ihr Herz raste. Ihre Lungen gierten nach Luft. Es gehörte schon einiges dazu, sich in einen derart schweren, vereinnehmenden Gefühlszustand versetzen zu lassen, in dem alle quälenden Zweifel verdrängt und vergessen werden.

„Im Leid erproben wir die Liebe." Der Satz war einst an Alex gerichtet. Der Starke und Weise beherrscht seine Gefühle, dachte sie, sodass es, glaubt man den Stoikern, fast unmöglich ist, diesem Menschen emotionales Leid zuzufügen. Von errungener Liebesweisheit konnte bei ihr nun wirklich keine Rede sein. Sie hatte die Kontrolle verloren – voll und ganz einem Typen, einem System vertraut, es über sie bestimmen lassen. War es ihr noch möglich, aus dieser emotionalen Schwäche eine Stärke zu machen, stärker und authentischer aus der Talsohle hervorzugehen? Erinnerungen an leidgeprägte Liebesbeziehungen erwachten. Schleunigst musste sie James erreichen, aus ihrem Gefühlsmorast herauskommen, etwas tun, anstatt immer tiefer hineinzusinken. Es war erst 11 Uhr vormittags, als sie sich bei Skype in den Verfügbar-Modus schaltete. James war online und versuchte sie zu erreichen. Giulia nutzte diese Gelegenheit und fiel mit der Tür ins Haus:

Giulia: *James, bist du ein Betrüger? Ein Romance-Scammer? Für wen arbeitest du?*

Giulia wollte ganz bewusst Druck auf ihn ausüben, ihn mit aller Härte konfrontieren. Rücksichtslos. Die Fragen drängten sich ihr wie von selbst auf – auch der Schmerz, sodass sie mehrfach laut aufschreien musste. Ihr Atmen beschleunigte sich, während sie auf seine Antwort wartete. Es kam nichts, außer Schweigen, wie immer, wenn es für ihn eng wurde, wenn er nicht weiterwusste. Giulia öffnete ein neues Chatfenster, tippte ein: *„James, ich möchte jetzt nicht zu tauben Ohren sprechen. Ich frage dich: Hast du irgendetwas mit Romance Scamming zu tun?"* Im Innersten hoffte sie auf eine ausgleichende Antwort von ihm, mit der sich ihre Gefühlswelt in Ordnung bringen ließ. Nach fünf, sechs, sieben Minuten empfing sie seine Nachricht:

James: *Was ist los. Schatz???*

Giulia: *Du scheinst nicht der Mann zu sein, für den du dich ausgibst. Und komm mir jetzt bloß nicht mit dem abgedroschenen ‚Schatz'.*
Ein Freund klärte mich über die Fake-Generals im Netz auf. Und was ich darüber lese, gefällt mir nicht, ganz und gar nicht. Hätte ich Alzheimer, wäre diese Schmach vergessen.

Mit Tränen in den Augen tippte sie die Sätze ein. Sie legte ihre Brille ab, putzte sie, zog sie wieder an und las die Sätze noch einmal. Es war Funkstille. War Leo auch dieses Mal mein Weckruf? Fake-Generals und Fake News, was ist im Internet überhaupt echt?, geisterte ihr im Kopf rum, während sie den Laptop herunterfuhr, in die Diele ging, sich eine warme Jacke und ein paar feste Stiefel anzog. Sie musste raus, sofort, an die frische Luft. Draußen grübelte sie über das Ausmaß an

Falschheit, Lüge und Verdorbenheit im Netz nach. Über frei erfundene, emotionalisierende Nachrichten, Postfaktisches, bei dem die Fakten ignoriert werden. Lügen haben viele Gesichter. Sie verstecken sich hinter Klatsch, Tratsch, Gerüchten, Blackout, Gedächtnislücken, Irrtümern, Missverständnissen, Ausreden, Märchen, Verschwörungstheorien – hinter einem Ehrenwort, einem Versprechen. Ein Dickicht aus Lügen und Betrügen verbreitet sich gerade in den sozialen Netzwerken – mit falschen Profilen, Namen, Fotos, Berufen und falschen Biografien. Es geht um die emotionale Ausbeutung derer, die auf das anonyme Spiel mit Gefühlen hereinfallen, wurde Giulia bewusst, als sie sich in das nahegelegene Waldstück aufmachte. Der Sturm in der vergangenen Nacht hatte eine Menge Bäume entwurzelt, die nun kreuz und quer im Wald herumlagen. An einem Baum, dessen aus dem Boden gerissenes Wurzelwerk ein großes Loch hinterlassen hatte, kam sie nicht vorbei. Sie musste sich einen anderen Weg suchen, der nach oben zur Lichtung führte. Auf allen vieren kletterte sie einen steilen Hang hinauf, hielt sich an dicken Ästen fest, um nicht abzurutschen. Das letzte Stück war am schwierigsten, das sie ein paar Meter ohne Äste zum Festhalten überwinden musste. Nachdem das geschafft war, ging es weniger steil auf die Anhöhe weiter, bis sie zu einem Baumstamm kam, auf den sie sich hinsetzen und erst mal ausruhen konnte. Aus etwa zwanzig Metern Höhe sah sie in die malerisch bewaldete Schlucht hinein, hinunter zum Bach. Ein wohliges Gefühl durchdrang sie, ihre Muskeln entspannten sich. Durch die Baumwipfel brach sich das Licht der Abendsonne. Giulia streckte ihr Gesicht der Wintersonne entgegen, genoss die Ruhe des Waldes. In ihrem Schädel ging alles durcheinander, auch, dass es Menschen gibt, die über Jahre hinweg im gigantischen Betrugsnetz von Romance-Scammern gefangen sind, ohne dass es jemals zu persönlichen Treffen gekommen war. Es sind nicht nur die Naiven der Welt, die auf so etwas reinfallen, sondern Personen, die mit beiden Beinen fest im Leben stehen: Studierende, Lehrende, Unternehmende, Journalisten, Ingenieure, Anwälte. Oft erkranken diese Menschen somatisch und tragen psychische Störungen davon. Kontakte zu diesen Realfakes schüren Ängste auf vielen Ebenen und wirken sich vernichtend, demoralisierend auf die Opfer aus, die in negative Stresssituationen geraten, späteren realen Beziehungen skeptisch gegenüberstehen und ihnen nichts Positives mehr abgewinnen können. Es ist ein Teufelskreis, der den davon Betroffenen Energie und Kreativität raubt.

In dieser Nacht wurde Giulia von Weinkrämpfen geschüttelt. Sie stand auf, legte sich auf ihr Kuschelsofa, schaltete den Fernseher ein, zappte durch die Programme, konnte sich nicht beruhigen. Zu sehr setzte ihr die Sache zu. Wie leicht es war, sich im Internet, wo der Partner nur einen Mausklick, einen Wisch von einem entfernt war, in eine dubiose, unbeherrschbare Liebesgeschichte zu verstricken. Sie konnte es einfach nicht glauben, wie tief sie sich von James und seinem Liebesgesang vereinnahmen ließ. Auch wenn es heutzutage normal ist, nach der großen Liebe im Internet zu suchen, lieferte sie sich nicht nur blind dem romantischen Schnickschnack aus, sondern beinharten Risiken. War das also das Zukunftsmodell, wenn die romantische Praxis nicht mehr das zum Blühen bringt, was es der Überlieferung nach sein sollte?, überlegte sie. Und wie verändert sich der Sehnsuchtstraum und das Konzept von der ewigen Treue und Hingabe? Wird sich die Liebe neu erfinden müssen oder bleibt sie das, was sie ist: ein Labyrinth, eine Formation unlösbarer Widersprüche? Die Augen fielen ihr vor lauter Müdigkeit zu. Natürlich hätte sie zwischen den Zeilen lesen, die Fakten wahrnehmen und ihren Zweifeln nachgeben können. Klar und deutlich standen sie jetzt vor ihr, wie eine rote Verkehrsampel. Verliebte Menschen kennen nun mal keine Regeln. Und sie kennen keine Vernunft, die automatisch eine Vollbremsung auslöst, wenn der Romantikkarren in die falsche Richtung fährt. Es ist ein Trugschluss, zu glauben, mir nichts, dir nichts aus einer tiefen Liebesbeziehung auszusteigen. Giulia fand in den kommenden Tagen für sich selbst ein paar tröstende Worte, erstickte ihre Wut mit dem Löschblatt der Entschlossenheit, verbannte sie in die hinterste Ecke ihres Gedächtnisses, lenkte sich mit Arbeit ab. Doch als es wieder still wurde, sie mit ihren Gedanken allein war, vermochte nichts, nicht das lautestes Geräusch unterm Dach, ihr etwas von der Schwere der Gedanken zu nehmen, die wie ein Karussell in ihrem Kopf umherkreisten. Als sie an einem Morgen gegen 7 Uhr aus dem Bett kroch, zum Schreibtisch taumelte, den Laptop aufklappte, Skype öffnete und online ging, war James gerade dabei, an sie Nachrichten einzutippen:

James: *Warum sagst du all diese hässlichen Worte über mich?*

James: *Schatz, bitte melde dich, sprich mit mir.*

James: *Du machst mich traurig, sehr traurig. Bitte sag' etwas.*

James: *Bitte, bitte, bitte.*

Giulia: *Was soll ich sagen? Gerade habe ich ein kleines Vermögen verloren, wegen dem verdammten Koffer. Die Geschichten über Romance-Scammer sind unheimlich und flößen mir Angst ein.*

James: *Was für Geschichten? Warum setzt du unsere Liebe diesem Stress aus?*

Giulia: *Bist du naiv oder was? Du weißt genau, wovon ich spreche.*

James: *OMG. Was habe ich dir gesagt. Du hättest niemandem über uns erzählen sollen. Im Internet gibt es zahllose Betrüger. Sie stehlen unsere Profile und Fotos, nutzen sie für ihre Zwecke. Sie beuten Frauen aus, bringen sie um ihr Geld.*

Giulia: *Ist das Ganze auch noch meine Schuld?*

James: *Nein, nein. Bitte mache dir keine Sorgen. Ich werde die nächste Gelegenheit nutzen, mich dir live auf Skype zu zeigen. Wenn ich durch bin mit dem, was ich gerade tue, dann gehe ich in die Militärzentrale und werde mit dir über die Videokamera sprechen. Bitte beruhige dich. Ich kann es nicht ertragen, wenn du in so einem Zustand bist.*

Giulia: *Ich hoffe, der Koffer wird bald geliefert. Woodthrope hält sich bedeckt.*

James: *Giulia, ich bin ein Mann der Ehre und halte mein Wort. Wie oft muss ich dir das noch sagen? Grrr. Woodthrope kontaktiere ich sofort. Er soll dir die Lieferdaten mitteilen. Aber bitte, rede mit niemandem darüber. Sonst wird alles nur noch komplizierter.*

Giulia zwang sich, vor dem Laptop sitzen zu bleiben, legte das Handy zur Seite, vergaß zu Frühstücken. Sie starrte auf den Bildschirm, wartete ungeduldig auf weitere Informationen, besonders auf den versprochenen Video-Call. Gedanken an Betrug verdrängte sie, so gut es ging. Und doch war es nicht mehr nur die romantische Verklärtheit, die sie bei der Stange hielt, es war eine Melange aus kriminologischem Interesse, Dickschädel und Kampfgeist, die ihr abverlangten, aus dieser Sache als Siegerin, nicht als Opfer, hervorzugehen. Über die Jahre hatte sie wahrlich gelernt, mit negativem Stress umzugehen, in Distanz dazu zu bleiben, zu versuchen, diesen aus einer bejahenden Grundhaltung zu bewältigen. James überschüttete sie mit Liebesbekundungen und Treueschwüren: Er könne sich nicht mehr konzentrieren, sei verloren, untröstlich, würde noch härter um ihre Liebe kämpfen, wolle sie zurückgewinnen. Den Video-Call verschob er wegen verschärften Sicherheitsbestimmungen, für die er schließlich seinen Kopf hinhalten müsse. Er bat sie eindringlich, mit niemandem über den Koffer zu sprechen, schrieb von überwindbaren Hindernissen, die sich ihnen jetzt in den Weg stellen, die sie zusammenschnüren würden. Der Tag hatte kaum begonnen und schon fühlte sie sich elend. Sie zwang sich dazu, zu frühstücken und so zu tun, als wäre nichts geschehen. Unter keinen Umständen dürfte sie jetzt in Panik geraten. Sie backte Brötchen auf, stellte Marmelade, Frischkäse und Tomatenwürfel auf den Tisch. Danach fühlte sie sich etwas leichter ums Herz. Sie konzentrierte sich auf ihre Tagesroutine und die anstehenden Aufgaben. Neben den üblichen administrativen und vertrieblichen Dingen musste sie sich auf Reisen nach Wien, Linz und Frankfurt vorbereiten, PowerPoint-Präsentationen für diverse Fortbildungen fertigstellen. Dann stand der Besuch von Maxima an. Am späten Nachmittag holte sie ihre Patentochter am Bahnhof ab und ging mit ihr gleich zum Italiener. Von den süßen Schwärmereien der Teenagerin beflügelt, verging die Zeit wie im Flug. Die Abwechslung tat ihr gut. Für eine gewisse Zeit konnte sie ihre Traurigkeit vergessen. Doch als der Abend anbrach, fühlte sie sich einsam und unendlich erschöpft. Ihre innere Zerrissenheit war zu groß, als dass sie einfach vom Tisch zu wischen gewesen wäre. Mochte sein, dass sie deshalb die Einladung zur Junggesellinnen-Party von einer Freundin abgesagt hatte, dass sie Maxima vor dem Fernseher alleine hocken ließ, stattdessen zum See hinunterging, an die

Stelle, wo sie vor wenigen Wochen stand und über die Geschichte mit Lucas nachgedacht hatte. Giulia setzte sich auf die gleiche Bank, sah, dass rechts daneben immer noch derselbe Holzhaufen lag, und beobachtete die Enten, die mit tief eingezogenen Köpfen am Ufer saßen. Alles, was wir empfinden, berühren, schmecken, sehen, denken, tun, hinterlässt in uns Spuren, ob wir das wollen oder nicht – das Zwitschern von Amseln in der Abenddämmerung, die Gerüche im Haus, ein Blick, ein Lächeln, die Art, sich auszudrücken und sich hineinzustürzen in ein neues Liebesabenteuer. Jeder Eindruck dringt unterschiedlich stark in uns ein, verändert etwas im Leben. Giulias Sachverstand bewahrte sie nicht davor, in unsägliche Romanzen hineinzugeraten, sich in Verhältnisse zu verstricken, auf die sie hätte verzichten können und die im Nachhinein auf eine bestimmte Weise für ihre Entwicklung hilfreich waren. Sie schwor sich, künftig in der Liebe auf ihre innere Stimme zu hören, ernst zu nehmende Zweifel zuzulassen. Und streckte ihre Arme vor sich aus, schaute auf den See hinaus, wiederholte laut, zehn, fünfzehn Mal denselben Satz: „Sei achtsam. Du schaffst es. Du bist stark. Bleibe deinem Wesen treu." Boris Becker war bekannt dafür, die Kunst der Autosuggestion, der positiven Selbstbeeinflussung, vor und während eines Tennismatches meisterhaft angewandt zu haben. Sich mental auf etwas, was man sich wünscht, was man erreichen will, zu programmieren, ist eine Fähigkeit, die man mit positiven Botschaften trainieren kann: Ich schaffe das. Ich bin stark. Ich werde meine Ziele erreichen. Und genau dieser bediente sich Giulia jetzt, um zu Wohlbefinden und Ausgeglichenheit zurückzufinden, auch wenn es ihr gerade reichlich schwerfiel, an die Sätze, die sie hinausposaunte, wirklich zu glauben. Daran, dass sie in schwierigen Lebensphasen ihr eigenes Wesen erkannte, das, was wirklich in ihr steckte, was gut und schwierig war. Sie lächelte, als ihr Leo einfiel. Allein der Gedanke, dass er in ihrer Welt existierte, ihr ehrlich begegnete, wirkte sich heilend auf sie aus. Freundschaft ist eine starke Form von Liebe, vielleicht die stärkste überhaupt. Zeit mit Freunden zu verbringen, bedeutete für Giulia, sie zu achten, zu lieben. Freunde zu finden, die für einen da sind, offen ihre Meinung sagen, die sie trösten und auffangen können, wenn sich ihr Leben eintrübte, sind wichtig – wichtiger als jeder Liebestraum.

Giulia fröstelte, als sie in ihre Wohnung zurückkehrte. Sie steckte den Kopf durch den Türspalt ins Gästezimmer und sah, dass Maxima bereits tief und fest schlief. Auf dem Esstisch fand sie einen handgeschriebenen Zettel: „Bin früh ins Bett gegangen. Bis morgen, deine Maxima." Giulia zog Jacke und Schuhe aus und ließ sich eine heiße Badewanne ein. Sie stellte sich vor den Spiegel, dachte an James' Koffer. Aufgeben, nein, das kam nicht infrage. Sie spürte, wie neuer Schwung in die Angelegenheit kam, sie Lust bekam, diesen Vorfall vollständig aufzuklären. Als sie in die Badewanne stieg, das heiße Wasser genoss, in das sie bis zum Hals hineintauchte, ging ihr Leos Weckruf durch den Kopf. Gedanken an ihre Mutter erfassten sie, sehr private Gedanken. Ihr Tod war ein schrecklicher, wenn nicht brutaler Weckruf in ihrem jungen Leben, der sie, ohne es bewusst empfunden zu haben, auf einen neuen Weg gebracht hatte. Nach dem schnellen Herztod ihres Vaters war ihre Mutter häufig in aller Herrgottsfrühe in die Badewanne gestiegen. Es war ihr stimmungsaufhellendes Morgenbad, womit sie versuchte, ihre innere Leere zu verjagen. Giulia zuckte zusammen, griff nach der Peelingcreme, die auf dem Fensterbrett lag, trug sie aufs Gesicht, Hals und Brust auf und rieb sie mit einem rauen Schwamm ein. Nachdem sie das Peeling vollständig abgerubbelt hatte, setzte sie sich auf den Wannenrand, griff nach dem Klingenrasierer, bedeckte ihre Beine, Achselhöhlen und Intimzone mit einem weißen Schaum und rasierte die kurzen Härchen und Stoppeln überall dort weg, wo sie in den letzten Tagen nachgewachsen waren. Die ganze Prozedur dauerte länger als eine halbe Stunde, fiel ihr auf, als sie auf ihr Handy sah, das, wie üblich, neben der Wanne auf der kleinen Holzbank lag. Sie duschte sich kurz im Sitzen ab, stieg aus der Wanne heraus, trocknete sich ab, cremte sich mit einer reichhaltigen Körpercreme ein und zog ihren Schlafanzug an. Auf Zehenspitzen schlich sie in die Küche, da sie Maxima nicht aufwecken wollte. Aus dem Kühlschrank nahm sie eine Flasche Mineralwasser heraus, goss sich ein Glas ein, trank es in einem Zug aus, goss sich ein neues Glas ein und leerte es wieder in einem Zug. Völlig erschöpft, kuschelte sie sich in eine Decke ein und legte sich aufs Sofa. Da sie kaum noch die Augen offenhalten konnte und befürchten musste, sie würde auf dem Sofa einschlafen, stand sie ein wenig später wieder auf, ging ins Schlafzimmer und legte sich ins Bett. Sofort schlief sie ein, und nicht nur das. Sie träumte von einem schweren, völlig durchnässten Koffer, an den sie gekettet war und der sie in die dunkelsten Tiefen des Meeres hinunterzog. Schweißgebadet wachte sie mitten in der Nacht auf. Der Traum fühlte sich echt an. Sie stand auf, ging ins Bad, zog sich ein frisches Nachthemd an. An Schlaf war nicht mehr zu denken. Und während sie sich von einer Seite auf die andere wälzte, liefen ihre Gedanken im Kopf Amok. Was wollte ihr der Albtraum mitteilen? Es war ein ruheloser Schlaf und absolut zwecklos, in diesem Zustand im Bett zu bleiben. Schon um 6 Uhr früh stand sie auf, zog den Bademantel an, schlüpfte in die Crocs-Sandalen und schnappte sich eine Taschenlampe. Sehr leise verließ sie die Wohnung und ging in den Garten hinaus. Dichter Nebel zog sich über die Rasenfläche. Es war kalt, matschig, dunkel. Sodass ihre Füße eiskalt und klatschnass waren, als sie in die behagliche Wärme der Wohnung zurückkehrte. „Welcher Idiot kommt auf die Idee, bei Nacht und Nebel barfüßig im Dreck herumzulaufen?" Giulia ärgerte sich über ihr Verhalten, während sie sich ein heißes knöchelhohes Fußbad vorbereitete. Dann stellte sie den Wasserkocher an und goss Kräutertee auf. Mit einer Tasse setzte sie sich auf die Holzbank im Bad und tauchte ihre Füße in das heiße Wasser. Entspannt lehnte sie sich an die Wand. Farbe kehrte in die Knöchel zurück, und Wärme stieg an ihren Beine hoch. Es war halb acht Uhr, als sie unter die Dusche hüpfte und eine bekannte Melodie anstimmte. Über ihre Jeans zog sie einen warmen dunkelblauen Pulli über. Mit der zweiten Tasse Kräutertee setzte sie sich an den Schreibtisch, öffnete Skype. James lässt mich nicht im Stich, so wie es Alex tat, der, wenn es Stress in der Beziehung gab, sich wochenlang nicht meldete, analysierte sie. Und wie es der Zufall wollte, James war verfügbar.

James: *Ich dich liebe, aus der Kraft meines reinen Herzens. Schreib das in dein Herz. Deshalb werde ich verhindern, dass sich uns etwas Belastendes in den Weg stellt. Du bist mein Ein und Alles.*

Giulia: *Erbring mir einen echten Liebesbeweis. Ich will dich sehen. Will sehen, wer du bist, ob du überhaupt existierst.*

James: *Hallo Schatz, gut, dass du so früh wach bist. Ich werde deiner Bitte nachkommen. Aber bitte check deine Mails. Woodthrope hat dir geschrieben. Er hat genaue Lieferdaten für dich.*

Giulia sprang auf, als sie das las, hüpfte in der Wohnung herum. Und plötzlich spürte sie, dass das Vertrauen zurückkehrte, dass sie es vielleicht doch mit ihm zusammen schaffen könnte. „Der Koffer existiert also doch und wird demnächst geliefert." Giulia kämpfte vor Freude mit den Tränen, checkte ihre Mails und las: „Verehrte Frau Orlandini, ich freue mich, Ihnen mitzuteilen, dass wir den Koffer am 27. Dezember liefern werden. Ich werde den Koffer persönlich zustellen. Nach meiner Ankunft am Flughafen in München melde ich mich bei Ihnen. Anbei erhalten Sie meinen Flugplan. Mit freundlichen Grüßen, David Woodthrope, UN-Sicherheitsbeauftragter."

Sie druckte die Flugdaten aus. Bestens gelaunt, deckte sie den Frühstückstisch und war voller Vorfreude auf das gemeinsame Wochenende mit Maxima, die sie in letzter Zeit nur selten zu Gesicht bekommen hatte. Maxima ahnte nichts von ihren Irrwegen in der Liebe. Zweifellos hätte sie sich dafür sehr interessiert. Die Fünfzehnjährige war in der Hochphase der Pubertät, in einer schwierigen Phase, in der sich der Charakter formt und das Gehirn eine richtige Großbaustelle ist. Abwechselnd schwärmte sie entweder für den Französisch- oder Sportlehrer, für YouTuber oder Influencer, die Giulia völlig unbekannt waren und ehrlich gesagt, auch nicht interessierten. Der Teenager kroch gegen 11 Uhr aus den Federn und tappte ein bisschen duselig ins Bad. Nach circa einer halben Stunde kam sie freudestrahlend in die Küche. „Ich habe so gut geschlafen", sagte sie und umarmte Giulia von hinten, die gerade dabei war, Apfelpfannkuchen auf einem Backblech in den vorgeheizten Backofen zu schieben, um sie warm zu halten. Maxima liebte Pfannkuchen, die sie reichlich mit Ahornsirup übergoss. Es war das, was sie leidenschaftlich zu jeder Stunde am Tag essen konnte, neben Pizza und Spaghetti mit Pesto. Während sie frühstückten, versuchte Giulia immer mal wieder, mit ihr ins Gespräch zu kommen. Da sie jedoch gegen ihren Messenger-Dienst nicht ankam, beschränkte sich die Unterhaltung auf Smalltalk: Was macht die Schule? Was ist dein Lieblingsfach? Stumm räumten sie den Tisch ab, wonach sich Maxima mit dem Handy und Lieblingsbuch in ihr Zimmer verzog. „Wie heißt das Buch? Worum geht's?", fragte Giulia darauf hoffend, dass diese Fragen zu einem etwas gehaltvolleren Gespräch führen würden.

„,Ich spür mich nicht'." Aus Maxima sprudelte es heraus: „Es geht um ein junges Mädchen mit einer Borderline-Störung. Ähm, und wie es versucht, damit fertig zu werden. Trotz toller Chancen im Showbusiness und dem Juroren einer Casting-Show, in den sich die Jugendliche verliebt, kommt sie aus ihrem Dilemma nicht heraus. Ähm, jetzt muss ich aber weiterlesen. Ich will wissen, wie das weitergeht und muss es meiner Freundin gleich mitteilen." Maxima legte sich aufs Bett, und bald war kein Mucks mehr von ihr zu hören. Giulia nutzte die Gelegenheit, um mit James zu chatten, der bereits auf sie wartete, um ihr zum tausendsten Mal zu versichern, sie niemals zu enttäuschen, für diese Liebe wie ein Löwe zu kämpfen und das ausgeliehene Geld zurückzubezahlen.

Kurz vor Weihnachten, dem Fest der Gefühle, der Freude, des Mitgefühls, entbrannte das Liebesgeplänkel aufs Neue, so als ob nichts geschehen wäre. Da Menschen in dieser Zeit besonders anfällig für sentimentale Gefühlsduseleien sind, sich nach Harmonie und Frieden sehnen, war auch Giulia voller warmer Empfindungen für James. Alles war verziehen und vergessen, selbst die gebrochenen Versprechen. Den wahren Beweis für diese Liebe würde er in Kürze erbringen, trichterte sie sich ein, was James ihr unermüdlich bestätigte, indem er sagte, dass er sie bald besuchen werde. Seine Worte sog sie auf wie ein Schwamm. Nach den Chats glaubte sie jedes Mal ein bisschen mehr an eine gemeinsame Zukunft, dass er sein Ehrenwort halten und sie wirklich besuchen würde. Jedenfalls versprachen die Sterne für Schütze-Geborene großes Liebesglück: *Glückwunsch! Sie kommen in den Genuss der totalen Liebe. In Bezug auf eine Partnerschaft stehen die Sterne für eine Zeit gemeinsam erlebter emotionaler Höhepunkte. Genießen Sie das Gefühl der Verschmelzung. Zelebrieren Sie die Liebe Ihres Lebens – eine schicksalhafte Verbindung, in der sich die Gegensätze aufheben, Eins-Sein entsteht. Ihnen widerfährt unverhofftes Glück. Was immer Sie jetzt anpacken und tun, wird Ihnen gelingen. Nichts kann Sie davon abhalten, weitere Gipfel zu stürmen. Nutzen Sie das neue Jahr und nehmen Sie die Dinge in Angriff, die Ihnen am wichtigsten sind.* Es war nicht bloßes Mitleid, das sie für James empfand. Obschon sie ihn in seiner Situation aufrichtig bedauern konnte, so wie es jede Frau tat, deren Mann Kriegsdienste verrichtete und bereit war, sein Leben zu riskieren. Mitgefühl und Solidarität trieben sie an. Ob es echte Zuneigung oder pure Einbildung war – das konnte sie schon lange nicht mehr sachlich einschätzen.

Diane und Mark kamen am zweiten Weihnachtsfeiertag auf einen Besuch vorbei. Sie verbrachten das Fest zusammen in München, da Mark noch an die Stadt gebunden war. Die Freunde sprachen über dieses und jenes, und dann sagte Diane plötzlich: „Giulia, du musst an irgendetwas festhalten und nicht immer wegrennen, egal, ob dieses Etwas Flügel oder Beine hat." Ihre originelle Bemerkung ging ihr leicht über die Lippen, und Giulia verkniff sich eine Antwort. An der romantischen Liebe hatte sie stets festgehalten, sodass sich Nähe entwickeln konnte. Doch nicht um jeden Preis. James konnte mit Dianes Worten nicht wirklich viel anfangen, die sie ihm am nächsten Tag anvertraute. Er antwortete konfus, ausweichend, unreflektiert. Und Giulia quälten zum x-ten Mal immer die gleichen Gedanken. Es war sein sprunghaft jugendlicher Charakter, der so gar nicht zu einem gestandenen Mannsbild passte. Die Stimmung lag also mal wieder am Boden. Sie dachte an den Film ‚The Bridge on the River Kwai'. Woher dieser Gedankenblitz kam, wusste sie nicht so genau. Jedenfalls trillerte sie munter die Melodie vom River Kwai March vor sich hin, die dann wie eine Endlosschleife in ihrem Kopf herumhing. Sie motivierte James im Chat, ein paar Strophen mitzusingen, jeder für sich vor dem Computer. Und tippte: *„Hitler he only had one ball. Goering had two, but they were small. Himmler had something similar and dear old Goebbels had no balls at all."* Darauf sang Giulia die Strophen noch einmal, stampfte mit den Füßen auf den Holzboden und klatschte in die Hände, überzeugt davon, dass die Leute, die unter ihr wohnten, sie nicht hörten, genauso wenig wie James, der voller Begeisterung antwortete.

James: *Diese Frau ist voller Kreativität. Ich spüre sie überall. Wenn der Koffer bei dir ist, gebe ich dir den Code, damit du das geliehene Geld daraus entnehmen kannst.*

Die beiden hatten erneut zueinandergefunden. Giulia meinte darauf, dass ihn seine Situation an ihren Vater erinnern würde, kam ins Nachdenken und erzählte eine andere Geschichte, die ihr auf dem Herzen lag. James hörte zu und reagierte mitfühlend. Als sie damit fertig war, tippte sie in das Chatfenster:

Giulia: *Es tut gut und ist befreiend, dass ich mich an meinen Vater zurückerinnern kann, an den Mann, der meinen Charakter in ganz besonderem Maße prägte.*

James wusste mit ihren Anflügen von Nostalgie umzugehen. Er wusste, wann welche Worte angebracht waren und wann Schweigen gut war. Trotz der anfänglichen Irritation, verlief der Chat ruhig und harmonisch, in dem sogar noch ein anregender Austausch entstand. Am Tag, als der Koffer geliefert werden sollte, saß Giulia auf der Terrasse im Garten und wartete auf Woodthropes Anruf. Er hatte versprochen, sie gleich nach der Landung am Münchner Flughafen zu kontaktieren. Giulia war angespannt und mit beiden Händen hielt sie das Blatt Papier mit den Flugdaten krampfhaft fest. Trotz der milden Temperaturen und der Decke, die sie sich um die Hüften gewickelt hatte, fröstelte sie. Der Wahrheit sollte sie bald ins Auge blicken, ahnte sie insgeheim voraus. Ständig nahm sie ihr Handy in die Hand, checkte Mails, Textnachrichten, die Ankunftszeit der Maschine aus London, schaute auf die Uhr. Es war kurz nach 13 Uhr. Da der Airbus pünktlich um 12.30 Uhr gelandet war, müsste das

Taxi mit Woodthrope mit dem Koffer spätestens um 16 Uhr vor dem Haus stehen, kalkulierte sie ausreichend Zeit ein. Für diese Liebe war sie wahrlich bereit, Opfer zu bringen, sich anzupassen an das Leben und den Erfolg des Mannes, da eine Beziehung nur so von Dauer sein kann, lautete ihr Fazit an dem alles entscheidenden Tag. Bei jedem Motorengeräusch, das sie vernahm, sprang sie mit einem Satz auf, rannte vors Haus, in der Hoffnung, das Taxi würde schon auf der Garagenauffahrt stehen. Mindestens zwanzig Mal ging das so. Doch weder kam ein Anruf noch das Taxi. Ihr Mund fühlte sich trocken an, ging auf und zu wie bei einem Fisch, der an Land gespült wurde und nach Luft schnappte. Vergeblich war sie darum bemüht, dunkle Gedanken aus ihrem Gedächtnis zu verdammen. Giulia saß im Gartenstuhl, wurde zusehends nervöser, je mehr Zeit verstrich. Sie fühlte sich wie eine Puppe, eine Marionette, an deren Fäden andere zogen. Sie stand auf, setzte sich wieder hin, stand auf. Nirgendwo fand sie Halt. Wie von einer Wespe gestochen, rannte sie schließlich die Treppe in ihre Wohnung hoch, fuhr den Laptop hoch. James war online. Wild tippte sie drauflos.

Giulia: *Woodthrope tauchte nicht auf. Er hätte schon längst den Koffer abliefern müssen.*

James: *Schatz, beruhige dich. Alles wird sich regeln. Ich kontaktiere Woodthrope sofort. Bitte versuche, ihn gleich über Mail zu erreichen.*

Giulia: *Schon gemacht.*

James: *Glaub mir, das tut mir alles wahnsinnig leid.*

Giulia: *Warum meldet sich dieser Scheißkerl nicht? Seine Handynummer habe ich auch nicht.*

James: *Bitte ihn darum.*

Giulia: *Schon gemacht. Bin ja nicht blöd. Ich wusste, dass das mit dem Deppen nicht gut gehen konnte.*

James: *Wir müssen jetzt geduldig sein.*

Giulia: *Warte. Gerade geht eine E-Mail von Woodthrope ein. Und das, was ich da lese, kann ich nicht glauben. Hat der noch alle.*

James: *Was, was ist denn los?*

Giulia: *Woodthrope will noch mehr Geld für anfallende Zölle und Einfuhrumsatzsteuern wegen des hohen Warenwerts des Koffers.*

Der Tag endete mit einem unüberhörbaren Donnerschlag, als Woodthrope ihr mitteilte, dass es Probleme mit der Zollabwicklung beim Abflug gegeben und man ihn in London festgehalten hätte. Giulia erhielt etliche Zollabfertigungsdokumente, die sie nun ausfüllen und den errechneten Betrag von siebenundreißigtausend Euro für die Zollrechnung überweisen sollte. Erst dann könne der Koffer geliefert werden. Die Lage eskalierte. Fuchsteufelswild ließ sie James wissen, dass sie das Drama um seinen Koffer nicht mehr mitmachen werde, mit diesem Schwachsinn endgültig Schluss sei. Schluss mit dem Bezahlen, Schluss mit dem Herumgeeiere um den Koffer, das von Mal zu Mal unerhörter werden würde. James bekundete erneut sein Bedauern und tat zunächst so, als wenn er von der ganzen Sache nichts wüsste. Dann versuchte er, sie erneut um den Finger zu wickeln, mit liebevollen Bestätigungen und dass sie ihr investiertes Geld zurückbekommen würde. Als er damit scheiterte, versuchte er es mit mitleidserregenden Seufzern, vorgetäuschten Schwächeanfällen, mit Rückzug und Drohungen, wodurch sie eine neue Sicht auf die Dinge bekam. James meinte, dass man ihn umbringen wolle und er so manche Attacke nur knapp überlebt hätte. *Na und. Wir werden alle einmal sterben*, antwortete Giulia, die von dieser Gefühlsduselei völlig ungerührt blieb, was ihn auf die Barrikaden brachte, weil sie es wagte, ihm die Leviten zu lesen. Sein Wut-Pegel stieg rasant an. Sein Geschreibsel nahm senile Züge an, bestand aus abgehackten Sätzen und Wortfetzen. James versuchte sie umzustimmen, doch seine Erklärungsversuche mündeten stets in der gleichen Litanei: *Holy Christ, oh, boy. Bin am A... Die werden mich fertig machen, muss ins Lazarett. Bin verletzt, meine Ehre ist dahin.* Er setzte alles auf eine Karte, nahm sie in die Zange, drohte: *Wenn du die Sache mit mir nicht bis zum bitteren Ende durchstehst, dann ...* Giulia hatte weder einen Plan noch eine Ahnung, wie sie den Vorfall in den Griff bekommen konnte. Sie wusste nur, dass es so nicht mehr weitergehen konnte, um nicht als mittelloses Opfer unter der Brücke zu landen oder im Leichenschauhaus. Sie zog die Reißleine und einen Schlussstrich, worin sie ja geübt war. Es gab kein Zurück, kein: Na ja, schauen wir mal, es wird sich alles wieder einrenken. Giulia war an der Reihe, musste das Chaos aufräumen, das sie im festen Glauben an die Liebe mitverschuldet hatte. Ihr Entschluss stand fest.

Giulia: *Ich gehe zur Polizei. Die Sache stinkt gewaltig.*

James: *Polizei?*

Giulia: *Ja, Polizei. Gleich morgen früh.*

James: *Muss jetzt gehen. Bye.*

Giulia raste vor Wut– auf sich selbst, weil sie sich immer und immer wieder um den Finger wickeln ließ. Laut schrie sie heraus: „In was für eine kaum zu übertreffende, höchst bizarre Situation hast du dich hineinmanövriert?" Von heute auf morgen war die damit einhergehende Tristesse und das eigene Scheitern nicht zu akzeptieren. Es war oberpeinlich, auf ein Realfake hereinzufallen – auf einen Typen mit einer erfundenen Identität. Jetzt hieß es: 1. Fertig werden mit den Konsequenzen. 2. Loslassen. 3. Sich neu orientieren. Obschon sie sich jeden notwendigen Schritt lieber erspart, jeden Gedanken an ihr Dilemma weit von sich gewiesen hätte. Weil jeder Schritt sie ins Ungewisse, ins Niemandsland befördern würde, weil Selbstbewusstsein, persönliche Kraft flöten gehen würden – ganz abgesehen von dem hohen Geldbetrag, den sie sich für eventuelle Liquiditätsengpässe zusammengespart hatte, auch wenn das momentan für sie nebensächlich war. Hauptsache war, dass sie aus dieser Romantik-Falle psychisch und physisch wohlbehalten herauskommen und das Vertrauen in die Liebe wiedergewinnen würde. Da sie Selbstmitleid und Selbstbedauern nicht weiterbrachten, fokussierte sie sich auf den Nutzen ihres Scheiterns: auf Klarheit, Akzeptanz, Kreativität, alternative Konfliktlösung, um ihrem Leben eine neue Richtung zu geben. In den darauffolgenden Tagen musste Giulia gegen allerhand düstere Gedanken ankämpfen, versuchen, diese positiv umzuformen. Anstatt zu sagen: „Du bist die größte Versagerin", sagte sie, „toll, dass du beginnst, deine mentalen Grenzen zu überwinden." Mit dem Schlussstrich bereitete sie ihrem Sehnsuchtstraum ein bitteres Ende. Sie kappte die Internetverbindung zu James und beförderte sich mit voller Wucht zurück in die schnöde Alltagswelt, in die Realität, aus der sie entfliehen wollte. Wie ein Roboter versuchte sie, zweckorientiert, emotionslos, nüchtern zu handeln, wollte sich neue Ziele setzen. Stattdessen rief sie sich unzählige Male diese Geschichte ins Gedächtnis, durchlebte diesen Traum, wieder und wieder, was ihr gar nicht guttat. Denn mit jeder Erinnerung nahm der innere Druck zu, sie wurde nervöser und war sehr leicht reizbar. Kommunikation war die einzige Art, sich zu wehren, ihm ins Gewissen zu reden, Gründe für sein Tun herauszufinden. Auf andere Menschen konnte Giulia wertfrei zugehen, sie davon überzeugen, die Karten auf den Tisch zu legen, um eine neue, ehrliche Kommunikationsbasis zu finden. Sie versuchte es wieder über Skype, doch James war wie vom Erdboden verschluckt, während ihr Woodthrope eine Droh-Mail nach der anderen schrieb: „Ihr unkooperatives Verhalten hat Konsequenzen – schlimme Konsequenzen." Doch damit konnte er ihr keine Angst einflößen. Inzwischen hatte sich Giulia einigermaßen gefangen, konnte sachlich-analytisch vorgehen, wobei ihr ihre Arbeit mit jugendlichen Gewalttätern half. Und die Fallstudien des Sicherheitsberaters, Gavin de Becker, der in einem seiner Bücher schrieb, dass Drohungen und Versprechen in menschlichen Beziehungen stets leichter ausgesprochen sind, als dass sie eingehalten werden. James war nicht verfügbar, offline. Irrwitzigerweise schoss ihr der Gedanke durch den Kopf, er selbst wäre Opfer betrügerischer Machenschaften von skrupellosen Banden und deren ranghöheren Mitgliedern. Wie seltsam, dachte sie, bei einem offenkundigen Täter auch noch eine Opferschaft zu vermuten. Das rührte daher, dass ihr durch ihre Studien bewusst wurde, dass Jungen und Männer, trotz der Zugehörigkeit zu einem privilegierten Geschlecht, keinesfalls davor bewahrt sind, selbst Opfer von Gewaltanwendungen zu werden. Weder wird dieser Umstand in der Gesellschaft wahrgenommen, noch in den Medien thematisiert. Was kein Wunder ist, da männliche Gewalt als soziale Handlungsressource zur Reduktion von Stress und Frustrationen in den Beziehungen eine schreckliche Realität ist. Fakt ist auch, dass Jungen und Männer im Deliktspektrum von

Gewaltkriminalität als Täter und Opfer überdurchschnittlich vertreten sind. Abgesehen von ihren kriminologischen Beiträgen in Fachzeitschriften, den Gesprächen mit Buck und David, anhand derer sich die theoretischen Erkenntnisse praktisch überprüfen ließen, musste sie sich eingestehen, dass ihrer Handlung aus Liebe und Mitleid, konkret der Geldüberweisung, auch etwas Gönnerhaftes anhaftete. Giulia schrak auf und fühlte, wie sie erneut eine selten gekannte Wut überfiel. Sie musste die Wut rauslassen − nicht offen, nicht direkt spürbar, sondern indirekt, mit wohlgesetzten Worten. Es dauerte einige Zeit, bis sie dazu in der Lage war, und sie den Eindruck hatte, dass ihr das gelingen könnte. Sie öffnete Skype und tippte in verschiedene Chatfenster. Doch je mehr sie ihre Sätze überarbeitete, desto mehr entglitten sie ihr. Jedes Mal lasen sie sich anders, da etwas unausgesprochen verborgen war. Und das war der Reiz, der sie wie ein Blitz traf und aufs Neue beflügelte, von vorne anzufangen und nie ans Ende zu kommen. James antwortete längere Zeit nicht, dann doch.

Giulia: *Deine Arbeit besteht darin, Liebesbeziehungen aufzubauen, eine anständige Performance zu liefern und Frauen abzuzocken. Gibt es irgendetwas, das du mir jetzt sagen willst? Sag es mir sofort. Damit ich mich darauf einstellen kann.*

James: *Giulia, in meinem Leben gibt es nichts, was du nicht weißt, und in meiner Vergangenheit gibt es nichts, was du noch wissen solltest.*

Giulia: *Klar, dass mich das nichts angeht. Und klar, dass ich nichts über deine schändlichen und betrügerischen Pläne wissen sollte. Du hast mir ein Versprechen gegeben − und das solltest du zurücknehmen, wenn dir noch ein Funken Anstand bleibt.*

Während sie chatteten, veränderten sich Giulias Bilder und Vorstellungen über die romantische Liebe, gegen die sie innerlich noch ankämpfte und versuchte, daran festzuhalten. Zu spät. Abbruchbagger legten los, zertrümmerten das delirierende Traumgewirr, schleuderten ihr Dreck und Schutt vor die Füße. Giulia brauchte Zeit, um diese Schmach zu verarbeiten. Sie stand vor dem großen Spiegel in der Diele. Laura behielt recht, gestand sie sich ein. Unermüdlich betonte sie, dass nichts trauriger sei, als der Teil einer unerfüllten Liebe zu sein. Prinzessin Diana präsentierte dieses Gefühl einst der gesamten Welt auf der Bank vor dem Taj Mahal Tempel. Zigtausende litten mit ihr. Eine indische Weisheit besagt, dass das Schicksal für jeden drei Lehrer in der Liebe bereithalten würde: drei Freunde, drei Feinde, drei große Lieben. Und weil wir lieben, würden wir sie erkennen. Angestrengt betrachtete Giulia ihre Gesichtszüge. War James ihr Feind, fragte sie sich, ein Feind, der sich hinter einer perfekten Maske versteckte? Im Rausch der Verliebtheit wäre sie nie auf die Idee gekommen, dass sich hinter den wohltuenden, aufmunternden Worten kriminelle Machenschaften verbergen könnten. Von sich selbst zu weit entfremdet, hätte sie das heimtückische Spiel nicht entlarven können. Stattdessen hätte sie auch einem Mörder gegenüberstehen können, ohne Notiz davon zu nehmen. Es war nicht das erste Mal, dass sie es mit einem dunklen Geheimnis in einer Beziehung zu tun bekam. Und es geschah nicht zum ersten Mal, dass sich ein Schleier mit bittersüßen Gefühlen lüftete. Wie oft lief sie noch Gefahr, sich in riskante Liebesmanöver zu verwickeln? Das Thema verfolgte sie ohne Unterlass, wohl wissend, dass es in der Liebe nie ein letztes Mal gab, weil es eine Endlosschleife ist, in die man gerät, ohne Anfang und ohne Ende. Und weil wir alle Beziehungen eingehen, Nähe brauchen, um emotional zu überleben. Niemand ist vor derartigen Risiken gewappnet, folgerte sie, während sie das vorgekochte Risotto aus dem Kühlschrank holte, mit zerlassener Butter erwärmte, frisch geriebenem Parmesan und fein geschnittenem Rucola verfeinerte. Aus Gründen der Fetteinsparung verzichtete sie auf die Zugabe von Sahne, goss Gemüsebrühe und Weißwein darüber. Sie holte sich ein Weinglas und trank den Rest in einem Zug aus. Danach wollte sie sich mit einem Reiseroman ablenken. Sie setzte sich in den bequemen Sessel, schaltete die Leselampe ein und schlug die erste Seite auf. So sehr sie sich auch bemühte, es gelang ihr nicht, sich auf den Inhalt zu konzentrieren, in dem der Autor seine 1.800 Meilen Wandertour von Mexiko nach Kolumbien mit eindrucksvollen Bildern dokumentierte. Ihre Gedanken schweiften ständig ab, sie zermarterte sich den Kopf darüber, wie geschickt James sein Argumentationsgerüst aufgebaut hatte, sodass ihre Zweifel verschwanden und ihre subjektiven Wahrnehmungen die nackten Tatsachen überlagerten. Es war also kein Wunder, dass sie jedes Mal aufs Neue erschrak, wenn sie die Geschehnisse Revue passieren ließ, darüber nachdachte, mit welcher professionellen Eiseskälte James es verstand, sie um den Finger zu wickeln und Vertrauen aufzubauen. Giulia legte das Buch zur Seite. Sie konnte das Pochen ihres Herzens spüren, zählte die Schläge mit, presste ihre Hände fest gegen die Stirnhälften, blickte zu Boden. „Wenn ich den morgigen Tag nur schon hinter mir hätte. Gut, dass ich zu Tom und Conny fahre", seufzte sie auf. Am nächsten Morgen wachte sie in aller Herrgottsfrühe auf. Der Wecker zeigte 5 Uhr und würde normalerweise erst in zwei Stunden klingeln. Heute Vormittag war es so weit, sie würde zur Polizei gehen und Anzeige erstatten. Giulia blieb im Bett liegen, betrachtete das Buddha-Gemälde links vor ihr, versuchte Kraftsätze zu denken, laut und deutlich und dreimal hintereinander aufzusagen. Da es ihre innere Anspannung nicht zuließ, stand sie auf. Nach einer langen heißen Dusche kochte sie Kaffee, überlegte, was sie anziehen sollte, während sie sich das Frühstück zubereitete. Sie kleidete sich nicht mehr so schrill wie in jungen Jahren, doch nach wie vor lässig weiblich, entschloss sich für die dunkelblaue Jeans und die lange schwarze Bluse. Der Kaffee dampfte in ihre Nase, als sie sich an den Glastisch setzte. Wer bist du, James?, schrieb sie Gedankenlinien an ihn. Es war kurz nach 6. Nach dem Frühstück packte sie ein paar Sachen in einen kleinen Koffer und verließ kurz vor 7 das Haus.

Bevor Giulia aus dem Münchner Polizeirevier hinausstürmte, um den ICE nach Düsseldorf zu erreichen, erkundigte sie sich dort nach einem Cyber-Crime-Spezialisten. Doch der knorrige Polizist machte ihr unmissverständlich klar, dass sie sich erst mal mit den ‚Grünen' zufriedengeben müsse. Auf seine Übellaunigkeit erwiderte sie ruhig, dass sie an James Aston dranbleibe, um an Beweise heranzukommen. Die Polizei müsse ja schließlich die Ermittlungen aufnehmen, ob sie wolle oder nicht.

„Warten Sie ab. Die zuständigen Ermittler werden sich bei Ihnen melden. Es kann auch sein, dass der Fall vom Landeskriminalamt weiterverfolgt wird", lenkte der junge Polizist ein und blinzelte ihr verständnisvoll zu. Giulia nickte unmerklich und beschloss, die Sache vorerst auf sich beruhen zu lassen. Zumal polizeiliche Vernehmungen und Protokollierungen mit Vorsicht zu genießen sind, beurteilte sie, als sie zum Bahnhof eilte. Sie bergen völlig unterschätzte Gefahren in sich. In einem polizeilichen Protokoll kann jedes Wort zu viel sein und einem im Munde herumgedreht werden. Selbst Opfer können in unangenehme Zwickmühlen geraten und in noch größere Schwierigkeiten kommen, durch eine falsch protokollierte oder interpretierte Aussage der Polizei. Was Menschen bei der Polizei zu Protokoll geben und wie das von den protokollierenden Beamten verstanden wird, oder wie sie glauben, es zu verstehen, sind zwei Paar Stiefel. Da widersprüchliche Aussagen schnell einen Vorgang oder eine Handlung in ein falsches Licht rücken können, wodurch man vor Gericht an Glaubwürdigkeit einbüßen kann, heißt es: ehrlich und genau, dennoch zurückhaltend vorsichtig den Tathergang zu schildern. Giulia hatte den Eindruck, dass ihr dieser Eiertanz wirklich gut gelungen war.

Im ICE nach Düsseldorf lag auf dem Sitz neben ihr ein Magazin. Sie blätterte darin herum, einfach so, um sich vom Besuch auf dem Revier abzulenken. Sie las die Horoskop-Vorhersagen durch. Unter ihrem Sternzeichen stand: *Werden Sie sensibler für Eingebungen aus Ihrem Innern, denn die sind häufig der beste Ratgeber. Wenn Ihnen Ihr Verstand sagt, davon sollten Sie die Finger lassen, dann fragen Sie Ihre innere Stimme. Denn diese ist die Instanz Ihrer Seele. Grenzen Sie sich von Ihrem Partner ab und machen Sie Schluss.* Tageshoroskopen schenkte sie zwar wenig Beachtung, doch was sie las, traf den Nagel auf den Kopf.

Am Bahnsteig in Düsseldorf empfing sie Tom mit einer innigen Umarmung. „Wie gut es tut, eine echte Umarmung zu spüren", scherzte sie, als sie neben der Beifahrertür seines Wagens stehen blieb. Tom schaute sie mit großen Augen an, denn er verstand kein Wort. „Später", erwiderte Giulia. Tom und Conny lebten seit einer gefühlten Ewigkeit ohne Trauschein zusammen. Vor ein paar Jahren verließen die beiden ihre bayerische Heimat, hofften, in Düsseldorf neu zu beginnen. Beruflich. Die Freunde schafften es, in Kontakt miteinander zu bleiben, auch wenn spontane Treffen kaum mehr möglich waren. Am Vorabend des 31. Dezember 2015 gab es also viel zu erzählen. Bis in die frühen Morgenstunden hockten sie um den Esstisch herum. Tom und Conny erzählten abwechselnd von ihren beruflichen Aktivitäten, den neuen Freunden und der neuen Umgebung. Giulia hörte zu. Doch je weiter der Abend fortschritt, desto mehr fühlte sie sich dazu aufgefordert, etwas aus ihrem Leben zu erzählen. Nachdem ein gewisser Alkoholpegel erreicht war, fühlte sich Giulia behaglich genug, über ihre letzte, schambehaftete Lovestory zu berichten. Frei heraus berichtete sie über Details, die sie bedrückten, die ihr peinlich waren. Obschon sie beschwipst von dem Wein war, verflog ihre Berauschtheit ziemlich schnell, als die beiden anfingen, Fragen zu stellen: „Warum hast du da mitgemacht? Wieso bist du da hineingeraten? Unfassbar." Sie konnten es nicht glauben, dass so etwas Giulia passieren konnte, der selbstbewussten und kritischen Frau, die doch alles hinterfragte, der man nichts so leicht vormachen konnte.

„Ich bin auch nur ein Mensch, manipulierbar, wie jeder andere Erdenbewohner. Doch in welchem Maße ich das bin, hm, das war mir nicht klar." Giulia hielt inne und fügte sehr nachdenklich hinzu: „So verrückt wie das für euch klingen mag: James vermittelte mir in den vielen Skype-Chats emotionale Nähe, sodass gegenseitige Achtung und Empathie herangewachsen sind."

Tom hörte intensiv zu und blickte öfters gedankenversunken zur Decke. Sein Gesichtsausdruck verriet ihr, dass er das Ereignis alles andere als lustig oder befremdlich fand. Als Giulia aufhörte, zu erzählen, eilte er wie vom Blitz getroffen in sein Arbeitszimmer und kam mit einem Zeitungsartikel zurück. „Erst gestern habe ich einen Artikel über einen dreisten Romance-Betrugsfall in der hiesigen Zeitung gelesen." Tom fasste zusammen und kommentierte, dass ein Mann aus Hamburg dabei um mehrere Tausend Euro gebracht worden sei. Andere betroffene Männer hätten sich darauf bei der Polizei gemeldet, denen Selbiges widerfahren sei. Entweder seien sie frisch geschieden gewesen oder in beruflichen, persönlichen Schwierigkeiten, als sie sich in junge, sehr junge Romance-Scammerinnen verliebt hätten. Und sie hätten bald bezahlt, für Flüge, Wohnungsmieten, Universitätsgebühren, Telefonkosten, Krankenhausrechnungen, weil die Damen in Not gewesen seien. Tom las wortwörtlich vor: „Ich glaube, ich bin aus dem Gröbsten heraus. Nicht: ich glaube – ich weiß, dass ich aus dem Gröbsten heraus bin. Dank der Unterstützung von Beratungsstellen und Therapeuten konnte ich wieder Fuß fassen. Auch habe ich Hilfe von meiner Familie und meinen Freunden erfahren, von denen ich mich in der Zeit mit der Romance-Scammerin komplett isoliert hatte. Der allererste Schritt war hart für mich. Da ich mich der Situation und meinem Versagen stellen musste, den stechenden Fragen von anderen: Warum? Wieso? Weshalb? Ohne professionelle Hilfe hätte ich das alles nicht geschafft."

Tom hatte eine Brücke gebaut – eine Brücke der Freundschaft. Und es gelang ihm, ein Lächeln auf Giulias Gesicht zu zaubern. Sie unterhielten sich noch eine Weile über belanglose Sachen, bis sie gegen halb zwei Uhr morgens todmüde ins Bett fielen. Doch kaum lag sie im Bett, war sie wieder hellwach. Eine geschlagene Stunde wälzte sie sich herum, grübelte darüber nach, wie man den Vorgehensweisen von Romance-Scammern und anderen Verführern im Netz rechtzeitig genug auf die Spur kommen könnte, damit sie bei Menschen, die dafür besonders anfällig sind – weil sie starke, romantische Überzeugungen haben, dazu tendieren, ihre Partner zu idealisieren oder in früheren Beziehungen emotional ausgenutzt wurden –, erfolglos bleiben. Im digitalen Liebesbusiness, in dem Tausende ständig auf der Suche nach der wahren Liebe sind, ist alles zu jeder Zeit und in jedem Alter möglich. Selbst wenn die Gefahr hoch ist, in engmaschige Netze organisierter Kriminalität zu geraten, wenn Menschen ungeniert im Netz intime Details und persönliche Identitäten von sich preisgeben. Betrüger scheren sich nicht darum, wie sie in den

Augen anderer dastehen, wie schamlos sie andere manipulieren und emotional ausbeuten. Ihre Strategien sind nach eintrainierten Mustern schlau aufgebaut und lauten: Aufmerksamkeit, Bewunderung, Mitleid. Sobald der Sehnsuchtstraum von der großen Liebe bindend und faszinierend genug und ausreichend Vertrauen aufgebaut ist, wird das Entrinnen aus dem Teufelskreis von Tag zu Tag schwieriger. Und von Tag zu Tag steigt die Bereitschaft der Bedürftigen, Opfer für die Liebe zu bringen. Am nächsten Morgen beim Frühstück kamen sie auf den Realfake Aston zu sprechen. Giulia fühlte sich von ihren Freunden verstanden und angenommen, was sie bitter nötig hatte. Langsam wichen der Druck und die innere Spannung, was dem Umstand geschuldet war, dass Conny plötzlich offen und ehrlich über ein persönliches Ereignis berichtete. „Vergangene Nacht habe ich kaum ein Auge zugemacht. Dieser James Asten ließ mich nicht durchschlafen", fing sie an zu erzählen. „Ähm, weil wir selbst Betrügern auf den Leim gegangen sind."

Giulia war ganz baff, schaute Tom an, der ihr gegenübersaß und mit dem Kopf nickte. Sie war einfach nur perplex und sprachlos, vergaß für einen Moment ihr eigenes Dilemma.

„Du bist nicht allein Giulia. Wie du ja weißt, uns haben Freunde für den Aufbau einer neuen therapeutischen Einrichtung in Düsseldorf heftig umworben. Sie ließen nicht locker, uns anzuwerben, bekundeten laufend, dass für das Projekt bereits Fördermittel in Millionenhöhe bewilligt wären und sie schleunigst ein Team zusammenstellen müssten. Am Ende sagten wir Ja. Wir waren Feuer und Flamme, kündigten gut bezahlte Jobs und gaben eine einmalig schöne Wohnung in München auf." Conny fuhr fort, dass binnen weniger Wochen nach ihrem Umzug dann alles anders gekommen sei. Auch wenn sie Mühe hatte, es sich ungern eingestand, gab sie zu, dass nach dem Umzug herausgekommen sei, dass die Einrichtung über keinerlei finanzielle Ressourcen verfügen würde und deshalb auch nicht die Gehälter und Honorare bezahlen konnte. Die Leute hätten sie ungebührlich hingehalten und ständig vertröstet. Sodass das dann einige Monate so gelaufen sei, bis ihre Ersparnisse komplett aufgebraucht waren, sie notgedrungen einen Schlussstrich ziehen und sich beruflich umorientieren mussten. Als Conny nicht mehr weitersprechen wollte und stumm vor sich hin starrte, äußerte sich Tom dazu. „Ehrlich, das Manöver hat uns mehrere Tausend Euro und viele Nerven gekostet. Dann die vielen Konflikte mit den Freunden, ähm, den ehemaligen Freunden, die falsch und hintertrieben waren. Aus dem Teufelskreis konnten wir uns Gott sei Dank ohne größeren emotionalen Schaden befreien. Auch weil wir ziemlich bald neue Projekte gefunden haben und unsere Rechnungen bezahlen können. Und wir konnten diese Auszeit nutzen, ich für die Bildhauerei, Conny für die Malerei."

Sie verbrachten einen ruhigen Silvesterabend miteinander, verzichteten auf Böller, Raketen und gute Vorsätze, die sowieso binnen kürzester Zeit über Bord geworfen werden würden. Giulia fuhr am Neujahrstag nach München zurück, moralisch gestärkt und fest entschlossen, ihr Scheitern nicht nur hinzunehmen, sondern umzuformen, das Alte hinter sich zu lassen und ihrem Leben eine neue Ausrichtung zu geben.

Binnen drei Tagen, in denen Giulia nicht online war, bombardierte sie James mit Textnachrichten und Skype-Anrufen. „Plötzlich kann der Mistkerl telefonieren, mich über Skype anrufen", verspottete sie ihn. Angewidert von seinen Lügen, wandte sich Giulia ab, schüttelte energisch den Kopf, während sie sich eine neue Strategie überlegte, wie sie den Typen festnageln konnte. Sie war kein Opfer, noch weniger nahm sie eine Opferhaltung ein. Vielmehr strebte sie danach, aus dieser Niederlage einen Triumpf zu machen, dem betrügerischen Spiel eine Wendung zu geben. Zum einen konnte sie sich mit dieser Haltung aus ihrem emotionalen Gefängnis herauslösen. Zum anderen den polizeilichen Ermittlern Beweise liefern. Das Geld war zwar verloren, aber nicht die Hoffnung, dieser Sache einen überpersönlichen Sinn abzuringen. Kaum hatte sie diesen Gedanken zu Ende gedacht, öffnete sie Skye und tippte in das offene Chatfenster ein. Mit einem „Happy New Year" fing sie an. James meldete sich umgehend.

James: *Gott sei Dank. Du bist online. Warum tust du mir das an, Honey?*

Giulia: *Wer bist du? Was tust du? Was willst du? Sag die Wahrheit.*

James: *Wovon sprichst du, Giulia?*

Giulia: *Deine wahre Identität. James Aston existiert nicht. Aston ist ein Realfake, der Fake News verbreitet.*

James: *Deine Worte überraschen mich. Kann damit nichts anfangen. Wirklich nicht.*

Giulia: *Weißt du überhaupt, was Liebe ist, wahre Liebe?*

James: *Die Liebe, die ich für dich empfinde. Du bist diejenige, die zweifelt und nicht lieben kann. Geld würde niemals wahre Liebe zerstören können.*

James: *Du bist die bestaussehende Frau, die ich kenne, der einzige Mensch, der mir nahesteht. Du musst das für mich regeln. Ich werde dir jeden Cent zurückzahlen. Du hast mir bis hierher geholfen. Es ist jetzt deine Pflicht, die Sache bis zum Ende durchzuziehen.*

James: *Willst du unsere Liebe wegen siebenunddreißigtausend Euro aufs Spiel setzen? Melde dich. Komm online. Ich halte das nicht mehr aus. Okay, es ist mein Kreuz. Ich muss es alleine tragen. Danke für alles, was du für mich getan hast. Ich werde es nicht zulassen, dass Geld unsere Liebe zerstört.*

Giulia: *Hör auf mit diesem Quatsch. Vollidiot.*

Giulia: *Du meinst also, dass ich diejenige bin, die diese Liebe ruiniert hat? Weil ich mein Geld zurückhaben will. Mit dem, was du tust und anderen Frauen antust, machst du dein Leben kaputt.*

James: *Ich habe dir nichts mehr zu sagen. Bye.*

Giulia: *Feigling. Bleib online. Sprich mit mir, Gen. James Aston.*

James: *Du nervst. Verschwinde endlich. Ich möchte nichts mehr mit dir zu tun haben. Ich trinke mich jetzt zu Tode, wegen dir.*

Giulia: *Geh, zerstöre dein Leben und gib anderen die Schuld.*

Zwei Minuten später erhielt sie einen Anruf via Skype. In gebrochenem, schwer verständlichem Englisch, meldete sich eine männliche, sehr junge Stimme. „Hier, James", behauptete der junge Mann am anderen Ende und jammerte in einem fort, dass er sich zu Tode trinken würde, fragte sie tränenerstickt, ob sie sich um ihn Sorgen machen würde, was sie einerseits bejahte, andererseits sein

Getue links liegen ließ. Giulia war klar, dass statusniedrige junge Männer in einem System der organisierten Kriminalität nichts zu melden hatten. Rein gar nichts. Der junge Mann, alias James, präsentierte sich ihr jetzt als ein hilfloses Opfer scheinbar unter der Annahme, dass er sie erneut umstimmen und zurückgewinnen kann. Als er merkte, dass er damit nicht weiterkam, drohte er mit Gewalt gegen sie und alle, die ihr nahe stehen würden. Zwar sollte die Gefahr von Übergriffigkeit auch in einer gescheiterten Beziehung mit einem *Realfake* niemals unterschätzt werden, bewertete Giulia die Situation gelassen, doch darf man sich davon nicht einschüchtern lassen. Unerschrocken wollte sie darauf wissen, ob er zur Abwechslung auch eine gute Nachricht hätte. „Auf jeden Fall", antwortete James, „ich werde dich bald besuchen und dir das Geld zurückbezahlen."

Sie ließ keinen Zweifel daran aufkommen, dass er glaubte, sie würde wieder auf sein Gesülze hereineinfallen, tat so, als ob nichts geschehen wäre, hoffte insgeheim, auf eine schnelle Reaktion der Polizei. Beinahe täglich telefonierte sie mit zahllosen Polizisten, die angaben, dass die Unterlagen an die zuständige Stelle unterwegs seien und sich der richtige Ermittler bei ihr umgehend melden würde. In der ersten Januarwoche stand zudem der Termin mit dem Banker an, der den Geldtransfer freigegeben hatte. Während sie im Gespräch mit ihm noch darüber nachdachte, wie sie den Faden ihrer Notlügen-Geschichte am besten weiterspinnen sollte, kam er ihr zuvor, indem er sich nach dem Gemälde erkundigte und ob es denn rechtzeitig vor Weihnachten bei ihr angekommen sei. Da Giulia kein Interesse daran hatte, ein weiteres Mal als naiv und dumm hingestellt zu werden, wie es ihr mit dem knorrigen Polizisten erging, blieb sie bei ihrer Notlüge, zumal in der Kunstwelt genauso betrogen und belogen wird wie in der Liebe oder anderswo. Das, was sich zugetragen hatte, war ihre Sache. Ganz allein. Wem sie also die wahre Geschichte anvertraute, entschied sie selbst. Nur sie. Giulia setzte ihr bestes Pokerface auf. Ohne Blabla antwortete sie darauf – nach außen ungerührt, auch wenn sie die Sache innerlich stark aufwühlte –, dass das mit dem Gemälde schiefgegangen und sie einer Betrüger-Bande auf den Leim gegangen sei. Unterm Strich zählte nur der Betrug. Ob es dabei um ein Kunstgemälde, einen Koffer, eine Liebe ging, interessierte doch niemanden. Betrug ist ein Tatbestand des deutschen Strafrechts, gegen den die Ermittlungen der Strafverfolgungsbehörden oft erfolglos bleiben, es zu einer Verurteilung eher selten kommt. Gewiefte Betrüger operieren in weltweiten Netzwerken unter falschen Namen und falschen Identitäten, was die Sache nicht vereinfacht. Das Vertrackte bei diesen Personen ist, dass diese Leute nach außen äußerst seriös, jovial, weltgewandt auftreten, um keine Ausrede verlegen sind, Verständnis und Einfühlung zeigen, selbst wenn es in der Kommunikation schwierig wird.

Giulias Sätze formten sich nach ihrem offenen Eingeständnis wie von selbst. Eingehend schilderte sie dem Banker den Tathergang und dass sie von einer international agierenden Bande um viel Geld gebracht wurde. Gottlob sei es ihr gelungen, die Notbremse zu ziehen und auszusteigen, nachdem sich der Kaufpreis für das Gemälde binnen weniger Tage verdoppelt hätte. Da sie vorausgeahnt hatte, dass der Banker sie nach dem Namen des Künstlers fragen würde, hatte sie sich bereits nach einem aufstrebenden Maler in Barcelona bei ihren spanischen Kollegen erkundigt und antwortete wie aus der Pistole geschossen: „Yago Hortal", gab sich redselig und erwähnte noch: „Der junge Maler zaubert sehr lebendige Farben auf die Leinwand, wird eines Tages so berühmt sein wie es Baselitz und Richter heute sind." Zum Glück war eine Bank in Barcelona in dieses Ereignis involviert – eine Stadt der Extravaganz, zu der Kunst ganz selbstverständlich dazugehört und überall präsent ist: auf den Straßen, in Hinterhöfen, Parks, Museen. Ein Kunstbetrug ließ sich mit Barcelona also leicht in Verbindung bringen. Aber wer weiß, vielleicht hätte der Banker sogar für einen *Love-Romance*-Fall Verständnis gehabt. Zumal diese Berufsgruppe mit Betrug und Betrügern genug am Hals haben und in der Lage sind, derartige Vorkommnisse aus einer sachlichen Perspektive zu betrachten, vermutete sie. Zudem wissen, dass Betrüger mit allen Wassern gewaschen und im Internet eng miteinander verflochten sind. Davon abgesehen, haben nicht wenige

Menschen Respekt vor Kunstbetrügern, weil sie bedeutende, respektable Persönlichkeiten aus den reichen und angesehenen Gesellschaftsschichten dazu bringen, ihnen Millionenbeträge zu überweisen, im Vertrauen darauf, noch mehr Geld zu scheffeln, noch mehr Einfluss auf die ganz großen Deals zu haben. Als Giulia mit ihrem Lagebericht fertig war, warf sie dem Banker einen prüfenden Blick zu, doch er verzog keine Miene. Ohne ein Wort darüber zu verlieren, checkte er Giulias Kontostand, nickte und bestätigte:„Ja, die Überweisung ging raus." Beherzt aktivierte er daraufhin das bankinterne Anti-Fraud-System, informierte die Bank in Barcelona über einen möglichen Betrugsfall, der von der Kontoinhaberin bereits zur Anzeige gebracht wurde. „Wir müssen abwarten, was die Empfänger-Bank jetzt unternimmt, Frau Orlandini", sagte er ungerührt und dass er sie auf dem Laufenden halten würde, da es sein könnte, dass die Sache noch gut ausgehen würde. Keine Sekunde bezweifelte der Banker die Richtigkeit ihrer Angaben. Vielmehr stellte er sich unterstützend an Giulias Seite, agierte professionell und freundlich. Giulia fiel ein Stein vom Herzen, als sie hörte, dass es noch Chancen gab, das Geld zurückzubekommen.

Draußen auf der stark befahrenen Straße herrschte das reinste Verkehrschaos. Bei einem Spurwechsel auf die linke Fahrbahn war es zum Zusammenstoß mit anderen entgegenkommenden Fahrzeugen gekommen, wobei sich die Autos ineinander verkeilten, überblickte Giulia die Lage. Die Wagen standen kreuz und quer herum, sodass sie kaum noch die Straße überqueren konnte. Auch die Polizei und die Rettungswagen hatten Mühe, die Unfallstelle zu erreichen, ganz abgesehen von den Schaulustigen, die überall herumstanden, um das Wirrwarr mit ihren Handy-Kameras aufzunehmen. Giulia lief so schnell wie möglich an der Unfallstelle vorbei, schnurstracks zum Hauptbahnhof. Während sie keinen Zweifel daran hegte, dass durch die Aktion des Bankers der endgültige Wendepunkt im Fall Aston eingeleitet war. Im letzten Moment ergatterte sie sich einen Sitzplatz in der völlig überfüllten Regionalbahn. Es war schon dunkel, als sie mit ihrem Wagen die Auffahrt zur Garage hochfuhr. Die Einkäufe schleppte sie über die steile Treppe in ihre Dachwohnung. Obwohl sie fit genug war, um mehrere Male die Stufen hoch und runter zu rennen, fiel ihr das Treppensteigen an diesem Tag besonders schwer. Völlig außer Atmen betrat sie innerlich aufgewühlt die Dachwohnung, in der sich heute weniger Ruhe und Behaglichkeit um sie scharten, als unbewältigte Schuldgefühle, unerfüllte Träume, Versagensängste. Auch musste sie mit aufkommenden Rachegefühlen und Zorn kämpfen. Guter Gott, plötzlich wollte sie James nach Strich und Faden verführen, bloßstellen, einfach fertig machen. Ihn das spüren lassen, was er ihr angetan hatte, um die Dunkelheit zu besiegen, die Leere und den emotionalen Verlust zu überwinden. Die Einkaufstaschen waren gefüllt mit Obst und Gemüse und während sie die Taschen ausräumte, arbeitete sie gedanklich eine Strategie aus. Auf keinen Fall wollte sie James die Genugtuung geben, dass er annehmen könnte, ihr mit seiner Heuchelei auch nur den geringsten Schaden zugefügt zu haben. Dieser Gedanke motivierte sie so sehr, dass sie sich nach dem Abendessen rührselige, kitschige Liebesschwüre ausdachte. Dabei ging sie in ihrer Wohnung herum und sprach die Sätze wie eine Geistesverwirrte laut vor sich hin: „Du bist wie ein warmer Sommerregen, der mich die süße Liebe bis ins Herz hinein spüren lässt", „Du bist bei mir: mein Kämpfer, mein Held", „Ein Leben lang habe ich nach dir gesucht", „Ich schaue in den Himmel und richte meinem Stern aus, heute Nacht, was für einen wunderbaren Menschen er mir doch gebracht hat." Immer wieder wurde ihr dabei bewusst, wie unausweichlich sie selbst ihrer gewohnten Vorstellung von der großen Liebe ausgeliefert war – wie sehr sie selbst die verrücktesten Ideen darüber vermissen würde. Als sie die Sätze auswendig aufsagen konnte, fuhr sie den Laptop hoch, öffnete Skype und tippte in mehrere Chatfenster hintereinander ihr romantisches Gelaber ein. Unaufhaltsam beteuerte sie ihm, dass sie jetzt erst verstehen würde, dass er echte und starke Gefühle für sie hätte. James war online und reagierte sofort. Sobald sie jedoch auf den Koffer zu sprechen kam, kamen neue vorwurfsvolle Nachrichten herein: dass er an ihrer Ungläubigkeit langsam verzweifeln würde, sie sich schämen sollte, weil sie nicht vertrauensvoll und hingebungsvoll lieben könne, und, und, und. Durchaus eindrucksvoll erinnerte er sie dann an ihr Versprechen, an das, was sie ihm schuldete.

James: *Wieder und wieder habe ich deine Nachrichten gelesen. Du schreibst: dass du sehr, sehr glücklich darüber bist, einen Mann wie mich gefunden zu haben, einen empathischen, verlässlichen Mann. Und dass du gewillt bist, alles für mich zu tun.*

James: *Wenn ich das lese, fühle ich eine Wärme in mir, ganz tief in mir. Du bist die Frau, die Licht in mein Leben bringt. Und dafür werde ich dir für immer dankbar sein. Giulia, wir werden es schaffen, das verspreche ich dir. Das geht aber nur, wenn wir zusammenhalten.*

Giulia: *Auch ich lese die alten Nachrichten von dir. Hm, wenn ich ehrlich bin, dann vermisse ich diese Leichtigkeit sogar. Momentan bin ich jedoch außerstande, irgendetwas für dich zu fühlen. Wenn du wahre Liebe willst, hier ist sie: Wahre Liebe ist nicht perfekt, sie ist ein Traum. Wenn du das nicht einsehen willst, dann bist du blind.*

Giulia: *Ich brauche Ruhe, um in mein Leben zurückzukehren. Ohne dich. Du wirst andere finden, befürchte ich, die auf dich und deine Maschen hereinfallen.*

James: *Nein, nein. Hör endlich auf damit. Du bist die einzige Frau. Du allein. Meine Liebe zu dir ist gewachsen. Nur bei dir fühle ich mich wohl.*

Giulia: *Ich höre mir diesen Scheiß nicht länger an.*

James: *Wenn ich sage, ich liebe dich, dann ist das ein Versprechen, dass sich deine Wünsche erfüllen und ich dir das Geld zurückbezahlen werde.*

Bei der Polizei tat sich nichts. Und da ihr dieses In-den-Seilen-Hängen auf die Nerven ging, kontaktierte sie Frey, der ihr schon einmal zur Seite stand.

„Hallo Frau Orlandini, schön von Ihnen zu hören. Ich habe mich schon gefragt, wo Sie stecken! Wie geht es Ihnen?" Frey sprach mit ehrlicher Freude.

„Danke, gut. Und Ihnen?"

Frey war verwitwet. Vor etwa fünf Jahren starb seine damals 48-jährige Frau an Brustkrebs, was er ihr in einem sehr persönlichen

Gespräch einmal mitgeteilt hatte. Mittlerweile schien er darüber hinweggekommen zu sein. Zwischen ihnen hatte es nie gefunkt, obschon er für eine Beziehung mit ihr bereit gewesen wäre. Flirt-Avancen von Männern, zu denen sich Giulia nicht hingezogen fühlte, nahm sie selten bewusst wahr. Außerdem war sie mit anderen Dingen beschäftigt – nicht selten mit unerreichbaren Traumgebilden in der Liebe.

„Wie ging eigentlich die Sache mit Wessner weiter?", fragte Frey frei heraus.

Giulia machte es nichts aus, von ihm direkt und offen nach der vergangenen Sache mit Alex befragt zu werden. Er war diskret genug, das ihm Anvertrautes für sich zu behalten und alles andere als ein Laber-Onkel.

„Die Beziehung mit Alex dauerte noch ein paar Monate an. Wir versöhnten uns sogar, nach dem Donnerwetter, das ich kassierte, weil ich mich an Sie gewandt hatte und der Senator daraufhin ins Spiel kam. Aber nach dem Tod seiner Frau, die seit Jahren alkoholkrank war, und nachdem ich nicht nach Hamburg umziehen wollte, orientierte er sich um und vergnügte sich mit einer anderen. Zwar sollte ich seine heimliche Geliebte bleiben, doch ich zog den Schlussstrich. Die Rolle der heimlichen Geliebten habe ich satt. Bin echt froh, den Absprung geschafft zu haben."

„Hm", erwiderte Frey und wählte jedes weitere Wort sorgfältig: „Zu diesem Schritt kann ich Sie nur beglückwünschen. Schätze, dass Sie mich aber wegen was ganz anderem kontaktieren."

„Ja, das tue ich wirklich", stimmte sie ihm zu und klopfte zur Bekräftigung ein paarmal mit ihren Fingerkuppen auf die Holzplatte des Schreibtisches. „Offen gesagt, ich stecke wieder in etwas drinnen, das schiefging. Ähm", begann sie schüchtern mit leiser Stimme, pausierte zwischendurch, um Mut zu sammeln. Ihr war klar, dass sie mit Frey nicht um den heißen Brei herumreden konnte. Sie wäre schnell in Erklärungsnot gekommen. Denn der Mann, der ihr am anderen Ende der Leitung ganz genau zuhörte, war kein Geringerer als der Leiter der Abteilung der Verbrechensbekämpfung – ein angesehener, erfahrener und hochgeschätzter Kripobeamte. Giulia schilderte ihm den Vorgang, ehrlich, mit allen Details, was ihr mächtig viel Courage abverlangte. Wieder unterbrach sie Frey kein einziges Mal. Kein einziges Mal belehrte er sie, und kein einziges Mal machte er ihr Vorwürfe. Als sie mit dem Erzählen fertig war, war es still in der Leitung. Giulia merkte, wie sich ihr Nacken anspannte.

„Ähm, sind Sie noch da, Herr Frey?", fragte sie ziemlich kleinlaut und unsicher.

„Da stecken Sie tatsächlich in etwas drinnen", antwortete Frey hörbar betroffen, aber doch distanziert. Er erkundigte sich nach dem Aktenzeichen von ihrer Strafanzeige, das sich Giulia bereitgelegt hatte und es überdeutlich vorlas: „WYZ274531–11175.759687/32."

Sie gab an, dass sie mit den *Realfakes*, Aston und Woodthrope, nach wie vor in Kontakt stünde, um Beweisstücke zu sichern. In seiner beruflichen Laufbahn hatte Frey viele Gesichter von Kriminalität gesehen, zu viele, als dass ihm eine, aus seiner Sicht, kleine Betrugssache Magenschmerzen bereiten würde, stellte sie sich vor. Trotzdem war Giulia dieser Reinfall ganz besonders peinlich. Scham überfiel sie, ohne auch nur die leiseste Ahnung davon zu haben, was Frey jetzt wirklich über sie denken würde. Vielleicht nichts? Vielleicht war er weniger um ihr Verhalten als um ihre persönliche Sicherheit besorgt? Vielleicht fand er aber auch irgendetwas an dem Cyber-Betrug normal – normal, weil solche Vorfälle mittlerweile zum modernen Liebesleben dazugehörten. Giulia sah zum Fenster hinaus, als sich diese Fragen in ihr auftürmten, sie davon träumte, fortzufliegen – in eine Welt, in der eine neue, wertschätzende Liebe auf sie warten würde, diese Begegnung einfach geschah, ohne dass sie sich durch einhundertachtzig Profile hindurchkämpfen und einhundertachtzig Reinfälle erfahren musste.

Dann sagte Frey bestimmt: „Ich werde mich sofort um die Sache kümmern und dafür sorgen, dass sich der zuständige Spezialist bei Ihnen meldet. Aber bitte, ermitteln Sie nicht auf eigene Faust. Die Gefahren von Cyber-Crime sind nicht zu unterschätzen. Ich weiß, dass sie als Kriminologin zu einer Berufsgruppe gehören, die sich solchen Abenteuern unerschrockener stellt als andere. Diese können jedoch nicht nur sehr kostspielig werden, sondern aus dem Ruder laufen und sich wirklich gefährliche Situationen entwickeln. Bitte kommen Sie in jedem Fall wieder auf mich zu, wenn Sie weitere Hilfe benötigen." Frey war ein Mann der Tat, ein Mann der Ehre – einer, auf den sie sich verlassen konnte. Das tat gut und war ausgesprochen heilsam. Ihre Verlegenheit war weg, ihre Unsicherheit verschwunden.

„Ich stimme ihnen vollkommen zu. Solche Manöver sind unberechenbar, die man lieber abbrechen sollte, solange einem die Zeit dazu bleibt." Giulia bedankte sich bei ihm, der ihr noch einen guten Ausgang der Sache wünschte. Warum sie sich nie auf Männer wie Frey eingelassen hatte, auf verlässliche, charakterstarke, tatkräftige Männer, ging ihr durch den Kopf, als sie den Telefonhörer auflegte. Die Frage verdrängte sie sofort, weil sie sinnlos war, sie sich nicht noch mehr belasten wollte. Doch Frey hatte sie optimistisch gestimmt und die anstehenden Tagesaufgaben gingen ihr fortan leicht von der Hand. Neugierig, wie sie war, öffnete sie am späteren Nachmittag und nach getaner Arbeit Skype, ging online. Zahllose unsinnige Nachrichten von James reihten sich in einer Abfolge von Chatfenstern dicht aneinander. Eine davon ließ sie aufhorchen.

James: *Die Banco de Valencia in Barcelona hat das Konto eingefroren, auf dem deine Zwanzigtausend, was weiß ich, eingegangen sind.*

James schien außer sich vor Wut. Dagegen ließ diese Nachricht ihr Herz fast vor freudiger Aufregung aus der Brust springen. Es schien, dass die Kontoinhaber mit den erfundenen Namen Sylvester Dan und Justin Gaston aktuell keinen Zugriff auf das Konto in Barcelona hatten. Weder konnten die Leute Geld abheben, noch etwaige Geldeingänge überprüfen. Giulia schöpfte Hoffnung, große Hoffnung, während sie von James via E-Mail und Skype unaufhörlich dazu aufgefordert wurde, unverzüglich ihren Bankberater anzuweisen, den erhobenen Betrugsverdacht zurückzunehmen. Sie sollte ihrem Banker mitteilen, dass es sich um ein bedauerliches Missverständnis gehandelt hatte und die Überweisung rechtens war. James leitete darauf die Mail von der Bank, die am Vortag an die Kontoinhaber Dan und Gaston ging, an sie weiter. Giulia las: *Te remito el requerimiento por Parte*

del Banco Alemán de retroceder la transferencia recibida el 23/12/2015
por 19720 €. Hasta que no se aclare ésta situación el Banco mantendá el
bloqueo de la cuent. Von einer spanisch sprechenden Verlagskollegin
ließ sie sich den genauen Wortlaut übersetzen. Sie meinte, dass
sie den Zusammenhang zwar nicht begreifen könne, hoffte aber,
dass Giulia mit ihrer Übersetzung etwas anzufangen wüsste. „Ich
übermittle Ihnen die Forderung seitens der Bank in Deutschland, die die Rücküberweisung der erhaltenen 19.720 € vom
23.12.2015 zurückfordert. Solange sich die Situation nicht klärt,
wird die Banco de Valencia Ihr Konto blockieren." Giulia hüpfte
vor Freude in die Luft, als sie das las. Die Originalmail samt der
Übersetzung leitete sie sofort an ihren Banker weiter, der die
Maßnahme der spanischen Bank als gutes, sehr gutes Zeichen
wertete. Zwar könne sich die Sache hinziehen, sagte er, aber die
Sperrung des Kontos sei ein großer Hoffnungsschimmer. Dann
erkundigte er sich bei Giulia noch nach dem Aktenzeichen der
Strafanzeige, um es an die spanische Bank weiterzuleiten und
damit die Glaubwürdigkeit des Vorfalls zu untermauern.

Giulia hielt James hin. Und gab ihm eindeutig zu verstehen,
dass sie weder die Strafanzeige zurückziehen noch ihren ambitio-
nierten Bankberater zurückpfeifen würde. In einer Mail schrieb
sie an ihn, dass sie sein Gelabere um sein Gepäck inzwischen
langweilen würde und noch immer auf ihn sehr wütend sei. Sie
ließ ihn wissen, dass sie sich auf sein Ultimatum nicht einlassen
würde. Da es nicht dasselbe sei, ob man etwas freiwillig tut
oder ob man zu etwas gezwungen wird. Eine Wahl zu haben,
würde bedeuten, zu wissen oder meinen zu wissen, was los sei
und wozu man das tut, was man tut. Zu guter Letzt sei sie keine
Frau, der man Befehle erteilen könne. Zumal sie sich nur auf eine
Liebe zwischen Mann und Frau einlassen würde, in der beide
die Aufgabe hätten, ihre Fähigkeiten zur Entfaltung der eigenen
Persönlichkeit zu entwickeln. Die Frau müsse in erster Linie lernen, in diesem Prozess jeglichen Druck abzuschütteln, der sich
in Abhängigkeits- und Unterordnungsverhältnissen aufbauen
würde. Giulia war an einer starken Männernatur interessiert,
der sich von Schuldgefühlen, Anpassung und Verunsicherung

frei machen konnte. weil nur so ein Mannsbild wechselseitige Dominanzansprüche in einer Partnerschaft gutheißen könne. Und was James in keinster Weise nachvollziehen konnte, war partout nicht zu rechtfertigen, nämlich, dass er sie auf diese schäbige und hinterhältige Art benutzt hatte, auch wenn sie das bis zu einem gewissen Grad freiwillig mitmachte. Schonungslos verlangte sie von ihm eine ehrliche Aufklärung darüber, was hinter der Koffergeschichte tatsächlich steckte, bevor sie auch nur irgendetwas zurückziehen würde. James versuchte sie über Skype anzurufen. Den geschätzten fünfzehnten Anruf nahm sie entgegen und vernahm zum zweiten Mal seine Stimme. Und zum zweiten Mal hörte sie die Stimme eines jungen Mannes, der kaum älter als 25 oder 30 sein konnte. James war außer sich, fuchsteufelswild, und versuchte, sie massiv unter Druck zu setzen. Giulia hörte mit halbem Ohr zu, antwortete verhalten, ließ das Potpourri der Gemeinheiten über sich ergehen.

„Wegen deiner Sturheit bringst du uns beide in Gefahr. In ernsthafte Gefahr sogar", empörte sich der junge Mann.

„Du sprichst kein American English. So spricht kein amerikanischer General. So drückt sich kein Ehrenmann aus", provozierte ihn Giulia, blieb selbst dabei gelassen und ruhig. Sie hatte sich Schutzmauern aufgebaut, merkte, wie sie der verbale Gegenangriff anspornte, ihr ein erregendes Gefühl bereitete, das stark genug war, sich im Moment der Gefahr angemessen, wenn auch in gewisser Weise übertrieben liebevoll auszudrücken. Als es James zu bunt wurde, beendete er den Skype-Anruf. Mit derart selbstbewussten Argumenten hatte er nicht gerechnet. Kurz darauf brummte ihr Handy. Sie drückte auf Annehmen und vernahm eine unbekannte männliche Stimme, die auf Englisch sagte: „Terminate this very fast. Otherwise the situation becomes most dangerous." Giulia drückte augenblicklich auf Beenden. Es folgten weitere Anrufe per WhatsApp aus Spanien, England, Nigeria, den USA, die Giulia ignorierte, stattdessen sich die jeweiligen Handynummern sorgfältig notierte, die auf ihrem Display angezeigt wurden. Nach kurzer Zeit waren zwei Zettel mit fünfzehn Telefonnummern mit verschiedenen Ländervorwahlen vollgeschrieben. Die stets männlichen Anrufer gaben nicht auf und quatschten ihr zig Male die Mailbox voll. Es war eine Mischung aus übersteigerten Wutanfällen mit tonstarken Worthülsen, die völlig unverbindlich waren, die jedoch, wenn sie sie über sich ergehen ließ, lähmend wirkten, ja hypnotisierend. Beklemmend war, wenn sich Stimmen erhoben, die sich über etwas oder jemanden lustig machten, immer leiser wurden, bis sie in ein unheimliches Gemurmel übergingen, sodass es Giulia unmöglich war, den Inhalten zu folgen. Diese Unverbindlichkeit flößte ihr tatsächlich Furcht ein, vorzugsweise am späten Abend und in der Nacht. An einem Morgen wollte sie deshalb Frey wieder anrufen, wäre nicht das Schreiben vom Kriminalfachdezernat in ihrem Briefkasten gelegen, worauf sie geschlagene vierzehn Tage gewartet hatte. Endlich wurde ihr ein zuständiger Ermittler und Cyber-Crime-Spezialist genannt. Bevor sie ihn jedoch anrufen konnte, mussten erst noch der Geschirrspüler ausgeräumt, Koffer gepackt und Arbeitsunterlagen für eine anstehende Geschäftsreise nach Wien hergerichtet werden. Die Abreisetage waren stets hektisch und stressig. Und meist fielen ihr unterwegs noch Dinge ein, die sie vergessen hatte, wie das Ladekabel fürs Handy oder die Sportschuhe. Als dann am frühen Nachmittag alles geschafft war und sie sich ein Zeitfenster von einer Stunde herausgearbeitet hatte, setzte sie sich an den Schreibtisch und kramte das polizeiliche Protokoll aus einem Ablagekasten hervor. Sie griff nach dem Telefonhörer und drückte die Nummer des Ermittlers, der nach dreimal Klingeln abnahm. Am anderen Ende der Leitung meldete sich die sympathische Stimme von Christoph Jung. Nach einer kurzen Begrüßung und Schilderung des Tathergangs kam Jung gleich zur Sache und eröffnete, dass sie nicht die einzige Kandidatin war, die in einen Romance-Scamming-Fall verwickelt sei, er es aktuell mit mehreren Fällen gleichzeitig zu tun hätte. Diese Betrüger seien dreist und würden ihre Opfer um mehrere Hunderttausend Euro bringen. Als er darauf zu sprechen kam, dass die Verfahren meist nach ein paar Wochen wieder eingestellt würden, weil es den deutschen Behörden nicht wirklich gelingen würde, außerhalb der eigenen Landesgrenzen effektiv zu ermitteln, war ihr Enthusiasmus merklich abgekühlt. Doch bald raffte sie sich wieder auf und übermittelte Jung alles, was sich bis dato bei ihr angesammelt hatte: Skype-Adressen, E-Mail-Adressen, Handynummern. Außerdem teilte sie ihm mit, dass die Bank in Barcelona das betreffende Konto mittlerweile eingefroren hätte. Offenbar dadurch motiviert, kam der Ermittler in Plauderlaune, betonte, dass es verschiedene Verführ-Methoden geben würde.

„Die Lover-Boys, ähm …“, begann er.

„Über deren Machenschaften hatte ich mir neulich eine Dokumentation angesehen“, unterbrach ihn Giulia, die wie auf heißen Kohlen saß, weil sie eigentlich wegfahren wollte.

„Hm, sie verwenden ähnliche Strategien. Täter und Opfer lernen sich über Facebook kennen. Danach kommt es zu persönlichen Treffen und so weiter“, ergänzte der Polizist und ließ sich nicht aus der Ruhe bringen.

„Den romantischen Minnegesang scheinen jedenfalls beide Betrüger-Truppen gut zu beherrschen, auf den ihre Opfer leichtgläubig hereinfallen. So wie ich“, antwortete Giulia in einem sarkastischen Tonfall und fand langsam Gefallen an der Unterredung.

„Die Opfer werden Sie jetzt besser verstehen können“, meinte Jung und stellte anerkennend fest, dass sie das Betrugssystem schnell durchschaut hätte.

„Das habe ich einem guten, wirklich guten Freund zu verdanken“, gab Giulia offen zu, die sich dennoch über die aufmunternden Worte von Jung freute, bestärkten sie doch ihren gesunden Menschenverstand.

„Verrückt“, fuhr Jung fort, „die Mädels verfallen den Lover-Boys und halten auch zu ihnen, wenn sie wissen, dass es sich um eiskalte Zuhälter handelt. Sie stammen oft aus den mittleren und oberen gesellschaftlichen Schichten, sind lange Zeit bereit, den Kerlen Geldquellen zu erschließen, sobald die emotionale Bindung fest genug ist und sexuelle Kontakte stattgefunden haben. Plötzlich tauchen dann bei den Typen finanzielle Probleme auf. Und weil man für die gemeinsame Zukunft und Familiengründung schließlich Geld ausgeben muss, leihen sich die jungen Frauen das dafür benötigte Geld bei den Eltern. Oder nehmen sogar einen

Kredit auf. Versiegen die Geldquellen, kommen erste Existenzängste auf. Spätestens dann bringen Lover-Boys Prostitution ins Gespräch, da man damit ja in kürzester Zeit viel Geld machen kann. Und das ein besonders großer Liebesbeweis ist. Für die große Liebe muss man eben Opfer bringen." Jung pausierte kurz, redete dann munter weiter: „Gleichzeitig schwören sie ihren Opfern bei Leib und Leben, dass diese Phase der Geldbeschaffung nicht lange andauern wird, weil sie ja die Vorstellung daran umbringt, dass ihre Prinzessin mit anderen Männern Sex hat. Unter diesem Druck geben die Mädchen oft nach." Plötzlich schien Jung ziemlich genervt zu sein.

„Romantic sells. Und ja, ähm, Opfer bringen, hm, das hat mir der Typ auch immer wieder gesagt", kommentierte Giulia, warf einen Blick auf die Uhr und bemerkte, dass das herausgearbeitete Zeitfenster von einer Stunde schon vergangen war. Schnell verabschiedete sie sich von Jung, der versprach, sich bei ihr zu melden, sobald er Näheres zu ihrem Fall weiß. Nach dem Telefonat begann Giulia, die Geschehnisse aus anderen Perspektiven zu betrachten. Und das, was sie noch nicht verstand, nicht wagte, danach zu fragen, war ihr jetzt glasklar vor Augen. Sie dachte, dass wir alle früher oder später dem Alkoholiker, der Alkoholikerin – dem Dieb, der Diebin – dem Betrüger, der Betrügerin – dem skrupellosen Geist mit dem hasserfüllten Herzen begegnen werden. Spätestens dann werden wir mit unseren inneren Abgründen, unserer Verletzlichkeit konfrontiert, zur Selbstüberprüfung gezwungen. Im besten Fall wissen wir dann, dass Stigmatisierungen, stereotype Begründungen oder Zuschreibungen wie die, der andere ist naiv, vernebelt, dumm, einsam, niemals ausreichen werden, persönliches Handeln zu entschlüsseln. Dann wissen wir auch, was bei starken Emotionen aus tiefsten Schichten unserer unbewussten Welt hervordringt, dem wir willenlos folgen. Als sie ihre restlichen Sachen zusammengepackt, Koffer und Taschen die Treppe hinuntergeschleppt hatte und in der Diele abstellte, ging ihr Leo durch den Kopf. Beinhart hatte er sie mit der Realität konfrontiert – der Realität ihres Tuns und ihrer Gutgläubigkeit. Sie gestand sich etwas zerknirscht ein, dass ohne seinen Mut dieser Teufelskreis womöglich nicht durchbrochen, länger weitergelaufen wäre, ohne Anfang und Ende. An seine rund-um-die-Uhr-Präsenz hätte sie sich noch mehr gewöhnt und immer weniger Widerstände aufbringen, sich James widersetzen können. Häufig genug hatte sie schon in der Liebe erfahren, dass sie zu Dingen fähig war, die sie bis dahin so an ihr nicht kannte. „In der Liebe ist niemand vor Fehlschlüssen gefeit", sagte sie vor sich hin und überlegte, als sie die Gepäckstücke in den Kofferraum packte, dass man den Bund fürs Leben doch nicht aus rationalem Kalkül eingehen würde, sondern aus ehrlicher Zuneigung, vielleicht nicht alle, auf jeden Fall aber sie. Trotz alledem wären wohl angebracht, überlegte sie, als sie sich hinters Steuer setzte, eine gute Selbstbeobachtung und ein sachlicher Blick auf die Situation. Zweifel erheben, Behauptungen hinterfragen, Erfahrungswissen einbringen, wären ebenso wichtig, um in der Looping-Achterbahn nicht aus der Kurve zu fliegen. Denn nur der, der auf einem Gebiet Erfahrungen und Wissen gesammelt hat, reift schließlich zum Experten. „Bin ich nun eine Expertin in der Liebe?", scherzte Giulia mit sich selbst und musste herzhaft lachen, heilfroh darüber, dass sie sich ihren Humor bewahrt hatte. Klar, Experten können mit unvorhergesehenen Situationen in ihrem Metier besser umgehen – auch dann, wenn sie sich mit rudimentären Informationen begnügen müssen. Immerhin ist die Wahrscheinlichkeit hoch, dass sie mit ihren Entscheidungen richtig liegen, sie selbstzufriedener werden und selbstbewusster agieren.

Während der Autofahrt auf der A1, die Autobahnstrecke kannte sie aus dem Effeff, kam ihr der Gedanke, dass ihre Daten und Fotos, die sie freiwillig an die Betrüger weitergegeben hatte, mit hoher Wahrscheinlichkeit in die Hände von weiblichen Romance-Scammerinnen gelangen werden. Denn das authentische Material eignete sich bestens dafür, Männer zu verführen und um ihr Geld zu bringen. Ebenso hoch war die Wahrscheinlichkeit, analysierte sie scharf, dass der organisierten Liebesbetrug-Kriminalität im Netz immer mehr Menschen zum Opfer fallen, da die Leute mit jedem Betrug ihre Datenbank ausbauen und professionalisieren können. Wer sich auf einer offenen Kontaktplattform, egal welcher, anmeldet, sollte demzufolge vorsichtig mit dem Umgang von persönlichen Daten und Informationen sein, vor allen Dingen dann, wenn sich ein Kontakt als vielversprechend abzeichnet. Man sollte sich fragen, ob man so offen über sich und sein Leben sprechen würde, wenn der Sehnsuchtspartner einem real gegenübersitzen würde. Natürlich muss man nicht gleich mit dem Schlimmsten rechnen – damit, im Netz zum Opfer von Cyberkriminalität zu werden, sobald man den Laptop hochfährt und sich in soziale Netzwerke einwählt.

Das Ereignis mit James zwang Giulia, über vieles nachzudenken. Nicht zum ersten Mal scheiterte sie in der Liebe. Und nicht zum ersten Mal hatte sie es mit Schuld, Leid und Vergänglichkeit zu tun – mit Gefühlen, die sie tief bearbeiten, sich mit sich selbst aussöhnen musste. Giulia zog sich zurück, konfrontierte sich allein mit allen Widersprüchen – mit Dingen, die es endgültig zu überwinden und abzuschließen galt. In stillen Stunden dachte sie zurück an die Skype-Romanze mit einem Realfake, der es vermochte, in ihr Herz einzudringen und ihre Sehnsucht nach der ewigen Liebe zu stillen, wenn auch nur für eine kurze Zeit. Keineswegs fiel es ihr leicht, an all das Schöne und Positive zu denken und sich gleichzeitig mit einer Erfahrung auseinanderzusetzen, die mehr als nur eine Lektion für sie war. Freiwillig ließ sie sich ein auf ein romantisches Märchen, auf Mythen und Vorstellungen. Sie belog sich selbst und das, was an Liebesempfinden in ihr war, was nach Wahrhaftigkeit und Erfüllung strebte. Mit ausreichend innerem Abstand musste sie sich eingestehen: James Aston hatte eine faszinierende Seite. Mit ihm tauchte sie ein in ihr Seelenmeer, traf dort Menschen, die sie liebte, die sie vermisste. James hörte zu, schenkte ihr Raum, fand tröstende Worte. So verbarg diese Erfahrung auch etwas Schönes und Süßes – etwas, was sich jeder Mann und jede Frau von der ewigen Liebe wünscht: Kommunikation, Mitgefühl, Trost. Persönliche Erinnerungen an Vergangenes vermischten sich mit ihrer Gegenwart, bis sich der Traum in tiefes Schwarz einfärbte. Und doch erhellte sich ein Teil in ihr, ein Teil, der verschollen war, den sie aufs Schmerzlichste vermisste, wenn sie sich zurückerinnerte. Jeder Mensch erlebt das Liebesglück auf eine ganz eigene Weise. Mit dem Realfake erlebte sie, wie einst mit Najiib am Nil, ihren ganz persönlichen Traum von der romantischen Liebe noch einmal: so schön, so kurz, so wehmütig. Einen Traum, von dem sie glaubte, er wäre längst ausgeträumt. Die Wahrheit ist doch: Wir alle, jeder Einzelne, jedes Atom, jede Galaxie und jedes Teilchen im Universum, gehen unentrinnbar dem Tod entgegen. Vielleicht war es dieser Umstand, der dazu führte, dass es für Giulia weder schlechte noch gute Erfahrungen gab, sondern Ereignisse, durch die sie lernen, verstehen, sich selbst und ihre Überzeugungen und Meinungen vom nie versiegenden Glück überwinden konnte. Jeder Mensch hat seine ganz eigenen Vorstellungen von der Liebe, die einen auch dann beeinflussen, wenn man gescheitert ist. Es ist ein Fantasiegebilde, das mit einem Bündel von Erwartungen an den Traummann, an die Traumfrau einhergeht, das genug Stoff für Tragödien und Dramen bietet. Bei großer Verliebtheit nehmen die Dinge nun mal ihren Lauf: Weil sich das Begehren auf das Unverfügbare richtet. Weil Wahrnehmungen und Einschätzungen in der Liebe ein fragiles Fundament bilden. Weil Entscheidungen aus Liebe schwer zu revidieren sind. In Wirklichkeit aber müssen wir uns mit dieser Zerbrechlichkeit arrangieren, davon abgesehen, dass nicht jeder Mensch dafür geschaffen ist, sich mit der ersten Liebe lebenslang einzurichten. Warum manche Menschen das aber tun, hängt nicht nur mit tradierten Lebensmodellen zusammen, sondern weil es mit der Zeit schwieriger wird, Menschen, die einem nahestehen, zu enttäuschen, und gleichzeitig das zu tun, was man tun will, tun muss – was man sich selbst, seinen Talenten und Fähigkeiten schuldig ist. Doch was ist die Alternative? Sich einzugestehen, dass man für die ewige Liebe, für die ewige Partnertreue nicht geeignet ist, an diesem Traum scheitert, immer wieder scheitern wird? Weil man ein Leben führen will, das sich auf mehr einlässt? Um das zu erkennen, braucht es viel Zeit. Es braucht das Loslassen von alten Mustern. Und es braucht Dramen und Tragödien.

Giulia blieb auf dem Sofa sitzen, dachte darüber nach, dass alle denkenden und handelnden Menschen an dem Punkt scheitern werden, wenn Gewohntes und Altes zusammenbricht, selbst die allergrößten Geister. Sie schaute auf ein Gemälde an der gegenüberliegenden Wohnzimmerwand, blickte in ihr eigenes Gesicht, das ihr vertraut und doch fremd war. „Die Liebe hält viele Zugänge offen, weil es Dinge gibt, die man an sich selbst nicht kennt. Und über die man, wenn man sie kennen würde, niemals, auch nicht mit dem liebevollsten Partner sprechen würde." Sie schnappte sich ein paar leere Papierblätter von einem Stapel und fing an zu schreiben. Ihre Schrift war kaum leserlich und wirkte, als wenn ihre Hand ihren Gedanken nicht hinterherkommen würde. Energisch schrieb sie auf das nächste und nächste Blatt: „Kann ich meine Gefühle und Intimität frei genug leben, mich von alten Glaubenssätzen, die mich daran hindern, trennen? Wäre dies für mich ein Zugewinn an geistiger Freiheit?" Giulia hielt inne, legte den Stift beiseite, sagte laut: „Verflixt noch mal, wer soll das jemals können?" Sie hob den Kopf, warf einen langen Blick in den Garten hinaus. Was wäre das Leben ohne Verlockungen, ohne Sehnsucht? Wer nicht sehnt, ist tot. Wer nicht wagt, der nicht gewinnt. Wieder einmal versuchte sie, ihr, der Liebe, ein Schnippchen zu schlagen, fragte sich, ob diese Erfahrung ihr verklärtes Bild darüber nun endgültig entstauben würde? Ja, das würde sie — da war sie sich ganz sicher. So sicher, wie sie zu diesem Zeitpunkt eben sein konnte. Doch erst mal musste sie das verdauen, was ihr in den eigenen vier Wänden widerfuhr, dass sie dort in ein bindendes Liebeserlebnis hineingetaumelt war, ohne recht zu wissen, wie so etwas geschehen konnte. Ihr Blick fiel auf das Vogelhäuschen, in das sie am Morgen frische Körner hineingegeben hatte. Sie beobachtete die bunte Schar aus Spatzen, Finken, Elstern, Rotkehlchen, Raben, wie sie dort herumhüpften und herumflatterten — bis alles aufgefressen war. Etwas wehmütig erinnerte sie sich an ihre Wellensittiche, die sie in die Obhut eines treusorgenden Vogelhalters abgeben musste, da sie die Pflege der Wellies mit ihrem Nomadenleben nur sehr schwer unter einen Hut bringen konnte. Nachdenklich kaute sie auf ihrem Stift herum. Ihre Erfahrungen mit der Liebe schienen ihr plausibel genug zu sein, um sie aufzuschreiben, um sie mit anderen zu teilen, um aufzuklären. Giulia beendete den angefangenen Satz: „Ja, es ist ein Zugewinn. Weil ich die Kraft und den Willen aufbringen werde, mein Scheitern zu akzeptieren. Weil das Leben keine Liste ist, auf der ich meine Erfolge und Errungenschaften abhake. Weil Abgründe und Brüche dazugehören."

Das Warten

Sie rannte der Regionalbahn hinterher. Doch so sehr sie auch schneller wurde, sie war chancenlos. Völlig außer Atem blieb sie stehen und sah den verschwindenden Rücklichtern nach, drehte sich um, ging in die Bahnhofshalle zurück. Auf dem Weg hörte sie von irgendwoher Klavierklänge – einen Sound, der ihr locker und groovig ins Ohr ging. Je konzentrierter sie darauf lauschte, desto tiefer tastete er sich in ihre Emotionswelt vor. Giulia drängelte sich gemächlich durch das Getümmel, entdeckte schließlich in der Vorhalle den Klavierspieler. Das Piano, das sich in einem Warteraum der bis zur Decke offenen Halle befand, schien dort einen festen Platz zu haben, auf dem jeder spielen durfte, der sich dazu in der Lage sah. Spontan ging sie hinein, um sich die Wartezeit auf den nächsten Zug mit ein paar Minuten der willkommenen Ruhe zu versüßen. Sie setzte sich in einen der knallroten Sessel und legte ihre Handtasche auf den kleinen Tisch daneben. Dutzende wartende Reisende hielten sich zurzeit hier auf, saßen bei ihren Gepäckstücken. Mal klatschten sie, mal schwiegen sie, wie jetzt, als er junge Musiker mit einem Stück von Beethoven anfing. Giulia verlor bald jegliches Zeitgefühl. Inmitten des nervigen Gedränges und Lärms eines Großstadtbahnhofs war es ihr, als stünden selbst ihre Gedanken still. Wie wohltuend es war, sich im Bahnhofsgetümmel zurückziehen zu können, nahm sie erst richtig wahr, als sie in ein bekanntes Gesicht blickte und es ihr nicht gelang, sich rechtzeitig in Deckung zu bringen. Der Mann stand wie aus dem Nichts vor ihr, ein flüchtiger Bekannter, wie sich herausstellte, der neugierig fragte, wohin sie denn reisen wolle. „Nirgendwohin. Ich warte", antwortete Giulia knapp, blieb sitzen, während sie seinen Handschlag erwiderte, ihre Hand aus der festen Umklammerung seines Händedrucks aber schnell herauslöste, da er ihr zwei Finger quetschte.

„Auf was?"

„Na ja, nichts Besonderes."

„Alles okay mit dir?"

„Ja, alles bestens."

„Na dann, tschüss."

„Dann tschüss."

Der Mann hatte begriffen, wie aussichtslos es war, Giulia in ein Gespräch zu verwickeln. Sie verabschiedete sich ebenso beiläufig, wie sie ihn begrüßt hatte, sah ihm nach, wie er im Getümmel verschwand. Erleichtert stieß sie einen Seufzer aus, atmete ein paarmal tief ein und aus. Sie hatte gesagt, was es in dieser Situation zu sagen gab. Das Drumherum konnte er sich selbst zusammenreimen. Es berührte sie nicht. Noch weniger aber berührte sie, dass sie bereits eine geschlagene Stunde in der Bahnhofshalle verplempert hatte, es mittlerweile kurz vor 18 Uhr war und sie zwei Regionalzüge verpasst hatte. Anstatt sich zu ärgern, blieb sie in dem Sessel sitzen, schloss die Augen und lauschte der Klaviermusik. Ihr Handy vibrierte. Giulia griff in ihre Tasche, zog das Handy hervor und warf einen neugierigen Blick darauf. Jung, hoffte sie, der sich in der Regel am frühen Morgen oder kurz vor Feierabend meldete. Seit zwei Wochen hielt er sie hin, ließ sie zwischendurch wissen, dass er recherchieren und Daten auswerten würde, nicht kontinuierlich, weil dringendere Fälle auf dem Tisch liegen würden. Giulia hatte Verständnis, auch wenn sich das lange Warten auf einen Anfang nach einem Ende schon viel zu lange hinzog. Obschon sich ihre Blamage inzwischen anders anfühlte, so, als ob sie an den konkreten Ermittlungsergebnissen nicht mehr interessiert wäre. Von Tag zu Tag fiel es ihr schwerer, richtig wütend zu werden auf das, was geschehen war, und wie es geschehen war. Doch es war Clarissa. Sie drückte auf Annehmen.

„Hey, Giulia, lange nichts gehört", meldete sich ihre Freundin, die gleich zur Sache kam. „Wir hatten doch ausgemacht, dass wir uns im Januar wegen der Hochzeit austauschen." Im ersten Augenblick entging ihr, dass Clarissas Stimme etwas ungehalten klang.

„Hochzeit?", unterbrach Giulia und gab sich einem plötzlichen Impuls folgend reservierter.

„Mensch. Die von Mara und Linda. Hast du das völlig vergessen?", ermahnte sie ihre Freundin und stöhnte hörbar auf.

„Ach, herrjemine, die habe ich total vergessen", entschuldigte sich Giulia gleich, entgegnete, dass es wohl daran liege, dass sie in den vergangenen Wochen mit anderen Dingen beschäftigt gewesen sei, dass ihr Kopf voll gewesen sei, dass … Ähm, gerade sei zu viel los. Derartige Termine würden einfach untergehen.

„Derartige Termine?", fragte Clarissa etwas ratlos.

„Was genau haben wir denn ausgemacht?", lenkte Giulia ab und ging mit keiner Silbe auf ihre Bemerkung ein.

Clarissa schien ihre Geistesabwesenheit bemerkt zu haben. Sie schlug einen freundlicheren Ton an, half ihrem Gedächtnis auf die Sprünge, erklärte, dass es konkret um die Reise nach Dubai gehe. Darüber hätten sie vor knapp einem dreiviertel Jahr auf Malle gesprochen. Vielleicht sei sie aber auch nur ungeduldig, da sie dringend eine Auszeit vom Alltag benötigen würde.

Giulia erinnerte sich vage an die Abmachung, zu viel war in der Zwischenzeit passiert. Abgesehen davon hatte sie im Moment wenig Interesse an einer Hochzeit. Sie versprach Clarissa einen Rückruf, sobald sie zu Hause war.

„Hm, wie, was. Du bist unterwegs? Ah, entschuldige. Das wusste ich nicht. Also dann bis heute Abend", antwortete Clarissa und verabschiedete sich gleich.

Giulia erhob sich aus dem Sessel, schwang ihre Tasche über die Schulter und ging hinaus in die riesige Bahnhofshalle. Dem Klavierspieler lächelte sie anerkennend zu, gab ihm ein Trinkgeld und verschwand in der Menge. Auf dem Weg zum Bahnsteig ging ihr Beethoven durch den Kopf, über dessen wildes Leben ihr Mark viel berichtet hatte. Inzwischen gäbe es handfeste Belege dafür, erwähnte er vor nicht allzu langer Zeit, dass das Gehirn einen Musiker zum Genie machen würde, nicht die Hände oder die Ohren oder die Seele, wie man lange angenommen hätte. Mark konnte ganze Passagen aus Eckart Altenmüllers neusten Veröffentlichungen über Beethoven rezitieren, über seine Taubheit beispielsweise und dass ihn diese beim Komponieren eindeutig positiv beeinflusst hätte. Dadurch hätte sich das Jahrhundertgenie innerlich von der Gesellschaft und den Erwartungen aus der Umwelt herauslösen, sich auf sich selbst und seine Kompositionen zentrieren können, ohne sich darum zu kümmern, ob seine Musik seinen Zuhörern gefallen würde. Was ihn auf ein niedrigeres Niveau gebracht und worunter seine Unabhängigkeit und Einzigartigkeit gelitten hätten. Durch seine Taubheit hätte Beethovens visionäre Unabhängigkeit in der Musik erst richtig entstehen können. Er hätte in völliger Stille und Ungestörtheit Klangmöglichkeiten kombinieren und entwickeln können – trotz der enormen Tragik seines Lebens. Heute müsse man davon ausgehen, fasste Mark ein anderes Mal zusammen, dass Beethoven die Kompositionen mit seinem inneren Ohr sehr präzise hören und sich seiner grandiosen Musikbibliothek im Kopf, dem Langzeitgedächtnis, bedienen konnte.

Auf dem Bahnsteig setzte sich Giulia auf eine freie Bank, trotz Kälte. Bis zur Abfahrt der Regionalbahn waren es noch zehn Minuten. Aus der Tasche holte sie ihr zerfleddertes Notizbuch hervor, das von Einträgen und losen Schmierzetteln überquoll und doch einen geordneten Eindruck machte. Das Büchlein nutzte sie für spontane Einträge. Sie griff nach dem erstbesten Kugelschreiber in ihrer Tasche, schlug eine leere Seite auf und notierte die Frage, die sich ihr jetzt stellte, als sie ihre Gedanken über Beethoven Revue passieren ließ: „Muss sich das Hirn erst von gesellschaftlichen Konventionen entkoppeln, durch einen Organschaden beispielsweise, um Außerordentliches zu leisten – im Leben wie in der Liebe?" Sie blätterte ein paar Seiten um und fand Notizen mit ähnlichen Gedanken. Auf einer Seite stand: „Wenn man sich einen größtmöglichen Freiraum an hochkonzentrierter und von äußeren Geschehnissen abgekapselter Lebenszeit schaffen will, muss man Auszeiten produzieren, sich innerlich von der Welt entfernen, bewusst in die Einsamkeit gehen. Erst dann hat man zu allem, was im Gehirn vorhanden ist, einen erweiterten Zugang: zu Gefühlen, Erinnerungen, Wahrnehmungen. Und schafft sich schillernde Momente des kreativen Schaffens." Am Rand stand: Aus: Why write?, Philip Roth. Giulia war so sehr in ihren Gedanken versunken, dass sie nicht bemerkt hatte, dass sie nicht mehr alleine auf der Bank saß. Neben ihr hatten sich zwei Jungs niedergelassen, schätzungsweise 15 oder 16. „Exakt meine Zielgruppe", schmunzelte sie in sich hinein, brachte wohl deswegen jede Menge Geduld und Verständnis für die Pubertierenden auf. Dafür, dass beide über Kopfhörer so laute Musik hörten, dass es zu ihr herüberdröhnte, sie sich deshalb noch lauter unterhielten und sich schmatzend die in Papier umwickelten Döner schmecken ließen. Bahnhöfe waren für Giulia Orte der Mobilität, Orte des Aufbruchs, des Rastens, der Kommunikation, Begegnung. Ein Niemandsland der unvollendeten Übergänge, der Unerfülltheit. Wie ähnlich sich diese Gedanken doch zu ihrer Lebensreise verhielten. Wer weiß schon, wohin die Reise geht? Ob, wie, mit wem man ankommt? Ob man mit den falschen Leuten im Zug sitzt – mit solchen, die negativ und feindselig gestimmt sind, nicht bereit und fähig sind, sich auf andere Menschen einzulassen, was das Risiko des individuellen Scheiterns erhöht, wenn man versucht, mit ihnen zu Kommunizieren. Spätestens dann sollte man seine Lebensreise selbst in die Hand nehmen, genügend Selbstbewusstsein und Autonomie entwickeln, um nicht in die stumpfe Abhängigkeit zu falschen Mitfahrenden zu geraten. Soll heißen: Wenn die Umwelt nicht mitspielt, wird es schwer, das persönliche Potenzial zu entwickeln. Irgendwann wird man aufgeben, sich anpassen, eigene Pläne und Vorhaben an den Nagel hängen. Was niemand wirklich verhindern kann, da Menschen an Räumen teilhaben: an Gefühlsräumen. Das Scheitern als bedeutsam für die Gestaltung der eigenen Gegenwart zu erfahren, heißt doch, Leere und Einsamkeit zu überwinden, dem Leben einen neuen Kontext zu geben, Stillstand, Frustration, Unerfülltheit zu beenden und sich gesunden, guten Beziehungen hinzuwenden. Jedes Mal leitete Giulias Scheitern einen Wendepunkt auf ihrem Lebensweg ein, keinesfalls wegen des Ereignisses an sich, eher beiläufig sogar, was nicht zu verhindern war. Es waren Veränderungen, die sie in ihrem Innersten als Wende wahrnahm, spürte, dass es eine wirkliche Wende war, die ein neues Kapitel in ihrem Leben einleitete: Ein Leben ohne Selbstausbeutung, ein Leben ohne die ständige Suche nach dem Richtigen.

Mit etwa fünf Minuten Verspätung fuhr die Regionalbahn in den Bahnhof ein. Menschentrauben drängten sich an den Türen. Sie verstaute ihr Notizbuch in der Tasche, hielt Abstand und schob sich unter den letzten Fahrgästen in den Zug hinein. Im Ruheraum eroberte sie einen freien Platz, neben einer Frau, die in einer unbequemen Stellung am Fenster vor sich hindöste. Aus Gewohnheit ließ Giulia ihren Blick über die anderen Fahrgäste schweifen. Die meisten von ihnen waren Pendler auf dem Weg nach Hause. Ein paar saßen stumm da, schauten vor sich hin. Andere hantierten mit Handys, Laptops, Papiertüten mit Essbarem. Giulia lehnte den Kopf nach hinten. Zwangsweise hörte sie das Gespräch der beiden Fahrgäste hinter ihr mit. Die Frau hatte den Mann kurz nach der Abfahrt gebeten, auf ihre Tasche aufzupassen, weil sie dringend zur Toilette müsse. Zurück auf ihrem Platz, fing sie an, sich mit ihrem Nebensitzer übers Wetter zu unterhalten. Es sei zu kalt, zu frostig, zu widerwärtig, das Wetter, klagte sie. Giulia kam nicht umhin, das ganze Gespräch mitanzuhören, auf das sich der Mann erstaunlicherweise offen einließ. Als das Thema Wetter abgehakt war, sprach die Frau ungeniert über ihre Scheidung von einem Mann, über dessen wahre Identität sie nach fünfjähriger Ehe in der Zeitung gelesen hätte. Der Schock würde heute noch tief in ihr sitzen, weil sie sich mit einem Betrüger eingelassen hätte, dessen Fall monatelang durch die Münchner Presse gegangen sei, der drei Jahre im Gefängnis einsitzen musste, inzwischen aber wieder auf freiem Fuß sei und heute in der Schweiz leben würde. Der gemeinsame dreijährige Sohn würde fürchterlich unter der Trennung leiden. Und sie – na ja, sie hätte das Vertrauen in die Männerwelt verloren, umso mehr, weil er sie jetzt auch noch stalken würde. Der Mann, der neben der Frau saß und den Giulia etwas älter schätzte, überschüttete sie mit tröstenden und empathischen Worten, dass das doch schlimm sei und er es nicht verstehen könne, dass man so etwas einer so attraktiven, jungen Frau antun könne. Auf die Fragen der Frau antwortete der Mann geduldig. Und Giulia erfuhr, dass er Architekt, Hobbymusiker und ebenfalls geschieden war. Als Ausgleich zum täglichen Stress würde er regelmäßiges Yoga-Training im Arabellapark machen, sich bewusst kulinarisch wie musikalisch verwöhnen. Die Frau erwiderte, dass sie sich mit Pilates-Übungen fit halten würde, dass sie selbst einmal Architektur studieren wollte, sich aber dann doch für Journalismus entschieden hätte, weil das nicht so mathematisch sei. Als der Mann wissen wollte, womit sie sich ihren Lebensunterhalt verdienen würde, gab sie an, Fachartikel und Newsletter für mehrere Firmen zu schreiben. Auf der kurzen Fahrtstrecke breitete die junge Frau dem fremden Mann wahrlich eine herzzerreißende Leidensgeschichte aus, die sie im Nu herunterrattern konnte, die auf Giulia zusammengestrickt und auswendig gelernt wirkte und einen schalen Beigeschmack hatte. Je länger Giulia dem Gespräch zuhörte, desto mehr konnte sie sich des Eindrucks nicht erwehren, dass es die Frau darauf anlegte, die Beschützer-Instinkte des Mannes zu aktivieren sowie seine Bereitschaft, sich mit ihr einzulassen. Romance-Scammerinnen, die meist aus Russland und Osteuropa stammen, über die Giulia im Zuge ihres eigenen Falls recherchierte, wenden altbekannte geschlechtsrollen-spezifische Strategien an: geben sich zart, jung, verletzlich, unterwürfig, schwach. Wie die männlichen Kollegen erzählen sie ihren Opfern erfundene Geschichten über persönliches Unglück, schmerzvolle Verluste und die nie versiegende Sehnsucht nach wahrer Liebe. Giulia fühlte sich in die Zeit mit James Aston zurückversetzt, bekam heftiges Mitleid mit dem Mann, der hinter ihr saß. Dann fiel ihr Clarissa ein, die sagte, dass sie mit der Zeit gelernt hätte, ihren Blick auf zufällige Bekanntschaften zu richten, die sich überall und ständig ereignen würden. Solange ihr aber keine neue Beziehung zufallen würde, würde sie sich von ihrem Mann nicht trennen, sich anpassen und die Lernaufgabe bewältigen. „Vielleicht nutzte die Frau aber auch die Gunst der Stunde, den Zufall?", überlegte Giulia, als sie hinter den beiden aus dem Zug ausstieg, ihnen noch so lange nachsah, bis ihre Gestalten in der Dunkelheit verschwanden.

Joe wartete bereits in seinem Auto auf sie, so, als ob er nichts Besseres zu tun hätte, als am Bahnhof herumzulungern und zu warten. Mit dem ehemaligen Nachbarn verband Giulia eine jahrelange Freundschaft. Und weil sich Joe in den praktischen Dingen des Alltags als kompetent und verlässlich erwies, erledigte er für sie seit geraumer Zeit einfache Botengänge, verrichtete Hausmeisterdienste, holte sie vom Bahnhof ab, wie jetzt, was eine große Wohltat war. Joe verdiente sich damit etwas zu seiner Rente hinzu, was dem passionierten Segler entgegenkam. In der Zwischenzeit hatte es kräftig geschneit. Der Schnee lag weiß und unberührt vor ihnen. Joe fuhr langsam und vorsichtig die verwinkelten Straßen hoch. Während der Fahrt hüllte sich Giulia in Schweigen, ging die Geschehnisse des Tages im Kopf durch, was ihr gut möglich war, da sich Joe auf das Fahren konzentrieren musste, er sie nicht, wie sonst, mit seinen Segler-Geschichten bei Wind und Wetter unterhielt. Außerdem wollten beide so schnell wie möglich wieder ins Warme kommen. Giulia genoss die Abende zu Hause, die Ruhe, das Alleinsein, wo sie ungestört das tun konnte, wonach ihr der Sinn stand – und sie sich öfters, mit einem cremigen Bourbon-Vanilleeis, karamellisierten Walnüssen und Kürbiskernöl bewaffnet, einen aus dem Netz heruntergeladenen Thriller oder Blockbuster-Film im Heimkino ansah. Den für heute Abend vorgesehenen Film „So wie du mich willst", der von einer attraktiven, älteren Literaturdozentin handelt, die sich über Facebook in einen jungen Mann verliebt und die Kontrolle verliert, verschob sie aufs Wochenende. Clarissa wartete auf ihren Rückruf. Eine Stunde später, und nachdem sie sich mit einem Teller Spaghetti aglio e olio gestärkt hatte, rief sie Clarissa an, die nach dem ersten Klingelton den Hörer abnahm. Giulia entschuldigte sich zunächst wegen ihrer Barschheit von vorhin, die Worte seien ihr einfach so herausgerutscht.

„Kein Problem. Aber sag, wie geht's dir und deinem, ähm, Mitbewohner, wie du deinen Mann die meiste Zeit nennst?", fragte Giulia geradeaus und berichtete, dass sie eben in der Regionalbahn noch darüber nachgedacht hätte – über das, was sie auf der Finca gesagt hätte, nämlich, dass sie gewillt sei, die Beziehung mit Dennis auszuhalten, die Lernaufgabe zu bewältigen, wenn man so will, das Karma abzuarbeiten.

„Es wird nicht lustiger mit ihm. Und, hm, und mich ärgert so viel an ihm", fing Clarissa gleich an, von Dennis zu sprechen. „Das Beste an der Beziehung wäre, dass sie über all ihre Probleme offen miteinander reden können", sagte sie mit kräftiger Stimme und sprach ohne Pause weiter, als ob sie darauf gewartet hätte, dass sie jemand nach ihren privaten Verhältnissen fragen würde. Sie habe ihre Erwartungen an die Liebe inzwischen so weit zurückgeschraubt, dass die Latte für positive Überraschungen jetzt sehr niedrig hängen würde. Deshalb komme sie jetzt auch noch einigermaßen damit zurecht, dass es ihrem Mann, der an Blasenkrebs erkrankt sei, nicht gut ginge. Andererseits brauche sie immer mehr Motivation, das eintönige Eheleben auszuhalten, weil sie ihre Bedürfnisse ständig vernachlässigen müsse. Es sei die reinste Lebensvergeudung. Wie und ob sich der eheliche Zustand durch seine Krankheit ändern würde, könne sie beim besten Willen nicht vorhersagen. Sie hoffe aber inständig, darüber nicht selbst krank zu werden. Momentan sei sie zu allem Übel noch mit ihrer alten Mutter beschäftigt, sei vor zwei Wochen übereilt nach Frankfurt gereist, weil diese ins Krankenhaus eingeliefert worden sei. Sie würde unter beginnender Demenz leiden, was man jetzt im Krankenhaus festgestellt hätte. Dort laufe sie in der Nacht in den Gängen herum und würde nach ihrem Vater suchen, der vor zwanzig Jahren verstorben sei. Ähnlich seltsame Dinge seien ja schon Jahre zuvor vorgekommen, die sie aber bagatellisiert und verdrängt hätte. Noch sei alles völlig neu für sie.

Giulia hatte das Handy auf laut geschaltet, um sich, während Clarissa ihr Herz ausschüttete, einen heißen Kräutertee aufzugießen. Da ihre Mutter in den vergangenen Jahren völlig isoliert gelebt hätte und alleine zurechtgekommen sei, hörte sie Clarissa weitersprechen, sei für sie die Vorstellung eines Zweibettzimmers in einem Altenheim der blanke Horror. Betreutes Wohnen käme leider nicht mehr infrage, weil sie zusätzliche Pflegedienstleistungen benötigen würde. Um eine polnische Pflegekraft werde sie wohl nicht herumkommen. Gerade müsse sie das alles ihrer Mutter beibringen, die dafür völliges Unverständnis hätte. Ihr Kater sei der einzige Ausgleich für sie, auch wenn er nervig und tyrannisch sei. „Liebend gern würde ich sofort verreisen, in eine andere Welt abtauchen, einfach alles hinter mir lassen." Clarissa verstummte, voll von Besorgnis und Schmerz, wie Giulia wahrnahm. Dann fragte sie Clarissa plötzlich, neugierig wie sie war, mit welchen Dingen sie es denn in den letzten Wochen zu tun gehabt hätte? Dieser Frage hätte Giulia leicht ausweichen können. Andererseits würde ihr ein vertrauliches Gespräch mit der Freundin guttun, es könnte ihre Seele entlasten, sie vom Druck befreien, dachte sie und setzte sich mit der Tasse Tee an ihren Wohnzimmertisch. Giulia stellte an sich selbst hohe Anforderungen, gleichzeitig konnte sie Fragen stellen, denn neugierig war sie ja auch. Auf diese Weise kam sie dann zunehmend begeistert von ihrer eigenen Erzählung ins Reden, während ihre Stimme bestimmter wurde, bis sie ganz klar war. Giulia ließ kein einziges Detail aus. Sie hatte ja viel erlebt, schwierige Zeiten durchlebt. Über die Geschehnisse ihrer verpatzten Lieben, die sie scheinbar anstrengungslos jederzeit abrufen konnte, berichtete sie gekonnt bewusstseinserweiternd, erzählte vom Nutzen des Scheiterns – von den kraftraubenden, obschon energiespendenden Selbstgesprächen, den echten Begegnungen mit sich selbst, die für sie zugleich emotional unterhaltsam waren, aber so eigentlich nicht stattfinden sollten. Genauso ehrlich beschrieb Giulia dann das Geschehnis mit dem Romance-Scammer. Spannend, bewegt, angestrengt – erzählte sie von Lügen, Täuschungen, Selbstbetrug. Den ganzen Wahnsinn.

Als sie damit fertig war, setzte sie sich aufs Sofa und streckte sich in voller Länge aus, brachte zum Schluss das Ganze auf den Punkt, dass es zum Davonlaufen sei: Je erfolgreicher und unabhängiger Frauen seien, desto schwieriger werde es mit den Männern. Von ihren eigenen Ansprüchen an Empathie, Erfolg, Bildung, Männlichkeit, emotionale Unabhängigkeit, könne sie sich wohl verabschieden. Auf immer und ewig. Clarissa musste erst mal verdauen, was ihr Giulia offenbart hatte, und brauchte eine Weile, um das Ganze irgendwie zu begreifen. Da es ihr widerstrebte zu moralisieren oder zu predigen, bestätigte sie Giulia: „Chapeau! Sich von so etwas so schnell zu trennen, ist nicht selbstverständlich. Ich wüsste nicht, wie ich damit umgehen würde."

Clarissa berichtete dann über Fälle aus ihrer Anwaltskanzlei und über angesehene Personen, ohne Namen zu nennen, die jahrelang in solchen Betrugsgeschichten verstrickt waren, zu guter Letzt als psychische Wracks endeten. Neulich sei ein Fall von einer Minderjährigen auf ihrem Tisch gelandet, die einem Lover-Boy auf den Leim gegangen sei. Die verzweifelten Eltern waren ohnmächtig, da sie immer wieder zu ihm zurückgekehrt sei. Immer mehr junge Frauen seien von dieser Masche betroffen – blutjunge Mädchen, die noch so sehr von der ewigen Liebe träumen, es oft selbst mit Minderwertigkeitsgefühlen zu tun hätten. Der Vertrauensaufbau finde über Facebook statt, sodass sich anschließende reale Treffen für die Mädchen richtig gut anfühlten. Lover-Boys führen mit luxuriösen Schlitten vor und sähen meist blendend aus. Sie seien gepflegt, selbstbewusst und sehr zielgerichtet. Ihre Mandantin hätte über ihren Lover-Boy gesagt: ‚Er war mein Traummann. Den musste ich haben. Meine Träume hatte er übertroffen.‘ Clarissa pausierte, fokussierte sich in sachlicher Weise auf die Fakten, fuhr fort, dass die Mädchen unter dem Druck der Geldbeschaffung einknicken, oft die Identität, den Namen, das Aussehen ändern würden. Sie isolierten sich von ihrem familiären und schulischen Umfeld, verschwänden monatelang im Rotlichtmilieu. Wenn sie das nicht mitmachten, würden sie vergewaltigt oder erpresst – unter Androhung, das Gleiche der Schwester oder der besten Freundin anzutun. Das Unglaubliche daran sei, dass die Lover-Boys akribisch darauf achteten, dass die Mädels zur Schule gingen, ihre Hausaufgaben machten, Schul- und Freizeitveranstaltungen besuchen würden. Strafrechtlich stehe diese Betrugsmasche unter Menschenhandel. Doch es komme sehr selten zu Prozessen, weil die Mädchen freiwillig mitmachten.

„Wie ich. Ich habe auch freiwillig mitgemacht, mich freiwillig um den Finger wickeln lassen. Und das in meinem Alter“, gab Giulia kleinlaut zu und betonte, dass es nicht ausreichen würde, sich einzugestehen, dass die Opfer naiv seien. Auch würde das nicht ausreichen, um eine emotional enge und schmerzvolle Bindung aufzuarbeiten. Ausbeuterisches Verhalten zu bewältigen und zu verarbeiten, sei ein Ritt auf der Rasierklinge. Im Nachhinein würde sie das verstehen.

„Wohl wahr. Liebes-Sehnsüchte erfüllen sich nie. Ich meine, unsere Erwartungen und Vorstellungen über die Liebe. Auch wenn die ersten romantischen Begegnungen einem das vorgaukeln. Bin gespannt, wie lange sich das bürgerliche Modell der Liebes-Ehe noch hält. Die Vorstellung, dass eine Kombination aus Zuneigung, Leidenschaft, Sexualität die Liebe auf immer und ewig zusammenhalten kann. Ehrlich, die gesellschaftliche Erwartung an die Etablierung einer Kleinfamilie hat mich immer schon überfordert. Und trotzdem habe ich das mitgemacht. Die Diskussionen, die versuchen, dem Warum auf den Grund zu gehen, sind doch überflüssig. Wir suchen alle nach Erfüllung, begegnen deshalb doch Menschen, die uns zeigen, was emotional in uns steckt und wozu wir, wenn wir verliebt sind, fähig sind. Einst dachte ich auch, Dennis wäre endlich mein Traummann. Forever. Das erstklassige Nobelrestaurant, dass er aufgebaut, sein ganzes Herz, seine gesamte Energie reingesteckt hatte, hatte mich so was von beeindruckt. Und nun sehe ich in ihm nur noch einen Mitbewohner, der an mir klebt. Und jetzt ist er krank, was nur noch Mitleid, Schuld und Angst in mir auslöst."

„Ja, Traum und Realität. Liebesbetrug ist tatsächlich eine Marktlücke und eine Goldgrube. Mit passenden Formeln und Faustregeln bedienen sich die Verführer unserer Sehnsüchte, die tief in unserem Unterbewusstsein lagern. Sodass diese Maschen selbst die ausbeuterischsten Übergriffe überlagern können. Ein Dilemma, das schon auf dem Schulhof beginnt, wo sich heute noch markante Geschlechterunterschiede zwischen Mädchen und Jungen zeigen: Die einen stehen plappernd und händchenhaltend in kleinen Grüppchen kichernd in einer Ecke herum. Die anderen rennen, bolzen und schlagen sich die Knie wund. Selbst der rebellischen, starken, lustigen und mutigen Pippi Langstrumpf, die einmal als literarisches Vorbild für die Frauenbewegung und den Feminismus galt, Generationen von Mädchen ermutigte, sich aus dem alten Geschlechtsrollenmodell herauszulösen und ihre eigenen Wege zu gehen, gelang es nicht wirklich, das System der alten Geschlechterrollen zu entzaubern und auszuhebeln. Dabei setzte Pippi ihre gesamte Kraft ein: Einmal, da stemmt sie ein Pferd, auf dem ihre Freunde sitzen. Ein anderes Mal besiegt sie einen Ringer auf dem Jahrmarkt. Heute wird diese Figur ja wieder ausgegraben. Wer weiß, wohin das führen wird." Giulia stand auf, nahm den Telefonhörer in die Hand und schaltete den Lautsprecher aus. Clarissa beeindruckte Giulia nicht nur durch ihre hohe Professionalität und ihren Kenntnisreichtum, vielmehr durch ihren Mut, gegen den Strom zu schwimmen und das offen mitzuteilen. Leicht hätte man auch annehmen können, sie wäre Psychologin, nicht Anwältin. Beide waren sich einig, dass man sich unter romantischer Liebe schwerlich etwas vorstellen kann. Dass es keine klare Definition, keinen eigennützigen Verlauf in der Liebe gibt.

„Bleiben wir dabei", sprach Giulia an die Wand gelehnt ins Telefon, „alle Liebeserlebnisse gehören doch zu unserem Lebenslauf, zur persönlichen Entwicklung. Ich bin fest davon überzeugt, dass man die Chance hat, der Liebe bis ins hohe Alter zu begegnen. Schließlich soll es so etwas wie die erste, die große, die letzte Liebe geben." Sie lachte befreit.

„Auf die letzte Liebe, meine Liebe. Darauf, dass man sich, wie du, sportlich einlassen und wieder verabschieden kann, wenn das Liebesunternehmen scheitert", ermunterte sie Clarissa, die jetzt den Eindruck vermittelte, als wollte sie sich gleich am nächsten Tag aufmachen, der Monotonie und dem Stillstand in ihrem Leben ein Ende setzen. Da beide eine unbezwingliche Müdigkeit überkam, beschlossen sie zum Schluss des Telefonats, jede für sich, in Ruhe über die Reise nach Dubai nachzudenken und Maras konkrete Informationen abzuwarten.

Am anderen Morgen, Giulia kam gerade aus dem Bad und war einigermaßen munter, klingelte das Telefon. In aller Herrgottsfrühe. Jung war dran. Mit kühler Sachlichkeit erklärte er ihr, dass die Ermittlungen in ihrem Fall nun abgeschlossen seien. Leider würden die Ergebnisse nicht weiterführen. Weder gäbe es einen einzigen belastbaren Beweis noch einen einzigen konkreten Verdächtigen. „Diese Banden agieren digital, im Dunkelfeld der Kriminalität. Sie sind international vernetzt und können auch von Interpol nicht ausfindig gemacht werden", sagte Jung und meinte, dass er alle Unterlagen der Staatsanwaltschaft in München übergeben hätte. Dort würde man eine endgültige Entscheidung darüber treffen, ob es genügend Anlass zur Erhebung einer öffentlichen Klage gäbe. Mehr dürfe er ihr leider dazu nicht mitteilen. Es täte ihm herzlich leid. Seine eigenen Frustrationen würden sich auch nicht minimieren, wenn er in solchen Betrugsfällen nicht vorankommen würde. Er wünschte ihr alles Gute und verabschiedete sich.

Der Entschluss

Es war Montag. Giulia schaute aus dem Wohnzimmerfenster in die Ferne, als ob sie nach etwas suchte. Das sensationelle Panorama mit dem hohen Gipfel der Zugspitze und dem Nebengipfel der Alpspitze verbarg sich hinter einer dichten Wolkenbank. Der März hatte begonnen und Schneeflocken, leicht wie Federn, fielen auf den hartgefrorenen Boden, hüllten die Natur in eine weiche weiße Decke ein. Die friedliche Ruhe erschien ihr wie ein Kokon, in dem sie sich erholen und neue Kraft schöpfen konnte. Mit ihrem Sehnsuchtstraum hatte sie abgeschlossen. Wenn da nicht ihr Hirn gewesen wäre, das sich weder abstellen noch dimmen ließ, das ihr unentwegt Gedanken und Bilder über ihr Scheitern ins Bewusstsein schoss. Kein anderes Thema löste in den vergangenen sieben Monaten so viel Verwirrung in ihr aus, brachte so vieles in ihrem Herzen in Bewegung, das sich abwechselnd beförderte, blockierte, aufhob, widersprach. Ihr Wunsch nach Vertrautheit, nach Intimität als ein Zustand tiefster Vertrautheit, und das Verlangen nach Freiheit von Bindung und Abhängigkeit – das Dilemma war klar: Legte sie die Liebe in Ketten, presste sie in ein engmaschiges Netz aus Erwartungen, Aufgaben und Pflichten, wird sie sich genauso eng und problematisch entfalten, Enttäuschungen und Frustrationen hervorbringen. Begriff sie die Liebe als universal und frei, überforderte das ihren Handlungsspielraum, ihre Bedürfnisse nach Nähe und Geborgenheit – vernichtete ihr Sehnen.

Dann hielt sie es kaum noch aus, spürte im Warten das Vergehen der Zeit – erahnte am Ende des Vergehens aller Zeit ihr eigenes Ende. Und weil sie dieses Nichts so stark fühlte, trieben sie pausenlos wiederkehrende Fragen um: Was brauche ich? Eine kurze, leidenschaftliche Affäre? Etwas nebenher, zum Zeitvertreib? Eine letzte, wie auch immer geartete große Liebe? Vor ihrem geistigen Auge sah sie sich selbst und wie sie die romantische Liebe sah. Es war ein abstraktes Bild, das sie schon viele Male in ihren Träumen heimsuchte und durchlebte: Feurige Leidenschaft bis zum Tod mit dem Partner, mit dem sie durchs Universum tanzen konnte – wofür es nur einen einzigen, einzigartigen Mann geben konnte. Ernüchterung, Kampf, Schmerz, Langweile, Einsamkeit, Trennung – Scheitern – waren nicht vorgesehen. Als moderner Mensch brachte sie Erfolg nicht mit Scheitern in Verbindung, weil sie das ihre moderne Lebensweise nicht lehrte, Konzentration und Geduld in der Liebe aufzubringen. Auch wenn bis heute das Traumbild von der romantischen Liebe in ihrem Kopf herumgeisterte, das von leidenschaftlichen Sehnsüchten genährt wurde. Liebesfilme, Liebesromane, Liebesportale – das bunte Laboratorium einer Liebeswelt waren das Eingangstor dazu. Denn es ermöglichte ihr den Zutritt zu ihrem Garten der Gefühle, in dem sie sich selbst überwinden, den Alltag besiegen konnte.

Am Fenster mit geneigtem Blick auf die Vase mit herrlich duftenden Hyazinthen in Weiß, Rosa, Blau, wurde es ihr schwer ums Herz, richtig schwer, sodass sie nicht anders konnte, als in die Stille hinauszubrüllen: „Fuck. Es reicht!" Sie blieb gegen das Fensterbrett gelehnt stehen und heulte drauflos. Dieses sinnlose Scheitern fühlte sich wie ein modernes Märchen in einer neoliberalen, gefühlskalten Zeit an: Die Heldin stand vor Herausforderungen, kämpfte, vertraute, zweifelte, kämpfte weiter – verlor. Und alles lief wie selbstverständlich darauf hinaus, dass ihrem Scheitern etwas Neues, etwas viel Besseres folgen sollte. Was folgten waren aber Müdigkeit und Einsamkeit. Zum gefühlten hundertsten Mal durchschritt sie eine Talsohle in der Liebe und versuchte, unangenehme Gefühle mit der alten Formel der Selbstausbeutung zu bekämpfen: Früher aufstehen, Zeit verplanen, Terminkalender überfrachten, Herumreisen, Begegnungen aus dem Weg gehen. Das konnte nicht funktionieren. Weil sie sich im Niemandsland befand, an einem Ort, an dem etwas vorbei war, das Neue nicht sichtbar und das Warten zwangsläufig zu allem gehörte, was sich entwickeln musste. Wie eine Mahlzeit, die erst zubereitet werden muss, bevor man sie genießen kann, muss sie für etwas Neues innerlich wieder frei sein. Giulia erschrak. Bei der Vorstellung, dass sie nichts Großes in der Liebe mehr zu erwarten hatte, weil sie stets schneller verging als sie gekommen war, kamen Zweifel auf, ob das, was sie dachte und tat, Hand und Fuß hatte. Währenddessen sie Gefahr lief, im eigenen Gefühlsmorast zu ertrinken. Sie hob den Kopf, nickte, innerlich zustimmend, fragte sich, wie sich ihre eigenen Liebeseinstellungen korrigieren lassen, um starke, emotionale Turbulenzen in der Zukunft zu verhindern. Jedenfalls erschien ihr das Warten weder besonders attraktiv noch spektakulär genug, wie es beispielsweise eine aus dem Zirkus ausgebrochene Horde von Raubkatzen war oder eben eine Blitz-Verliebtheit. Die Sehnsucht nach atemberaubenden romantischen Gefühlen hatte sie wieder am Wickel, die sie in ihrem jämmerlichen Zustand nun wirklich nirgendwo finden konnte – nicht daheim, nicht unterwegs, nicht im Zug, im Auto, im Büro. Sie fühlte sich einfach nur elend, so elend, wie es bei Tiffany Watt Smith in ihrem „Buch der Gefühle" nachzulesen ist: Enttäuschungen hinterlassen nicht nur Anzeichen von Traurigkeit. Es wird auch Verwirrung verspürt, und diese führt zu der kraftraubenden Erkenntnis, dass das Leben nach einem Scheitern neu gestaltet werden muss. Giulia brauchte jetzt Ruhe. Phasen der Unaufgeregtheit und inneren Wärme würden ihr jetzt guttun, bevor eine verlässliche Distanz zu den Geschehnissen entwickelbar war, Erinnerungen verblassen würden. Stattdessen sollte sie nach Smith gestalten, aktiv werden, die Zeit vertreiben, wie einen räudigen Hund? Nein, das kam nicht infrage. Dafür fehlte ihr die Kraft. Andererseits galt es zu vermeiden, in einen Dauerenttäuschungszustand zu geraten, sich weiteren narzisstischen Kränkungen auszusetzen. Dieser gefährlichen Apathie musste sie vorbeugen: Mit Verweilen im Nichtstun, was heutzutage altmodisch, ineffizient erscheinen mag und so hip war wie ein Gehstock, eine Pfeife, ein Monokel. Weil man im Nichtstun nur unnötige Ressourcen verschwendet. Dabei ist genau das Gegenteil der Fall: Im kreativen Nichtstun wird die Produktivität angekurbelt. Giulia entschloss sich zu warten: auf die stillen Pausen vom Lärm, die dazwischen lagen, vor einem Anfang, nach einem Ende. Sie betrachtete die tanzenden Schneeflocken, ließ sich die Frage gefallen, inwieweit ihr eigenes Selbstwertgefühl durch diese Episode tatsächlich beschädigt war? Weil sie sich eine innige Liebe wochenlang schönredete, es kein Happy End gab? Und sich diese Enttäuschung so gottverdammt nach einem weiteren Scheitern auf ganzer Linie anfühlte? „Lass dir Zeit. Setz dich nicht unter Druck. Es wird alles gut werden." Auch wenn das Allerwelt-Ratschläge, alte Glaubenssätze waren, denen sie wenig abgewinnen konnte, entpuppten sie sich in dieser Minute als tröstlich. „Ich lebe, lebe jetzt", sagte sie laut, als sie das Fenster öffnete und mit offenem Mund riesige Schneeflocken einfing, die von ihrem warmen Atem dahinschmolzen, noch ehe sie ihre Zunge erreichten. Wärme ist kein sicherer Ort für Schneeflocken, dachte sie, so wenig wie es der schnöde Alltag für ihre Liebesträume war.

Ihr Scheitern ließ sich nicht mehr leugnen. Beim besten Willen nicht. Die Geschehnisse konnte sie nicht rückgängig machen. Sie fragte, ob Liebesentscheidungen in der westlichen Leistungs- und Optimierungsgesellschaft heute noch jenen Grad der Endgültigkeit besitzen können, wie es in den Generationen ihrer Eltern und Großeltern war? Früher war die Sache doch schnell klar: Man heiratete, setzte Kinder in die Welt, baute ein Haus und plagte sich für den Rest seines Lebens mit den Schulden ab. Für eine Pfadfinderin war das nichts, die voller Neugier und Bewunderung für das unsichere, einzigartige Leben war. Die Herausforderung des Lebens darin sah, herauszufinden, wie man sich verhält, wenn man keine Ahnung davon hat, was man tun soll, wer und was zu einem passt. Arthur Schopenhauer sagte, dass man die ersten vierzig Jahre den Lebenstext liefert, ihn in den folgenden dreißig Jahren kommentiert und versucht. die Zusammenhänge, den Sinn, nebst Moral und Freiheiten zu verstehen.

Giulias Lebenslauf lieferte genug Stoff für einen Lebenstext, der sich zum Kommentieren auf verschiedenen Ebenen gut eignete. Ihre Fähigkeit, auf Fehler und Missgeschicke positiv zu reagieren, ließ sie ihre Liebes-Vorfälle so deuten: Scheitern kann jeden treffen – zu jeder Zeit, an jedem Ort. Es muss einen aber persönlich treffen – wie etwa ein plötzliches Liebes-Aus, der Verlust des Partners, eine schwere Krankheit, ein Unfall – um den Wert des Scheiterns zu begreifen. Talsohlen schaffen Klarheit und Dringlichkeit, in denen Einsichten gewonnen werden, die für eine höhere Entwicklungsstufe notwendig sind. J.K. Rowling griff dieses Thema in einer Rede vor Harvard-Absolventen einmal auf, sagte, dass das Scheitern jeden zu ungewöhnlichen Handlungen herausfordert. In ihrem Vortrag ermunterte sie die junge Zuhörerschaft, sich intensiver dem Nicht-Alltäglichen, dem Unvorhergesehenen, dem Wagnis zu stellen – sich Ereignissen zu öffnen, die das Leben vielfältiger und lebendiger gestalten.

„Etwas, das stattfinden muss, ist nicht aufzuhalten", murmelte sie und beobachtete die dahinziehenden Wolken. „Trotz aller Pein und Scham gilt es zuzulassen, was unvermeidbar war. Den Lauf der Ereignisse kann niemand ändern, aber die Einstellungen", führte Giulia ihren inneren Dialog fort. Für sie war das ein Trost. So gesehen, bewertete sie ihr Scheitern weder als naiv noch irrational noch sinnlos. Klar hätte sie sich das gerne erspart, würde das Geschehnis lieber ausradieren. Doch das ging nicht. Und das war gut so. Weil sich alle Lebenserfahrungen irgendwann als nützlich erweisen. Einerseits schwamm sie perfekt mit, im Mainstream-Habitus der modernen Zeit, in der Liebessehnsüchtige im Internet nach Liebeserfüllung suchen, danach, ihre Lust und ihr Verlangen zu stillen. Andererseits vollzog sich in ihr eine tiefe, innere Wandlung, die sie reicher machte. Indem sie sich der Wahrheit stellte und zu sich selbst ehrlich war, lebte sie nicht länger im Schatten ihrer selbst, darum bemüht, Risiken aus dem Weg zu gehen, unangenehme Gefühle zu verdrängen – im schlimmsten Fall mit Alkohol, Drogen, Medikamenten. Wie ein Blitz durchfuhr sie die Erkenntnis, dass der eigentliche Trost doch woanders herkam: aus der Liebe zum eigenen Leben und zur eigenen Person – an die doch jeder Mensch ohne Trauschein und Gelübde ein Leben lang gebunden ist. Das Hinterfragen der eigenen Person war für sie von zentraler Bedeutung, bevor sie auch nur einen einzigen Gedanken an eine neue Bindung hegt. Sonst bleiben wir doch in unseren Schwächen und Illusionen gefangen, weit hinter dem, was das menschliche Hirn zu leisten imstande ist. Mit diesen Worten beendete sie ihren inneren Dialog, schüttelte energisch den Kopf, als wollte sie alle unliebsamen Gedanken herausschütteln, sich von tradierten Lebensmodellen befreien, endgültig, sich mehr um die eigene Geschichte kümmern. Sich selbst zu lieben, ist der Beginn einer lebenslangen Romanze, sagte Oscar Wilde. Das war ihr fester Entschluss: Loslassen von alten Mustern und Glaubenssätzen, tun, was man tun muss, was man sich selbst, seinen Talenten und Mitmenschen schuldig ist.

Niemand ist im Besitz der absoluten Wahrheit. Keinem bleibt das Scheitern erspart. Schwierig wird es erst, wenn man von der eigenen Wahrheit überzeugt ist, sich davon nicht abbringen lässt, Dialog und Gespräch nicht mehr möglich sind. Die sokratische Bescheidenheit, einzusehen, dass jeder Mensch dem „wie mir scheint" unterworfen ist, würde weiterhelfen, andere Erfahrungen und Einsichten anzuerkennen, beispielsweise, dass sich ein und dieselbe Welt jedem Menschen anders eröffnet. Lieben ist eine persönliche Sache, die jeder Mensch nur für sich selbst haben könne, wofür es kein Rezept in der Praxis geben würde. Scheitern sei eine Kunst, wozu die Meisterprüfung gehören würde, die von einem sehr viel Selbst-Disziplin und Übung abverlangen würde, schreibt Fromm im Schlusskapitel seines populären Werkes: Die Kunst des Liebens.

Giulia dachte an Lucas, an das gemeinsame Abendessen beim Italiener, als sie ihm mitteilte, dass sie hart an ihrem Expertenstatus auf dem Gebiet des kreativen Schreibens arbeiten würde. Genauso verhält es sich in der Liebe, erwägte sie, während sie das Fenster schloss. Man muss üben, üben, nochmals üben, um die Liebe zu meistern. Sie drehte die Heizung voll auf und widmete sich der Herausforderung, ihren Schreibtisch aufzuräumen. Ablenkungsfrei ging sie anschließend ihrer großen Kraftquelle nach. Und je häufiger sie ihre eigenen Sätze überarbeitete, desto mehr entglitten sie ihr. Denn jedes Mal las sich das Geschriebene anders. Etwas bleibt unverfügbar, unvollkommen. Es ist der Reiz: Immer von vorne zu beginnen, nie ans Ende zu kommen.

Anhang

(Online-)Artikel und Aufsätze

„Sartres Weg der Selbstbefreiung", Hans-Martin Schönherr-
  Mann, Philosophie Magazin, Sonderausgabe, 2018
„Im Zermürbungskrieg gegen die Taliban", Frankfurter
  Allgemeine Zeitung, 8. September 2016, Nr. 210
„Die Zukunft der Liebe", Teil 1 der Serie: „Was wir wollen",
  „Der Nächste, bitte!", „Kaum etwas ist oberflächlicher als
  Online-Dating", ZEIT Magazin, Nr. 29, Juli 2016
„Im Namen des Staates: Schnüffeleien im Schlafzimmer",
  „Die Erfindung der romantischen Liebe", „Verliebt,
  verlobt, verheiratet – aber seit wann?" Das Krone Magazin
  Geschichte, Lust und Liebe, 2016
„Alle 36 Stunden versucht sich ein Soldat umzubringen",
  Florian Flade, WELT, 8.11.2011
„Partnerschaftswandel und Geburtenrückgang", Jan Eckhard,
  www.single-generation.de, 2011

Bücher

„Eigenartiges Begehren. Sexualität und Technologie im 21.
  Jahrhundert", Sophie Wennerscheid, 2018
„Vom Neandertal in die Philharmonie: Warum der Mensch
  ohne Musik nicht leben kann", Eckart Altenmüller, 2018
„Walking the Americas", Levison Wood, 2018
„Der Narzissten-Test: Wie man übergroße Egos erkennt …
  und überraschend gute Dinge von ihnen lernt",
  Craig Malkin, 2017

„Das Buch der Gefühle", Tiffany Watt Smith, 2017

„Die Weisheit der Stoiker. Ein philosophischer Leitfaden für stürmische Zeiten", Massimo Pigliucci, Frank R. Kiesow, 2017

„Auf der Suche nach Resonanz: Wie sich das Seelenleben in der digitalen Moderne verändert", Martin Altmeyer, 2016

„Das Buch vom geglückten Leben", Epiktet, 2015

„Was wichtig ist", J. K. Rowling, 2015

„Das optimistische Gehirn: Warum wir nicht anders können, als positiv zu denken", Tali Sharot, 2014

„Gelingende Fern-Beziehung: entfernt – zusammen – wachsen", Peter Wendl, 2013

„Die perfekte Masche, Miteinander reden, Band 3: Das ‚innere Team' und situationsgerechte Kommunikation", Friedemann Schulz, 2013

„Die perfekte Masche: Bekenntnisse eines Aufreißers", Neil Strauss, 2012

„Opfer Mann? – Männer im Spannungsfeld von Täter und Opfer", Ellen M. Zitzmann, 2012

„Diesen Partner in den Warenkorb legen", Annabel Dillig, 2012

„Feldpost: Briefe deutscher Soldaten aus Afghanistan", Marc Baumann (Hrsg.) u. a., 2011

„Liebe: Warum sie so schwierig ist und wie sie dennoch gelingt", Wilhelm Schmid, 2011

„Singled Out: How Singles are stereotyped, stigmatized, and ignored, and still live happily ever after", Bella DePaulo, 2007

„Love and Sex with Robots", David Levy, 2007

„Dynamics of Romantic Love: Attachment, Caregiving, and Sex", Mario Mikulincer, Gail S. Goodman, 2006

„Mating in Captivity: Reconciling the Erotic and the Domestic", Esther Perel, 2006

„Why we love. The nature and chemistry of romantic love", Helen Fisher, 2004

„Sich selbst zu lieben ist der Beginn einer lebenslangen Romanze", Aphorismen von Oscar Wilde, 2002

„Der gemachte Mann. Konstruktion und Krise von
  Männlichkeiten", Raewyn Connell, 1999

„Die Kunst des Liebens", Erich Fromm, 1998

„Ich liebe dich so wie du bist. Eine philosophische Analyse des
  Gefühls", John Wilson, 1995

„Geschichten von der Liebe", Julia Kristeva, 1989

„Ars amatoria/Liebeskunst: Lateinisch/Deutsch", Ovid, 1992

„Romeo and Juliet/Romeo und Julia: Englisch/Deutsch,
  Herbert Geisen und William Shakespeare, 1986

„Stiller", Max Frisch, 1973

Die Autorin

Nach der Ausbildung zur Industriekauffrau absolvierte Ellen M. Zitzmann ein Studium der Sozialpädagogik und ging anschließend sozialpsychologischen Studien in den USA nach. Als 28-Jährige begann sie ihre Karriere in der Verlagsbranche in Deutschland und Österreich. Parallel dazu arbeitete sie ehrenamtlich für das Projekt The Alternatives to Violence im Bundesstaat New York. Vier Jahre war sie als selbstständige Beraterin für die Firma Crisis Management Int. in Atlanta tätig.

Den Verein Power for Peace gründete sie 1995 in München, für den sie bis heute als Vorstandsvorsitzende und Trainerin tätig ist. Über die Jahre konnte sie vielfältige Erfahrungen in der Präventionsarbeit mit Jugendlichen im Strafvollzug und in der Bildungsarbeit sammeln, was sie dazu veranlasste, ein berufsbegleitendes Masterstudium in Kriminologie zu absolvieren.

Die Autorin kann auf zahlreiche Fachpublikationen zurückblicken.

novum VERLAG FÜR NEUAUTOREN

Der Verlag

*Wer aufhört
besser zu werden,
hat aufgehört
gut zu sein!*

Basierend auf diesem Motto ist es dem novum Verlag
ein Anliegen neue Manuskripte aufzuspüren, zu veröffentlichen und deren Autoren langfristig zu fördern.
Mittlerweile gilt der 1997 gegründete und mehrfach
prämierte Verlag als Spezialist für Neuautoren in
Deutschland, Österreich und der Schweiz.

**Für jedes neue Manuskript wird innerhalb we-
niger Wochen eine kostenfreie, unverbindliche
Lektorats-Prüfung erstellt.**

Weitere Informationen zum Verlag und
seinen Büchern finden Sie im Internet unter:

www.novumverlag.com

Bewerten
Sie dieses Buch
auf unserer
Homepage!

w w w . n o v u m v e r l a g . c o m

Ellen M. Zitzmann

Love – Entschlossen ins Risiko

ISBN 978-3-99107-104-4
214 Seiten

Giulia ist ein Freigeist. Neugierig lässt sie sich auf das Abenteuer Liebe ein, scheitert, überwindet Rückschläge, beginnt von vorn. Ellen M. Zitzmann zieht die Lesenden mit ihren authentischen Geschichten in den Sog von vielfältigen Gefühlen hinein.